I0830732

AL OTRO LADO DE LA BRUMA

AL OTRO LADO DE LA BRUMA

Un moderno cuento de hadas

RICHARD BLAINE

Ilustraciones de
ISAAC ESCORZA, DANIEL ERAZO Y GEORGE CALDERÓN

Portada diseñada por
TAYYABA ARSHAD

ARLANZÓN
PRESS

Copyright © 2021, Richard Blaine
Copyright © 2021, Arlanzón Press
79 Gilbert Street
7325 Prince Edward Island, Canada

Todos los derechos reservados.
Segunda edición revisada.
Crimson Text

Te regalo un día de lluvia
ISBN: 978-0-6450058-4-4
Al otro lado de la bruma
ISBN: 978-0-6450058-5-1

Ninguna parte de esta publicación puede ser reproducida, almacenada, copiada o
transmitida en manera alguna por ningún medio, ya sea electrónico, óptico,
informático, reprográfico, de grabación o de fotocopia, o cualquier medio por aparecer
sin el permiso expreso, escrito y previo del autor y/o de la universidad de Montanilla,
excepto en forma de breves citas en comentarios sobre la obra.

Ilustración reverso: Paseo de la Isla, Burgos

Cualquier parecido de los personajes de esta novela con personas reales es pura coincidencia con la única excepción de aquellos que han consentido expresamente en ser mencionados con su nombre real. En otros casos los nombres y lugares han sido alterados.

Si los libros pueden unir a la gente que éste comience a hacer su magia.

El club literario de patata de Guernsey

Las únicas causas por las que vale la pena luchar son las causas perdidas....

Estoy buscando un árbol,
Tu nombre y el mío están escritos en él, lo sé.
    En su corteza.
En un lugar lejano y nevado. Nuestro amor es
    real allí. Solo es cuestión de encontrarlo.
No sé cuándo, no sé dónde, pero están juntos
    en alguna parte del mundo y de la historia
    de los hombres.
Solo falta una cosa para que estemos juntos,
Solo es cuestión de encontrarlo.

ÍNDICE

EPÍLOGO

PARTE I
UN GRITO EN LA BRISA

Hay un grito en la brisa,
es un grito silencioso,
Que viene desde el Arlanzón,
Que viene desde Sevilla,
Es el lamento por la hija perdida,
en los laberintos del tiempo,
más allá de la niebla y la lluvia de verano,
En un viaje de solo ida más allá de lo impensable.

CAPÍTULO I

EN BUSCA DE EL DORADO

De planos, carreteras y del juego de la oca.

Aquella tarde del veinte de enero, y antes de acudir a la universidad, Carlos Lafuente decidió acercarse a la vecina librería del Espolón.

Al llegar ante ella y antes de entrar echó un vistazo al escaparate como tenía por costumbre. Un libro de portada sobria situado en la parte baja del expositor llamó su atención. Sobre la misma, la figura solitaria de una mujer en medio de la Naturaleza. Al fondo se adivinaban unas montañas grisáceas y borrosas. *El instituto perfumado*, rezaba el título. Se fijó en el autor: Ernesto Santos. ¡Vaya! Este debía de ser uno de esos proyectos que le había comentado cuando se conocieron en Valladolid. En un cartel a la izquierda del escaparate se anunciaba la presentación del libro para una fecha cercana.

El día había comenzado a llenarse de oscuros nubarrones que anunciaban la tormenta que habría de caer poco después.

El campus, que antes había brillado en todo su esplendor,

soltaba ese olor especial a césped recién cortado. Las estatuas y el río contemplaban la escena con serenidad ante el tiempo inclemente.

Dos figuras esperaban al profesor en el despacho de Montanilla bajo los libros con lomos dorados. Una de ellas arreglaba con cuidado las flores de un jarrón situado encima de la chimenea. Una vez acabada tan escrupulosa tarea, volvió a colocarlo en la ventana.

La autora de este hecho pudo entonces ver desde allí la alargada figura de Carlos Lafuente mientras este se acercaba pensativo por el jardín que rodeaba la facultad de Historia, su pipa en la mano, iluminado por la luz cenicienta que reinaba en el cielo, sin parecer importarle el cambiante movimiento de las nubes sobre su cabeza.

Moviéndose de ese modo entre las estatuas, podría haber sido confundido con una de ellas, un apuesto caballero medieval que hubiera dejado la armadura para su limpieza y puesta a punto antes de regresar a la batalla.

—Aún sigue allí —dijo Elena volviéndose hacia Arturo.

Este se encontraba en el sillón verde, un grueso volumen entre las manos, intentando tomarse un rato libre, aunque sin perder de vista la escena que tenía ante sí. El joven sonrió. No había podido por menos de notar éste el cambio apreciable entre sus profesores y ahora amigos.

¿Quién le iba a decir que esa sensación apenas intuida tiempo atrás en Valladolid hubiera desembocado en esto?

—No sé —continuó Elena con el ceño fruncido mientras seguía mirando abajo—. Creí que estaría más tranquilo ahora que hemos terminado con todo esto, pero parece que su mente no haya dejado de girar.

—Es cierto. Debería descansar un poco —ratificó Arturo—. Estos últimos días han sido agotadores para todos. Me acabo de perder dos fiestas de paso de Ecuador de unos amigos y eso jamás me había ocurrido.

Transcurrió una hora antes de que Carlos entrara por fin en el despacho. Pareció sorprendido al verles allí, pese a haberles citado el día anterior a tal efecto.

—Disculpad. Salí a dar una vuelta. No sabía que estabais aquí ya —dijo a modo de disculpa, mientras colgaba la chaqueta.

—¡Vaya! Y yo que pensaba que ibas camino del simposio de Chicago sobre *Historia de los Seminolas y su repercusión en la agricultura moderna* —dijo Elena, con una ironía que pasó desapercibida para el profesor, sumido en sus pensamientos.

Este se sentó en su escritorio y cogió instintivamente la familiar carpeta de cuero negro donde había ido guardando día tras día los datos más relevantes de los últimos meses.

—Bueno, ya se acabó todo por lo que al manuscrito respecta —dijo Elena con una amplia sonrisa, mirando de nuevo al jardín y aprovechando para arreglar las hortensias del jarrón de porcelana que se le habían pasado por alto en su cuidado floral anterior, en un intento de alentar a su colega a mantener una conversación.

Carlos asintió con mirada ausente mientras organizaba los lápices mediante el curioso sistema de sacarlos del cubilete donde se encontraban para, a continuación, volver a colocarlos en su interior.

—¿Ocurre algo? —dijo Elena, acercándose hasta el escritorio y sentándose en una de las esquinas del mismo a la vez que miraba inquisitiva al profesor.

Lafuente tenía la vista fija sobre uno de los folios que había sacado de la carpeta. Se detuvo al oír la pregunta y alzó la cabeza, contemplando la biblioteca frente a él, como si el comentario viniera de muy lejos, pasando a continuación a hojear tres o cuatro folios más antes de repetir la operación anterior.

—Que yo sepa no queda más que dar carpetazo y ratificar el maldito informe que nuestro venerado rector deseaba de modo tan insistente—insistió Elena mientras cogía de la silla situada frente al escritorio su bolso de cuero con cintas marrones para extraer del mismo un cigarrillo—. Una vez demostrada la autenticidad de los manuscritos y correspondiendo su propiedad a Silos —o por lo menos a Huelgas—, el pobre conde no podrá venderlo en ninguna subasta, ¿no? Pobre Dabrowski, en el fondo de mi corazón me da pena. Por otro lado también me apena algo el pobre Manuel Tordesillas con su informe impecable y tan bien hecho. Ahora solo le servirá ahora para espantar las moscas de su despacho.

—Por fortuna eso no es algo de lo que tenga que preocuparme. En cualquier caso Patricio Noguer solo se ha limitado a reconocer la validez de los manuscritos de Silos, nada más. El texto hallado en el Códex no es para él más que una metáfora religiosa de algún tipo.

Así había sido. Aquella tarde, pasada la excitación inicial del descubrimiento bajo la luz de las vidrieras, Carlos Lafuente se había enfrentado a la sólida y estoica figura del rector situado de pie tras su mesa de despacho, bloqueando la visión del jardín, cual estatua sobre un pedestal.

—Me alegro por usted profesor —le había dicho el rector aquel día tras haberle sido expuestas en presencia de una taciturna Elena todas las pruebas obtenidas—. A pesar de haberme desobedecido con sus insólitos métodos con el fin de volver a ver ese dichoso libro. Espero que ahora tengan los dos tiempo para retornar a sus deberes académicos, ¿no les parece? Eso debería de estar en este momento en su lista de prioridades.

La mirada de Lafuente seguía el camino dibujado por el patrón de la alfombra, su mente muy lejos de ese despacho, de la bandeja de té, del jarrón con flores y de la imagen de los sauces llorones que rozaban la ventana con sus ramas.

—Entonces ahora no se trata de la investigación, ¿verdad? Ya no estás tan solo buscando dar sentido a un manuscrito —dijo Elena rompiendo el hielo tras un largo periodo de silencio, balanceando su pierna derecha, recordando a Carlos de este modo que aún se encontraba allí y aprovechando su posición estratégica en la mesa para dar más énfasis a sus palabras. Ahora que sabía que podía provocar terremotos con sus piernas era cuestión de utilizar todas las armas.

—No, supongo que no. Hemos hecho lo que queríamos hacer supongo —dijo Carlos. El suave perfume que llevaba Elena esa tarde llegaba hasta él.

—¿Qué es entonces Carlos? ¿Qué es?

Aún transcurrieron unos segundos antes de responder, segundos durante los cuales el profesor mantuvo la cabeza baja, haciendo leves movimientos con ella.

—Es la mariposa otra vez, ¿verdad? —dijo la profesora.

Como un niño pillado con la chocolatina escondida en el bolsillo, reconociendo la verdad solo cuando la mancha del dulce ya se extiende por el pantalón, Carlos levantó la cabeza.

—Sí, supongo que sí —dijo mientras colocaba el último lápiz en el cubilete de madera.

Acto seguido se levantó, dispuesto a coger la pipa que reposaba obediente en la mesita auxiliar, presta en ayuda de la investigación diaria. Aprovechó la cercanía de Elena apoyada contra el buró, para darle una palmada de agradecimiento en el hombro y acariciar su mano.

—Reconozco lo absurdo de la idea. Me suena idiota hasta a mí mismo. También sé que como profesor he cumplido con mi deber: redactar un informe más o menos elaborado, unas notas que podré presentar más tarde en algún simposio o charla internacional para ser aplaudido por esa misma comunidad mientras nos damos mutuamente palmaditas en la espalda. Hasta he recibido un reconocimiento a regañadientes del rector, si los comentarios con la boca llena la otra noche en el comedor pueden entenderse como tal. Han pasado ocho siglos ya desde que aquellas instrucciones fueron colocadas o dejadas a cargo de las religiosas de las Huelgas. Quizá sea hora de pasar a otra cosa.

—Sí, el tiempo vuela cuando uno se está divirtiendo —dijo Arturo con una mueca que se cortó al ver la seriedad que reflejaba la cara de su mentor.

Lafuente estaba mirando la pared opuesta a la gran librería. En ella colgaba un mapa de la península ibérica sobre el cual los antiguos reinos volvían a cobrar vida día a día. Viéndolo era fácil imaginarlo cruzado por jinetes a caballo yendo y viniendo de una batalla a otra, llevando algún importante mensaje de un reino a otro en pos de posibles tratados.

—Aún así...he estado dándole vueltas a una cosa... —dijo el profesor mientras miraba hacia delante.

—¿Sí, Carlos?

—Aquel bebé que quedó a cargo de la bondad del Císter...

Nueva mirada de Lafuente al jardín y a los papeles sobre la mesa.

—¿Aquel bebé... ? —repitió Elena, intentando sacar las palabras de la boca de Carlos, sintiéndose como la apuntadora del grupo teatral de la universidad.

—Me pregunto si esa familia —de haber tenido descendencia claro—, si esa familia, a pesar de los siglos transcurridos, de las vicisitudes de la historia, de las enfermedades, guerras, familias que desaparecieron, la corta esperanza de vida y todo lo que queráis echarle encima, no hubiera llegado de un modo u otro hasta nuestros días. ¿Qué pasaría si, al igual que hizo Ariadna se tirara de los hilos adecuados en busca de la familia de arraigo? Tomadlo como un juego intelectual, como una especie de Scrabble o Cluedo, como una obsesión si queréis. Parece una locura, lo sé, pero también lo es intentar atrapar una mariposa en la jungla, escalar una montaña que se resiste o pintar los efímeros tonos de la niebla o la lluvia en el caso de un pintor. Por supuesto que esto es algo que la facultad no apoyaría de ninguna manera. Sería algo que, de un modo u otro tendría que realizar por mi cuenta usando mis propios medios. Pero creía que debía de decíroslo. Llegado aquí no puedo detenerme...

—Bueno, Arturo tiene entre una cosa y otra que acudir el año próximo como profesor interino nada menos que a la universidad Ludwig-Maximilian, ¿verdad, Arturo? Por desgracia hay algunos que se resisten a abandonar el mundo real. Es increíble, ¿no es cierto?, pero a veces ocurre —dijo Elena con cara que quería mostrar seriedad, desvirtuada por las comisuras de unos labios empecinados en sonreír.

—Sí, bueno —dijo Arturo, mirando de uno a otro al sentirse así pillado—. Es una consecuencia de aquello que preparé sobre Napoleón y tal, ¿recuerda? Digamos que quería ampliar el trabajo de fin de carrera con mis propias observaciones sobre el imperio austro-húngaro, pero aún así dispondré de cierto tiempo libre.

Eso pareció sacar al profesor de su hilo mental anterior. Se levantó y cruzó la habitación para estrechar la mano de su alumno predilecto.

—¡Qué maravillosa noticia. ¡Mis felicitaciones! No me dijiste nada. Me alegro mucho por ti, Arturo. Serás un hombre de provecho y un profesor aventajado—dijo Lafuente. Miró el profesor a continuación los libros que tenía repartidos por su despacho, la amplia biblioteca que tanto le había confortado en los años pasados hasta que su mirada se posó por fin en la cara de Elena que le observaba con atención, los párpados entrecerrados.

—Es un alumno excelente, Elena —dijo Lafuente con tono más quedo al reparar en su exceso de expresividad.

—Hay cosas peores que un *Cum laude*, créeme. En mi caso que se te quemen las palomitas en el microondas. Por cierto, ¿dónde tienes el manual de cazar mariposas? —dijo la interpelada saltando con agilidad de la mesa en cuya esquina había estado sentada y sacando su estilográfica con rapidez sorprendente del bolsillo interior de su americana, intentando cambiar de conversación al darse cuenta de que las mejillas del joven empezaban a subir de tono.

El profesor sonreía mirando a uno y otro de sus interlocutores.

—Todos somos en efecto esclavos de nuestras pasiones —dijo levantándose a su vez—, pero yo tengo una suerte increíble en ese sentido. Si soy preso de las mías dispongo a cambio de los mejores compañeros de celda que hubiera podido imaginar— dijo colocando su mano sobre la cintura de Elena —¡Gracias!

Arturo no pudo por menos de experimentar cierta ansiedad cuando vio que el profesor se levantaba por fin. Tanto Elena como él adivinaron lo que esto podía significar.

Lafuente se acercó a su carpeta de cuero y tras correr la cremallera con un movimiento preciso, sacó del mismo su reciente adquisición de esa mañana en la librería del Espolón, desplegándola ante su colega y alumno. Se trataba de un mapa detallado de la provincia de Burgos.

—Os presento el plano del territorio —dijo Lafuente con cierto aire teatral que sorprendió a sus compañeros.

Era efectivamente un mapa. Un mapa similar a aquel otro metafórico que había surgido de una cena celebrada en Valladolid meses atrás.

—¡Vaya! ¿Quién dijo de hacer un café? No creo que me sentara mal a esta hora, bien lo sabe Dios. Daría hasta el último maravedí por ello —dijo Carlos dando una palmada y sorprendiendo a los presentes al adoptar una pose heroica que intentaba semejarse a la versión burgalesa de Errol Flynn.

Elena y Arturo se rieron ante la ocurrencia. Arturo estaba descubriendo un nuevo Lafuente en los últimos días y sabía que todo ello era debido a Elena.

El profesor desplegó el mapa por completo. Sobre él, un amasijo de pequeños nombres salpicados aquí y allá. Ríos, montes, pueblos.

—¿No os recuerda nada este mapa? —dijo Lafuente, apercibiéndose de ello.

—Parece talmente el plano de un tesoro. —dijo el joven, fijándose en la forma y distribución de los pueblos, sintiendo el espíritu aventurero renacer en él.

—Sí, ¿verdad? —dijo Elena mirándolo con atención.

—De este modo es como os propongo que lo veamos. Os pido que os olvidéis de de la ortodoxia por un momento. Imaginaos que estamos leyendo una novela de suspense tras la búsqueda del asesino. Esa, creo yo, sería la óptica más adecuada para entender mi idea. Fijaos, —dijo Carlos mientras señalaba con el dedo sendas claramente identificadas por colores en el mapa—. Hay autovías y autopistas indicadas con claridad junto a las carreteras nacionales. Hay pistas, sí, pero también caminos que no llevan a ningún lado. Más que el plano de un tesoro como dices, a mi me recuerda más un tablero de parchís o de la oca, pues podemos retornar a la casilla de salida infinitas veces. Con ese espíritu de juego y de persistencia creo yo que habría que emprender esta nueva investigación.

—Como aventureros, ¡tiembla Jim Hawkins, tiembla! —dijo Arturo más versado que los demás en la obra de Stevenson.

—Bueno, volvemos a encontrarnos ante una toma de decisiones,

¿no es así? —dijo al fin Lafuente con mirada desafiante no dirigida a nadie en particular—. ¿Alguna idea? Cualquier cosa me vale, cualquier cosa que espolee la imaginación. Pero antes, escuchad los dos un momento. Quisiera que hagáis tabla rasa de todo lo que hemos investigado hasta ahora y en tu caso Arturo, especialmente de mis enseñanzas, si alguna vez he logrado meterte algo en esa cabecita ocupada con teorías esotéricas. Pensad por un momento en otros jugadores que hayan podido pasado por estas rutas. Que han jugado a este juego, desplazado de un punto a otro. Que han hecho hogueras, buscado caza, cultivado los campos. Han dejado señales de su paso, marcas, inscripciones. Los nombres de muchas de estas poblaciones, similares a casillas, pueden haber cambiado drásticamente debido al tiempo y a la propia evolución del lenguaje hasta tener como referentes cosas completamente distintas. Hay que leer a través de ellos. El tapete de juego sigue siendo el original. Las reglas del mismo tampoco han cambiado. Solo nosotros lo hemos hecho, los nuevos jugadores, ahora enfrentados a él. Si tomamos el enfoque de Sherlock Holmes, deberíamos de poder reconstruir las jugadas anteriores analizando la situación de las piezas en la actualidad, ¿no lo veis así?

—La verdad es que nunca se me hubiera ocurrido contemplar una investigación histórica o genealógica desde esa perspectiva. Pero supongo que tiene usted razón profesor —dijo Pinedo sacudiendo la cabeza.

Sí, pensó Lafuente mientras miraba el mapa; miles de vidas habían atravesado estos paisajes yermos, cruzado estos páramos desolados y casi deshabitados. ¿Estaban las almas del ayer aún por allí como creía Pinedo? ¿Habían partido quizás de visita a un pueblo vecino planeando retornar a última hora de la tarde a tiempo para la cena? ¿Traerían consigo mil anécdotas nuevas que contar, risas frescas, llantos y penas nuevos?

. . .

Las solitarias construcciones habían sido tan vulnerables tan vulnerables al viento del invierno como los mismos campos que las bordeaban; casas aisladas a las que éste podía destrozar o perdonar según le viniera en gana. Como esas mismas casas rodeadas de surcos, de cientos, miles de sembrados y cultivos, algunas gentes tristemente no brotarían jamás. Algunos darían lugar a arbolitos que crecerían, que tendrían a su vez descendencia, llegando a formar un pequeño grupito forestal y, pasando el tiempo, incluso un tímido bosquecillo. Aun así, desconocidos de la mano del escriba, sus vidas quedarían perdidas para la Historia.

Otros habitantes más afortunados verían llegar un día por el camino que atravesaba la población, a ese mismo escribano real buscando, recabando la información de los dominios locales, inventariando todas y cada una de las cosas que allí veía. Las familias pasarían de este modo a formar parte del censo real de la nación, ganando con ello la inmortalidad, esa inmortalidad relativa de los registros.

Muchas de esas personas, la inmensa mayoría pasarían su vida de la cuna a la tumba entre esos campos, sin dejar huella alguna de su existencia en esos objetos planos y aparentemente neutros que eran las hojas y el papel del escribano, del notario, del abogado, del párroco, registrando su paso por la vida y la muerte. Sin ese papel su nombre no sería más que un eco en la boca de los viejos del pueblo. Algo de lo que se hablaría cada vez un poco más lejano. Algo que, como la vieja lápida de la tumba —si por fortuna podían contar con un panteón—, podría ser recordado para la posteridad. En los casos menos pudientes, las viejas piedras se habrían ido deteriorando y desgastando, borrando todo rastro de nombres y fechas sobre esa pequeña lápida que albergó los restos de algún tierno infante muerto a los pocos meses de nacer.

Detrás de él seguirían las lágrimas de sus padres hasta que estos también desaparecieran de la escena.

Ya solo la hojarasca, los pasos de otros visitantes cercanos turbarían ese trozo de tierra.

Para el pueblo llano solo quedaría el entierro común en la parroquia. Sin nombre. Sin fecha. Sin identidad. Una sombra más, una hoja más arrastrada por el viento en la tormenta, viniendo desde un punto hacia otro más allá de la distante colina sin saber cuál había sido su objetivo.

Los tres habían dejado la dorada oscuridad de la biblioteca. Se encontraban en los amplios jardines del campus, en esos senderos donde era fácil ver cualquier día de la semana a cualquiera de ellos, inmerso en largos paseos.

Alineadas a uno y otro lado del sendero que atravesaban podían verse copias de estatuaria griega. De esas estatuas con las que poco a poco se había ido sembrando la periferia del campus.

Tan pronto encendió su pipa y dio la primera inhalación, los brazos del profesor se pusieron en acción. Sosteniendo la misma con la mano derecha, dibujó un arco en el aire, como si estuviera delimitando el paisaje que les rodeaba.

—No se trata tan solo de buscar un monte cualquiera en el norte de la provincia —comenzó—, sino El Monte. El Monte elegido por las religiosas y, si he adivinado correctamente, estaríamos moviéndonos en pos de las ideas que una mente brillante tuvo al crear este plan secreto, esta maniobra de ocultamiento. De ser así debemos continuar pensando como lo hicieron ellos, fuera el plan inicial obra del escribano, de la abadesa o de un conjunto de personas. Eso no lo sabremos nunca. Bien —continuó—, pongámonos en su lugar entonces. Buscaban —ya lo sabemos—, una familia con arraigo local. Podría tratarse de un noble o, por lo menos, de personas de autoridad cuyo apellido fuera susceptible de perpetuarse o tener cierta garantía de hacerlo a través de la posesión de tierras y títulos.

—Claro, en lo que al monasterio se refiere, ya sabemos que gozaban de potestad sobre tierras y títulos hasta tiempos bien recientes —dijo Arturo.

Oyeron un golpeteo repentino de agua sobre las ventanas

cercanas al punto donde se encontraban. Había comenzado a llover con fuerza mientras corrían hacia el edificio principal.

Con este aguacero vespertino arrancó esa nueva fase de su investigación.

Y así tenía que ser. Este es el modo en que deben de comenzar los juegos de mesa, con gotas golpeando en el exterior de una ventana. Y luego, luego siempre es el impulso por continuar y terminar la jugada más allá del cansancio y de la cena que espera fría en la cocina.

Una vez resguardados los tres en el confort del despacho, Arturo miró de nuevo el mapa como un jugador ante el tablero que pensara el siguiente movimiento, intentando conseguir hacer dama a través de los difíciles corredores del mismo hasta llegar al lado opuesto.

—«Un pueblo el norte, en el monte... en el monte...» —dijo en voz baja, sin darse cuenta de que estaba articulando estas palabras.

—«Donde esconder la semilla dorada» —continuó Elena, como el que recita un encantamiento a fuerza de haber leído ese párrafo miles de veces.

—Haced una lista de los diferentes lugares —intervino el profesor.

—. Es inútil que estemos los tres sobre el plano como tontos, leyendo y releyendo los mismos nombres una y otra vez. Sería una perdida de tiempo. Es fácil que omitamos uno de ellos haciéndolo así. ¿Tordesilla del Monte podría ser? —y siguió leyendo la larga retahíla de nombres que se presentaban frente a él: Las Alfuacas, Muño, Arlanzón, Jarros, Losa, Rodilla, Quintanilla Sobresierra, Montorio, Carrión, Deseñas. Villamayor de los Montes...

dejándose llevar por el suave ritmo de los nombres en contrapunto con el golpeteo de la lluvia sobre el pretil.

El profesor calló de repente. Sacó del buró cercano el plano de las Huelgas, lo miró rápidamente contrastándolo a continuación con el mapa de la provincia desplegado en la mesa.

Sus dedos ya estaban siguiendo un surco sobre el dibujo, como si no acabara de ver las líneas perfectamente trazadas en el mismo.

Volvió a leer la última columna de nombres.

Elena no dijo nada. Seguía el dedo de Carlos con atención.

—¿Elena? ¿Estás pensando lo mismo? —se giró Carlos, extrañado de la ausencia de comentarios de esta.

Su pregunta no obtuvo respuesta inmediata.

La profesora había adoptado la misma actitud de concentración solitaria de la que sus compañeros llevaban haciendo gala en los últimos días, limitándose a hacerles una seña para que guardaran silencio mientras consultaba su ordenador portátil.

La luz, esa luz reveladora que les había dado la clave aquella mañana que tan lejana se les antojaba ahora, penetraba en el estudio del profesor por el ventanal situado a su espalda, atravesando la lluvia, produciendo un curioso efecto sobre la figura de este último.

—¡Es el oro! —dijo finalmente Elena, lanzando un grito.

Los dos hombres se incorporaron ante la exclamación.

—¡Es el oro! ¡La clave está en el oro! —repetía una y otra vez Elena.

La voz de la profesora había llegado a la conciencia del profesor lentamente, con un ritmo propio, como el eco del silbato de un tren que hubiera dejado la estación tras efectuar una breve parada.

--lLas religiosas estaban intentando ocultar un secreto dorado, ¿no? —dijo Elena—. Esas son las palabras exactas usadas en el propio Códex, ¿no es verdad? También según el testimonio de la abadesa, es el oro, o más bien la luz que este simboliza, lo que debemos buscar. Esto es, un lugar dorado en el Monte.

Los tres se agacharon sobre el mapa que habían estado escrutando toda la tarde, lleno de pequeñas poblaciones, la mayoría de las cuales habían sido apenas villorrios casi inexistentes en el siglo XIII.

Por fin, tras quedarse detenida al reconocer un nombre la profesora se levantó y se acercó a la mesa central.

—Creo que aquí sí puedo ser de ayuda —dijo enigmáticamente,

mirando de uno a otro de los presentes a la vez que sacaba las gafas de lectura de su estuche.

Elena estaba señalando un punto al norte de la provincia.

Esta vez fue Carlos quien lo vio. Un pequeño pueblo.

Montorio.

—Después de lo que os he dicho ¿No notáis nada peculiar en el nombre? ¿Nada que os llame la atención?

—Creo que es este el que buscamos —dijo Elena con una enorme sonrisa de victoria—. He intentado no sugestionarme con la idea, pero mis ojos vuelven una y otra vez sobre este punto. Solía pasar allí los meses de verano en casa de mis tíos. Supongo que la familiaridad hace que dejemos de ver lo que tenemos delante. Por otro lado tenía miedo de ser subjetiva al respecto.

Carlos consultó en Internet rápidamente. Tres o cuatro golpes de teclado en la página de Google. Unos segundos de espera.

—¿Sabes? sí, podría ser —dijo—. Aquí está... Montorio... en la antigüedad un pequeño núcleo de población. Se fundó gracias a una donación de unas propiedades en San Adrián y San Miguel, unos despoblados en el término de Montorio —o Monte Áureo como también se le conocía en la época —realizada nada menos que el 6 de mayo del 968... Monte Áureo... monte de oro... la semilla dorada escondida en El Monte... Como dirían los ingleses, en una mala traducción de la expresión, ¿no os hace esto escuchar campanillas en la cabeza?

Elena y Arturo se acercaron al mapa.

Carlos se aproximó con un libro que había sacado del estante. Una recopilación de facsímiles de la época.

—Sí, no es nada descabellado. Además la ubicación está relativamente cerca de Burgos, pero si no me equivoco —y aquí hizo una pausa para coger alguno de los apuntes de las últimas semanas—. No, no creo que sea posible. Por desgracia esa zona no estaba bajo el control jurisdiccional, civil o religioso de las Huelgas.

—¿Pero qué me decís de este otro próximo a Montorio? —continuó insistente Elena, sin darse por vencida, señalando con su lápiz otro punto del mapa, una población cercana a la anterior: «Quintanilla Sobresierra».— ¡Fijaos, también tiene el sufijo de «monte» o «sierra» en el mismo, y está a escasos kilómetros del anterior! Quintanilla Sobresierra, o dicho de otro modo, «sobre el monte» para dejarnos fuera de toda duda de que es en ese paraje al que debemos de remitirnos. ¿Estamos ciegos o qué?

—Aquí dice además que esta última población se encontraba bajo la tutela y la jurisdicción civil y eclesiástica del monasterio —dijo Lafuente, la nariz todavía metida en el libro.

No se trataba de un monte en efecto. Era una población.

—Solo falta ahora una cosa sin importancia —añadió Lafuente.

—Por favor profesor, no me lo diga—dijo con voz lastimera Arturo, inmerso en otro volumen—. No sé si podré aguantarlo. Si por lo menos hubiera podido tomarme una cerveza antes...

Carlos dejó la pipa con cuidado sobre la mesa y, cogiendo la escalera de la biblioteca subió a la misma y, tras pasar cierto tiempo moviendo algunos libros en las alturas, descendió.

—Mirad este códice —dijo el profesor mientras mostraba con aire triunfante un facsímil cuidadosamente encuadernado—. *El Becerro de Cardeña* hace también una especial mención a la población que hemos encontrado. Fijaos, aquí dice que en 1077, el presbítero Gundisalvo dona al abad de San Pedro de Cardeña, Sisebuto, todas las heredades que tenía en Monte Áureo.

¿Era esta la mariposa por fin?

—Un último apunte, profesor. Supongamos por un momento que es este el lugar... ¿Por qué nos dijo antes que nos centráramos en el norte de la provincia? ¿Por qué creía que se encontraría allí la población y no en cualquier otra parte? Al fin y al cabo hay varios lugares que tienen el sufijo monte en el mapa.

—Fuisteis vosotros quienes me disteis la idea. Aquellas eternas charlas tuyas sobre Fulcanelli en nuestro viaje a Soria, ¿recuerdas? Y lo que Elena dijo el otro día acerca de la orientación de los templos religiosos para que los creyentes miraran a Oriente al entrar por la puerta situada en occidente. Eso y nuestras experiencias pasadas con los efectos de luces en las Huelgas me hizo pensar si acaso la situación actual de las vidrieras en la sala capitular no obedecía a alguna razón secreta. De hecho recordad que nadie sabe o por lo menos no consta en ningún sitio los verdaderos motivos por los que se hizo ese cambio de ubicación de las mismas en 1965. Pero, con independencia de eso, estaréis de acuerdo en que la sala capitular era el centro de mando por así decirlo de la vida del monasterio, donde se tomaban las decisiones del mismo. Y donde aquel lejano día de Navidad de 1257 o como mucho, unos pocos días después, se tomó la decisión de enviar la «semilla dorada» a una familia de acogida.

—Aún sigo sin entender nada. Ya hemos hablado del símbolo de los Reyes y tal, pero ¿el nombre del pueblo...?

—El pueblo, Arturo, está simplemente situado en el mismo punto cardinal en el que los rayos del sol inciden en la sala capitular.

Y diciendo esto, con gran dominio del efecto teatral que el profesor sabía había tenido su discurso, plegó los planos con parsimonia, guardándolos bajo llave en su buró.

—Ahora viene lo realmente complicado —dijo.

—¿Lo realmente complicado?

—Sí, —replicó Carlos, mostrando un saquito de tabaco picado que extrajo del bolsillo—, esperemos que esta nueva mezcla sea de mi *agrado*. Me la acaban de llegar hoy desde hoy Inglaterra y estoy francamente ansioso por probarla. «Duke of Queensbury» —dijo pronunciando el nombre con cuidada lentitud y precisión—. Con ese nombre por lo menos se ha ganado mi interés.

Esta era otra etapa. Habían recorrido muchas y cada vez, en cada momento de ellas, habían creído saber lo que necesitaban, aunque al terminar, tras la satisfacción inicial viniera la inquietud que trae consigo el conocimiento. Aquella misma inquietud contra la cual le había prevenido el profesor. La inquietud de querer saber más, en busca de la verdad total que siempre, siempre parecía escaparse a través de puertas aparentemente cerradas.

La pipa se prendió por fin y, tras sacudir la cerilla en el aire para apagarla, el profesor Lafuente se giró mirándoles a los dos, agradeciendo tanto la nueva mezcla de picadura como la idea que ahora brillaba con claridad en su mente.

—El Monte de Oro —susurró.

Los demás asintieron en esa luz crepuscular.

El sonido de la lluvia repiqueteaba de fondo como una banda sonora descolorida, marcando el ritmo de la tarde.

CAPÍTULO 2
EL RETORNO DEL NOVELISTA

De cómo un cronista retoma sus obligaciones con la historia.

De las notas de Ernesto Santos

Burgos, 23 de enero de 20...

—¿Ernesto? —la voz sonaba baja y urgente.

—¿Quién es? —la dichosa falta de cobertura que ni el 4G ni el 5G habían logrado evitar, impidió por unos segundos que llegara a mi cerebro la identidad de mi misterioso interlocutor.

—¿Carlos? ¿Carlos Lafuente? ¿Eres tú? —dije al fin, adivinando como buen lingüista la solución al enigma en ese tono seco y frases cortas que me llegaban a través del auricular.

Era él en efecto. Nuestro investigador aventurero al que habíamos perdido el rastro hacía ya casi un año, en concreto desde aquel paseo por Covarrubias en busca de un legado nórdico.

Tras un breve intercambio de palabras, presentí que había algo que Carlos Lafuente deseaba decirme. Era evidente que la llamada no había tenido únicamente como objeto informarme del día luminoso que Burgos estaba disfrutando, eso estaba claro. Conociendo lo parco de este hombre en palabras, más amigo de los mensajes por correo electrónico que de una charla telefónica, intuí que ésta obedecía a otro objetivo.

—¿Tienes pensado acercarte por aquí próximamente? —dijo al cabo de unos segundos, cansado de hilvanar una conversación más o menos coherente.

Tras consultar mi agenda verifiqué que podía programar una firma de mi último libro en Burgos para dentro de un par de semanas. Tere, adivinando el tono de la conversación, asentía con la cabeza animándome a la pequeña escapada.

—Nos vemos entonces. ¡Ya te contaré! —dijo brevemente Lafuente una vez le confirmé esta circunstancia y acordando vernos tras pronto llegara a Burgos. De ese modo enigmático había dado por terminada nuestra conversación.

El clic en mi oído me sacó del estado de estupor en el que me había dejado la llamada, similar al de la proverbial gallina ante la raya de tiza.

Cuando llegué a Burgos ese veintitrés de febrero y dejé la maleta en el mismo hotel que la vez anterior, sentí deseos deseos de volver a cruzar sus calles tras un año enfrentado al ordenador. Era hora de tornar a deambular bajo sus sauces llorones, de notar la lluvia cayendo, la brisa fresca en el rostro.

Paseé así por las calles vacías de esa mañana fría, observando los comercios tradicionales, con la sensación sobre mis hombros de que el tiempo no hubiera transcurrido.

Caminé con pasos lentos, con la mirada llena de sueños, en un estado de paz interior. En estos momentos me sentía unido a Tere como nunca. No podía explicarlo, pero así era. Inspiré el aire, apoyándome sobre el pretil del puente y viendo el Arlanzón allí abajo, pasando, siguiendo su ritmo, como llevaba haciendo todo este tiempo, estos años, estos siglos.

El Arlanzón.

Me parecía curioso pensar que hacía escasamente unos pocos años, mes arriba, mes abajo, no sabía que existía aquí, en el norte de España. Era ahora cuando, inexplicablemente, me asaltaba una extraña añoranza, la necesidad de volver a verlo bajo otros ojos. Ahora no podía pasarme sin el, sin su recuerdo, de saber que ella también había cruzado por estos lugares, dando saltitos y lanzando su risa al aire. Una risa similar al del grupo de niñas que acababan de adelantarme por la acera sin más propósito que disfrutar de la tarde con sus amigas.

Dejé atrás el paseo del Espolón, la antigua estación ferroviaria y la avenida que había quedado tras su paso. Todos ellos fueron la parte final de mi paseo antes de tomar un necesario café.

Ya no podía vivir sin este nuevo Burgos. Necesitaba recordar esas dos sensaciones así, unidas. Ya nada podría separar de mi interior esa experiencia, la impresión de vivir y percibir la ciudad que había visto crecer a Teresa.

Me había confundido toda mi vida. Ahora en mi madurez había encontrado la otra ciudad que me había perdido. Pero descubrí, maravillado, que me había estado esperando, paciente y sin reproches. Siempre estuvo allí, quieta, anhelando que hiciera el camino hacia el Norte como el peregrino que se dirige a Compostela. Esta, sin embargo, era una peregrinación callada, sin alboroto. En silenciosa soledad.

Observé una de esas acogedoras cafeterías, con luces ámbar en su interior, que me hablaban de momentos sin prisas y en las que el tiempo pasado junto a Tere degustando un café con una reinosa, parecía no transcurrir.

Contemplé los amplios jardines, los carriles bici, esos balcones y porches acristalados...

A través de ellos Burgos y yo nos hablábamos, nos contábamos nuestros pequeños secretos.

Pero la maravilla, el milagro si se quiere, había sido el hecho de poder recorrer los lugares y sentir los olores y las vistas relacionadas con ella.

Y si no había ni niebla ni lluvia en esos días que pisé sus calles, volvería una y otra vez a buscar ese Burgos mío, a buscar y recordar mi amor imposible por sus calles, siempre soñando, siempre pensando en esa mujer que se cruzó conmigo en una fase de mi vida, de mi existencia.

Mis dos amores, Tere y la escritura habían sido pues descubiertos en mi edad madura. Mi sueño del norte.

Lafuente miró a su amigo sentado en el sillón de terciopelo verde frente a él. Había transcurrido tiempo desde la última vez que lo había visto, sí. Su coche podía verse desde la ventana, aparcado al otro lado del río. Un golpe de buena suerte dada la congestión de tráfico a esa hora.

Carlos Lafuente le miraba sonriente, su espalda apoyada contra la cortina, fija la vista sobre el Armazón aunque sin descuidar en ningún momento la atención debida al recién llegado.

—¡Y ahora vamos a la universidad! Tengo en mi despacho algo que debo mostrarte —dijo Lafuente cogiendo su chaqueta y dirigiéndose hacia la puerta antes de que Ernesto tuviera tiempo material para reaccionar.

—Así que vas a hacer la presentación de tu libro en Caja Duero —dijo Carlos una vez llegados a su despacho y ser recibidos por Ismael—. Seguro que te trataran bien. Conozco muy buena gente allí. La mayoría de ellos han editado libros sobre temas de la provincia y cultura local —miró unos discretos segundos por la ventana antes de continuar—. Por cierto, ¿sabes quién va a estar allí también? Te alegrará conocer el dato: Clemente Násera, aquel hombre de curiosa perilla que cenó con nosotros en el Pasaje Olid.

—¿En serio? —dijo Ernesto, echando la cabeza para atrás y lanzando una carcajada—. Todo un personaje sacado de una novela decimonónica de Victor Hugo—. Y a continuación el escritor se levantó para unirse a Carlos en la contemplación del río allí abajo—. Realmente es maravilloso este sitio. Te digo una cosa con franqueza. Si trabajara aquí no avanzaría gran cosa en mi escritura. Con lo que me gusta mirar los jardines y los árboles, me dejaría llevar por la imaginación y permanecería todo el tiempo ante la ventana. Por cierto, hablando de trabajar, ¿no piensas contarme nada acerca de esos manuscritos que estabais investigando sobre la princesa Kristina?

Carlos procedió a resumir con celeridad a su amigo el estado de las cosas hasta ese momento. Plano tras plano de la zona fueron desplegados sobre el escritorio mientras el profesor explicaba a Santos los hechos acontecidos recientemente en el monasterio de las Huelgas.

Ernesto acogió la increíble noticia del descubrimiento con entusiasmo y cierta incredulidad. ¡Quién hubiera imaginado que aquel viaje a Covarrubias fuera a desembocar en este estado de cosas!

—Semeja el argumento de una novela —dijo Ernesto—. Pero lo que dices de intentar dar con el nombre de la familia que acogió al recién nacido me parece altamente improbable.

—Lo sé, aunque gracias al trabajo increíble de Elena y de Arturo, así como de un poco de intuición añadida, hemos podido dar con una hipótesis de trabajo que parece resistir. Hoy nos has pillado en una, digamos, pausa investigadora.

Un golpe sobre la puerta interrumpió la conversación. Esta se abrió tras unos segundos dando paso a la delgada figura de Elena portando una carpeta en una mano y un lápiz en la otra.

—¡Vaya, vaya! ¡Si tenemos aquí al escritor novel que promete arrasar con la novela histórica de este siglo! ¿O sería mejor decir Nobel? ¿Cómo estás, Ernesto? —dijo mientras daba un par de besos a su amigo—. ¿Te ha puesto al día nuestro eminente profesor? ¿Cómo está Teresa? ¿Es cierto eso de que no ha podido venir contigo?

—Sí, la verdad es que lo ha sentido mucho, pero no ha podido ser en esta ocasión —contestó Ernesto. —La he dejado con unos remordimientos increíbles, créeme.

—Digamos que estamos los dos en proceso de *debriefing* —dijo Carlos, sin poder ocultar su recién ganada sonrisa mientras miraba a su amigo.

El hombre tiró de mala gana el cigarrillo que había encendido solo momentos antes por puro estrés. Llevaba retraso con el reparto. Todavía tenía que subir hasta la universidad de Montanilla antes de realizar cuatro entregas más en Burgos. Desde luego la mañana estaba siendo algo especial.

Con la destreza que daba la experiencia de más de cinco años dedicándose a esta tarea, abrió con brusquedad las dos puertas traseras de la furgoneta y con una sola mano accionó el elevador para proceder a la descarga de las cajas. Comprobó con cuidado el albarán escrito con letra ilegible que llevaba en la mano para poder confirmar el nombre del departamento. Sí, estaba bien claro. Era el despacho de paleografía de aquella profesora tan atractiva. No quería confundirse de nuevo y tener que rehacer los pasos entre esa maraña de pasillos, ascensores y puertas que no iban aparentemente a ningún lado y que, sabía por experiencia, conformaban la universidad de Montanilla.

—Es una pena que las investigaciones no hayan dado otros frutos, digamos más palpables después del increíble hallazgo del texto escondido en el Códex, pero esa es la norma en nuestro trabajo —explicaba Elena mientras caminaban hacia el despacho de esta última—. Hay avances sí, pero nada del otro mundo, esto no es como el Arca Perdida ni nada semejante a lo que el vulgo pueda creer, por desgracia.

Elena abrió la puerta. El cuadro de Constable parecía reflejar la luz de la mañana sobre la carreta y los bueyes.

—Nos vemos en una hora chicos para la comida. El tiempo justo de preparar mis clases y recuerda Ernesto —dijo antes de cerrar la puerta tras de sí—, que aunque hablemos de ocho siglos y no de la antigua Roma, sigue habiendo una carencia documental importante y hablamos además de algo que salvo un puñado de monjas, mucha gente ha preferido se mantenga secreto.

Al cerrar la puerta tras de sí, Ernesto —que había mantenido la vista fija contemplando el cuadro—, se encontró en su lugar con la placa del despacho que colgaba a la altura de su mirada.

«Elena Serna Serna- Dpto. De Paleografía»

Dio un respingo. Se dio cuenta de que hasta este momento no había sabido el apellido de su amiga.

Serna.

El mismo apellido de Tere. Sonrió ante la coincidencia.

Carlos sentía cierta sensación de pesar. La conversación había hecho que las dudas volvieran a germinar en su mente. Al igual que las ardillas que acostumbraba ver en el parque, mil y una ideas daban vueltas en su cabeza, entrando desde lo que parecía ser el lado izquierdo de su consciencia, plantándose ante sus ojos y desapareciendo por la derecha, como si estuvieran encaramadas sobre patines, hasta esfumarse. Fugaces. Rápidas. Para ser atrapadas en el momento o verse condenadas a desaparecer. Pero de entre todas ellas ninguna, absolutamente ninguna, había hecho raíces en los últimos días.

—Esa información permanece en el lugar, de algún modo se mantiene aquí a través de los siglos al igual que la que encontramos contenida en el Codex —decía Carlos a un pensativo Ernesto mientras avanzaban a trechos por el pasillo, más para afirmar sus pensamientos que por una verdadera necesidad de comunicación—. Lo siento así. Y al igual que el Códex musical debe de ser algo evidente y a la vez imperceptible.Ernesto compartía así, en esos momentos con su amigo Carlos, la frustración de haber encontrado la respuesta al enigma de la princesa para verse estancados ahora en esta nueva línea de investigación.

~

De las notas de Ernesto Santos
17 de febrero de 20..

Me duele la mano derecha mientras escribo. Espero que el mero hecho de redactar estos breves párrafos ayude a que pase el dolor y que los músculos se ejerciten algo. Todo a causa de un momentáneo despiste. Ha sido esta mañana tras dejar los dos a Elena en su despacho, ambos concentrados en nuestros pensamientos, pero soy yo el único culpable al tener siempre mi mente en una nube como ha sido parte de mi naturaleza durante años cuando me encuentro con algo que estimula mi curiosidad. Y el haberme encontrado con el apellido de Elena de este modo era ciertamente algo curioso.

No vi al repartidor. Sencillamente no lo vi venir.

El choque fue brutal. Sentí un dolor intenso en el costado izquierdo y a continuación percibí un enorme estruendo. Fueron realmente dos sonidos. El primero producido por la pila de cajas al caer al suelo, seguido poco después por el golpetear de una multitud de pequeños objetos que, al abrirse las mismas por efecto de la caída, se desperdigaron a lo largo del pasillo.

Por último el estruendo más lento, más pausado pero no menos intenso y acompañado de un intenso dolor fue el producido por mi caída al suelo. Segundos después una caja perdida cayó sobre mi cabeza. Por fortuna pude pararla con mi brazo derecho evitando así toda la fuerza del impacto.

Carlos se había apartado a un lado, fuera de la dirección de la tormenta a la vez que levantaba su brazo derecho pero esto ya no era necesario. No había ya nada que parar o evitar. Yo había sido el afortunado receptor de todas las cajas sobre mi cuerpo.

El repartidor aún se encontraba allí, sujetando la carretilla mientras intentaba asimilar lo que había ocurrido. Aún sostenía en su mano derecha el albarán de entrega y el bolígrafo. En cuanto al bloc que había estado mirando segundos antes con exquisita concentración para apuntar la entrega como realizada antes de que la misma fuera efectiva con el objeto de adelantar tiempo y salir antes del lugar, temblaba sobre la parte superior de uno de los montones de cajas.

No se había percatado de los dos hombres detenidos en el pasillo frente a él.

No iba a tener suerte ese día.

—Lo siento mucho, de verdad. No les vi. ¿Se encuentra usted bien?— acertó a decir en un hilo de voz.

Al ver que no contestaba Carlos se había agachado para comprobar mi estado.

—¿Qué ocurre? —sonó la voz de Elena abriendo la puerta de su despacho al fondo del pasillo, alertada por el ruido. Al vernos a los dos en el suelo, echó a correr hacia nosotros, acudiendo primero a socorrer a Carlos y, tras comprobar que el mismo había salido ileso y que yo mostraba en cambio un abyecto espectáculo, un curioso patrón sobre el suelo del pasillo, se inclinó hacia mí.

—¿Te encuentras bien Ernesto? —dijo mientras me ayudaba a levantarme, apartando alguna de las cajas que impedían la operación.

—Estoy bien, estoy bien —dije con un hilo de voz mientras intentaba levantarme.

En un radio de unos siete metros en torno al epicentro, el suelo parecía completamente revestido de diminutas tarjetas de visita junto con diverso material de oficina. Parecía que alguien hubiera arrojado al aire diez cajas conteniendo puzzles, tal era el aspecto que presentaba el pasillo en ese momento. El hecho de que hubieran sido impresas en un papel de escaso gramaje había claramente facilitado esta diáspora.

Los cuatro nos agachamos y sin decir palabra comenzamos a recoger y agrupar las tarjetas, colocándolas como pudimos en el interior de las cajas.

Filas y filas de ellas delante de mis ojos, extendiéndose por todo el suelo circundante, como esos recortables que solía hacer de pequeño cuando, aburrido y cansado de jugar me dedicaba a recortar las páginas de los tebeos que había estaba leyendo, troquelando las figuras conocidas de los protagonistas con los cuales luego elaborar una historia propia, fuera de los márgenes cotidianos de la historia que tenía en la mano.

Era esta una tarea casi hipnótica.

Con el hábito que da una vida dedicada a la lectura, acostumbrado a leer todos y cada uno de los carteles que se someten a nuestra atención cotidiana, desde aquellos que indican el camino hacia los aseos, pasando por las diferentes señales de tráfico, direcciones, precios, listas de productos en supermercados y un largo etcétera no pude por menos de leer una y otra vez el contenido de esas tarjetas de visita repetidas delante mío, a pesar de conocer ya su contenido. Leía así una y otra vez su superficie. El nombre sobre la misma, la dirección, el cargo, número de teléfono y correo electrónico:

«Elena Serna Serna -Dpto. de Paleografía». Elena Serna Serna. Elena Serna Serna...

El nombre se extendía *ad nauseam*.

Serna.

El apellido de Elena y Tere.

Todo un apellido extendido por todas partes.

El repartidor se había alzado entretanto victorioso tras recoger la última caja, la cara completamente colorada, entre avergonzado por la aventura y sudoroso por la práctica de la tarea realizada contra reloj. Sonrió abochornado, con esa cara que indica un profundo deseo de cavar, a modo de refugio, un agujero en el mismo lugar en que uno se encuentra para poder desaparecer en él.

—Este, ¿me puede firmar aquí por favor? Es un envío de gráficas Castilla —le indicó finalmente a Elena a la vez que le extendía su smartphone, un Samsung G7 baqueteado por el uso y que no había servido de gran ayuda para evitar el choque pese al increíble número de aplicaciones que contenía.

—Sí, eso me había parecido —dijo Elena por toda respuesta con una mueca de disgusto mientras señalaba con el boli que llevaba en la mano las cajas agrupadas sobre la mesa auxiliar.

Tras esta última transacción el repartidor se alejó con rapidez, avergonzado y en parte, creo yo, que alegre porque no se había demorado en exceso su labor de reparto.

Poco después, Carlos me acompañaba hacia el aparcamiento. Había sido una larga mañana con aventura incluida. Al salir del departamento de paleografía me volvió a invadir esa sensación de vacío, de esfuerzo inacabado, de tarea pendiente que no lograba quitarme de encima desde hacía días, en concreto desde que había recibido la llamada de Carlos Lafuente. Por un extraño proceso de mimesis, había hecho mía su investigación.

Lo que tan fácil había parecido en un momento inicial, lo que todos habíamos creído posible, ilusionados por la propia búsqueda, no había resultado ser más que un espejismo.

Yo como novelista estaba por al menos disculpado de forjar castillos en el aire. ¡Castillos! ¡Qué metáfora más adecuada dado el tema de la investigación de mis amigos y teniendo en cuenta el nombre de la empresa encargada de imprimir aquellas tarjetas de visita! Me sentía algo culpable por haber contagiado de esa ilusión pintoresca a mis compañeros, en especial a Carlos Lafuente en nuestro encuentro inicial. Le había hecho salir de su torre de marfil para buscar un espejismo. Le había hecho desnudar su alma, pactar con el diablo académico a cambio de nada.

Pero esto no era una novela. Era la vida real.

Una familia de arraigo había dicho Carlos—. ¿Encontrar un

apellido castellano que habría estado conservado, preservado en la zona ocho siglos después? ¿Con solo la pista que había aparecido en el Códex musical? Era de gilipollas pensar eso. Sentía deseos de pedir disculpas a Carlos por la parte que había tenido yo en animarle a esta aventura cuando nos conocimos en Valladolid. Por todo el tiempo perdido. Por haberle hecho creer en fantasmas. Y Arturo, a pesar de sus intuiciones, semejantes a las mías, iba a tener que enfrentarse a una decepción igualmente dura.

—Carlos, quería decirte —comencé a decir girándome hacia él cuando entonces, al introducir mi mano en el bolsillo de la americana mis dedos encontraron algo sólido en su interior. Al tacto parecía un objeto rígido y rectangular. Era una de las puñeteras tarjetas de visita objeto del accidente. De algún modo había ido a parar allí tras la hecatombe producida.

La saqué.

«Elena Serna Serna»

La tercera vez que lo leía en un corto espacio de tiempo.

Me acordaba de lo que me había dicho Tere una vez acerca del origen del mismo:

«Es un apellido muy común en Montorio. Más de un setenta y cinco por ciento de la población se llama así. Y no solo en Montorio sino en los pueblos cercanos. Todos somos familia en uno u otro grado».

Me quedé quieto frente al estanque dorado por el sol, observando el árbol que tenía delante mío. Podía oír los lejanos gritos provenientes del cercano Arlanzón donde algunos estudiantes se estaban entrenando en aquella fresca mañana. Brío y energía en las voces:

—¡Vamos, vamos, vamos! ¡Quiero ver ese *blue* en vuestros gritos!

La voz de Carlos exponiendo los resultados de las últimas investigaciones vino a mi mente:

«Según se deduce del Códex debe ser un nombre popular, de amplio arraigo local».

De amplio arraigo local.

Visto en todas partes.

Como ese cúmulo de tarjetas desperdigadas delante de mí en el pasillo.

Serna.

El apellido de Elena.

El apellido de Tere.

Serna.

¿Podría ser ese el escurridizo patronímico? ¿La familia perdida? ¿Lo había tenido delante de las narices todo el tiempo?

Una solemne tontería. Eso era producido por un fenómeno normal en una población con escasa movilidad. Pasa en todas partes.

Pero... ¿Y si no fuera así?

No pasaría nada por intentarlo al menos.

Me encontraba junto a dos estatuas situadas en el lado oeste del pabellón de Historia. Representaban estas a un par de ninfas que, con los brazos levantados se cubrían el rostro, asombradas y a la vez temerosas por lo que veían alrededor. Así me sentía yo en ese momento.

¿Cómo era eso de las coincidencias significativas querido Jung?

Sí, Ernesto sentía inquietud. La idea de las coincidencias de ese apellido habían despertado su curiosidad o más bien su imaginación, siempre presta a tomar como valida o por lo menos digna de estudio cualquier hipótesis por muy descabellada que esta pareciera. Había que ser realista. Este reducido grupo de gente había conseguido en Burgos lo que un ejercito de funcionarios no hubiera sido capaz de lograr en varios años de investigación. Siempre le había gustado ver la llama de la emoción, de una idea brillar en el rostro de una persona. Si además esta ilusión aparecía retratada en el rostro de sus queridos amigos, razón de más para guardarse sus críticas o dudas para sí mismo.

—¿Cómo te encuentras Ernesto? –dijo Elena cuando una hora más tarde acudió al despacho de Lafuente tal como habían acordado—. ¿Más recuperado del accidente?

—¿Sabes Elena? Nuestro amigo Ernesto me acaba de dar una sorpresa increíble. Al parecer Teresa se apellida Serna como tú y sus padres nacieron uno en Montorio y el otro en Quintanilla Sobresierra –dijo Lafuente con aire divertido.

Ciertamente Carlos estaba disfrutando de la situación.

—¿En serio? —dijo Elena levantando las cejas—. Lo que no recuerdo es que lo mencionarais nunca ¡Eso sí que es increíble! Iba a decir vaya coincidencia, pero lo sé, lo sé. Esa expresión está prohibida en este sanctasanctórum, aunque eso no es nada. Ahora recuerdo que bromeabais cuándo llegamos a aquel pub en Covarrubias con el mismo nombre.

—La verdad es que no creo que dijéramos nada, eso es cierto. Sus padres eran a su vez originarios de dos pueblos de Burgos. De hecho me contó que se conocieron durante la romería a la ermita de la Virgen de las Mercedes que une Montorio y Quintanilla.

Ahora fue el turno del profesor el quedarse callado.

—¿Montorio? ¿Quintanilla? —dijo apartando a un lado la picadura de tabaco que se disponía a colocar en la cazoleta de la pipa y dirigiéndose a la mesa donde tenía extendido el plano de la provincia —. Esos son precisamente los pueblos que hemos estado investigando en detalle.

Elena sonrió al ver el desconcierto de su amigo.

—Ya no me extrañaría nada después de esto —dijo Ernesto— ¿ahora es cuándo me decís que no sois de la Tierra?

—Bueno, como siempre digo, las cosas prácticas lo primero —dijo Elena—. Está claro que necesitas asimilar los nuevos conceptos. Esto es como cuando entré por primera vez en la National Gallery de Londres. Hay allí, en una de las salas principales, según entras a la izquierda, un cuadro de gran tamaño que muestra la ejecución de Lady Jane Grey. Esa pintura me impresionó tanto que tuve que quedarme sentada en uno de los bancos mirándolo durante unos veinte minutos antes de poder seguir recorriendo el museo. Mis piernas no me obedecían. —Me había olvidado de tu tremenda pasión por la pintura, ¡*touche*! —dijo Ernesto.

—Y en tu caso—dijo Elena dando un nuevo beso a Carlos antes de dirigirse hacia la cafetera escondida en el rincón con aires de propietaria, desde que había hecho del despacho del profesor su segunda residencia—, ante lo imposible y la coincidencia, siempre está esa frase que leí en una de mis primeras lecturas, *Veinte mil leguas de viaje submarino*, concretamente cuando el profesor Aronnax, enfrentado a las maravillas de los mares y el prodigio que representa el submarino Nautilus, pronuncia la frase «y sin embargo, se mueve». Bueno, en cualquier caso veo que os he distraído lo suficiente con esta evocación literaria para lograr llegar hasta la cafetera sin que os deis cuenta. Ahora estáis los dos a mi merced.

—Vaya, veo que me he perdido muchas cosas mientras estaba escribiendo en mi torre de marfil.Voy a tener que revisar mis cursos de literatura creativa —dijo Ernesto mirando perplejo las recientes muestras de afecto entre sus amigos—. La realidad supera la ficción. ¿Esto vuestro dura mucho tiempo?

CAPÍTULO 3

EL APELLIDO SERNA

De cómo un apellido puede atrapar el alma y hacernos regresar al pasado.

Carlos Lafuente dejó a un lado el montón de papeles que tenía desperdigados sobre su mesa y levantó la mirada. Gruesos tomos de genealogía e historia local se encontraban apilados en la mesilla auxiliar. En claro contraste con todo ello un par de tarjetas de visita de Elena que Ernesto había depositado allí momentos antes de dejar Burgos al mismo tiempo que un largo y emocionado discurso.

Serna.

Ciertamente el apellido había sido «De la Serna» en la antigüedad. Lafuente se quedó pensativo. El patronímico había permanecido durante siglos sufriendo las vicisitudes del tiempo.

De la Serna.

De la Sierra.

Del monte.

¿Tendría razón Ernesto?

¿Habría sido efectivamente esta la familia refugio de aquella criatura desamparada y tutelada por las religiosas del Monasterio de las Huelgas?

En un lugar prominente de la mesa se encontraba abierto un estudio de una profesora de la UBU sobre el *Becerro de Cardeña* —cuyo facsímil había tenido entre las manos tan solo días atrás cuando dieron con la población de Montorio—. En el mismo aparecía el apellido Serna como claramente conocido ya en el siglo XIII. La profesora que firmaba dicho artículo se apellidaba asimismo Serna, pero claro, eso era otra de esas casualidades.

—¿Es también insignificante que el anterior abad de Silos se hubiera apellidado Serna también? —le había dicho Ernesto— ¿Qué el mismo hubiera querido retomar el apellido «De la Serna» hacía tiempo olvidado? ¿Volver a darle categoría señorial? ¿Qué bajo su mandato el canto gregoriano se popularizara en grabaciones y CD?

Probablemente.

En cualquier caso era la única pista que tenían. ¿Qué podía pasar por seguirla un poco más?

Sintió envidia de la claridad mental de aquel antepasado que había maquinado semejante clave secreta así como todas esas referencias aparentemente ocultas, pero que ahora se veían claras como la luz.

Bueno, quizá la metáfora no fuera la más adecuada; para alcanzar la luz habían tenido que llegar antes a otras deducciones.

El servicio de té estaba preparado y dispuesto en la bandeja. Aun así el profesor dejó enfriar su taza mientras anotaba y subrayaba sin cesar. Elena y Arturo le observaban en silencio mientras bebían a pequeños sorbos.

—Tenemos que el apellido Serna procede de una familia ya existente en la época; en concreto en la zona norte de Burgos, cerca del páramo de Masa —dijo Lafuente tras trazar una última línea—. Una familia de la montaña, de la sierra... esto es... Serna. El Monte que estábamos buscando. La referencia al monte mencionado en el

Códex. El nombre que allí aparece no indicaba tan solo el lugar, sino también la familia de acogida, ¿no lo veis? De un solo golpe de efecto el copista dejó indicadas las dos cosas. ¿Recordáis sus palabras?: «*Cantad que maese Johannes lo arreglará*» ¡Y bien que lo arregló! ¡Qué mejor tutela que la preservación del apellido! ¡Qué mejor llamada de atención a la posteridad, de este modo esotérico, que hasta los Rosacruces o los Templarios hubieran mirado con cierta envidia! El mismo Dan Brown se golpearía la cabeza contra la pared por encontrar una revelación semejante.

—La verdad es que llevándolo por duplicado hace que una se sienta un poco especial —dijo Elena.

—Ya sé, ya sé lo que me vais a decir —continuó Carlos sin parecer haber escuchado a esta última—. La descendencia de la familia original pudo perderse mil veces a través de los siglos hasta no quedar ni rastro de la misma, pero aun así es la única pista que tenemos. Nada más; ni escritos, ni libros, ni leyendas. ¡Reflexionemos, pues! Sabemos que por línea masculina el apellido se preservaría; aun en el caso de que este cayera sobre una mujer, la misma proliferación del mismo —que ya debía ser peculiar en la época—, sería una buena baza para evitar que desapareciera por matrimonio, manteniéndolo en esa población que se resistía a disgregarse. Ayudaría a su preservación dentro de la línea genealógica...

Carlos levantó la mirada mientras recogía uno de los volúmenes del suelo y lo colocaba en una estantería detrás de la Enciclopedia Espasa.

—«La Serna» era por otro lado un término usado antaño para denominar la reserva señorial o *terra indominicana,* en otras palabras la extensión de cultivo explotada directamente por el señor y el servicio que se prestaba a este cultivándole sus tierras o ayudándole a recoger el fruto era llamado «Las sernas del rey». El otro día me preguntasteis —continuó tras una pausa que utilizó para ver el efecto que habían causado sus palabras—, si no podía ser otro el lugar donde encontrar la familia que se hizo cargo de «la semilla dorada». Esa posibilidad ciertamente existía. Bien, ahora mismo podéis ver aquí que los dos parámetros que tenemos se cruzan en este punto —dijo señalando sobre el mapa las poblaciones de Montorio y Quintanilla—. Tanto la referencia a un monte dorado como al apellido De la Serna me hacen creer que estamos en el lugar adecuado.

Elena y Arturo permanecían en silencio, como si hubieran perdido el don de la palabra.

—Elena —dijo Carlos dirigiéndose hacia esta con una sonrisa—. Creo que deberíamos hacer una visita a tu pueblo un día de estos. ¿No te parece?

—Yo también te quiero cariño —contestó está sacándole la lengua.

Lafuente permanecía de pie contemplando el mar que la marina le ofrecía. Esas olas eternamente amenazando con romper, esa eterna espada de Damocles suspendida allí por el pintor.

Saldrían pues en dirección a Montorio al día siguiente. Algo nuevo que hacer para variar. Carlos necesitaba moverse y ni siquiera su amplio despacho de la universidad ni el mismo campus eran lo suficientemente espaciosos para él estos días.

Escribió en un papel las ideas sueltas que no lograba fijar en su mente:

El apellido Serna.

El abad de Silos que creó y fomentó la grabación y popularización de la música sacra.

Los monjes del mismo monasterio que «descubren» el Códex musical traspapelado o perdido entre los manuscritos del archivo de las Huelgas.

La publicación por monseñor de Balaguer de un libro sobre la Abadesa de las Huelgas y sus prerrogativas, obra que, curiosamente apenas es mencionada por el Opus Dei pese a ser la primera escrita por el ahora santo al terminar sus estudios y que algunos argumentan, fue incluso su tesis doctoral.

¿Había formado parte el Opus del gigantesco secreto de ocultamiento como había apuntado Arturo? ¿Había alguna relación entre el mismo y la Orden del Císter? ¿Habían sido los monjes del monasterio de Silos con anterioridad a la desamortización, una especie de ángeles custodios de apoyo a la labor realizada por las religiosas de Huelgas?

Todo eran hipótesis y preguntas. Jamás sabría toda la verdad.

En aquella época en que la religión había sido el lugar donde se depositaba la totalidad del saber, era lógico pensar que cualquier cosa importante fuera confiada a su seno.

CAPÍTULO 4
LLEGADA A MONTORIO

*De cómo nuestros héroes buscaron un gran apellido en el punto más
pequeño del mapa.*

Extracto de las notas de Carlos Lafuente
Viernes, 25 de febrero de 20…

Hemos llegado a Montorio. He pisado por fin estas calles, reivindicado su existencia, su identidad. La carretera nacional lo atraviesa como una cuchilla. Según miramos hacia la izquierda, casi esperamos ver, aproximándose por el oeste, surgiendo tras el horizonte, alguna hueste conquistadora, el pabellón alzado, mostrando orgullosa su blasón, su nombre, mientras avanza por en medio de las casas, solitarias a esta hora del día.

En su lugar escuchamos un lejano zumbido que se va convirtiendo por momentos en un traqueteo mecánico que trota por encima del asfalto. Pronto vemos la causa. Es uno de los tractores que, exhaustos, vienen de roturar los campos en una lucha diaria, más prosaica que antaño, pero no menos necesaria. Solitario avanza renqueando hacia nuestro pequeño grupo mostrando en el verde brillante de su pintura su reciente adquisición.

Al pasar frente a nosotros deja en el aire una mezcla de olores de la tierra de difícil clasificación, hecha de cereal, girasol, maíz y mucho de patata.

Su conductor, extrañado de ver tanta gente a esa hora de la tarde, levanta la mano izquierda en señal de saludo. Seguramente proviene de la cercana cooperativa, responsable importante del cultivo de patata en esta zona.

En efecto, como Elena nos había contado, Montorio es una pequeña población con un puñado de vecinos, un grupo de casas agrupadas y apretujadas. Tan apretujadas como la misma relación existente entre sus habitantes. Una imaginación más cinematográfica que la mía esperaría oír las notas en el aire de una banda sonora de *western* anunciando el tiroteo del mediodía.

—Hace años que no vengo por aquí y eso que está tan solo a unos pocos kilómetros de Burgos —dice Elena en voz baja, un tono culpable en la voz, mirando en torno suyo como si hubiéramos descendido de una nave espacial en reconocimiento del paraje antes de dar el primer paso de exploración.

Por supuesto que había visto fotos del lugar con anterioridad, resultado de mi curiosidad, movido por ese deseo absurdo que las nuevas tecnologías despiertan a veces en nosotros: el deseo, unido a la creencia de que podemos conocer algo antes de llegar, si bien ya he aprendido bastante sobre la imposibilidad de tales fantasías del espíritu y de que nada puede sustituir la presencia física del propio cuerpo situado en un lugar, la sensación cinestésica de moverse por él, de sentir sus olores, escuchar sus sonidos y tocar sus muros, paredes, estatuas e incluso los bancos de los parques.

Intento embeberme del lugar.

Miro a mi alrededor antes de cruzar la calle. No espero ni mucho menos ver el tráfico de la quinta avenida neoyorquina, pero esta tranquilidad puede casi tocarse.

Este es después de todo el sitio que hemos estado buscando, que creemos haber encontrado. Nada menos que el monte dorado que aparece en el Códex. Y eso ciertamente es algo a tener en cuenta.

—¿Qué estamos haciendo aquí aparte de admirar la extensión de la calle mayor y la densidad de población? —dice Elena.

—Solo intento hacerme una idea de la época, nada más —contesto—. Ya sabes, *A sense of place*, como diría Arturo. Imaginar el lugar. Necesito sentir que es un sitio real y no solo una anotación en un manuscrito. Un poco de realidad no viene mal después de tanto libro, ¿no crees?

—Ah, bueno, si solo es eso, me parece genial. Cuando termines dímelo porque creo haber visto un bar un poco más abajo y un bocadillo de chorizo tampoco me vendría mal.

El bar Montorio, el lugar mencionado se encuentra en la cercana calle Burgos. Tras un par de bocadillos consumidos entre la totalidad de los habitantes que parecen encontrarse en ese momento allí reunidos—unas cuatro personas--, amenizados con ruido de vasos y carajillos servidos al compás de una televisión que desgrana los resultados de los últimos partidos jugados, Elena coge su servilleta y la aparta con un gesto que no admite replica alguna.

—Creo que lo más conveniente ahora a menos que quieras continuar con tu *sense of place* es dirigirnos a la asociación de vecinos.

La asociación vecinal «Monte de Oro» se encuentra muy cerca de donde estamos. Pero, ¿qué lugar no lo está realmente aquí?

Elena me ha preguntado qué hemos venido a hacer a su pueblo. Sin una pista concreta, sin ninguna razón más que su apellido y esa toma de identidad con el lugar de la que Arturo habla con tanta frecuencia. Supongo que a estas alturas parte de su visión de la vida se me ha pegado. La relación profesor-alumno guarda mucho del síndrome de Estocolmo, supongo. Tendré que pensar esto con calma. Podría ser objeto de un estudio, algo que lanzar en una charla en uno de esos simposios o congresos aburridos que hay que llenar con cualquier cosa que pase por la cabeza para justificar la asistencia, los gatos de hotel y la suculenta cena o comida que a continuación tenga lugar.

Sí, Elena quiere que vayamos a ver la asociación local.

El número veinte de la calle Félix Rodríguez De Lafuente resulta ser un edificio aislado que se divisa en la distancia, a nuestra derecha, un paso de cebra convenientemente colocado enfrente. Al otro lado de la calle—o más bien carretera dado lo desperdigado de las viviendas que la rodean—, se alzan parte de las casas veteranas de la población, hechas en piedra marrón. Estas edificaciones escuchan calladas, formando un grupo, sus portaladas cerradas y unos arbolitos en régimen de riego por goteo en el exterior. Sus chimeneas permanecen silenciosas también a esa hora del día.

En este punto el olor cercano de los cultivos se hace sentir con mayor intensidad.

El silencio de nuestros pasos sobre la gravilla me despierta del ensimismamiento que me provoca a esa hora del día la ausencia de ruidos. Algunos pájaros se atreven a cantar y volar sin mirar a un lado u otro de la carretera antes de cruzar.

El edificio de la asociación cuenta con un paso de entrada para vehículos a la izquierda del mismo, lo que, unido a la forma de sus ventanas con arco, fácilmente distinguibles en la distancia, le otorgan cierto parecido con un Mac Donald's rural que se hubiera incorporado a la geografía de la población mimetizándose con el ambiente.

Cuando llegamos ante el frontal y levanto la cabeza, reparo en el elaborado cartel que cuelga a la derecha de la puerta blanca de entrada. Allí destacan, relucientes, las letras «Asociación Monte de Oro» y bajo las mismas aparece dibujado un tropel de figuras en número de veinte que, cogidas de la mano, bien podrían reflejar la cantidad real de residentes de la población en un momento dado, todo ello bajo un farol blanco.

Un banco de color verde se encuentra pegado a las ventanas, quizás para que los más viejos puedan reposar tras cruzar el paso de cebra, relajándose allí momentos antes de entrar en la asociación con sus mejores caras.

Honorio Serna —no puede ser otro el apellido—, lleva unos

pocos años en calidad de presidente de la asociación Monte de Oro que, junto a otras, representa la inquietud de sus habitantes por participar en la vida cotidiana de ese pequeño rincón perdido al norte de la provincia burgalesa.

Honorio es un hombre amable, de gestos amplios y andares pausados cuyo rostro se extiende en una enorme sonrisa al vernos, evidentemente complacido ante nuestras preguntas, ante la atención que su pueblo ha despertado en nosotros. En su visión de las cosas parece creer que venimos de algún programa televisivo, de algún *reality* que ha elegido el lugar como objetivo. En vano intento convencerlo de lo contrario, explicándole y mostrándole la documentación de la universidad, las acreditaciones y demás textos mínimos para justificar nuestra presencia allí. Para él, Elena es simplemente la vecina desterrada que ha vuelto triunfante desde la cercana capital, convertida en toda una profesora universitaria tras haber sobrevivido al cultivo de la patata local. Una moderna Cenicienta.

Al moverse arrastra los pies, con esa certeza del que camina sin prisas, conocedor de que el devenir no llega antes por levantarlos más del suelo, con la confianza del que está seguro de verdades como patadas en la espinilla durante largos partidos de fútbol jugados en una niñez pasada en las calles del pueblo.

Nos hace de este modo pasar al interior del local. Allí un grupo de tres o cuatro mujeres nos lanzan largas miradas inquisitivas que más de un inspector de aduanas quisiera emular para poder efectuar su trabajo con la mayor precisión a la vez que discreción.

Miradas que sin embargo no evitan la amabilidad ni la sonrisa, que van acompañadas, cuando las saludamos como respuesta a tanta atención, de un asentimiento de cabeza en señal de reconocimiento para seguir narrando a continuación la elaboración de esa receta tan especial para preparar la morcilla de Burgos en finas rodajas o contar que Julián, el hijo de Bernarda —la de atrás de la iglesia, cerca de la Migueleta—, vuelve a ir con la Remedios.

Nos sentamos a continuación frente a una mesita que Honorio llama con orgullo su despacho.

En una pequeña estantería a su espalda se pueden ver varios libros que tratan de la región, las fiestas locales y el propio Montorio.

Elena me lanza una mirada de reojo que parece querer decir:

—«Estamos en la tierra de la princesa Kristina, pórtate bien».

Sí, puede que tenga razón. Tras la oscuridad, tras los misterios de los últimos meses, tras la persecución de oscuros arcanos, claves, numerología y un largo etcétera, es el momento de la claridad diáfana de la luz, una jornada de puertas abiertas.

—¡No me diga que están buscando ustedes la descendencia de un noble! —dice Honorio, una vez ha escuchado lo que nos traído aquí, mirando al mismo tiempo hacia la puerta entreabierta a nuestras espaldas—, por discreción no creímos oportuno dar más información en el pueblo sobre su visita hasta tener algo más sólido, más creíble. En Montorio no ha habido nunca nobles de ningún tipo —dice volviéndose de nuevo hacia nosotros con un guiño—. El pueblo ha tenido siempre cierto reparo ante ellos desde que hace años, un barón de un pueblo cercano quiso imponer una serie de impuestos a la localidad.

—Vamos, que a los lugareños les faltó tiempo para buscar piedras del camino con el objeto de lanzárselas —apunté con una sonrisa que refrené enseguida, pensando que quizás la expresión no había sido de las más afortunadas.

—De hecho cuando años después, cuando el padre Serna, el abad de Silos quiso retomar el antiguo apellido haciéndose llamar «De la Serna» causó cierto revuelo entre la población, no se crean. Podríamos decir, siguiendo el ejemplo que usted mismo me ha dado que se empezaron a buscar piedras al alcance de la mano. ¿Sabían que el mencionado abad es natural de aquí? Por fortuna no llegó la sangre al río y éste deshizo lo andado volviendo a tomar el más comedido Serna a secas para uso diario, guardando el otro para la más secreta de las intimidades.

En este momento parece recordar que Elena se encuentra entre nosotros y su sonrisa se extiende de nuevo por todo su rostro.

—Y a ti, ¡A ver si se te ve más por el pueblo que desde que te fuiste a la capital ya poco te vemos! —dice dirigiéndose a esta a modo de reproche —. ¡Vamos que ni para la romería vienes!

—¿Qué romería es esa? —pregunta Arturo—. Perdone, pero viniendo de Bilbao, no he tenido tiempo de familiarizarme con las costumbres locales.

—Bueno, es una peregrinación que se celebra el veinticuatro de septiembre con objeto de la fiesta local en honor de la Patrona. Sale desde aquí hasta la ermita de las Mercedes, situada a mitad de camino entre Montorio y la cercana población de Quintanilla. Luego tenemos una comida en el polideportivo. Antes se hacía al aire libre bajo una vieja roblencina cercana a la ermita. De todos modos, si van a ir a Quintanilla, esos de ahí al lado le dirán otras cosas, creo yo —dice con una sonrisa—. Son aficionados a apuntarse a la misma.

El párroco parece habernos estado esperando. Tras él, la parroquia de San Juan muestra una cruz sobre uno de sus muros. No es cosa habitual que dos profesores de una universidad de Burgos, y mucho menos la de Montanilla, se desplacen hasta aquí para aprovecharse de sus conocimientos, de sus anécdotas, de esas historias que el escaso tiempo del sermón diario no permite sacar a relucir. Las pocas veces que lo ha intentado se ha encontrado con las miradas torvas de las viejas del lugar que, comenzando a murmurar por lo bajo, llevan su desagrado y desaprobación a casa, vertiéndolo en el puchero junto con las gachas para, poco después, culminar todo ello en la taberna del pueblo en boca de unos maridos que terminan encarándose con él.

Sabe que se mueve entre gente ignorante, o por lo menos, resabiada por sus costumbres, pero él confía en que poco a poco podrá hacer uso de la habilidad de su oratoria para atraer las ovejas descarriadas al redil. Siempre y cuando no le pidan que instale wifi a lo largo de toda la calle Mediavilla donde se encuentra el templo, como han llegado a insinuarle algunos jovenzuelos no hace mucho.

—El archivo parroquial está desde luego a su disposición para cualquier cosa que necesiten —dice, balanceándose ufano de ver tanta expectación por la parroquia en un solo día.

—Creo que os interesará conocer a una de nuestras vecinas y colaboradoras —dice Honorio en cuanto dejamos al párroco—. De hecho fue una de las fundadoras de la asociación en su momento.

—¡Eso sería estupendo.

—Se llama Ana Mari. Ha publicado hace poco un libro sobre su infancia en las calles del pueblo. No vayan a creer ustedes que eso de escribir queda solo para gente de la universidad.

Ana Mari es ciertamente una de las veteranas de Montorio. Se ha convertido en un referente. No se puede realizar un plan de fiestas o cambiar la decoración o la posición de las sillas en el interior de la asociación sin consultarla previamente.

Su casa está situada unos metros más allá, en la misma calle Félix Rodríguez de la Fuente. Es una preciosa construcción blanca que forma parte de una fila de casas similares en grupo de cinco cercanas al bar donde habíamos comido horas antes. Su ubicación, en ese punto concreto de la calle hubiera sido el lugar idóneo para pagar un hipotético peaje antes de continuar la marcha hacia el camino de Santiago que, siguiendo la carretera principal, atraviesa la población en dirección al norte.

—¡Pasen, pasen!, ¿quieren un café? Me ha dicho Honorio que estaban haciendo una especie de investigación para la universidad de Burgos, ¿no? —dice la mujer tras hacer el mencionado las presentaciones.

—Bueno, no exactamente, es para la universidad de Montanilla del Arlanzón —digo con un carraspeo.

—Ah, bien, sí, claro, he oído hablar de esa universidad —el viejo gesto familiar de duda cruza con rapidez por la frente de Ana Mari mientras nos sirve los cafés que ha preparado con increíble celeridad—. Aquí también tenemos historias muy interesantes. Y nuestras fiestas siguen siendo importantes, ¿saben? Todavía mantenemos dos romerías desde hace un montón de tiempo.

—Usted habrá conocido mucha gente con el apellido Serna, además de su familia por supuesto —digo con una sonrisa, intentando atraerla al tema que nos ha traído hasta aquí.

—Así es, pero eso ya se lo habrá dicho Honorio —contesta la buena mujer mirando a este con aire de complicidad—. Es fácil saber cuando alguien es de unas manzanas más o menos cercanas por exagerar un poco, dependiendo del número de Sernas que tenga en su apellido. Pero eso vale tanto aquí como en el pueblo de al lado. Esos de Quintanilla, aún teniendo menos población, tienen su pequeña porción de culpa. ¿Sabe usted? Mi marido era de allí, pero sus padres eran uno de cada sitio. Ya ve, estamos condenados a entendernos entre los dos pueblos. De hecho, yo lo conocí en la romería —la mujer sonríe al acordarse—. Pero de eso ya hace mucho tiempo —continúa mientras sorbe el café, dando por zanjado el tema y fijando en mi mente la certeza de que Ana Mari es una de esas duras mujeres del norte que han sufrido lo suyo y que no están dispuestas a soportar más que la porción de tarta que la vida les ha puesto en el plato, ni más ni menos.

Nos despedimos de ella cuando el sol empieza a ponerse, cuando los tonos rojizos invitan a un adiós visto en películas, donde no hay nadie en la calle y solo el caballo o, en este caso, el coche de turno espera a que los visitantes dejen el lugar.

—Y prometan que pasaran a verme cuando terminen ese libro o lo que sea— nos dice Ana Mari desde la puerta de su casa como mensaje de despedida.

CAPÍTULO 5

EL TABLERO DE JUEGO

De la semejanza entre hacer bolillos y la genealogía inversa o una lección de abolengo, estirpe y linaje.

—Todo esto es absurdo, profesor —dijo Arturo, echándose hacia atrás en el asiento y alejando de si los papeles que hasta ese momento había tenido entre sus manos—. Nadie ha hecho una genealogía inversa tan lejana como la que propone. Es de locos. Y se lo digo yo, Arturo, su estudiante, ¿recuerda? El que cree en los platillos volantes, apariciones, fantasmas y signos cabalísticos. Si por lo menos tuviéramos una pista en el presente, un lazo del que tirar... Pero la única manera segura de dar con una ascendencia es seguir el rastro de nuestros antepasados a través de los registros que podamos encontrar en las parroquias. Ir tirando de los hilos. Todo lo demás es pura novela... ¡Y usted pretende lo contrario!

—Vamos, no hace falta que nadie me diga que una investigación genealógica es por lo general ascendente —contestó Lafuente—.

Solo a unos profesores de Montanilla medio locos se les podría ocurrir la idea de invertir la ecuación. Buscar al revés. Sé que la perspectiva es una locura, pero ¿no es una locura maravillosa?

Aquí el profesor hizo una pausa. Viéndole en ese momento a Elena le vino a la mente la imagen de Charlot a punto de ejecutar una pirueta sobre sí mismo.

—Sí, sé que eso es lo habitual —continuó Lafuente—. Sí, es lo científico. Pero no me digas qué es lo cuerdo. A lo mejor no tenemos un lazo, siguiendo con tu metáfora tan literaria. Es cierto, quizá no contamos con eso, pero sí disponemos de hebras, y con ellas y con paciencia podemos llegar a reunir un determinado número y formar algo así como un pequeño cordón, ¿no?

—Parece mentira Carlos que seas tú el que use metáforas semejantes cuando no sabes ni hacerte el nudo de los zapatos —intervino Elena con una carcajada—, pero sin irnos tan lejos en comparar un caso como este, que atraviesa siglos como el que unta mantequilla en el pan, y perdón por la metáfora cogida por los pelos pero creí que era mi turno, aquí contamos con una ventaja. Pondría todas mis canicas de adolescencia en la misma bolsa a que el apellido no se ha desplazado de la zona en siglos, que la familia originaria no se ha movido de aquí. En eso estoy contigo, Carlos.

—A no ser, en un caso más que probable que entre los siglos XVIII y XIX emigraran a las américas o a cualquier otro país en busca de mejor fortuna —insistió Arturo.

—Aun así sería fácil seguir su pista —apuntó Lafuente—. Aunque muy escasos, hay en efecto rastros del apellido en puntos distantes del mundo. No hay más que leer el libro *Los Sernas del mundo* de Louis F. Serna. Sí, sí, no pongáis esa cara. Me he estado informando bien.

—¿Y cómo piensa comenzar a seguir la pista, profesor?

—Teniendo en cuenta que no son muchas las familias que existen en la actualidad en Montorio y Quintanilla sugiero que cambiemos de táctica, que empleemos un ataque más radical...

—¿Radical? —dijo Elena con cierta alarma en la voz, no acostumbrada del todo a los súbitos cambios de Carlos— ¿Qué quieres decir?

—Como ha señalado Arturo y contando con la posible emigración o desplazamientos hacia otras poblaciones, estaréis de acuerdo en que si comenzamos a indagar en la genealogía de la totalidad de las familias de todos los pueblos posibles, la tarea, ingente en sí misma, podría llevarnos considerable tiempo. Por otro lado aún así quizá esto no nos sirviera de nada.

—Muy probable.

—Por otro lado, si pensamos —dijo Carlos dando uno de sus habituales paseos—, si siguiéramos la pista de los registros desde la primera familia a las que la abadesa dejara inicialmente al recién nacido, quizá podríamos...

—Perdón, perdón profesor, pero hasta usted sabe como buen historiador que no existían libros parroquiales ni registros con anterioridad a 1563 o alrededores según el lugar de que se tratara. Por otro lado todo el mundo era enterrado en el mayor de los anonimatos en una fosa común.

—¡Salvo las familias pudientes Arturo! Salvo las familias pudientes que pudieran permitirse una capilla o un enterramiento cercano al altar y que por su propia voluntad se hicieran inscribir en la parroquia para perpetuar así su nombre, ¿recuerdas? De cualquier modo te has adelantado a mi pensamiento amigo mío. Quería deciros antes de que me interrumpierais los dos de ese modo al que me tenéis acostumbrado que, si combináramos los dos métodos encontraríamos quizá un lugar en el que confluyeran las dos investigaciones. Ese lugar sería la época, la familia y la persona, ¿no estáis de acuerdo?

—Y claro —dijo Elena, captando la idea del profesor y levantándose de la silla al entender su línea de pensamiento— si el monasterio dejó al cuidado de la familia Serna o como narices se llamara en la época, el fruto prohibido de la princesa, nuestro particular Niño Jesús, deberían existir menciones claras del hecho al margen de la que consta en el Códex.

—Ahora estás entendiendo mi idea, Elena querida —dijo Lafuente con una sonrisa que rejuveneció su cara—. Me resisto a la idea de creer que las abadesas no firmaran cartas, órdenes, contratos, exenciones o cualquier tipo de documento civil o eclesiástico que mencionara el nombre de esta familia con mayor o menor frecuencia, o cuanto menos, con mayor dedicación que a otras.

Arturo cogió la bufanda que había quedado sobre el respaldo del verde sillón, procediendo a iniciar el rito de anudársela.

—Eso significa también una cosa tal y como la estoy percibiendo yo —dijo— y con la agilidad que me está caracterizando estos últimos días, os dejo. Tengo trabajo que hacer.

—¿Trabajo que hacer Arturo? —dijo el profesor. Elena miró también al joven con ojos inquisitivos— ¿Qué quieres decir?

—Parece mentira que me preguntéis eso a estas alturas. Pues voy a reunirme con nuestra vieja amiga la abadesa para que empiece a buscar entre sus papeles. ¿Recordáis que nos dijo que quedaba a nuestra disposición? No me digáis que no os disteis cuenta de cómo reaccionaba ante mi caída de ojos. ¡Dios! Creo que muchos de esos manuscritos no habrán sido tan hojeados en siglos como lo están siendo en las últimas semanas.

Y con estas palabras Arturo desapareció por la puerta antes de que ninguno de los restantes pudiera decir nada.

—Bien mi querido profesor; ahora que nuestro principal ayudante ha decidido iniciar las pesquisas por su cuenta —dijo Elena tras la marcha de Arturo— ¿Qué nos queda a ti y a mí por hacer? ¿Cómo sugieres que investiguemos la línea genealógica de la totalidad de unos pueblecitos por pequeños que sean? Te recuerdo que aunque la población de Montorio y Quintanilla —por nombrar tan solo los más evidentes—, no supere los doscientos catorce habitantes, no creo que el rector esté muy dado a financiar este tipo de proyectos de investigación. Sin contar con que habría que ampliar la búsqueda a otros pueblos y ciudades como tú mismo has apuntado.

—Ya lo había pensado querida Elena. Y créeme que me ha costado dar con una respuesta a ese problema, aunque creo que podré contestarte. Tengo una vieja conocida —un poco excéntrica la verdad—, a la que no he visto en años. Creo recordar que orientó sus estudios hacia la investigación privada. Es hora de buscar entre mis viejas agendas y ver si en alguna de ellas doy con su teléfono, dirección o cualquier cosa que me permita contactarla. Y en cuanto a la financiación todavía cuento con parte del dinero que me dejo tía Engracia. En su testamento mencionaba que quería que hiciera un buen empleo del mismo y no se me ocurre en este momento otra manera de darle mejor uso.

—Vaya, ahora pasamos del código da Vinci al 007 a la española.

La profesora intentaba bromear, pero sabía que la tarea que tenían por delante era realmente increíble y descomunal.

—He podido encontrar la siguiente documentación en los archivos del monasterio —dijo Arturo mientras depositaba sobre la mesa una carpeta conteniendo un buen número de fotocopias de documentos, cartas, pergaminos, copias de testamentos y un folio aparte conteniendo una larga relación de esa misma documentación.

Y así durante los minutos siguientes Arturo procedió a relatarles la conversación que había mantenido esa tarde con la madre abadesa:

«—Más de una vez me pregunté —le había dicho ésta mientras caminaba por el huerto del monasterio al lado de ese extraño joven que posaba sobre ella unos ojos que parecían viejos, bajo un sol que rehusaba ponerse—, si la misión con la que esta congregación fue obligada podía retomarse en algún momento futuro. Las tardes eran el momento para mi paseo diario cuando, tras haber orado en el claustro empleaba el tiempo aquí plantando y cultivando mi pequeño trozo de huerto; otras veces me detenía ante las figuras del viacrucis existente en la pequeña galería en esa dirección, cerca de las Claustrillas —dijo señalando con el dedo un punto concreto frente a ellos—. Sentía entonces como si el monasterio me hablara, quisiera decirme algo. Pensaba en mis antecesoras, en todas aquellas hermanas que me precedieron en el culto, en la oración y en el servicio a Dios entre estas paredes. Parecía como si en algún momento este nos hubiera dejado sin luz. Con ese estado de ánimo paseaba por aquí, miraba la naturaleza que nos rodeaba todos los días, los frutos que obteníamos del huerto y comprendí que si alguien veía este problema desde fuera solo vería un sinsentido.

Una estupidez.

Al fin y al cabo para el mundo, en el gran esquema de las cosas, fue tan solo la visita fugaz por España de una niña, una extranjera, ¿no es así? —mientras decía esto habían llegado a su despacho en el que entró sin dejar de hablar. Una vez sentada en su mesa abrió uno de los cajones de un viejo buró escondido en un rincón y pareció buscar algo en él—. Pero para esta comunidad significó mucho más. Lo único que encontré a mi alcance después del descubrimiento del escrito en el Codex fue una carta manuscrita de la abadesa de entonces —dijo depositando con cuidado sobre la mesa un documento contenido dentro de un plástico protector.

—El archivo original se encontraba inicialmente cerrado con cuatro llaves —continuó sor Inés—. Una de ellas estaba siempre en poder de la abadesa y las otras en posesión de tres monjas elegidas y nombradas por ella desde la fundación del cenobio--. En este punto comenzó a leer en voz baja el pergamino que tenía frente a sí: --«La niña de ojos rubios se ha ido. Ha dejado aquí una semilla imposible de borrar. Que Dios la perdone y la tenga en su gloria. Recemos por ella, recemos por el mundo que la recibió, por su secreto y por todos nosotros. He dejado en mis plegarias, en la oración, en el canto a Dios todo lo que sé».

Cuando terminó de leer volvió a guardar la carta con sumo cuidado y permaneció unos segundos en silencio antes de continuar:

«—Hablamos mucho las hermanas, se habla mucho por los capellanes en el sermón diario del gozo de Dios y en Dios —continuó la abadesa con un hilo de voz. Arturo se dio cuenta de que no era él el receptor único de esa información. Parecía como si la mujer oculta detrás del cargo estuviese aliviándose así de un pesado lastre, de un deber constante y secreto a modo de acto de confesión—. Pero el gozo de Dios no es nada místico o aburrido. Forma parte de todas nosotras, de nuestro modo de vivir, como cuando nos agachamos en el huerto por donde hemos paseado momentos antes y sacamos un rábano o un tomate, esos otros frutos de nuestro trabajo, cuando terminamos las horas diarias de estudio, lectura y tareas. Ya lo sabéis vosotros, los laboriosos investigadores. En el camino está el premio, ¿verdad? Siempre ha sido la potestad de la abadesa de las Huelgas el interpretar los pasajes oscuros que conlleva la lectura de los textos sagrados y explicarlos como mejor pueda, pero yo no he podido interpretar la parte que me ha tocado en suerte.»

Arturo cayó en la cuenta de a qué se estaba refiriendo la religiosa.

El canto a Dios.

...El Códex musical, claro.

«—Me encontraba con un problema ante este oscuro pasaje escrito. Al igual que nuestra cosecha, los árboles de nuestro jardín y aquellos del cercano Hospital del Rey me hicieron reflexionar en que muchos de ellos, ya centenarios, con toda seguridad fueran el resultado de la semilla de los primeros árboles y plantas originalmente plantados y cultivados en este huerto, todavía dando frutos después de ocho siglos. Solo nos quedaba la certeza de que ciertas instrucciones se encontraban en el Códex, pero habíamos olvidado como leerlas. En algún momento se rompió la cadena. Y así pues, con cada rayo de luz que caía sobre la pared o las diferentes columnas de los claustros ante la que me encontrase paseando o meditando, me parecía escuchar la respuesta, solo que yo no estaba capacitada para leerla. La respuesta, claro, como tú ya sabes era la misma luz.»

—He consultado a los técnicos del Archivo en el Palacio Real sobre documentos relativos a la estancia de la princesa Kristina en el monasterio de Burgos durante la Nochebuena de 1257 —dijo Arturo a la mañana siguiente nada más entrar en el despacho del profesor—. También he buscado datos sobre el apellido De la Serna en esa época.

—¿Y bien? —dijo Lafuente.

—En sus bases de datos no consta dato alguno relacionado con ninguno de los dos. ¿Hemos de dar por echo por consiguiente que la princesa no estuvo en el monasterio o que el apellido de la Serna nunca existió? Sabemos que eso no es cierto, ¿verdad? No. Lo único que prueba mi consulta en los archivos es que no hay documentos que hablen de eso, no la realidad del referente. Igual que el hecho de no poder ver la electricidad no significa que este fenómeno no exista. Y nosotros sabemos por otras crónicas de la presencia de Kristina en España así como que la misma está enterrada en Covarrubias aunque no lo mencione el susodicho archivo. Y obviamente no hay más que atisbar a nuestro alrededor para saber que la familia Serna existe —terminó el joven lanzando a Elena un guiño.

—¿Y adónde quieres ir a parar? —dijo Lafuente.

—Simplemente hacer hincapié en que la falta de documentos escritos sobre algo no significa que ese algo no exista.

El profesor Lafuente escuchaba con atención las palabras de su alumno.

—A veces —continuó éste último—, creo que para seguir con lo que tenemos entre manos más valdría ser un aficionado a los crucigramas que un paleógrafo o un historiador. Más bien necesitaríamos a uno de esos cerebritos que rellenan los juegos de palabras a velocidad de vértigo en la sala de espera de una consulta médica.

—¿En qué sentido?

—Bueno, esto es en gran parte como encontrar la palabra acertada en un crucigrama buscando en horizontal o vertical para luego darnos cuenta de que no casa con la otra con la que tiene que cruzarse cuatro casillas más abajo, ¿no?

—Recuerdo que mencioné el primer día que nos mostró el mapa de la provincia que este se asemejaba al plano de un tesoro —dijo Arturo mientras contemplaba la mesa de Carlos. Sobre ella se encontraban desparramados varios folios llenos de tachones, de manchas, de trazados que subían y bajaban sin sentido aparente alguno—. ¿Y esos números? ¿Alguna nueva fórmula matemática?

—Eso parece —dijo Carlos mirando y sosteniendo uno de ellos entre sus manos—. Siguiendo con tu ejemplo del mapa esto sería la genealogía que estamos persiguiendo. La correspondiente a esta familia de leyenda sería algo así como las carreteras que unen nuestras ciudades. Fíjate, antes teníamos los llamados caminos reales, los senderos y los caminos de piedra ¿verdad? Después llegaron las carreteras regionales, las nacionales y por último las autopistas y autovías. ¿Qué nos ocurre hoy en día tras habernos acostumbrado a usar estas vías modernas y rápidas? ¡Pues qué nos hemos olvidado de las primeras! Sobre ellas ha crecido la hierba y el tiempo hasta hacerlas desaparecer de la vista.

—Ya entiendo por dónde va. Las modernas autopistas de peaje serían los registros civiles y parroquiales posteriores a 1840.

—Correcto. A partir de ahí sería relativamente fácil seguir la pista de una familia gracias a los libros de boda, nacimientos, defunciones y otros menos conocidos. Luego llegaría la primera ley del Registro Civil que duró hasta 1870. ¿Y sabes qué pasó con muchos de esos registros? Nada dramático, nada escalofriante, a no ser que llamemos así al simple abandono o destrucción de los mismos por causas políticas, revueltas populares o algo similar. Y te estarás preguntando ahora, ¿cómo remonta uno hacia atrás? ¡Pues gracias al concilio de Trento que consideraba que toda la población que quedaba en la península alrededor de 1550, era teóricamente cristiana tras la expulsión de moriscos y judíos, se hicieron obligatorios los registros parroquiales, y *voilà!*, ya tenemos la carretera nacional construyéndose.

—Entonces, ¿cómo pretende seguir el rastro de un apellido desde el siglo XIII hasta el XVI en que aparecen los primeros registros parroquiales aparte de las capillas particulares que mencionó el otro día?

—Te he dicho que los registros fueron obligatorios a partir de 1550 más o menos dependiendo de la población y su implantación, pero no que no existieran antes bajo la buena iniciativa de alguna parroquia, alcalde o escribano. De hecho muchas iglesias —pocas, eso es cierto—, tomaron la decisión por su cuenta llevar esos registros ya alrededor de 1315. Estos serían nuestros caminos rurales. Y sé, sé que aún nos quedaría una larga franja por cubrir, Arturo. La delgada, corta, pero más difícil y tortuosa franja que va desde el año en que Kristina de Noruega llega a España hasta la primera fecha registrada. Ese sería efectivamente el camino lleno de hierbajos hoy olvidado. Y tirando de metáfora ya que estoy en ello, lo mejor serían unos buenos machetes en forma de cartas privadas ocultas en monasterios, testamentos, bodas, contratos o cualquier documento escondido en algún rincón. Ni los saqueos de Napoleón ni la desamortización de Mendizábal, las guerras carlistas o los desastres naturales subsiguientes mejoraron las cosas y por supuesto, para rematar todo, en esta España nuestra amante del drama y que no acababa de levantarse de sus turbulencias internas, surgió la Guerra Civil para culminar el proceso de ruptura, de desarraigo y olvido de su historia, para que el proceso de abandono, de perdida, fuera total.

Los presentes, contagiados de entusiasmo por las palabras del profesor contemplaban esa exhibición de pasos casi de bailarín que el mismo trazaba desde la ventana a la librería para dirigirse a continuación hasta el escritorio y, tras cruzar entre los presentes, volver en dirección a la cristalera para recomenzar el periplo.

—Al trabajar sobre una genealogía descendente tenemos que trabajar con otra mentalidad. Si uno quiere estudiar o seguir el posible hilo del coche de mi ejemplo, circulando por las carreteras del tiempo, perdiéndose una y otra vez hasta encontrar la autopista que le lleve hasta nuestros días.

—Siguiendo con su metáfora tan bonita y todo eso, eso presenta un problema, profesor.

—¿Cuál? ¿No te ha parecido clara mi exposición?

—No es eso, pero simplemente habría que tener en cuenta el hecho de que el conductor no tuviera dinero para pagar el peaje y eligiera en su lugar venir por la nacional.

CAPÍTULO 6

ELVIRA

*De cómo una diminuta detective ejerce su labor en las parroquias
burgalesas.*

—¿Recordáis que os hable de una vieja conocida, una detective? He descubierto que montó un pequeño despacho hace unos años. Tan pequeño de hecho que comparte el local con una inmobiliaria —dijo el profesor aquella mañana, una vez el preceptivo café estaba en su mano—. Como os dije creo que puede ser la persona ideal para ayudarnos con la investigación.

De las notas de Arturo Pinedo.

Ciertamente la tarde de hoy pasará a la historia como algo memorable.

Estábamos reunidos como de costumbre en el despacho del profesor como ha sido habitual estas últimas semanas. La logística de tener todos los documentos allí lo hace razonablemente conveniente y práctico. Cuando llegué al mismo alrededor de las cuatro, venía preparado para otra tarde de discusiones teóricas, de rebuscar entre libracos, pero como no tarde en comprobar, estaba muy equivocado.

Habían transcurrido varias semanas desde que el profesor había mencionado a la detective por vez primera sin volver a sacar el tema. Nos encontrábamos los tres revisando con interés algunos árboles genealógicos cuando escuchamos un suave a la vez que nervioso toque en la puerta del despacho.

—Compañeros —dijo el profesor mirándonos con aire enigmático—, creo que vais a tener el placer de conocer a nuestro nueva agregada de investigación.

Y antes de que ninguno de nosotros hubiera tenido tiempo de reaccionar o decir algo, la puerta se abrió rápidamente y una diminuta figura penetró en la estancia, o más bien pareció saltar dentro de ella portando una gruesa mochila.

—Elena, Arturo, os presento a Elvira Redondo de la agencia de detectives Redondo.

Elvira no era precisamente la idea que me había forjado de una detective, habituado como estaba a las viejas novelas de detectives protagonizadas por Marlowe y Sam Spade, o incluso otros clásicos más recientes como Mike Spillane. Elvira no tenía nada de eso. La figura que había cruzado la puerta apenas levantaba un metro cincuenta del suelo. Tenía la tal Elvira un pelo largo y lacio y unos ojos que se perdían detrás de gruesos cristales. Me llamó la atención su extremada delgadez y la rapidez espasmódica de sus movimientos que la hacía parecer que estuviera a la búsqueda de un olor nuevo para, en caso de detectarlo, salir corriendo en pos de su presa dejando la palabra en boca de su interlocutor.

Tras esta presentación sorpresa, el profesor se giró hacia mí y con cierto aire de triunfo dijo:

—No podemos descuidar ya por más tiempo nuestras obligaciones docentes salvo unas pocas horas al día y tú, Arturo, has de ponerte al día con tus estudios y tu tesis, sin olvidar tus prácticas de remo. ¿Puedo recordarte que debes defenderla dentro de un mes y que el tiempo corre? Elvira se encargará del trabajo de campo, de buscar y seguir los registros parroquiales con minuciosidad tanto online como presencialmente en aquellos casos donde no pueda hacerlo de otro modo, y que serán por desgracia la mayoría. Nosotros, aparte de alguna incursión esporádica, nos encargaremos de la interpretación de los datos obtenidos de este modo. Bueno, pero podemos discutir los detalles después de tomar un té, ¿le apetece Elvira? —dijo el profesor al que las extravagancias y movimientos incesantes en su silla por parte de la detective no parecían hacer mella alguna, como si esta se tratara de un espécimen más de su colección de lepidópteros.

—Hola, sí, esto... tomaré un té, sí, sí, pero, aunque... bueno, creo que... ¡Sí, por supuesto. Bueno, pondré esto por aquí —dijo tras intentar diversas acciones simultáneas y optar finalmente por dejar la abultada mochila sobre la mesita auxiliar ante la consternación del profesor.

—Dentro tengo los aparatos que utilizo para investigar, ya saben: micrófonos, grabadoras, cámaras, todo ese tipo de cacharros. No los puedo dejar en el coche, hay demasiado hijo puta ahí fuera —dijo, señalando con la cabeza hacia la ventana a modo de disculpa, mirando de un lado a otro y aceptaba la taza de té que le servía Elena, todo ello con movimientos que parecían amenazar con soltar la misma en el preciso momento en que se le ofrecía para salir corriendo a tomar una nota, ir al aseo o comprobar si la puerta de su coche—un Opel Kadett de color incierto a causa del barro y suciedad que lo cubría—, estaba bien cerrada.

Este era ciertamente el pintoresco espécimen de la deducción que teníamos frente a nosotros y a la que no podía dejar de mirar entre fascinado y divertido. La tarde que había parecido ser torva y gris, se estaba alegrando por momentos.

Elvira cerró la puerta del viejo Opel. Llevaba en su mano la mochila que prontamente se colocó a la espalda, no sin antes haber revisado su interior como tenía por costumbre: una linterna convencional —no se fiaba de los móviles para moverse en lugares poco iluminados, prefiriendo los artilugios que habían sido diseñados para hacer solo una cosa y tan solo una; daban menos fallos. Completaban su equipamiento un micrófono y otros pequeños *gadgets,* al margen de unos auriculares de gran tamaño.

Caminaba con pasos rápidos aunque no tenía ninguna prisa en particular. Era este un hábito adquirido en la niñez cuando tenía que hacer numerosos recados para su familia de cinco hermanos.

Estaba en una nueva población. Frente a ella la primera de las casas que le había tocado en suerte ese día. ¿Qué papel iba a interpretar hoy? ¿El de agente de seguros, vendedora de alarmas, de telefonía móvil, o bien el clásico testigo de Jehová? Debía de cambiar su personalidad con rapidez en virtud de la persona que le abriera la puerta, todo con tal de poder penetrar en su interior y saber algo más de esa familia, averiguar los nombres de los padres, abuelos, hermanos, etcétera, de modo tal que no despertara lógicas reticencias en sus propietarios.

Tiempo tendría después para indagar y contrastar lo averiguado con los datos registrales de las diferentes parroquias con las que se encontraba; comprobaba no solo sus libros de defunción y de bautizos, sino también los de Cofradías, los de Tazmias, que registraban el cobro anual de los diezmos, primicias y su distribución, de Apeos, con el inventario de bienes de la Iglesia, del Hospital —para transeúntes—, de Matrícula, donde se registraban los que confesaban y comulgaban anualmente en Pascua de Resurrección, de Fábrica, con las cuentas anuales de la Iglesia y finalmente, los de las ermitas locales en caso de existir alguna en la proximidad.

Sí. La diminuta detective seguía haciendo su trabajo.

Supo en sus viajes de muchas cosas que hubiera preferido no conocer.

Registro parroquial tras registro parroquial, comenzando por los de Montorio y Quintanilla como habían acordado para seguir a continuación con los de cualquier población cercana a estas dos, así como cualquier otra donde el apellido Serna hubiera dejado un mínimo rastro.

El objetivo, siempre el mismo.

El resultado también idéntico.

Sin novedad.

En algunos momentos echaba de menos los casos habituales por razones de cuernos para justificar un divorcio, las sospechas financieras arrojadas sobre un socio demasiado amigo de la caja de la empresa, el perseguir a un deudor hasta averiguar su domicilio, siempre oculta tras las esquinas o arrodillada en los tejados de las casas, con algún resbalón ocasional en esta última circunstancia. Todo eso daba cierto interés a su trabajo. Esa cantidad de obstáculos le ofrecía algo a lo que enfrentarse en lugar de la aridez de las viejas iglesias y las caras de desconfianza de la gente día tras día. Ahora en cambio se sentía como una ladrona, como una violadora de la intimidad de las familias que visitaba.

Familias de todo tipo, pero en su mayoría familias amables que le abrían la puerta con una sonrisa.

Recordaba en especial el rostro de aquella señora a la que había conocido días atrás, delgada como un pajarito, que la acogió en aquel hogar de reducidas dimensiones, en un salón adornado con mesas y sillas adquiridas en torno a los últimos años sesenta, colocadas sobre un suelo desgastado, pisado millones de veces, pero a los que la mano cuidadosa de su propietaria había abrillantado, adornando pobremente y corrigiendo con su esfuerzo aquello que la cuenta corriente se negaba a enmendar. La mujer le había contado acerca de aquel marido que se fue de casa dejándola con la deuda de la hipoteca que ahora debía afrontar en calidad de avalista de la misma. Le contó asimismo como días atrás había recibido la visita de la comisión judicial para practicar la diligencia de embargo sobre la casa.

Los años vividos se agolpaban en los ojos de la mujer, pugnando por salir e inundar sus ajadas mejillas. Un mundo de juguetes rotos, de esperanzas truncadas se ocultaba allí, todo eso, detrás de los párpados. Y aun así, allí estaba, firme ante ella, forzando una amable sonrisa en ese rostro que ya no recordaba como era la sombra de una risa, de un momento feliz.

—No, gracias, no me apetece nada —había dicho Elvira ante el ofrecimiento de algo de beber por parte de la mujer, mientras guardaba sus papeles con presteza, la vista fija en el suelo para no encontrarse con la mirada de desesperación en los ojos de su interlocutora.

Elvira pudo ver a las cigüeñas despertarse cuando subía a los tejados, haciendo levantar el vuelo a las palomas desde graneros que no habían sido hollados en años, en un paisaje castellano que había permanecido inmutable durante siglos.

Como bien había dicho el profesor a Arturo días antes, los enterramientos habían tenido lugar en las iglesias hasta 1805, por lo que le fue relativamente fácil a Elvira localizar a determinadas familias de este modo, pero los miles de ellas que nacieron y murieron sin dejar rastro al no haber realizado transacción o compra alguna, dictado testamento, desobedecido las órdenes del rey o gobernador local, quebrado ningún mandamiento o sido parte en algún juicio, habían quedado en el olvido.

«—Estos de la universidad están locos —se decía la detective cada vez que llamaba por teléfono para recibir nuevas instrucciones o precisar alguna indicación o dato acerca de algo que acabase de encontrar—. Deberían dejar a los muertos en paz».

—Chico, ponme una cerveza bien fría por favor —pidió Elvira en la tercera aldea en donde había hecho parada aquel día. Se trataba del precioso pueblo de Oña. En él había encontrado este bar próximo al monasterio. Los tres o cuatro hombres que fumaban en la puerta la miraron en silencio. Una mujer sola en un viejo Opel Kadett, cargada con una gruesa mochila a la espalda y con movimientos relampagueantes no era cosa que se viera todos los días. Si a eso se añadía que el coche parecía haber sido usado para la retirada de basuras, lleno hasta reventar de papeles en el asiento trasero, el interés de los parroquianos subía varios grados. Para rematar la ocasión Elvira había tenido el acierto de aparcar el vehículo en el único lugar tácitamente prohibido de la plaza, a saber, justo enfrente de la fuente central del pueblo, añadiendo de este modo vistosidad y colorido a la escena.

—Oye tú, moreno —dijo con tono tajante a un chico que pegó un respingo al ser llamado así por esta extraña forastera, justo cuando se disponía a ir acompañando por su bote de Heineken a echarse un partido de bolos con sus amigos— ¿Por dónde queda la iglesia?

CAPÍTULO 7
EL SUEÑO DE LOS CASTAÑOS

De cómo los lugares sueñan bajo la lluvia acerca de lo que fueron.

Había comenzado a chispear.

Era imposible ver las manos de Arturo, introducidas en los bolsillos del chubasquero de color gris. En la espalda del mismo destacaba el logotipo del equipo de piragüismo: un escudo en color burdeos mostrando en su centro la Puerta de Santa María sobre un fondo blanco.

No era de extrañar que hubiera comenzado a llover en el deambular que esa tarde realizaban profesor y alumno, en ese vagar por las calles del casco antiguo antes de retornar a la confortable casona del Espolón.

Ambos inhalaron el fuerte olor a ozono que impregnaba su paseo.

—En días así uno siente que el tiempo no transcurriera—dijo el joven a su paso por la calle Entremercados—, ¿no opina lo mismo? Fíjese en esa tienda por ejemplo. Seguro que debe llevar siglos en ese lugar, ¿no?

Lafuente miró el punto indicado por Arturo y asintió.

—No tanto como uno quisiera, Arturo. Verás, ese edificio de la esquina cerca de la tienda que señalas fue el lugar donde tiempo ha estuvo Almacenes Campo. Un poco más tarde le siguió la cadena CYLSA. Y ahora, ahora es tan solo un recuerdo después de más de sesenta años. Hasta la tienda de telefonía de al lado fue un comercio de solera... ¡en fin!

Su mirada se iluminó. Una idea le había asaltado.

—¿Quieres ver algo antiguo? ¿Algo realmente oculto y misterioso? Hay cosas que se ven más claras bajo la lluvia —dijo sonriendo con malicia. Era su momento de disfrutar del placer de la paradoja, de la confusión reflejada en el rostro de su pupilo. Uno de los placeres inconfesables de ser docente. La satisfacción de recrearse en ese conocimiento que se suelta poco a poco, produciendo un cosquilleo intelectual tanto en el que lo ofrece como en el que lo recibe.

—¿Qué quiere decir? ¿A qué se refiere?

—¡Sígueme!

Dicho esto y sin dar tiempo alguno a Arturo para una nueva réplica, Carlos se dirigió a grandes zancadas por la calle de Fernán González dejando atrás la siempre visible catedral.

Llegaron por fin a la plaza de los Castaños. Era este un lugar que Arturo conocía bastante bien a raíz de las noches de marcha con sus amigos. Estaba vacía a esa hora, a excepción de las figuras de los dos paseantes, refugiados bajo sus paraguas, rodeados por cinco castaños, los verdaderos dueños del lugar. Las hojas recién caídas a sus pies recibían el agua que fluía como una bendición antes de morir. Habían nacido de ella y con ella se iban.

A un lado de la plaza se encontraban unas cercanas escaleras, apenas visibles, enterradas bajo la hojarasca. Únicamente unos modernos bancos de madera daban la nota discordante con el aire ancestral de la plaza.

De las notas de Carlos Lafuente

Hoy Arturo y yo hemos salido a dar un paseo. El chico ha permanecido callado casi todo el tiempo. Probablemente una parte de su mente esté ya especulando ideas y teorías que no me atrevo a preguntar y mucho menos cuestionar. En cualquier caso durante nuestro deambular por el caso antiguo tuve una curiosa idea. Fue al pasar frente a las viejas tiendas que aún ocupan el lugar en la calle Entremercados. Había comenzado a lloviznar con más fuerza. Quizás la lluvia nos atrae porque nos hace vivir más en el presente, en el aquí y el ahora, estimulando todos nuestros sentidos a la vez.

Su sonido, constante y a la vez diverso, la visión de las gotas en apariencia iguales aunque distintas, cayendo sobre las baldosas, esa sensación de humedad que nos invade, el olor del ozono llenando el aire, emanando del suelo, de la tierra empapada, contribuyen a esta experiencia inmersiva. Quizás sea tan solo que el suelo, antes recalentado, respira con alivio. Y cuando, al tocar la barandilla ocasional, la corteza de algún árbol impregnado de lluvia o el mango del paraguas cómplice que nos transmite el frío del metal, sentimos esa humedad dentro de nosotros.

Nos habíamos acercado a la plaza de los Castaños.

—Ya hemos llegado—dije.

—No entiendo, profesor. No hay nada que ver aquí. Los pubs están cerrados. Los árboles están muy bien y todo eso, pero...

Las fuertes raíces de los castaños de Indias parecieron recibir con agrado este cumplido hecho bajo la lluvia; unas pocas gotas se desprendieron de sus hojas, cayendo sobre el joven.

—Como tú siempre dices no juzgues las cosas antes de tiempo. Cierra los ojos e intenta sentir una de esas percepciones extrasensoriales de las que hablas constantemente. Eso es. Muy bien. ¿Sientes algo? ¿Te viene alguna cosa la cabeza? ¿Algún eco que el tiempo haya dejado en el ambiente? ¿Algo? Por favor, no me discutas, tengo mis razones. Solo inténtalo por unos pocos segundos.

Arturo obedeció. Cerró los ojos bajo ese paraguas sobre el que golpeaban las diminutas gotas.

Las cercanas casas de la plaza callaban. Conocían el secreto muy bien. Sus cimientos lo sabían y se mantenían callados. Las farolas habían alumbrado en algún momento parte de él, aunque en ese instante, apagadas a esa hora de la tarde disimulaban, esperando nuestras palabras.

—Bueno, siento una gran humedad para empezar—dijo Arturo con los ojos cerrados—. Aparte de eso únicamente silencio, mucho silencio, un silencio parecido al del monasterio, aunque supongo que es de esperar dado el día que hace y el lugar, claro.

—No andas desencaminado, porque aquí debajo, precisamente debajo de nosotros se esconde un misterio. Aquí se encuentra enterrada una cripta que contiene la cúpula más antigua de todo Burgos porque en este lugar se alzó la vieja iglesia de San Llórente, mandada construir nada menos que por el mismísimo Fernán González. En 1966 fue desenterrada y fotografiada por última vez antes de ser cubierta de nuevo. Un año curioso ese, ¿no te parece? si tenemos en cuenta que las vidrieras del monasterio de las Huelgas se trasladaron a su nueva ubicación en ese periodo.

Las viejas casas que nos rodeaban enmudecían cómplices.

—Sí, recuerdo haber visto que se hicieron obras de reforma aquí —dijo Arturo al recordar lo difícil que había sido el acceso a los locales de ocio por entonces.

—Así es. La iglesia original se menciona en el manuscrito del *Becerro Gótico de Cardeña*. Pedro Gutierrez, el arquitecto a cargo de su descubrimiento, optó por ocultarlos, intentando preservarlos en lo posible por si en un futuro pudiera reconsiderarse su recuperación.

Frente a nosotros se encontraba el edificio que había mostrado a Arturo momentos antes. Junto al mismo, los bajos de las modernas edificaciones albergaban diversos bares de copas tales como el New La Miel y El Jabato que acabábamos de pasar, haciendo compañía todos ellos a la sede de un partido político.

—Existió en tiempos un túnel subterráneo que permitía acceder a la cripta desde ese edificio anejo a la plaza. Por desgracia al construirlo se cegó el corredor —le expliqué—. Esta zona está llena de ellos, ¿sabes? Vengo aquí con frecuencia para recordar que once siglos de existencia como los que tiene este lugar no se olvidan fácilmente por unas breves experiencias diarias y rutinarias, por unos pocos momentos. Impulsados por lo cotidiano nos hemos acostumbrado a no escuchar nuestro entorno.

—Tiene razón, sobre todo durante los fines de semana, cuando el lugar se llena de gente bebiendo y gritando.

—Sí, el hecho de que coloquemos bares de copas sobre las viejas piedras no basta para suplantar el lugar, para olvidar el pasado. Y aquí viene el dato simbólico que te vendrá muy bien cuando acometas ese libro que sé que escribirás algún día.

Según algunos vecinos de la época, aquellos restos que habían sido sepultados con hormigón y cemento, llamaron la atención de un canónigo de la Catedral. Fue este mismo precisamente quien visitó en persona la cripta en 1966. Y este hombre, al igual que aquel otro que fue sacado de las tinieblas de la muerte, también se llamaba Lázaro. Allí abajo encontró una inscripción, una cartela funeraria que decía: «Gonzalo Ruiz de Compludo y su esposa Elvira». No significan nada para nosotros esos nombres, pero ellos fueron los progenitores de Francisco de Vitoria, el «Padre» del derecho Internacional, disputado entre burgaleses y vitorianos. Por desgracia aquel corredor ya no existe y como te dije no hay modo alguno de acceder a la misteriosa cripta.

—Increíble. No conocía para nada esta historia.

—En cualquier caso, la bóveda sigue allí abajo. Silenciosa. Aguantando el peso de toda la urbe que se le vino encima después. Sí, ahí está, a la vez presente e invisible. Por eso es necesario que de vez en cuando escuchemos la ciudad, los hechos y los lugares del mismo modo en que hacemos con la lluvia. Con los cinco sentidos. La ciudad lo reclama. Nuestros antepasados lo reclaman. Como te dije al principio de nuestro periplo hay cosas que se explican mejor bajo la lluvia.

Y así, tras dar una palmada sobre el chubasquero mojado de Arturo, dejamos a los castaños seguir canturreando su canción en soledad mientras el aguacero continuaba cayendo. Ellos continuarían guardando el secreto.

CAPÍTULO 8

MEDITACIONES

«O Sole mío» o la relatividad del tiempo seguido de una vista desde el cerro de San Miguel.

El profesor había colocado un disco en el tocadiscos de falso aspecto *vintage* situado cerca de la ventana. Tras depositar la funda del mismo con estudiado mimo en una esquina de la mesa auxiliar hizo descender el *pickup* con igual cuidado ritual sobre la negra superficie, esperando durante unos pocos segundos el chisporroteo inicial del altavoz antes de que las notas de *«O Sole mío»* comenzaran a sonar en la voz de un joven tenor recién descubierto en un programa de televisión.

En cuanto sonaron las primeras notas, Elena cerró los ojos. Una amplia sonrisa se dibujó en su cara.

—¿Había dicho que era cuestión de tiempo el que encontráramos una pista, verdad? —dijo Arturo mirando al profesor que continuaba de pie junto al tocadiscos.

Este se giró, envuelto todavía por el aria, perplejo ante la pregunta de Pinedo.

—Profesor, ¿puede caminar hacia aquí lentamente por favor?

Carlos cruzó la librería hasta el lugar donde se encontraba el primero sin comprender que había impulsado a su estudiante a tan curiosa petición.

—¿Se ha dado cuenta de lo que ha conseguido con su gesto, con ese simple moverse desde la ventana hasta el lugar donde se encuentra ahora?

—Seguir tus instrucciones, esto es, caminar.

—Ha hecho algo más. Algo completamente distinto. Realmente no había yo apreciado bien lo que nos querían decir esas fórmulas, esos ejercicios que realizábamos una y otra vez en clase de química cuando dividíamos la masa por tiempo y cosas semejantes. Al cruzar el salón ha hecho algo más que atravesar el espacio, ha emprendido profesor, si puedo decírselo así, un pequeño viaje por el tiempo.

—No te sigo chico. No entiendo por donde vas. Demasiado profundo para mí a estas horas de la tarde, quizá.

—Lo que intento decir es que el profesor Lafuente que escuchó mi solicitud ha quedado en el pasado —explicó Arturo—. La figura que estaba prestando atención a mis palabras no es ya más que un recuerdo, una imagen en la retina sí quiere. De hecho mientras hablo ahora, mi voz está viajando por el tiempo de un modo insensible a la vez que imparable. Lo que nos hace olvidar esto es la mera cotidianidad de la acción, repetida a lo largo de toda nuestra vida, fluctuando y pasando a través de nosotros. Y la memoria es otro factor que amortigua el fenómeno. En nuestro caso el recuerdo que yo tengo de usted situado allí, escuchándome junto a la ventana.

—Parece que acabaras de leer *Alicia en el País de las Maravillas* o el *Jabberwocky* de Lewis Carroll, Arturo —sonrió Elena mirando de uno a otro.

—En cierto modo has dado en el clavo Elena —dijo Arturo, girándose hacia esta—, los cuentos son una manera de hacernos entender lo prodigioso, los milagros de lo cotidiano.

—O sea que quieres decir que, en el caso que nos ocupa...

—Sí, la línea de tiempo de la princesa sigue existiendo paralela a la nuestra. Aunque en términos humanos su tiempo se acabó, la línea queda allí, perenne... Es como el efecto de esta misma melodía resonando dentro de nosotros. La música, el arte que juega con el tiempo, nos lo explica con claridad. Después de nuestro paseo por la plaza de los Castaños creo que le debía esto profesor —terminó Arturo mientras se llevaba la taza de café a los labios con gesto despreocupado.

Extracto de las notas del profesor Lafuente

Viernes, 23 de abril de 20...

21:00 horas.

Al igual que aquel aria sonando en el tocadiscos hizo temblar mi interior, reverberar respuestas que no sabía que se encontraban allí con ese sostenido subiendo en el aire, así sentía yo, reteniendo la respiración, que había algo de razón en la improvisada disertación de Arturo.

Después de que este terminara de hablar, por un breve instante, casi un segundo, uno de esos segundos con los cuales se teje el tiempo, noté la presencia del pasado a nuestro lado, en esta misma biblioteca. Sentí que lo que había estado buscando no era una verdad antigua y olvidada, una verdad relacionada con gente que ya no existe, sino algo en cierto modo aún vivo... aunque no supe cómo explicarlo. Media hora después aún prestaba yo atención, concentrado, creyendo oír la voz y la presencia de aquella lejana persona en algún rincón de esa librería en la que los tres nos encontrábamos.

Tras cerrar la agenda el profesor intentó dormir, pero las vueltas y cambios de posición, el ajuste y reajuste de la almohada no produjeron el resultado buscado. Después de varios minutos, cansado del vano intento, se levantó y fue a sentarse frente al ventanal contemplando la noche callada y quieta, la ciudad silenciosa que, como él, no podía conciliar el sueño.

Unos copos de nieve habían comenzado a caer.

Invierno en Burgos.

Allí abajo la acera aparecía ya cubierta de nieve. Nieve a los lados de la portería. Nieve a lo lejos, al otro lado del puente.

No recordaba una nevada como esta desde la que cayó en 2007.

Cuarenta centímetros de espesor, lo recordaba bien. Recordaba en especial haber estar estudiando en su habitación, alzando la cabeza cada pocos minutos para mirar por la ventana y comprobar que la magia seguía allí.

CAPÍTULO 9

VISTA DESDE EL CERRO DE SAN MIGUEL

Desde otro punto distante, otra persona también contemplaba la ciudad.

Los árboles nevados allá abajo, vistos desde la terraza de la mansión de Patricio Noguer situada en lo alto del cerro de San Miguel, semejaban estrellas aplastadas con diminutas ramificaciones extendiéndose. Desde allí también podía verse a lo lejos el mirador del castillo.

Tras él se alzaba la casa, todas sus ventanas iluminadas, preparada para cualquier eventualidad.

Le gustaba verla de este modo cuando como en este momento solo su esposa y él eran los silenciosos pobladores de sus innumerables pasillos y escaleras, explorando ambos en silencio sus numerosas habitaciones y plantas. Le desagradaba la idea de penetrar en una estancia oscura y tener que molestarse en buscar el odioso interruptor. Por supuesto siempre quedaba la opción de la moderna domótica, pero eso no entraba en su visión del mundo. En cualquier caso hoy existían razones poderosas para esta profusión de aparato eléctrico. Hoy celebraba una fiesta a la que acudirían determinadas personales del mundo político y empresarial de Burgos.

Este era otro privilegio que se había ganado a pulso. Conseguir edificar esta gran casa, esta mansión en este lugar privilegiado, casi prohibitivo de la ciudad, compartiendo esa vista de la misma únicamente con el ruinoso castillo. Sin duda había peleado mil y un permisos municipales para conseguirlo. Este era su triunfo personal. A través de los años había cultivado determinadas amistades y conexiones. Ciertamente era sin duda alguna un hombre que se había hecho a sí mismo. No le bastaba con la universidad, no. Tenía que demostrar a esos ilusos que se habían burlado en el pasado de sus sueños de grandeza.

El chiflado, el grillado era sin duda alguna ese profesor, Carlos Lafuente y su estúpido alumno que iba a perder tanto sus estudios como la regata contra la otra universidad el próximo verano, por no hablar de Elena Serna, esa romántica empedernida que iba detrás de él como perra en celo.

Encaminó sus pasos hacia el interior de la mansión.

Su figura cruzó bajo el arco de medio punto trabajado en madera que mostraba curiosos patrones vegetales mezclándose entre sí hasta hacer irreconocible la forma primaria de su diseño.

Lo primero que hizo al penetrar en la gran librería fue echar un rápido vistazo al correo sin abrir depositado sobre su escritorio cercano a la chimenea neogótica que calentaba la amplia estancia. Varias reproducciones de esa estatuaria griega que tanto le cautivaba, similares a las que se podía encontrar en el campus de Montanilla, podía verse a través de las cristaleras de la misma, adornando los jardines de la finca.

Miró el correo por encima, descartando con rapidez parte del mismo.

Invitaciones para atender distintos simposios, innumerables congresos en el extranjero y un sin número de eventos. De nuevo todo era cuestión de moverse en los círculos adecuados y no de estar dando vueltas por las calles persiguiendo quimeras. Ahí estaba la clave.

—«¡Ese imbécil!» —se dijo para sí, una parte de su mente todavía atrapada en el pensamiento anterior.

Se dio la vuelta y cerró la puerta de la biblioteca antes de dirigirse al saloncito donde se encontraba su esposa, aguardando con burguesa paciencia la llegada de los primeros invitados mientras leía con exquisita concentración alguna gruesa novela de esos autores franceses que continúan cautivando la mente femenina de un modo peculiar.

Media hora más tarde, la enorme lámpara de araña sobre la escalera central lo dominaba todo con su entramado de cristales que, colgando, hacían rebotar la luz incidente del salón sobre la entrada.

Cada uno de los invitados que comenzaba a entrar en la mansión e inclinaba la cabeza hacia el anfitrión custodiado por toda esa larga fila de retratos situados a lo largo de las escaleras que ascendían al piso superior, era obsequiado con una pequeña parte del brillante esplendor del lugar.

No se había percatado no obstante don Patricio Noguer al dejar la balaustrada con tanta elegancia y porte de que algo había cambiado en el paisaje exterior. Ciertamente que había estado allí, en ese balcón contemplando el cielo y el paisaje situado justo encima de su cabeza, ese cielo que creía haber adquirido como las estatuas, como el mismo templete de la universidad, pero no se había dado cuenta de que tan pronto cerró la puerta de la terraza a su espalda, la nieve comenzó a caer de nuevo.

∿

CAPÍTULO 10

VIAJE A QUINTANILLA SOBRESIERRA

De cómo el tejido y el aceite ayudan a la deducción lógica así como en la venta de propiedades.

L a seis menos cuarto de la tarde. Arturo estaba sentado frente a la ventana del departamento de Paleografía como tantas otras tardes. Esperaba, sin parecer hacerlo, que algo nuevo rompiera la monotonía de los últimos días. Este podría ser quizás el momento. Había estado animando tanto a sus compañeros durante los últimos días que había olvidado la duda en su interior.

Sonó un golpe nervioso en la puerta, seguido casi sin interrupción por otros cuatro. No podía haber lugar a dudas acerca de la identidad del visitante.

La puerta se abrió de golpe y sus sospechas quedaron definitivamente confirmadas cuando en el umbral apareció Elvira cargada con su mochila, los brazos rebosantes de folios y un teléfono móvil que al parecer había estado utilizando hasta el mismo instante de tocar a la puerta.

—Hola, ¿Qué tal? ¿Qué tal? ¿Cómo van las cosas? ¿Ha ido bien el día? ¿Sí? ¿Sí? Un momento por favor —dijo esta vez a la persona al otro lado de la línea —. Sí, despúes le llamo. Si viene algo me lo manda por mail—. Y luego de nuevo a Arturo—: ¿Todo bien, todo bien? Estupendo, estupendo... ¿No ha venido el profesor aún? Excelente, ¡sí, sí!, ¡superior, sin duda alguna!

Mientras la detective depositaba sus cosas sobre la mesa bajo esa cascada de palabras, Arturo aprovechó esos escasos instantes para practicar sus recientemente adquiridos conocimientos de cartografía haciendo una rápida inspección e interpretación acerca de la procedencia, consistencia e historia de las diferentes manchas que podían distinguirse a simple vista sobre el jersey de la detective. A todas luces no se apreciaba variación alguna en su indumentaria respecto de aquella con que la vieron acudir a ese mismo despacho hacía más de una semana. Eso y una eterna cazadora vaquera. Una mancha situada junto a su pecho izquierdo evidenciaba signos alarmantes de ser chocolate. El frontal por su parte presentaba diferentes puntos que, semejantes a ciudades con historias diversas, mostraban altas probabilidades de ser ketchup, aceite y otras sustancias que habría que investigar con cierto recelo. Un paleógrafo podría incluso descifrar caracteres en ellas. A la vista de las mismas el joven dudaba de si esta mujer tenía tiempo alguno para ejercer el mínimo cuidado o aseo sobre su persona, o si acaso dormía alguna vez. Respecto de la alimentación sus dudas quedaron rápidamente despejadas en cuanto la detective extrajo de su mochila un pequeño paquete envuelto en papel de aluminio, que reveló ser un enorme bocadillo de atún con mayonesa.

Elvira procedió entonces a llevarse migajas del mismo a la boca con la mano derecha mientras introducía la izquierda en el bolsillo trasero del pantalón. Al ver que una gruesa gota de mayonesa amenazaba con deslizarse del bocadillo, Arturo se alarmó.

—¡Elvira, tenga cuidado porque...!

—Deberías leer estos papeles. Os van a interesar mucho, ya lo verás, ya lo verás...

Demasiado tarde. La gota había pasado a engrosar el trazado topográfico del jersey de la detective.

Extracto de las notas de Carlos Lafuente.

Viernes, 23 de abril.

He cogido la costumbre de revisar la documentación al final de la tarde, cuando la luz es más tenue. Creo que a esa hora todo se ve con mayor claridad. Incluso los pensamientos parecen más claros, por lo menos en mi proceso mental particular, después de haber estado ocupado en otras tareas. Parece como si, a partir de las diez de la noche, una extraña serenidad me invadiera. Siento entonces, con la ciudad dormida fuera, que el tiempo se hubiera parado y, al igual que hacía con mi antigua radio de transistores mientras estudiaba, pudiera con paciencia sintonizar una emisora lejana de otro país que en la voz de un locutor desconocido me hablara con seguridad de otras realidades.

Elvira ha venido cansada hoy de su periplo diario, lo cual no tiene nada de extraño si no hubiera ido todo ello acompañado por un arrastrar de pies y un murmullo ininteligible en el habla al entrar en el despacho.Ha traído consigo ese olor rancio de archivo que últimamente la acompaña. Ha dejado sus notas en mi mesa y se ha deslizado de nuevo hacia la puerta, los pelos cayéndole sobre la cara. Esta mujer realmente está haciendo demasiado. Se encuentra agotada.

Yo también me encuentro cansado, pero voy a continuar un poco más, unos minutos más. Incluso si no sé muy bien como, encontraré el modo de seguir. No solo por mí, sino también por Elena y por Arturo.

Vamos a seguir adelante.

He intentado recapitular los acontecimientos y los datos que tenemos hasta el momento, las fechas, los nombres de las familias.

Sí, no estamos muy desencaminados creo yo. Hemos seguido la pista con cierto grado de seguridad hasta finales del siglo XVIII. Más de uno ya se hubiera vuelto loco de alegría solo con llegar hasta aquí. Entre los papeles que ha traído Elvira hay en cualquier caso un apunte desconcertante. Se trata de una mención arrancada del libro de nacimientos en el remoto pueblo de Quintanaortuño, a solo unos catorce kilómetros de Burgos. En ella aparece el apellido «Ser... » interrumpido por el corte brusco, la rotura firme del pergamino sobre el que fue escrito.

Acaba de resonar un trueno desgarrador que parece provenir de algún punto justo por encima de mi cabeza, como si el cielo se rasgara, como si hubiera entendido el símil y quisiera penetrar en el edificio. Toda actividad ha cesado súbitamente en las calles. Los gritos de unas niñas que hasta hace pocos momentos jugaban en los cercanos columpios, han desaparecido como una televisión que se apaga.

Solo se escucha, intentando sobresalir por encima de la furiosa tormenta, algún grito involuntario de unas pocas personas que aún no han abandonado las calles.

La lluvia lame las casas. En este momento parece que no existiera nada más que el aguacero y el sonido del trueno, descascarillado, repitiéndose en distintos ecos y tonalidades, próximo en un momento, lejano en otras, pareciendo anunciar el fin de la tempestad, solo para volver con nueva fuerza a hacer temblar el momento.

El resto de la noche fue igual de tormentosa. Me encontró sobresaltándome de vez en cuando ante el ruido del trueno que caía mientras yo, olvidado de los elementos, me sentía perdido en ese árbol genealógico que se me escapaba, sentado ante mi escritorio, ante esas ramas de ancestros y descendientes que serpenteaban sobre el papel, mientras yo daba vueltas una y otra vez a las notas que me había dejado Elvira.

Si era un poco de agua lo que necesitaba esta nueva pista, este árbol para dar fruto, para que su copa se abra permitiendo observar el engarce de sus ramas superiores, quizás la tormenta de esta noche haya sido de alguna ayuda.

Carlos entró a la mañana siguiente en el despacho de paleografía llevando unos folios bajo el brazo. Como era habitual estaban estos llenos de subrayados y anotaciones al margen. Entre ellos habían algunos escritos por otra mano, doblados y arrugados.

«Los informes de la detective», pensó Arturo al ver estos últimos.

—¡Mirad, información fresca! Nuestra amiga Elvira ha encontrado esto en el archivo histórico de la catedral de Burgos. Corresponde en realidad al volumen I que va de los años 395 a 1431. Fijaos en esta entrada. No tiene desperdicio.

Elena y Arturo se inclinaron sobre la copia del registro así indicado, leyendo aquel fragmento que el profesor había estudiado la noche antes:

26 de mayo de 1319, Burgos

«Teresa de Quintanilla Sobre Sierra, monja del monasterio de las Huelgas, y su hijo Juan Sánchez, capellán del mismo monasterio, venden a Sancho García y a su mujer María Serna dos casas que tienen en Manzanillo, por 380 mrs. A 10 dineros el maravedí».

Volumen 44, folio 4 origen pergamino 280 x 210 mm. Ante Fernando Ibáñez, notario.

Reg.: Mansilla, 294. N. 1162.»

—A primera vista parece una transacción sin importancia, ¿verdad? —dijo exultante el profesor.

—Bueno, —dijo Elena mirando el papel que tenía Carlos en la mano—. Eso parece, aparte del hecho de que la relación de parentesco entre la monja y su llamado "hijo" chocaría a un lector ocasional que desconociera que el matrimonio no había sido abolido para las religiosas hasta mucho tiempo después de esta transacción económica. Aparte de eso no veo nada aquí que nos indique que esto sea una pista como dices.

—Sí, hasta que uno repara en que en esta anotación están todas las piezas del juego: Quintanilla Sobresierra, el apellido Serna y el monasterio de Huelgas —dijo Carlos con aire triunfal.

El canónigo archivero caminaba delante de los investigadores mostrando ese archivo en vías de digitalización, todo ese pasado acumulado en registros de pequeñas parroquias, procedentes de parajes olvidados que habían llegado a morir aquí.

Lafuente y Arturo habían acudido esa mañana al archivo diocesano de Burgos ubicado en la misma catedral; el lugar donde Elvira había encontrado esa escueta referencia a una monja del monasterio de Huelgas.

—¿Ven eso? —dijo el archivero señalando un viejo arcón—. Ese es el llamado cofre del Cid y no porque perteneciera al mismo sino debido a que es tan antiguo que se presume de la misma edad que el personaje. Dentro se guardaban los documentos más vetustos que alguna vez se han tenido en esta catedral.

Se giró en ese momento con cierta amabilidad mezclada con algo de desconcierto ante el hecho de que alguien hubiera dado con datos que él no había indicado o guiado de un modo u otro.

—Supongo que han tenido ustedes suerte en encontrar esa referencia que mencionaron antes respecto a esa monja de Quintanilla, pero no esperen descubrir mucho más aquí—continuó el hombre con voz aburrida por la rutina diaria—. Verán, los libros de Bautizados de Montorio depositados en este Archivo Diocesano dan comienzo en 1567 y abarcan hasta 1926. El de casados un poco antes, desde 1561 hasta 1925 inclusive. Lo siento.

Se había confirmado así la inexistencia de muchos de esos registros parroquiales, a pesar de ser Burgos una de las pocas zonas de España donde se había comenzado la centralización y digitalización de los mismos.

. . .

Quintanilla Sobresierra.

La señal a su derecha indicaba con claridad prístina el nombre en caracteres claros y reales. Ya no era un mero punto en el mapa, una de esas casillas que habían estado mirando y remirando durante las pasadas semanas.

Al entrar a la población descubrieron que Julián González Serna —su contacto en la población— les estaba esperando a pie de carretera, en un lugar convenientemente cercano a la cantina. Llevaba el mismo una gorra a cuadros y bajo la misma una sonrisa melancólica. Carlos sintió una ráfaga de familiaridad cuando los dos se dieron la mano.

Quintanilla Sobresierra, apenas un puñado de cuarenta y tres habitantes. Una población perdida al oeste de la Merindad del Río Ubierna, como queriendo escaparse así de la misma. Era este el pueblo que no habían tenido oportunidad de visitar en el viaje anterior pese a estar separado de Montorio por tan solo unos pocos kilómetros, encontrándose la ermita de las Mercedes a medio camino entre las dos poblaciones.

—Así que están tras los pasos de la familia Serna —dijo su nuevo contacto con la misma sonrisa con la que les había saludado—. Bueno, los del lado de Montorio ya les habrán dicho lo que hay. Creo que deben saber que yo también soy un Serna para que conste en sus registros.

El hombre caminaba con las manos en los bolsillos de su chaleco, refugiándose así del bierzo que se sentía a esa hora de la tarde.

—Sé un poco por lo que deben de estar pasando. No tanto como ustedes por supuesto. Verán, llevo unos años escribiendo un libro sobre la historia de mi familia, de mi apellido. Sin prisa alguna, sin premura, pero ahí le andamos dando —. Sonrió para sí, con el aire de alguien que no espera saber el resultado de su tarea, inmerso en el propio placer de ella—. ¡Eso y mi querido C.F. Quintanilla son mis grandes pasiones ahora!

—Hemos encontrado ciertas referencias a habitantes de Quintanilla en el archivo diocesano de Burgos —dijo el profesor—, y nos preguntábamos si nos podría usted ayudar en la consulta de los libros parroquiales. Aunque ya tenemos a una persona haciendo una labor de criba por los pueblos cercanos, he sentido una curiosidad especial por conocer los datos de primera mano, por lo menos los de estas dos poblaciones.

La labor paciente y desinteresada de este hombre, dedicado a la historia de su familia, había atraído la atención de Lafuente desde el primer momento.

—¿Cúando tuvo lugar el último enterramiento en la iglesia? —preguntó Arturo.

—Fue en 1834, creo. El temor a los potenciales contagios de la peste, ya sabes.

—Y de los testamentos, ¿es posible hacerles algún seguimiento, sacar algo de ellos? —dijo Carlos.

—Bueno, eso depende de la suerte que uno tenga. A veces las últimas voluntades aparecían en las partidas de defunción, pero eso era algo opcional, claro. La gente un poco más importante se registraba en los «Protocolos Notariales» que se custodian en el Archivo Histórico Provincial en Burgos, pero si han mirado allí pues ya habrán visto todo lo que se puede encontrar. Eso sí, de existir un testamento propiamente dicho, sería posible saber los nombres de los descendientes y de existir esto en los protocolos notariales, se cuenta además con la ventaja de poder averiguar las posesiones que el difunto haya tenido, lo cual puede ser una pista importante.

Al dejar el pueblo, mirando en dirección hacia las colinas pudieron contemplar más de esos eternos y omnipresentes molinos blancos, silenciosos, llenando todo el horizonte. Carlos hizo un esfuerzo por intentar imaginar una línea del paisaje sin ellos.

—¿Profesor? —dijo una voz a sus espaldas.

Era Julián.

Perdido en sus pensamientos, Lafuente casi se había olvidado de él. Se encontraba éste unos pasos más atrás, aguardando con el teléfono móvil en la mano.

—Me acaba de llamar don Jacinto. Fue el encargado de los registros durante un montón de años. Acaba de llegar a su despacho y nos está esperando. Creo que vamos a tener suerte. Hoy es uno de sus mejores días.

—Aquí están —dijo don Jacinto soltando más que depositando un cúmulo de legajos, libros desmembrados y folios sueltos sobre la mesa—. La verdad es que no entiendo que tiene esto para atraer tanto interés. Llevan bajo los suelos de mi casa más tiempo del que quiero recordar. Mi padre siempre me decía que los guardara. Que a alguien le interesarían algún día decía, pero, pensaba yo ¿quién iba a querer unos papelotes amarillentos, rotos y hechos mierda? Si les digo la verdad ya ni me acordaba de que estaban ahí si no llegan a preguntar por ellos. Creo que la última vez que los vi tendría yo unos veintitantos años.

Don Jacinto era un hombre curioso y no tan amedrentador como la introducción inicial de Julián podría haber dado a entender. Había sido alcalde pedáneo de Villamayor del Monte, un pequeño villorrio de unos escasos quince habitantes por aquel entonces. Le gustaba jugar mientras hablaba con una vieja cartera que sacaba del bolsillo a intervalos regulares, realizando con ella un ritual que no pasó desapercibido a Arturo. La cartera estaba rodeada por dos gomas elásticas que don Jacinto procedía a desenredar y volver a colocar una y otra vez, dando la impresión de que estuviera pensando darles en cualquier momento un par de veinte euros a cada uno para que brindaran a su salud en la tasca del pueblo.

—¿Saben? Debía haberme ido de aquí años ha —dijo con los párpados semicerrados, con una mirada opaca que intentaba ocultar la emoción del discurso—. Siempre he soñado con verme paseando por el centro de Burgos con un paraguas bajo el brazo como un buen burgalés, o incluso por Vitoria, de donde era mi madre. Sin embargo, aquí me tienen, peleándome con la gestión de un pequeño pueblo de apenas treinta y cinco habitantes —dijo soltando en ese momento la última goma que emitió un chasquido sobre la cartera—. No siempre fui el alcalde, claro, pero cuando no ha sido así, he sido la oposición. Dada la situación y la dura competencia que hay no queda otra —y aquí se echó a reír con una risa extraña que semejaba una tos.

Su despacho no ofrecía indicio alguno de esa dura competencia que había descrito. A fuerza de repetirlo había logrado convencerse de que contaba con un despacho oficial, que era un hombre con altura de miras.

Un cuadro del rey y una bandera diminuta detrás de la mesa que él mismo había traído desde su casa, se disputaban con las sillas que allí se encontraban, el escaso espacio existente.

El optimismo municipal puede llegar a veces a extremos semejantes.

Un bote de pintura marrón situado en un rincón denunciaba el intento de don Jacinto por redecorar el mobiliario existente con el menor presupuesto municipal posible. Detrás de la silla, un diccionario de la RAE y un ejemplar del Quijote componían la totalidad de la biblioteca consistorial. De haber sido el observador que allí se encontrara algo más exigente podría incluir en la relación los ejemplares atrasados del diario *Marca* que, colocados sobre una silla alejada, intentaban pasar desapercibidos para dar mayor empaque al cargo desempeñado entre esas cuatro paredes.

—Por otro lado los viajes que he realizado por razón de trabajo a otros pueblos de las Merindades me han producido mucha tristeza. Los veo llenos de recuerdos. Y eso es malo. Porque como ustedes saben muy bien, existe el recuerdo vivo y el muerto. Y si uno es beneficioso el otro no lo es tanto. Acaba uno oyendo los gritos silenciosos de la gente que no quiso irse. Me viene a la cabeza mucho de aquello cuya voz se calló a sabiendas, bien por la barbarie, bien por los que tenían la información, como fue el caso de la población de Huérmeces cuyos registros fueron saqueados y quemados por los franceses antes de poder encontrarse clasificados en el archivo diocesano. Además si me fuera, ¿cómo quedaría esa partida eterna de ajedrez que tengo con el viejo Jesús, el panadero, desde hace más de veinte años? No, eso ya no es para mí. Además siempre cuento con el comité del partido como excusa para poder acercarme a Burgos y creerme por un día que soy un hombre de capital.

—¿Huérmeces, eh? —dijo Arturo girándose hacia el profesor—. La verdad es que hace tiempo que quería visitarlo. Es uno de los lugares que menciono en mi tesis. De hecho, uno de los pocos sitios que el propio Napoleón pisó para supervisar sus tropas, ¿sabe?

CAPÍTULO II

LOS CAMINOS DEL EMPERADOR

A la mañana siguiente el hombre salió de la casa dispuesto a arar de nuevo la tierra.

El buey esperaba, delgado y mal alimentado bajo el cielo plomizo. Había buscado momentos antes en el granero parte del poco pienso y frutos que había logrado arrebatar al suelo y esconder antes de que llegaran los soldados con el fin de poder alimentar al animal un día más.

Ana y las niñas esperarían en la cueva su regreso.

A pesar del día dorado, de las escasas nubes y de las flores cremosas que sembraban la colina, Ana y las niñas esperarían en la cueva.

A su paso por el Páramo de Burgos, una vez vadeado el descenso de La Varga, el camino Real parecía llorar junto a las encinas.

Huérmeces no había vuelto a ser el mismo.

A lo lejos, la orgullosa torre de los duques de Abrantes alzaba su silueta, arrojando su sombra sobre el paisaje, intentando resistir al invasor.

Los franceses habían acampado en la totalidad de la extensión circundante. La vega, la leña, el ganado, todo había sido arrancado a sus habitantes.

El hombre no sentía tanto inquietud por Ana como por las dos pequeñas. Cualquiera de sus pequeños gritos, de sus risas —risas que sonaban inocentes incluso en esa desesperada situación—, podría dar al traste con todo. Ana procuraba contarles historias de tiempos más felices, de cuando ella y sus hermanas se acercaban a la población vecina de Sotosierra para bailar o jugar con las otras chicas. En ocasiones, el comendador o algún otro gentilhombre daba una fiesta por su cumpleaños y celebraba el mismo con actos en la plaza del pueblo. ¡Qué lejanos le parecían esos momentos a la mujer! Pero había algo en los ojos de la pequeña que daba fuerzas a su madre para seguir contando esas historias y al campesino para aguantar cualquier sacrificio, cualquier cosa que antes le hubiera llenado de temor.

Estaba atardeciendo cuando el aguerrido guerrero llegó con su caballo a la altura del hombre de pie junto a la vega. Detrás de él otros diez soldados le seguían sobre sus monturas.

—¿Estás solo? —dijo.

El campesino mantuvo la cabeza gacha; esperaba no despertar la ira, la contrariedad o cualquier emoción negativa de cualquiera de estos hombres para volver a fundirse con el paisaje y esperar de este modo sobrevivir un día más.

Al ver que el labriego no parecía entenderle, el que había hablado y que debía ser el capitán prosiguió en un español destrozado por los sonidos guturales de la lengua gala:

—¿Eres un sordo idiota, ¿verdad? ¿No vive nadie contigo? ¿No tienes mujer que nos pueda preparar una sopa de caldo para mí y mis hombres? *N'est ce pas?*

El capitán bajó del caballo y, tras empujar violentamente al campesino provocando que este cayera de espaldas, penetró en la casa.

A los pocos minutos salió de nuevo llevando dos o tres hogazas de pan en los brazos, el único alimento que el labrador había cuidadosamente dejado a la vista en espera de una situación semejante.

—*Cochon de Merde!* Esta gente vive en una pocilga. ¿Cuánto más tenemos que aguantar en esta mierda de país?

Su vecino Marcelo, que vivía a unos pocos kilómetros, se lo había dado esa mañana a cambio de un cubo de leche.

—¿Sólo tienes esta *merde, monsieur*? ¿Pan? ¿Deben los soldados del emperador alimentarse de pan? —continuó el capitán, mordiendo la hogaza y escupiendo el bocado que había tomado. Arrojó el resto al suelo para pisarlo a continuación entre las risas burlonas de sus hombres.

—Lo siento, capitán. Ha sido un año duro y han pasado otros soldados por aquí estos últimos días.

—No eres más que un miserable labriego. No tienes nada con lo que obsequiar a las visitas. Hoy me has pillado de buenas, pero la próxima vez que pasemos por aquí mejor será que tengas algo de beber o de comer.

Cuándo los soldados se alejaron, el hombre se quedó aún largo rato sentado sobre el mojón que señalaba el fin de su propiedad. Nunca se había sentido tan solo como aquella noche. El frío le recordó que debía de volver a entrar en la casa. Una vez en ella buscó como pudo entre la semioscuridad que iba llenando la estancia, y tras algunos esfuerzos escarbando en la pared, logró desalojar una de las piedras. Detrás, preparado desde esa mañana, había un pequeño bulto envuelto en unos trapos. Tras mirar con precaución a su alrededor lo introdujo en su zurrón, salió de la casa tras mirar antes a uno y otro lado y se dirigió hacia la sierra. Por lo menos las pequeñas podrían comer algo esa noche.

～

CAPÍTULO 12

MEMORIA DE LOS PUEBLOS OLVIDADOS

De cómo no son siempre los pueblos quienes olvidan su pasado.

La siguiente población que visitaron fue Alcocero de las Pueblas, a unos escasos quince kilómetros de Villamayor del Monte. Al parecer a lo largo de los años veinte del pasado siglo, una rama de la familia Serna se había mudado a vivir a ese lugar.

Ante su sorpresa se encontraron allí un archivo de gran tamaño.

Un archivo con profusión de expedientes.

Un auténtico archivo.

El lugar despertó el interés del joven estudiante tan pronto la puerta que daba acceso al mismo emitió un ligero chirrido premonitorio, ese chirrido que da pábulo a la más alocada de las fantasias.

Se encontraban en una vieja estancia llena de polvo, de esas estancias que no cuentan con nadie que limpiase los estantes o agrupase los cientos de manuscritos que allí se encontraban. Habían estado amontonados de este modo durante cientos de años, sin que persona alguna hojeara entre ellos para buscar esa fecha, ese nombre, ese dato escrito por una mano olvidada a su vez, perdida en el horizonte del tiempo.

—Hace falta voluntad para dar vida a estas cosas —les dijo con un suspiro Purificación, la viuda del que había sido el último alcalde pedáneo de la población, mientras señalaba las pilas de documentos arrugados, llenos de moho y manchas en claro contraste con el interés que mostraban los visitantes hacía ellos—. Pero parecen volver a la vida en el instante en que uno les presta atención. Me gusta pensar que cuando hacemos algo así en cierto modo resucitamos a nuestros antepasados.

Carlos se limitó a asentir en silencio a la vez que inspeccionaba esos volúmenes, esas hojas que le tendía la viuda.

—¿Y usted ha tenido los libros en esta habitación todos estos años? —preguntó al fin.

—A falta de gente que quisiera interesarse por ellos y después de lo que pasó mi padre en el pueblo durante la guerra, decidí que de aquí no salían —contestó la mujer encogiéndose de hombros—. ¿Dárselos al ayuntamiento de la capital, a la diputación? No, gracias. Mi abuela me habló muchas acerca de mi abuelo, de cuando éste servía en casa de uno de los mandamases. Era uno de los pocos que sabían leer y escribir, ¿sabe usted? Un hombre honrado de los pies a la cabeza, pero aún así le acusaron de fascista ¡fascista él! Por fortuna la misma gente que le quería condenar le defendió finalmente. No paraba mi abuela de repetirme de que tenía que haber sido más listo y haberse quedado con el dinero de la recaudación. ¡A eso le llamaba ella ser listo! —continuó sacudiendo la cabeza—. Luego, tras morir mi marido después de años en la alcaldía decidí que él no iba a ser menos que mi abuelo. ¡No, señor! Los papeles se quedarían aquí y si alguien quería venir a preguntar, tal que ustedes, serían bien recibidos. Como ven, no iba yo muy desencaminada. Verán, cuando era joven, yo también quise ser alcaldesa, pero mi padre no lo permitió, no quería ni oír hablar de ello. Supongo que era su manera de protegerme en ese mundo de hombres en el que, si podíamos acudir al baile que organizaba el cura en la iglesia ya podíamos considerarnos afortunadas. Digamos que este cuarto es mi venganza personal, el único sitio que queda en el que mando yo.

Carlos oprimió con suavidad el hombro de esta mujer leal.

—¡Gracias! Ha hecho usted lo correcto.

—Ahora pueden copiar lo que quieran. Estoy convencida por lo que han dicho antes de que hay gente entre esos papeles de la que vale la pena que se vuelva a hablar. Para mí no son más que nombres desconocidos, años raros y cosas pasadas, claro, pero estoy segura de que ustedes podrán sacar algún sentido de todo esto.

Entre los primeros papeles que cayeron en sus manos Arturo pudo entrever varios folios donde aparecía escrita con claridad la palabra «Serna».

El pueblo se llamaba Orbaruega del Duero.

Así por lo menos rezaba el diminuto indicador a la derecha del camino, oculto entre las ramas de un viejo nogal. Estaba el mismo compuesto por una escasa población de quizá unas veinte casas y otras tantas almas.

Un fuerte olor a vaca, mezclado con el procedente del rebaño de ovejas que habían visto antes de hacer entrada en el mismo desde lo alto de la colina, inundaba la pequeña plaza. Dejaron el coche frente a la escalinata que subía hacia la iglesia.

Le pareció a Arturo que el interior de ésta desprendiera cierto aire siniestro. Esa impresión inicial se vio confirmada al encontrarse con aquella pared desnuda de color ocre detrás del altar y sobre la que destacaba un Cristo negro crucificado, desprovisto de cualquier pan de oro, de cualquier estatua o adorno, si no se contaba como tal un par de velas situadas a ambos lados del mismo.

Un Cristo que no solo había sido crucificado, sino condenado a colgar en esta iglesia.

En ese instante una puerta situada a la derecha del altar se abrió dando paso a un sacerdote que debía ser el párroco, arrastrando tras si una sotana que parecía unos pocos centímetros más larga que su talla, recogiendo a su paso todo el polvo de Dios y de lo humano, precedido por una tos seca.

—Ustedes perdonen —dijo sacando un pañuelo del bolsillo—. Llevo unos días así. Entre las obras que se están haciendo al lado de la Iglesia y la fiesta del pueblo, todo son tractores y coches pasando por aquí a todas horas y levantando polvo.

Echó una mirada llena de recelo al profesor, ignorando en ella a Arturo, el cual —acostumbrado ya a esta actitud—, aprovechó para observar con curiosidad todos y cada uno de los objetos que había en la sacristía ante la mirada censora del cura al darse cuenta de tal escrutinio.

—¿Qué quieren? ¿Ver los libros? Esto no será para ningún programa de la tele, ¿verdad? Porque no tengo gana alguna de aparecer en esas mamarrachadas. Lo que tiene que hacer la gente es colaborar más en la iglesia. Tú, chaval, por ejemplo ¿Has sido confirmado?

Carlos interrumpió oportunamente en ese momento, diciéndole al padre lo que deseaban a fin de evitar una discusión teológica.

—Vengan por aquí a la sacristía —contestó este escuetamente y, sin decir otra palabra, se dirigió hacia una puerta lateral sin molestarse en comprobar si era seguido por estos visitantes.

Una vez en la sacristía y después de un tiempo que a ambos investigadores les pareció eterno, apareció nuevamente el párroco, balanceándose esta vez bajo el peso de dos gruesos libros en pésimo estado que traía en brazos. Tras un fuerte golpe de tos los depositó sobre una mesa de oscura madera y forma que ocupaba un lateral de la sacristía. Las hojas de uno de los libros, sueltas y arrugadas, hubieran levantado un grito de espanto en cualquier archivero del Palacio Real.

—Menos mal que a alguien se le ha ocurrido llevarse algo de esto —dijo el párroco mostrando en su rostro aún enrojecido el esfuerzo desempeñado.

Allí, entre los documentos desperdigados sobre la mesa pudieron encontrar antiguos registros, apilados sin orden alguno, muchos de ellos con fechas comprendidas entre los años 1700 y 1800. Bodas, nacimientos, muertes, testamentos, todo entremezclado en aquel ingente batiburrillo.

—¡Dios mío! Estos documentos son muy valiosos —exclamó el profesor—. Pero, ¿por qué no puso su existencia en conocimiento del archivo diocesano, buen hombre?

—¿Se refiere a esta basura? Si los párrocos que me precedieron no se preocuparon por eso, ¿por qué iba a hacerlo yo? De todos modos —dijo el sacerdote—, a veces es mejor no acordarse demasiado de las cosas. Una vez que han sido vividas han desaparecido para bien o para mal. La gloria del Altísimo es lo único importante.

Y tras estas palabras el hombre de Dios cerró de un golpe el libro registral que hasta ese momento había estado hojeando con movimientos mecánicos, marchándose sin cesar de toser como única señal de despedida, deteniéndose únicamente para sacar nuevamente de entre la sotana el pañuelo arrugado, quizá con más polvo acumulado ahora después de la reciente maniobra. Su mente ya había apartado a los visitantes junto con el cúmulo de documentos.

Delante de estos se alzaba el montón de papeles que el sacerdote había dejado tras de sí, con idéntico aire y rapidez que si los mismos hubieran sido la basura del día depositada en la calle para su pronta recogida.

Estaban al «norte del norte», esa zona perdida de Burgos formada de cuevas, quejigos, arroyos, montes y valles.

Muchas de las poblaciones que tanto Elvira como Arturo y Lafuente habían visitado por separado las pasadas semanas se encontraban en tierras de las Merindades, bordeando esa frontera de difícil demarcación al oeste de Montorio.

Todos esos lugares y poblaciones buscaban replegarse, echarse una sábana por encima para quedar ocultos de la vista de los molinos. Estaban todavía soñando con sus carreteras reales, sus caminos de hierba y sus paseantes perezosos. Y así querían seguir. La pesadilla de la *Grande Armee,* del 120º Regimiento de Infantería francés les había sacado de su dulce sueño. Pensaban con razón que quizá había llegado el momento de volver a él, pero, al igual que es imposible retomar un dulce sueño una vez que hemos sido sacados de él, así en vano buscaban las Merindades retornar a un estado de meloso sopor anterior.

Las Merindades se habían convertido pues en otro nombre para designar al abandono y al olvido. Tan cerca de la tierra y de lo cotidiano como semejan el cielo y el sol de todos los días y tan remotos como estos mismos.

Estas tierras no fueron conquistadas en su día por las tropas de Napoleón, no. Tampoco lo fueron por la excavadora especuladora.

Había sido el silencio, sí. Fueron invadidas por el silencio y la maleza.

En total, sesenta y cinco de estas poblaciones presumían ahora de una íntima relación con la oscuridad, con la hiedra y las telarañas que cubrían y envolvían muchos de sus rincones.

Pero ellas siguen de algún modo guardando la memoria de lo que fueron. Bien adentro. A veces, por increíble que parezca, no saben que la conservan. Pero ahí está, en cualquier caso. En sus calles, en sus edificios, en la memoria de los más longevos del lugar y cuando no es así, en pliegos, viejos libros, y folios arrugados que junto a flores secas perdidas y dobladas entre las páginas de esos mismos libros, esperan la mano de la nieta o bisnieta, del heredero lejano o en el peor de los casos, de ese comprador anónimo, desconocido que, ignorante de su realidad, se lleva los mismos a casa. Muchos años más tarde, llegado el momento, quizá después de un desayuno o en esa hora lánguida que sigue a la cena, la vista recaiga sobre ese papel doblado con cuidado junto a la rosa seca que mantiene aún sus pétalos, y al abrirlo, vuelva a sentir un poco de esa vida escondida en sus palabras y llegue hasta a engañarse creyendo percibir de nuevo el olor de esa flor.

Hoy le había tocado el turno a Hormicedo.

· · ·

Habían salido de Montorio horas antes buscando ese rastro de parroquias desconocidas. El archivo diocesano de Burgos había ciertamente recuperado y digitalizado un gran número de sus registros. Pero innumerables de ellos, como ya habían podido comprobar por entonces, no habían tenido esa suerte.

La Merindad del río Ubierna quedó atrás. Incluso se detuvieron para contemplar el cauce del mismo, tranquilo y reposado entre esos cañones y desfiladeros que lo llevaban hasta la civilización.

Arturo mascullaba por lo bajo de vez en cuando, recordando las palabras del profesor días atrás. Esta debía de ser una de esas necesarias incursiones esporádicas «fuera de la interpretación de los datos aportados por la detective.» a que se había referido el profesor aquella tarde en que les presentó a Elvira.

—Un lugar precioso —dijo finalmente mirando a su alrededor tras un largo periodo de silencio.

El profesor asintió sin prestar mayor atención a las palabras del joven y se giró.

Contempló el paisaje que le rodeaba. Intentó una vez más no ver los molinos de viento.

Era un caso extremo de apreciar la belleza por eliminación de un modo similar al empleado para decorar un hogar eliminando cosas superfluas en vez de añadir adornos.

El cielo presentaba un aspecto gris, con una breve rotura anaranjada y transversal atravesándolo, semejante al arañazo de un gato, quizá para dar esa nota de esperanza que cielos así gustan de dar.

Un guiño celestial.

Un pájaro diminuto permanecía inmóvil sobre las ramas secas de un árbol a su izquierda. Se fijó en él con curiosidad. Al cabo de unos segundos, su cola se movió levemente. Aparte del pajarito, los únicos signos de vida aparente eran los de su propia respiración y el sonido de un avión lejano, seguido a continuación por el murmullo de un vehículo en la distante carretera. Tras unos instantes empleados así, miró el reloj de pulsera y —con ese simple acto—, recuperó el sentido del tiempo que parecía habérsele escapado entre los dedos.

Era hora de volver a su siglo, a las tareas pendientes. Era curioso como cada vez que se encontraba en el campo tenía la sensación de que diez minutos pasados allí, fueran experimentados como una hora, como si el día se alargara sin prisa, perezoso, sin agenda alguna, como si la verdadera calma precisara de la ausencia del humano, y las tribulaciones solo existieran aparejadas a nuestra naturaleza.

A esto se habían reducido las luchas de unos pocos para saciar su sed de poder, las penurias, las guerras, las muertes de niños, mujeres, ancianos y hombres fornidos.

A un pajarillo cantando su canción solitaria en una rama.

La rama de un árbol que quizá ya se había erguido aquí antes que todos ellos.

Cerró los ojos y recitó los nombres de los pueblos que habían visitado días atrás:

Tamayo, Villota de Losa, Valdearnedo, Castell, Icedo, Hormicedo y recientemente, Hierro, cuyo último habitante había muerto en 2017.

Del diario de Arturo Pinedo

Bajamos por un camino de piedras invadido por la maleza. A lo lejos el horizonte. El silencio. ¿Qué era ese ruido repentino, esa una vibración lejana? ¿El motor de un tractor como en nuestro recorrido por Montorio? ¿Algún tipo de bomba? No habíamos visto restos de siembra o cultivo en nuestro camino de ida. El sonido se fue aproximando en el cielo, revelando ser el de una avioneta. ¿Qué le había traído hasta las Merindades? ¿Quizá realizar algún reconocimiento geográfico para actualizar los mapas de la región?

Una media hora después llegamos a nuestro destino, un grupo de casas situado un poco más abajo de la carretera. Las botellas de agua que llevábamos en las mochilas de tela negra servían de consuelo intermitente en ese descenso.

Habíamos llegado a Hormicedo.

Hormicedo, si por eso queremos referirnos hoy en día a una iglesia derruida y una casa vecina destacando solitarios en el paisaje. Cruzamos sin intercambiar palabra bajo la puerta de medio punto que aún se aguanta en pie. A nuestra izquierda otra puerta de menor tamaño, sin duda abierta con posterioridad para la entrada de suministros y demás. El techo de la estructura ya no existía.

Esa nave que hace años albergaría quizá a los feligreses habituales; alegres ante una boda, tristes y compasivos frente a la muerte y el entierro de uno de los suyos, no ya era más que un hueco, un grito abierto al cielo. Los restos de escombros y de vigas sembradas por doquier hacían que cruzar entre los mismos fuera más un ejercicio de prudencia que de investigación.

La torre con sus dos ventanas con arco situados en los laterales, mostraba la gloria y el orgullo de sus constructores, y con ello la mezquindad y la insignificancia de las cosas.

Estábamos en Hormicedo, sí, donde el contrafuerte de las eras sigue intentando poner freno a la naturaleza sin reparar en que todo el mundo se ha ido del lugar. Sus sordos oídos de piedra no escucharon un día los carros primero ni los coches después, marcharse cargados de enseres y ropas. No percibieron tampoco los adioses lentos y desgranados con los que, poco a poco, en dramas diminutos, familiares e insignificantes para el resto del mundo, se fueron yendo sus habitantes. En Hormicedo el cantar de los pájaros continua igual, quizá más sonoro ahora, reverberando en el silencio que les rodea. Nos recuerdan que no hay mutismo total, que el tiempo continúa inexorable. En Hormicedo, sí, el campanario surge orgulloso, enhiesto sobre las copas de los árboles. Es inútil su presunción no obstante. Las campanas callaron ya hace mucho. En Hormicedo ya no hay tiempo en el reloj de la torre porque, como un ladrón en la noche, el también se marchó un día sin hacer ruido.

CAPÍTULO 13

ENTRE CORTINA Y CORTINA

De cómo la Virgen, al igual que los mortales gusta del Sol.

—Creo que algo que se nos ha pasado por alto —dijo Lafuente, más deseoso de descansar de ese persecución inacabable de los registros de unas parroquias desaparecidas que de perseguir una nueva línea de investigación—. Hay una parte del texto que descubrimos en el Codex al que todavía no hemos prestado la debida atención.

—¿Se refiere al texto que aparece más abajo?

—Precisamente, fijaos —dijo Carlos, desplegando la copia del Códex que guardaba en la librería y comenzando a leer sin darse cuenta que su voz se iba tiñendo de la solemnidad que el texto le producía con cada lectura:

«La Virgen Maria sentada en su templo se purifica bajo el sol».

—Esta línea es más poética que la anterior no hay duda —dijo Arturo.

—Poético y todo no me dice nada —dijo Lafuente.

—¡Mirad! Está claramente escrito por otra mano —intervino Elena, frunciendo el ceño—. Me atrevería a decir que la caligrafía y la forma de las letras y capiteles son más modernas, ¿no? Yo diría que del siglo XVII. Nuestro amigo Johannes en comparación era más bien parco en palabras, el pobre. Primero menciona a la Virgen María en su templo, pero ¿a qué se refiere con esto? ¿Cuál es su templo?

—La catedral, claro —dijo el profesor sorprendiéndose a sí mismo por las palabras que parecían salir sin esfuerzo de su boca.

Claro, eso era. El templo era la propia catedral. Su sede por así decirlo. ¿No había sido la misma construida en su honor?

¿Y qué significa entonces eso de "purificada por el sol? dijo Arturo.

Carlos miró por la ventana. En esa espléndida mañana de mayo le hubiera gustado ver la silueta de la catedral unida al río extendido frente a ella, inspiradora, en ese encuentro idílico de estudiantes en botes de paseo que ora se acercaban, ora se retiraban, movidos por la corriente. Ya era suficientemente duro no poder contemplarla desde la ventana de su casa, aunque a cambio gozara del privilegio de ver el Arlanzón cruzando Burgos.

Un momento. Eso era.

Burgos había sido siempre una ciudad pequeña.

Todo había estado siempre al alcance de la mano.

Recordó entonces el sentido del término «purificación».

—¡Hay un lugar así, Elena. Un lugar para la purificación! —dijo Lafuente con una expresión que a Elena le pareció singularmente bella. El cerebro del profesor saltaba los últimos días de un argumento a otro con agilidad de ardilla, uniendo madejas de células grises, formando conexiones inéditas y sorprendentes.

—Claro... ¿Por qué no? —repitió este de nuevo para sí, afirmándose en la idea que se estaba formando en su mente—. Arturo, ¿quieres alcanzarme ese libro que está en la estantería a tu derecha? El de las tapas en piel marrón.

Arturo lo reconoció enseguida. El volumen en cuestión era aquel que tiempo ha había examinado a su vez. Aquel estudio sobre las vidrieras de la catedral escrito por Pilar Abad.

El profesor lo abrió por una página determinada.

En ella se mostraba la fotografía de una de las capillas de la catedral.

La Capilla de los Condestables.

—¿La Capilla de los Condestables? —dijo Elena acercándose lentamente.

—Sí, también llamada la Capilla de la Purificación de la Virgen —dijo Lafuente mientras miraba a sus compañeros con aire de triunfo—, y lo mejor de ella es su bóveda, fijaros —añadió mostrando otra ilustración en la que se podía apreciar en detalle la parte superior de la capilla—. Una cúpula estrellada, todo un homenaje al Sol, a la Luz. Dedicada a exaltar la luz de Cristo. Al pie de la página se recoge que hace poco Alfonso Rodríguez Gutiérrez de Ceballos y Felipe Pereda demostraron precisamente que el recinto responde a esa idea, la de la exaltación de la luz.

—Y otra cosa en la que acabo de caer profesor —dijo Arturo—. El término «purificación». La Epifanía no es otra cosa que la fiesta de la Purificación, la fiesta de la luz en la iglesia católica, similar al festival judío de Hanukkah.. Los constructores de la capilla hicieron algo más que seguir las directrices genéricas en la construcción de catedrales. Una nueva referencia Elena a lo que mencionaste algo acerca del diseño de los templos y su relación con los puntos cardinales. Considerad todos los detalles. No me cabe duda alguna de que el tal Simón de Colonia debió haber tenido conocimiento de algún modo del críptico mensaje «de la Luz, la Luz» contenido en el Códex, o por lo menos conocido este de boca de la abadesa. ¿Podría esto guardar relación con la pista que hemos seguido por otro lado en relación con algún conocimiento hermético?

—Tenemos que ir a ver esa capilla —dijo Elena—. No sé que podemos encontrar allí, pero intuyo que es importante.

—Hay un problema, no obstante —dijo Arturo.

—No digas más. Es imposible, ¿verdad? —dijo el profesor.

—Ah, ¿lo sabía?

—Realmente no, solo que me estoy acostumbrando ya a que cada vez que aparece una pista, surja también un obstáculo, así que ¿por qué iba a ser ahora diferente? Anda, dime, ¿qué es esta vez? —dijo Lafuente con voz resignada.

—Lo decía el *Diario de Burgos* hace unas semanas. Las vidrieras de la capilla fueron retiradas hace algunos años siguiendo las recomendaciones del arquitecto ya que corrían peligro de desprenderse a causa del viento y han estado siendo restauradas en el taller de Vidrieras Barrio.

—¿Y? Si no se encuentran allí, nada impide que vayamos.

—Bueno, el hecho es que están siendo preparadas para su nueva colocación. La zona está cerrada al público precisamente desde ayer. Parece ser que algunos restauradores están aprovechando para trabajar sobre las esculturas o aquellas partes adyacentes a las vidrieras antes de proceder con su instalación.

—Quizás los chicos del Arzobispado quieran echarnos un cable al respecto. ¡Quién sabe!

—¿Ahora es la Capilla de los Condestables? ¿Qué ocurre profesor? ¿No han tenido bastante con Silos ni con molestar a todas las religiosas del monasterio de Huelgas? No lo diré más, profesor Lafuente. Tiene usted expresamente prohibido el continuar con esta, con esta... —el rector se mordió el labio inferior llegado a este punto, su rostro enrojeció mientras mantenía los puños cerrados—, esta estupidez, esta farsa. Usted es un profesor de Historia y como tal fue contratado por la universidad. No le voy a negar cierto mérito en el descubrimiento de ese texto en el Códex musical pero esto, esto... De haber sabido su tendencia hacia la especulación más grotesca, hacia estos desvaríos más propios de los seguidores de Allan Kardec o peor aún, de un grupo de espiritistas de la sección de anuncios del *Diario de Burgos* que de un profesor universitario, no hubiéramos llegado a este punto. Le advierto que no me quedaré quieto Lafuente mientras usted pone esta institución en peligro, ¿me ha oído?

—Señor Noguer, permita no obstante que me explique...

—¿Me ha oído usted correctamente, profesor Lafuente?

¿Había detectado Carlos cierto matiz de ironía cuando el rector pronunció la palabra «profesor?»

Era ahora su turno de morderse el labio inferior.

—Para asegurarme aún más su colaboración o falta de ella —continuó Patricio Noguer—, o como prefiera llamarlo, me he permitido dar instrucciones a todos los organismos tanto locales y nacionales en materia de patrimonio así como a los archivos del arzobispado y monasterios de toda la provincia para que no se le facilite a usted acceso ni documentación alguna salvo expresa autorización por mi parte. ¿Le ha quedado claro profesor?

En aquel momento Carlos Lafuente pudo escuchar el silencio. Un silencio distinto al de la quietud de los claustros y de las calles al anochecer cuando solo un perro ladra en la lejanía, a aquella tranquilidad de sus paseos por el parque de la Isla, sintiendo el resquebrajarse de las hojas secas al ser pisadas. Este era un mutismo espeso, denso, casi atronador en su propia negación del sonido.

El rector hizo un gesto de énfasis con la cabeza mientras replegaba sobre si los brazos, saliendo a continuación del despacho dejando la puerta abierta a sus espaldas.

Carlos se quedó inmóvil unos minutos, escuchando todavía en su cabeza las palabras del rector.

CAPÍTULO 14

ARTURO SE EMBARCA EN UNA AVENTURA

De como Elvira y Arturo cruzaron
bajo la noche de Burgos la capilla de los Condestables.

—A la vista de lo que hemos averiguado estos días, es más que probable que la mismísima catedral de Burgos guarde en su interior algo que pueda interesarnos, ¿no te parece amiguito? —dijo Elvira mirando a Arturo a través de sus gruesos cristales.

La voz de la detective resonó en el despacho donde esta y el estudiante habían estado ocupados ordenando y clasificando diferentes tipos de material. Los dos profesores habían ido a dar su acostumbrado paseo por el parque de la Isla.

Arturo, concentrado en la tarea, no prestó mucha atención a las palabras de la detective. Tras la decisión que el rector había tomado la sonrisa había desaparecido del rostro del joven.

Precisamente en este momento, después de meses de dura investigación, de consultar diversas fuentes, cuando todo parecía apuntar a un resultado concreto, ahora, precisamente ahora, se cerraban de nuevo las puertas. ¿Era este el punto final? ¿Se iba a acabar aquí todo el trabajo realizado?

—Sería tan interesante hacer una excursión por esa capilla y comprobar si los guías han pasado algo por alto —dijo Elvira con una sonrisa que quería ser toda una muestra de inocencia angelical.

—Sabes muy bien Elvira que no podemos hacer nada. El rector ha prohibido expresamente cualquier investigación sobre este asunto. Además como dije el área está cerrada al público.

Una mirada maliciosa cruzó sobre el rostro de la detective. Sus ojillos se entrecerraron. Por primera vez desde que la conocía, Arturo se sintió incomodo de encontrarse a solas con ella en aquel despacho.

—Sí, soy consciente de ello —dijo esta—, aunque por lo que sé, las únicas personas a las órdenes del rector son el profesor Lafuente y la profesora Serna, ¿no es así? Pero creo que ni tanto tú, un estudiante de postgrado, como yo, una humilde colaboradora externa estamos sometidos al mismo régimen zarista, ¿es correcto?

Una leve sonrisa comenzó a despertarse en el rostro del joven. Cierto, tanto el profesor como Elena se verían en un serio aprieto si intentaban realizar algún tipo de investigación tras la prohibición del rector, pero, ¿qué podía impedir a cualquier mortal que quisiera investigar por su cuenta sobre los mismos hechos llegar a hipótesis y conclusiones similares por otros medios? El hecho de que esas otras personas pudieran ser un estudiante de postgrado y una excéntrica detective sería a lo sumo una mera anécdota, algo que no perturbaría la realidad puramente especulativa de la situación.

Sacudió la cabeza ante tan disparatada ocurrencia y volvió a su tarea de clasificación.

Horas más tarde, tras haber pasado a limpio algunas de sus notas, Arturo escuchó como la diminuta detective volvía a entrar en la estancia. Esta vez Elvira se limitó a permanecer inmóvil en la puerta sin decir palabra, mirando fijamente al joven como si algo se hubiera quedado a medio decir. Permaneció en esa posición durante unos minutos antes de sentarse frente a Arturo, dejando su mochila en el suelo sin dejar de lanzar a este intensas miradas cada pocos segundos.

Interpretando correctamente las señales, el joven levantó la cabeza con impaciencia como si la conversación no se hubiera interrumpido horas antes.

—Aun así, Elvira —dijo—, no podemos entrar en la catedral sin una autorización especial y yo como alumno no dispongo de nada que me capacite para entrar en determinados sitios sin permiso expreso de la universidad.

—Es cierto, tienes razón —dijo Elvira con un ademán de pesadumbre que a Arturo se le antojó burlón y exagerado.

—¿Por qué pones esa cara? —dijo este, exasperado ante tal demostración de expresiones faciales.

—Nada, solo pensaba en que como tú dices nos haría falta un permiso o al menos un modo de acceso para entrar allí.

—Eso mismo —y al decir esto Arturo volvió a dedicar su atención al libro que tenía entre las manos felicitándose por haber convencido con tanta rapidez a la detective. Los libros de autoayuda emocional que había estado leyendo ciertamente estaban dando claros resultados. De aquí a unos años sería un experto negociador.

—Resumiendo —volvió a intervenir Elvira, incansable—. Me estas confirmando que si dispusiéramos de ese modo de acceso, podríamos entrar, ¿no es así?

—Ya te he dicho que sí, ¿no? —dijo el joven, al borde ya de un ataque de nervios ante la insistencia de la diminuta detective.

En ese momento, en silencio, con movimientos lentos y deliberados, Elvira procedió a sacar un objeto de su bolsillo izquierdo colocándolo sobre la mesa delante del joven. Un objeto metálico.

Una llave.

—¿Es eso lo que creo que es? —dijo Arturo, sintiendo como se le abrían los ojos de asombro a su pesar.

La detective asintió, sin perder la sonrisa socarrona mientras seguía mirándole con unos ojos que apenas se veían ya, ocultos entre los gestos de malicia que mostraba su rostro.

—Pertenece a una puerta discreta que da al claustro —dijo Elvira con un guiño.

—¿Cómo te has hecho con ella?

—Podría decirte muchas cosas interesantes sobre el modo en que la obtuve, pero sería, ¿cómo decís vosotros en la universidad? ¡Ah, sí!, "algo prolijo de exponer", ¿puede ser? Temo aburrirte con mis explicaciones, chico. Así que mejor mueve ese culito de estudiante y vamos a ponernos en movimiento. Te recuerdo tus palabras de hace unos momentos. ¡Ah! Y si yo fuera tú, cogería esa bufanda que tienes colgada ahí detrás, porque esta noche sí que la necesitaras. Y otra cosa, ¡hazte con una buena linterna! No es cuestión de ir anunciando nuestra presencia en el lugar donde vamos, ¿no te parece?

—¿Y qué hay del sistema de vigilancia? Porque, obviamente habrá cámaras de seguridad, ¿no? —dijo Arturo en cuánto salieron a la calle, irritado tanto consigo mismo por no haber reparado antes en este hecho tan evidente, como por la aparente despreocupación y rapidez con la que la detective caminaba delante de él.

—Debe de haberlo supongo —dijo Elvira comprobando el contenido de su mochila mientras caminaban, sin prestar más atención aparente a las palabras del joven que si este hubiera manifestado lo fresca que era la noche o el hecho de que hubiera escasos viandantes a esa hora.

Estaban llegando al final de la calle Laín Calvo en esa parte de la misma antes de que ésta se convierta en la de la Paloma. A su izquierda, casi ocultos detrás de los seis diminutos árboles que cierran ese triángulo, se encontraban el Café Latina y el bar Ambrosía. Frente a ellos, esa pareja esculpida en bronce que, al igual que los escasos viandantes, desafiaba al viento, el frío y la lluvia, eternamente sentados en ese banco hecho del mismo material, mirando con envidia el cercano café.

Elvira sacó un trozo de papel de uno de los innumerables bolsillos de su abrigo. Unas burdas líneas aparecían trazadas sobre el mismo. Bajo la escasa luz que aportaban las farolas de la calle Arturo pudo distinguir que pese a haber sido dibujadas las mismas con mano temblorosa e imprecisa, cobraban un increíble parecido con el plano de la catedral.

Escucharon en ese momento el martinillo dando los cuartos en el cercano monumento. El pequeño autómata continuaba haciendo su trabajo.

Estaban llegando al final de la calle Laín Calvo

—Es la situación de las cámaras de seguridad con las que tanto interés me preguntabas antes —dijo Elvira señalando los manchurrones rojos sobre el plano—. Mi amigo Esteban no es un artista particularmente destacado el pobre. Su trabajo en la empresa de seguridad Consegur por desgracia no le deja mucho tiempo para estudiar Bellas Artes. Pero en fin, ¡no se puede tener todo!

Habían llegado entretanto al final de la calle de la Paloma. A su derecha y un poco más allá se podía ver ya el claustro de la catedral. Al llegar a la altura de la joyería Manacor, Elvira hizo un gesto a

Arturo para que se detuviera, colocándose al mismo tiempo bajo la porticada del edificio que se encontraba frente a la misma, el último edificio antes del claustro, al tiempo que hacía gestos al estudiante de que la siguiera con presteza.

La campana del Papamoscas comenzó a dar las doce. Arturo se imaginó al famoso autómata abriendo la boca sin testigos a esa hora.

En este momento se encontraban junto a la panda meridional del claustro.

Algo más resguardados de la luz procedente de las farolas que colgaban de la fachada opuesta así como de las miradas de cualquier paseante ocasional que pudiera transitar a esa tardía hora, Elvira dejó su mochila en el suelo y tras hurgar en ella, extrajo lo que parecía un diminuto aparato. Sin mediar palabra procedió a efectuar algunos ajustes en el mismo.

—¿Qué es ese cacharro? —dijo Arturo después de mirar hacía la imagen de la Virgen de la Paloma que daba nombre a la calle y que desde su hornacina sobre el vecino muro de piedra, parecía reprocharles sus secretas intenciones.

La frase le vino a la mente sin pensar.

«La Virgen Maria sentada en su templo se purifica allí bajo el sol».

Elvira, tras observarle con la misma sonrisa enigmática que había mostrado durante toda la tarde, cogió de nuevo la mochila y echó a andar.

—¿Desde cuándo llevas preparando esta pequeña excursión Elvira? Esto no es cosa de un día. ¿verdad?

—No, la verdad es que confiaba en comunicárselo al profesor. Sé que hubiera disfrutado de esta aventura nocturna nuestra —dijo con una mueca que no cuadraba con la imagen de seriedad que daban sus gafas.

Arturo dudaba de que este hubiera sido el caso. No obstante, lamentaba no poder compartir este momento con sus dos amigos. La idea le parecía ciertamente estúpida. Cruzar Burgos de noche como si fueran parte de esos *tours* turísticos en busca de ese Burgos nocturno, pintoresco y escondido.

El joven miró hacia arriba. Las dos torres de la catedral, cual sombreros empinados, parecían seguir con censura y reprobación el avance de esas dos figuras que se acercaban a sus pies, interrogándose si estos advenedizos serian tan atrevidos como para intentar penetrar en su interior, de cruzar y violentar las sombras.

Solo se veían algunas luces encendidas en la lejanía. El silencio parecía poderse tocar.

Estaban en la plaza del Rey San Fernando.

Frente a ellos, la Puerta del Sarmental.

Dos largos tramos de escaleras ascendían hasta ella. En lugar prominente y bajo los arcos de piedra, se encontraban sendas puertas más pequeñas situadas en lugar prominente. ¿Cómo pensaba Elvira que iban a poder entrar sin ser vistos en un lugar así?

—¿La Puerta del Sarmental? ¿La Puerta del Sarmental, Elvira? ¿Te has vuelto loca del todo? ¿Es esto lo que tú entiendes por una entrada discreta?

—Tú sígueme —contestó esta tajante mientras se ajustaba la mochila a la espalda sin más palabras y comenzaba a subir las escaleras de dos en dos hacia las puertas que les esperaban en lo alto—. Y por favor, actúa como si fuéramos a consultar los horarios de visita y no como potenciales ladrones.

Era una sensación sobrecogedora el verse allí en ese momento. Una situación que sin embargo no parecía impresionar a la detective. Esta avanzaba despacio, pegada a las paredes mientras escrutaba con su móvil el pequeño trozo de papel que tenía delante, como si fuera una turista interpretando un mapa bajo esa escasa luz.

¿Por qué no había considerado Elvira el entrar por la puerta de la Pellejería que daba a las Llanas o por la calle Fernán González a través de la llamada Puerta de la Coronaria? Incluso la puerta principal que daba a Santa Maria le parecía a Arturo menos expuesta que esta situación prominente en lo alto de las escaleras. Por segunda vez empezó a evaluar lo cuerdo de la acción que habían emprendido y a maldecir al empleado de Consegur por haber asesorado tan exhaustivamente a su acompañante nocturno.

Iba a decir algo al respecto cuando Elvira sonrió ampliamente. Su interlocutora tenía, oculto en la mano derecha y bajo el plano el diminuto aparato que había visto antes. La detective oprimió en ese momento un botón en su lateral y, tras mirar la pantalla durante unos segundos, sonrió, satisfecha al parecer por el resultado.

Ante la mirada asombrada del joven y una vez hecho esto, Elvira comenzó a descender a toda velocidad las escaleras.

A través de su confusión este vio como la detective ya le estaba señalando desde abajo un punto en la pared que daba al claustro. Tras seguirla a su vez descubrió allí una diminuta puerta bajo las escaleras que habían subido antes en estado de suspense. Había pasado frente a ella cientos, miles de veces. Era la desproporción de tamaño de la misma con el resto del edificio la que, en la mayoría de ocasiones, hacía que fuera invisible para los transeúntes.

La detective tras unos segundos de haberse detenido frente a esta puerta, la dejó atrás a su vez. Caminaba con rapidez y en silencio, seguida de Arturo que intentaba seguir su ritmo.

—¡Pero si estamos volviendo a la calle de la Paloma! ¿Se puede saber qué...? —dijo éste al darse cuenta que estaban retornando sobre sus pasos.

Se calló al ver que habían regresado a la arcada donde se habían detenido antes. Debajo de la Virgen de la Paloma había un arco. Elvira avanzó unos pasos. Bajo este, Arturo pudo ver otra puerta. Una puerta oscura, discreta.

Una puerta más pequeña.

«Más fácil de entrar», fue el pensamiento fugaz que cruzó la mente del joven.

—Perdona la pequeña broma, Arturo —dijo Elvira—. No quería perderme tu cara por nada del mundo. Solo quería mostrarte que hay más entradas de las que tú creías. Además tenía que hacer algo antes en la Puerta del Sarmental.

Como le había recomendado Elvira antes, Arturo intentaba disimular sus intenciones del mejor modo posible. A tal fin hizo un esfuerzo para recordar su reciente interpretación de Hamlet en la última obra representada en la universidad; los largos ensayos y lecciones heredados del Actor's Studio, intentando acomodar esas técnicas a las actuales circunstancias, para así encarnar de modo convincente a un paseante casual.

La detective aprovechó entretanto —de modo mucho más pragmático y antes de que Arturo pudiera reaccionar—, para dirigirse sin más demora a la puerta de madera frente a la cual se encontraban e introducir en ella la pequeña llave sin echar ni un vistazo atrás; con la misma naturalidad que si la misma fuera la entrada de su apartamento de verano y volviera a él para pasar un fin de semana.

Pudieron escuchar entonces lo que a Arturo le pareció el escalofriante sonido producido por el crujir de la puerta al abrirse esta justo lo suficiente para que sus cuerpos se deslizaran al otro lado. El sonido desconocido y lejano de la madera en la noche.

Fue entonces, segundos después, cuando, al ver cerrarse la estrecha abertura tras ellos y tomar conciencia de haber dejado la silenciosa calle atrás, que la situación se le hizo palpable a Arturo en toda su dimensión.

Se habían introducido en el interior de la catedral sin permiso. Con el duplicado de una llave y sorteando las cámaras de seguridad.

Elvira encendió una diminuta linterna que sacó de un bolsillo. Esta reveló ser increíblemente potente a la vez que discreta al ser encendida. Arturo reparó en que proyectaba un haz concentrado, lo cual podría ser muy útil para evitar su detección por las cámaras de seguridad. Por lo menos eso sería lo que diría en su declaración en caso de ser detenidos.

—Apaga esa maldita cosa ahora. Elvira. No es cuestión de anunciar en el *Diario de Burgos* nuestra pequeña excursión —dijo Arturo, mirando alerta a su alrededor —. Por lo menos no todavía.

—En momentos cruciales es mejor una vieja cacharra de estas que un iPhone de última generación, ¿no te parece? —respondió esta, con un ligero tinte de orgullo profesional en la voz.

Arturo notó el corazón acelerarse en su pecho. Sus reflejos se habían agudizado de un modo similar a cuando, llegado el momento final de una regata, cada golpe de remo se convierte en esencial y debe ser ejecutado del modo preciso, en el lugar adecuado, sin dudar.

—¿Te importaría mucho explicarme qué has hecho? Ví que había un par de cámaras en lo alto de las escaleras de la Puerta del Sarmental, cerca de las puertas pequeñas, ¿no? --dijo Arturo en voz baja.

—Me preguntaste antes por la situación de estas así como por el aparatito que saqué antes, ¿no? De modo que te voy a dar una buena y una mala noticia al respecto.

—Si no te importa dime la buena primero, por favor.

—La buena es que no todos los lugares están protegidos por cámaras. Aparte de la información que me ha facilitado mi amigo de Consegur, sé muchas de estas cosas gracias al orgullo profesional del mismísimo cabildo de la catedral que ha tenido a bien informar a cualquiera que quiera escuchar o leer entre líneas tanto en prensa como en internet acerca de la situación de las mismas, tipo y características técnicas, llevado indudablemente por su orgullo profesional ante lo bien que estaba protegida la catedral. Eso sí, olvidó mencionar la marca, el precio y el ranking en Amazon —dijo la detective con una de sus muecas características—. Tendré que hablar con ellos algún día al respecto para que lo hagan mejor. Darles algunos consejos sobre seguridad y tal, Arturo. Y no me mires así, son cosas que se hacen entre profesionales. La mayoría de las cámaras CCTV de hoy en día se conectan a un servidor a través de wifi. Solo hay que localizar la dirección IP de la cámara que nos interese y, gracias a mi inhibidor personal que toda mujer debería llevar consigo —dijo dándose un golpecito en el bolsillo de la mochila donde había guardado el pequeño aparato— y, *Voila!*, la cámara deja de funcionar durante unos minutos. Eso es lo que estaba haciendo antes en la puerta del Sarmental, ¿entiendes? Tenía que averiguar previamente a nuestra entrada la IP de las cámaras situadas allí y poder contrastar así la secuencia IP de las que se encuentran aquí.

—¿Y la mala noticia?

—Bueno, las cámaras de aquí son básicamente de dos tipos. Unas son de sensor de movimiento, esto es, se activan en cuanto detectan cualquier cosa que se mueva a unos quince o veinte metros frente a ellas.

—Pero, en la oscuridad, ¿cómo...?

—Veo que no estás puesto en esto Arturo o no ves muchas pelis de espías. Hoy en día todas las cámaras de este tipo utilizan infrarrojos. No saldrás tan favorecido en ellas como en una grabación en color, pero sí lo suficiente para que nuestras figuras queden muy bien en un monitor de la policía. Pero este obstáculo se puede salvar en la mayoría de los casos.

—¿Y qué hay de las otras que has dicho?

—Las otras me preocupan un poco más —dijo Elvira tras quedarse pensativa unos segundos—. Son cámaras que se encuentran en continuo estado de grabación las veinticuatro horas. Por fortuna no están en toda la catedral como te dije.

—¡Menos mal!

—Su situación te hará menos gracia. Unas se encuentran en el museo catedralicio, en el claustro superior lo cual no me preocupa mucho ya que solo tenemos que cruzar por allí durante unos pocos metros.

—Genial entonces.

—No creas, el otro lugar que las tiene es la mismísima Capilla de los Condestables.

«Estoy arruinando mi futuro por una quimera» —pensó Arturo, repasando rápidamente en su mente lo que le había llevado hasta allí, las pilas de libros, planos, teorías y charlas mantenidas con los profesores acerca de la princesa Kristina, el Códex musical, la búsqueda de la familia Serna y solo Dios sabe que más.

Y ahora esto.

«Llegados aquí tanto más me da seguir adelante y salir de dudas de una vez por todas» —se dijo finalmente.

Y dejando de lado esos oscuros pensamientos y cualquier otra cosa que no fuera la precaución inmediata de avanzar con pasos cautelosos en la oscuridad, sintiendo la piedra contra la que apoyaba sus manos, el vago olor a incienso en la catedral tras un día de intensa actividad, mientras seguía tras la figura de Elvira que avanzaba con decisión saltando de columna en columna.

Estaban en el bajo claustro. Tras haber visitado Silos primero y Huelgas después, Arturo sentía que se movía en un entorno familiar. «Cuando papá me decía que estaba siempre enclaustrado con mis libros, no podía saber lo cercano que iba a estar en su profecía», se dijo. Recordó haberle oido contar a este mismo que en su juventud y debido al numeroso tráfico de vehículos que entonces circulaba por la calle de la Paloma, el claustro había estado abierto al paso de peatones. A través de los ventanales se podía adivinar la luz de las farolas situadas en la misma. Le parecía que hubieran transcurrido siglos desde la última vez que habían caminado por ella. Sobre ellos se encontraba el claustro superior, construido para salvar el desnivel existente entre la calle y la ladera de subida hacia el castillo, dando un toque más espectral a la escena.

Quizá debido al silencio y a la oscuridad reinantes, Arturo volvió a experimentar la sensación de haber regresado a la Edad Media.

Una placa sobre una pared cercana indicaba que se encontraban frente a la sala Valentín Palencia. El bajo claustro había sido transformado en un centro de interpretación sobre la historia de la catedral así como de exposiciones ocasionales en esta sala.

Frente a la entrada había un enorme cartel en el que podían fácilmente leer a la luz ambiente:

Arte sagrado. El siglo XIII pintado en
la catedral de Burgos.
Del 15 al 30 de mayo.

Una vez en su interior caminaron entre replicas en piedra de algunas de las esculturas que podían encontrarse en la catedral. Apagadas y discretas a esa hora, parecían estar esperando el nuevo amanecer para ponerse a trabajar y posar del mejor modo posible ante la mirada de nuevos visitantes.

Elvira echaba vistazos periódicos al plano que mostraba la posición de las cámaras, a la vez que avanzaban.

—¡Mira! —exclamó ésta proyectando la luz de su linterna sobre una de las maquetas allí expuestas—. En cierto modo hemos llegado ya a nuestro destino.

Lentamente Arturo se acercó al cono de luz.

La antorcha iluminaba una reproducción de la Capilla de los Condestables, en concreto una sección del interior, donde en miniatura podía verse en detalle ese espacio con su cúpula calada, vidrieras en color y retablos. Arturo pudo comprobar el cuidado con que se habían incluido en la maqueta, a uno y otro lado, las tallas de los apóstoles y evangelistas procedentes de las claves de la bóveda estrellada. Tres escudos de los arzobispos de Burgos de los siglos XVII y XVIII aparecían junto a los ventanales. Allí, en miniatura, bajo la luz de las linternas pareciera que la capilla no tuviera nada que ocultar. Las figuras yacentes de sus fundadores en el centro, los escudos en piedra sobre las paredes, todo fácilmente asimilable y controlado.

Por fortuna, aunque cerrado, el museo mantenía encendidas las luces de emergencia así como las de algunas de las vitrinas lo cual les permitía moverse con seguridad sin necesidad de encender las linternas más de lo estrictamente necesario.

Amontonados y apoyados sin mucho cuidado contra una pared se encontraban varios embalajes de madera abiertos. Sin duda el resultado del transporte de piezas traídas para la exhibición anunciada en el cartel que habían visto en la entrada. Cajas de todo tipo y tamaño esperaban a que alguien las retirara lo antes posible para que esos rincones y rendijas pudieran recuperar el sueño de la antigüedad.

—Escucha ahora chico y préstame atención —dijo Elvira, su voz súbitamente grave—. Tomate esto como un curso acelerado en cámaras de seguridad si quieres, porque lo vamos a necesitar. Estas cámaras basadas en sensores de movimiento se pueden burlar de varios modos. El más efectivo es usando poliestireno aunque claro, obviamente hubiera sido un cante ir los dos por ahí con dos planchas de ese material, así que esa opción quedó lamentablemente descartada. El segundo método, más elevado y sofisticado como habrás visto, es a través de la inhibición de las señales wifi tras averiguar su dirección IP. El resto, tales como deslizarse a nivel del suelo, moverse muy despacio y procurar caminar pegados a las paredes siempre que se pueda, son un poco más pedestres y menos seguros.

—Eso y que no te vean, claro. ¿Y cómo estás tan puesta en el tema, Elvira? Y no me vengas que es debido a que el profesor Lafuente te ha pagado un curso en la CIA.

—Caliente, caliente. En 2013 tuve la suerte de asistir en Las Vegas a un congreso sobre seguridad, el conocido como Black Hat USA. La gente de Bishop Fox, la empresa organizadora, ciertamente sabía lo que se hacía. Allí vimos de todo, desde teclados de seguridad hasta sensores de ventanas y puertas. ¡No todo iba a ser tomar copas y brindar con los colegas! Lo primero que aprendes es que esta tecnología envejece cada cinco años. Y dudo mucho que el presupuesto del arzobispado sea tan magno como la gloria de Dios para mantenerlas en tecnología punta. Por supuesto que existen otras cámaras más difíciles con las que pelear, pero no creo que este sea el caso aquí. Nada más ver las del exterior pude comprobar que eran prácticamente fósiles.

—Eso está muy bien Elvira. Pero al final todo se reduce a lo de siempre: arrastrarse, moverse despacio e ir pegados a las paredes.

Habían tomado las escaleras que ascendían al claustro superior.

Sus figuras cruzaron con rapidez ese amplio espacio cual lagartijas nocturnas que con respeto pasaran cerca del Museo Catedralicio donde se exponían permanentemente los tesoros de la catedral.

—¡Espera! —dijo Elvira con gesto urgente, en uno de esos altos a los que ya se había acostumbrado Arturo— ¡Ahora! Puedes avanzar

—dijo pasados unos segundos—. Me preocupaban las cámaras de aquí. Como te dije graban las veinticuatro horas. Y, por Dios, ¡intenta mantener la linterna apagada o en todo caso proyecta la luz hacia el suelo! Como tú mismo dijiste no nos interesa anunciar a nadie que pueda mirar desde los edificios cercanos que hay visitantes nocturnos en el claustro. ¿no te parece? Lo estamos haciendo muy bien hasta ahora para estropearlo tontamente.

Estaban a punto de dejar el claustro. Arturo se detuvo.

—¿Has oído eso Elvira? Me ha parecido oír un sonido. Una especie de clic —dijo girándose y levantando la linterna.

—No es nada Arturo, no es nada. Seguramente habremos dado una patada a algún clavo de los embalajes o algo así. Vamos, deja de comportarte como un colegial asustadizo porque aún nos queda mucho camino que recorrer. Y por lo que más quieras, ¡no levantes la linterna! No se nos ha perdido nada en esta zona. ¡Vamos!

Transcurridos unos minutos y tras consultar de nuevo el plano, la detective exclamó con aire de triunfo:

—Estamos frente a la capilla de Santiago y su anexa es la capilla de San Juan Bautista. Junto a ella está la de los Condestables, nuestro destino. A partir de aquí amiguito, todo es coser y cantar.

Cruzaron con cierta inquietud el lugar pegados a las paredes, moviéndose en silencio del modo que Elvira le había conminado antes con severidad.

Al girar la esquina el haz de la linterna cayó sobre una enorme cancela que les cerraba el paso.

Al otro lado, la iluminación apagada de la nave central parecía burlarse de sus esfuerzos.

—¿Y esta cancela? No aparece en el plano —dijo Elvira con un toque de duda en la voz que había estado ausente hasta ahora.

En vano proyectaron la luz a lo largo de la misma. Arturo tentó una de las hojas. Al hacerlo un leve sonido metálico reverberó en el vacío. Iluminó con la linterna la parte media de la misma. Una gruesa cadena mantenía las dos hojas en su lugar. Estaba cerrada y bien cerrada.

—No eres mucho de ir a misa Elvira. De lo contrario sabrías que no todo está en los planos —dijo el joven—. Esta reja tiene aspecto de llevar cerrada mucho tiempo. ¡Déjame ver ese plano tuyo! De algo tendrán que valerme los estudios de historia del Arte, digo yo.

Y con estas palabras, Arturo procedió a echar un rápido vistazo el plano que le extendía en silencio Elvira. Tras mirarlo unos segundos, dijo:

—Ya está claro. Estamos aquí —y su dedo mostraba el punto donde se encontraban, tentadoramente paralelo a la inalcanzable capilla de los Condestables—. No nos queda más remedio que dar la vuelta y seguir por este lado —y su dedo trazaba un sendero que corría paralelo al camino que habían recorrido hasta detenerse en la antesacristía.

—¡Vaya! —dijo Elvira—, no contaba con eso. Hay que salir a la nave lateral por la antesacristía.

—Bueno, ¿y qué? ¿Qué pasa con todo eso que me habías contado acerca de los inhibidores de señal wifi y demás?

—Pues que las cámaras de la nave central son de sensor de movimiento. Pero esas, a diferencia de las que nos hemos encontrado antes no están conectadas por wifi. ¡Me cago en...! Son de un modelo distinto, un KRT-33 creo, aunque modificado. Pero... —se quedó pensativa unos segundos—. Hay un modo. Es arriesgado, pero hay un modo.

Llegaron a la nave lateral. El inmenso crucero central se alzaba frente a ellos, rodeado por verjas similares a las que se habían encontrado minutos antes, y como ellas igualmente cerradas.

Elvira levantó la vista del plano.

—Bien, allí frente a nosotros y a mano izquierda está ya la capilla de los Condestables. Escucha chico, Ahí delante, en lo alto del capitel hay un par de cámaras. Como te acabo de decir son de sensor de movimiento. Aunque no son wifi están programadas por fortuna para detectar únicamente los movimientos que se produzcan a un metro por encima del suelo. Al parecer adoptaron esta medida a raíz de colarse una vez un gato en la catedral y volver loco a todo el mundo. De modo que tendremos que arrastrarnos durante unos metros, me temo. Yo iré delante con el plano. Procura seguirme lo más cerca que puedas. Es vital que no te desvíes del camino por donde yo vaya y por favor intenta avanzar lo más despacio que puedas.

Arturo asintió y tragó saliva.

Tras decir esto, la detective procedió a echarse boca abajo sobre las losas de la catedral semejando en ese momento una penitente en cumplimiento de una promesa largo tiempo hecha.

El joven la siguió, procurando apartar otros pensamientos de su mente. Era más fácil dejarse llevar que cavilar acerca de las posibles situaciones de peligro o la posibilidad de ser descubiertos.

En ese momento Arturo vio a la detective bajo una nueva perspectiva y no por razón de estar ambos echados sobre las losas de la catedral. La frase que le había venido inicialmente a la mente "bajo una nueva luz" fue rápidamente descartada al darse cuenta de que la metáfora no era la adecuada dada la escasez de la misma en esos momentos.

La realidad era que, viéndola así, jugándose el tipo de ese modo, hecha literalmente un ovillo que se arrastraba sobre las losas de la catedral no era lo más indicado para despertar admiración. Aun así se le hizo evidente al joven la total dedicación y entrega de Elvira a la causa; la entrega que durante los últimos meses la había hecho recorrer toda la provincia de Burgos en busca de no se sabe qué. Entregada a un propósito por el mero acicate de intentar averiguar lo que estaba al otro extremo del hilo, fuera eso lo que fuese. Como hubiera dicho su profesor de metafísica, esa figura desparramada sobre el suelo de la catedral no era más que la viva encarnación de la materia luchando contra el destino.

Arturo echó la vista atrás para comprobar el camino recorrido hasta ahora. Al mirar de nuevo al frente creyó por un momento haber perdido el contacto visual con Elvira. Era difícil seguirla a nivel del suelo debido a la escasa luz que desprendían las velas eléctricas y luces de seguridad colocadas aquí y allá a lo largo de la nave central que ahora se le tornaba inmensa. Esto hacía que solo pudiera adivinar la forma de la detective moviéndose delante de él mientras arrastraba la linterna consigo y con ella un círculo de luz que hacía resaltar el dibujo del suelo por el que avanzaban.

El corazón del joven parecía que fuera a saltársele del pecho para colocarse junto al altar en una ofrenda de última hora. Notaba este la sangre helándose en sus venas con cada movimiento hacia delante. Con cada uno de ellos tenía la impresión de que sus latidos pudieran escucharse a cientos de metros de distancia.

—Tenemos otra cámara a la vuelta de esa columna —susurró Elvira—. A diferencia de las otras esta lleva el sistema CTV-27. He leído que se pueden desactivar durante unos pocos segundos tras proyectar una luz directamente sobre el sensor de la lente. Escucha atentamente lo que te digo… Cuando cuente tres voy a enfocar la luz de mi linterna directamente sobre la lente. Tendrás exactamente tres segundos adicionales desde que aparte la linterna para cruzar la nave hacia allí, ¿lo entiendes? —dijo señalando el punto de destino como si fueran unos marines a punto de tomar una colina.

Arturo asintió en silencio, maravillado del poder de decisión y ejecución de Elvira en circunstancias extremas.

—¿Estás seguro de que la luz de la linterna será suficiente para desactivarla? —dijo, más para escuchar su propia voz que otra cosa.

Pero ante su alarma sus palabras no encontraron más que el vacío. Elvira ya estaba enfocando la linterna en dirección a la diminuta cámara que se adivinaba sobre el capitel de una columna situada a unos diez metros de ellos, cual grulla nocturna.

—!Vamos, Arturo, ahora! —dijo Elvira con voz que no admitía titubeo alguno mientras apartaba la luz de la cámara.

Arturo sintió como sus piernas obedecían ciegamente impulsándole hacía delante, sus ojos fijos en la columna que tenía delante de sí, mirándola con extrema concentración como si de ese modo pudiera hacer que llegara ante él mucho antes, como si pudiera conseguir tele transportarse, o por lo menos confundirse con la oscuridad que le rodeaba, con la penumbra al menos, esperando a cada momento que su presencia fuera detectada, que una sirena de alarma retumbara a lo largo del crucero.

Por fin la piedra del sillar que hasta ese momento le había parecido tan lejana se convirtió en un objeto tangible bajo sus manos. Lo habían conseguido. Cuando se giró comprobó que la detective estaba junto a él.

De repente sintió una extraña humedad en el pecho.

No tardó en darse cuenta de lo que era.

Su vieja amiga, su estilográfica Mont Blanc, sin duda a raíz de haberse arrastrado momentos antes, había rendido el alma, vertiendo buena parte de su contenido sobre la camisa de Pinedo.

—¡Joder! —exclamó Arturo antes de que la prudencia le obligara a mantener silencio. Mañana iba a ser un día de limpieza intenso, pero en este momento no era cuestión de preocuparse por un futuro que en cualquier caso le parecía lejano e incierto en este momento.

Fue entonces cuando tuvo un mal presentimiento. Rápidamente se palpó en el bolsillo superior de la camisa en un intento de localizar la estilográfica culpable.

Sus manos encontraron el vacío.

La bailarina no solo se había torcido un tobillo.

Se había caído.

—¡Vamos! —dijo Elvira gesticulando con urgencia unos metros más adelante mientras enfocaba la linterna sobre el rostro de su acompañante—, ¿qué ocurre?

—Tengo que volver, Elvira, tengo que volver. He perdido mi estilográfica en algún lado —. La voz del joven era urgente, firme.

—¡Déjala! Ya te comprarás otra, por Dios. O mejor, ya te regalaré yo una las próximas Navidades si logro cobrar alguna vez por mi trabajo.

—No, Elvira. Esta estilográfica significa mucho para mí. Tengo que recuperarla. Debió de caérseme cuando pasamos por el museo catedralicio. ¿Recuerdas aquel ruido que escuché? Tuvo que ser entonces.

Y sin esperar respuesta, Arturo se dio media vuelta en dirección a la antesacristía de donde habían surgido escasos minutos antes.

—Está bien, te espero en la Capilla de los Condestables, entonces. Estaré desactivando las cámaras que pueda encontrar allí y así me entretendré un rato. De todos modos hoy no había quedado —terminó Elvira en voz baja. Sus palabras fueron recogidas por el vacío, por las sombras frente a ella y por el lugar que segundos antes había ocupado el joven. Exhaló un suspiro de exasperación a la vez que se dirigía hacia la reja cerrada frente a sí y se soltaba la mochila.

—¡Me lo merezco por venirme con niñatos!

Arturo había vuelto al claustro superior, bañado por esa luz indirecta que desde abajo se proyectaba sobre los objetos allí exhibidos. Una luz que al igual que ellos, parecía querer pasearse por el lugar sin hacerse notar demasiado, apenas rozando el perfil de los marcos, de las estatuas, de los retablos allí expuestos.

Caminó despacio, volviendo poco a poco sobre sus pasos, buscando la escalera por la que habían ascendido desde la sala Valentín Palencia en el bajo claustro, intentando recordar el lugar exacto donde había creído escuchar aquel ruido. Sí, éste era el sitio en el que se habían detenido, en concreto frente a esa estatua del siglo XV, o por lo menos de su facsímil en piedra.

Una vez más volvió a encontrarse frente a ese montón de cajas amontonadas y pegadas al muro en desorden de donde muchas de estas figuras habían surgido.

Recorrió con la linterna lentamente y con suavidad las losas del suelo, prestando especial atención a los rincones y las juntas entre las baldosas en caso de que la pluma hubiera decidido quedarse entre alguna de ellas. Siguiendo las instrucciones de Elvira tuvo la precaución de no levantar la linterna más de lo necesario.

Pero no había rastro alguno de la estilográfica.

¿Iba a tener que volver sobre sus pasos hasta la puerta por la que habían entrado?

Se apoyó contra uno de los embalajes de madera. La tapa se encontraba reclinada contra el mismo entre restos de virutas, plásticos, trozos de madera e innumerables planchas de corcho blanco.

Se encontraba a punto de rendirse cuando la vio.

Allí estaba.

La bailarina.

Se encontraba justo al lado del cartel que anunciaba la inminente exposición, como si fuera el puntero de un guía indicando el evento, con la muda inteligencia que solo una Mont Blanc podía tener en momentos así. ¿O bien quería a su vez confundirse con las obras expuestas?

Sí, era aquí donde le había parecido oír aquel extraño clic tras alcanzar el museo desde el bajo claustro. Sí, Meseguer le había prevenido correctamente. Esta pluma soltaba mucha tinta, pero esa misma tinta había sido la bandera de socorro alzada por esta náufraga y que había permitido detectar su perdida, retornar y encontrarla en la oscuridad de la noche.

Bueno, ahora era cuestión de volver, Elvira.

Se levantó con decisión.

Por unos momentos se sintió como el héroe de una novela de aventuras. Comprendió como debió sentirse uno de aquellos lejanos arqueólogos al descubrir las pirámides o la tumba de Tutankhamón por vez primera. Un héroe posando, enamorando a los fotógrafos y cámaras de televisión.

¡Las cámaras!

Por un momento se había olvidado de las malditas cámaras y de todo el sistema de vigilancia.

Allí, tras la puerta de la antesacristía y enfocando su fría lente hacia la misma pudo distinguir uno de esos diabólicos y pequeños cacharros electrónicos, observando, escrutando la penumbra, incansable en la búsqueda de movimientos no deseados.

Y Elvira debía estar en la Capilla, esperándole.

Con cierto nerviosismo extrajo el móvil y buscó el número de la detective. Ese pequeño truco de magia con la linterna vendría muy bien ahora.

Tras unos segundos pudo escuchar la temida alocución con la que ningún usuario de móvil desea encontrarse:

«... El operador al que llama no se encuentra operativo en este momento»

Probó a llamarla en alta voz en un susurro tembloroso que se alzó imperceptible sobre el crucero y perdiéndose en la oscuridad.

—¡Elvira, Elvira! ¿Me oyes?

Nada.

No hubo respuesta.

No se atrevía a alzar más la voz. Como la misma Elvira le había dicho era posible que alguna de estas cámaras pudiera contar con sensor acústico.

¿Qué hacer?

Volvió a la antesacristía. Intentaría llamar a la detective otra vez desde aquí.

No había modo de cruzar por delante de todas esas cámaras sin el diminuto aparato que esta llevaba encima. O cualquiera de las otras opciones que le había dicho...

Un momento.

Tan solo un momento.

«No te vas a quedar sola en la aventura Elvira. No esta vez.» se dijo, mientras una sonrisa casi idiota se dibujaba en su rostro al tiempo que su memoria fotográfica reproducía el pequeño seminario técnico con el que le había obsequiado Elvira al inicio de la aventura.

Y a continuación el joven se volvió de nuevo hacia las escaleras que conducían al claustro inferior, descendiendo las escaleras de dos en dos.

La detective no podía dar crédito a sus ojos. Había logrado abrir la verja con otra de las llaves facilitadas por su amigo y empleado lo que le había parecido una eternidad en inhibir tras mucho esfuerzo las cámaras que controlaban el espacio de la Capilla de los Condestables. Por tercera vez se acercó a la entrada de la misma mirando hacia la nave lateral, presta para acudir en auxilio del estudiante y de su maldita estilográfica mientras lanzaba imprecaciones cada pocos segundos.

Pero esta vez cuando miró hacia la nave central se sobresaltó al ver avanzar por el centro de la misma lo que parecía ser una forma blanca y rectangular procedente de la antesacristía.

Conforme la forma se acercaba, Elvira comprobó que no era más que una plancha de polipropileno. No obstante la misma parecía avanzar por sus propios medios.

Cuando solo unos pocos metros le separaban de ella, la luz de su linterna alumbró el rostro sonriente de Arturo que asomaba por uno de los laterales.

Sí, allí estaba Arturo llevando, delante de sí, como si fuera un escudo, una gran plancha de ese material que había extraído de una de las cajas del museo.

—Me acordé de tus lecciones —dijo Arturo con una sonrisa al llegar a su altura—. Todo eso que me dijiste acerca de que no había nada como el polipropileno para bloquear la señal de infrarrojos. Luego dices que no te escucho.

Se encontraban frente a su objetivo.

La capilla de los Condestables.

En el centro de la misma y en lugar destacado, del mismo modo en que lo habían contemplado antes en la maqueta, se encontraba el sepulcro con las dos figuras yacentes de los fundadores, elaboradas en mármol de Carrara: don Pedro Fernández de Velasco y Manrique de Lara, Condestable de Castilla y doña Mencía de Mendoza y Figueroa, hija del marqués de Santillana.

«Una capilla dedicada a la luz.» —pensó Arturo.

La luz, fundamental en la construcción de las iglesias. Pero esta noche en particular, esa luz que había sido la clave en tantos momentos anteriores se encontraba ausente, salvo por el débil hilo desprendido de la linterna de Elvira. ¡Qué terrible ironía examinar la capilla de la luz en la oscuridad!

Miraron en su derredor. Los escudos de piedra se adivinaban sobre las paredes barridas por la luz de las linternas.

—Allí lo tenemos. El sol —dijo Arturo señalando uno de los muros con la linterna—. Otra vez la referencia a la luz: «*De la luz la luz*»

En efecto, en el centro del retablo mayor y en la figuración que se adivinaba en lo alto, bajo la incierta luz de las linternas, aparecía la imagen del disco solar.

Incluso en la oscuridad, sobre las dos paredes enfrentadas, los escudos en piedra del matrimonio Velasco—Mendoza hacían ostentación de su obra. Semejaban dos gigantes de piedra que fueran a luchar de un momento a otro. Pero ahora reinaban en el silencio. Era este el silencio del poder que, emanando desde los sarcófagos situados en el centro de la capilla, parecían vigilar los pasos de los dos intrusos.

—También aparece en la bóveda —dijo Elvira señalando con cierto temblor en la voz hacia arriba, hacia la estrella de ocho puntas en plementeria calada.

—Sí, es el símbolo de san Bernardino de Siena –dijo Arturo en tono reverente.

Sin duda alguna los viejos masones habían estudiado exhaustivamente la ciencia de su época.

«Es la Gran Obra —pensó Arturo—, la Gran Obra a la vista de todos al igual que lo había estado el Códex musical. Olvidada desde la Edad Media, una vez perdido el solucionario que daría con la clave de todo. Tenía razón el profesor: "Oculta algo a la vista de todos y nadie reparará en ello". Desde el gran rosetón central sobre la puerta principal con sus dos figuras laterales hasta el resto del conjunto solo hacía falta una visión especial de las cosas, un conocimiento oculto para poder leerlo. Tan sencillo y tan complicado como eso. Al igual que los jeroglíficos egipcios que esperaron durante siglos a Champollion y al descubrimiento de la piedra de Rosetta.

En silencio, a la vista de todos, la gran Obra había permanecido allí, en un mundo paralelo y secreto. Arturo y Elvira pudieron ver—o adivinar sería la expresión más correcta semi oculto como estaba bajo los plásticos protectores y la tenue luz—, el retrato de María Magdalena atribuido a Giampetrino y Leonardo da Vinci.

Consideró Arturo la ironía que suponía el haber llegado hasta aquí prácticamente arrastrándose. Interpretado como homenaje ante estos maestros de la antigüedad no estaba nada mal.

Poco podían sospechar los intrusos que pocas horas antes, en ese lugar bañado ahora por una luz cenicienta, se había encontrado desempeñando su labor diaria de restauración Rus Bermejo, aquella restauradora con la que habían coincidido brevemente en Valladolid.

Algunos de los utensilios de trabajo, los planos y reproducciones, usados tanto por ella como por sus colegas permanecían ahora guardados en estuches cuidadosamente cerrados.

Se encontraban próximos a la sacristía de la capilla, casi oculta esta tras los omnipresentes plásticos protectores y andamios que rodeaban todo el perímetro y que hacían prácticamente invisibles la totalidad de las obras maestras y retablos que allí se encontraban.

¿Cómo iban a poder examinar algo bajo estas extremas condiciones? Había cometido un error haciendo caso a Elvira tan solo para encontrarse en una situación así, con todo el lugar envuelto en tinieblas.

¿Por qué habían decidido los restauradores de Vidrieras Barrio volver a instalar las vidrieras de este modo cuando su retirada tuvo lugar desde el exterior? ¿No hubiera sido más fácil volver a hacerlo así y evitar de ese modo dañar cualquiera de las esculturas del interior?

¿Qué esperaban descubrir aquí? Junto a la puerta que comunicaba la capilla con la sacristía reposaba una caja de herramientas abierta, mostrando en profuso montón todo tipo de objetos capaces de cambiar, modelar y también destrozar la piedra que les rodeaba. Junto a la misma y a unos tres palmos del suelo pudo observar Arturo una curiosa grieta sobre la pared, casi imperceptible.

Llevaban ya varios minutos en el lugar, moviéndose con lentitud entre los plásticos que cubrían las paredes, entre las herramientas dejadas por los obreros, generando con su desplazamiento ese leve susurro que emite este material al ser movido y a través del cual la luz de las linternas se torna difusa.

—Bueno, ¿y ahora qué? —dijo Elvira.

—No tengo ni idea de donde comenzar a mirar. Cualquier cosa fuera de lo habitual supongo. Fuera de mis apuntes de clase y de las notas que tengo en el despacho del profesor me siento perdido –dijo Arturo desalentado a la vez que proyectaba la luz de la linterna sobre el suelo en busca de una pista, algún cartel indicador, la "X" que indicara el tesoro enterrado.

—Siempre puedes escribir algo que te sirva de guía con esa mierda de pluma que te has ido a buscar a riesgo de mandarlo todo al carajo —contestó con sorna la detective acercándose a examinar una de las figuras en la pared adyacente.

Arturo iba a contestar cuando un relieve captó su atención. Al aproximarse al mismo pudo comprobar, reproducidos sobre el mismo, lo que parecían ser unos alquimistas inmersos en su tarea.

Se le ocurrió al joven entonces que probablemente nadie había cruzado este lugar, este inmenso espacio, a la luz de una linterna. Para suministrar una luz semejante en intensidad y tonalidad hubiera sido necesario proyectar en su época varias velas al mismo tiempo sobre estos muros.

La luz de las linternas se paseaba con estudiada morosidad sobre las paredes oscuras, caracoleando, retrasando su trayectoria

La luz de las linternas se paseaba con estudiada morosidad sobre las paredes oscuras, caracoleando, retrasando su trayectoria en busca de algo que hubiera podido pasarles inadvertido. Arturo presentía la gran claraboya sobre sus cabezas, ese sol apagado a través del cual se apreciaba una luna llena que intentaba emular al astro rey.

Cuando el joven bajó la mirada se dió cuenta de que el haz de la linterna mostraba un contorno curioso sobre la pared. Había recorrido varios minutos antes esa parte de la capilla sin haber visto nada peculiar.

Se trataba del muro próximo a la sacristía.

—Elvira, ¡mira aquí! No me había fijado antes en este contorno. ¡Fíjate en este rincón!

Elvira se acercó, iluminando con la linterna el punto indicado por su compañero.

—No recuerdo haber visto esto antes –dijo.

En efecto, en la esquina que unía la capilla con la sacristía, concretamente en una columna situada a la derecha de la puerta y sobre la piedra del suelo, parecía recortarse una sombra que contorneaba la sillería cercana a la pequeña grieta en la que habían reparado antes.

—Estas piedras parecen resaltar sobre las demás —susurró Arturo, a la vez que tocaba con sus dedos el muro.

—Debe de ser resultado de algún trabajo reciente, supongo. Hace poco que se han estado haciendo obras de rehabilitación en varios retablos. ¿Recuerdas los planos que hemos visto antes? La catedral está en continuo proceso de restauración, ya sabes.

—No, no, esto es distinto –dijo el joven con una extraña seguridad en sus palabras.

Arturo experimentaba una curiosa sensación. Algo parecido a la que había sentido en Silos cuando se acercó a hablar con el viejo jardinero o cuando se atrevió a preguntar al archivero por los libros duplicados tras descender a ese almacén donde se guardaban los volúmenes de siglos y siglos bajo una temperatura controlada. La misma sensación que había sentido en Huelgas cuando paseaba por las Claustrillas y sí, también aquella mañana en que el Códex musical les desveló su secreto.

Una extraña fuerza, una sensación de inevitabilidad.

La detective apoyó a su vez la mano sobre la pared en el preciso lugar donde se encontraba la pequeña grieta. Había esperado Elvira encontrar que la piedra en el muro estuviera algo suelta, pero no fue así. La luz de la linterna tendía a crear de vez en cuando una falsa sensación de profundidad en los objetos, haciendo aparecer formas y pequeñas aberturas que de otro modo hubieran sido invisibles a la vista, de modo similar al que producen las llamas de una chimenea en el hogar, agigantando las figuras y los diminutos objetos familiares.

—Quizás las obras hayan producido cierto movimiento de los muros —dijo Arturo—. Aunque es poco probable dadas las medidas de seguridad que se toman para una restauración de ese tipo. Déjame ver —y apoyó a continuación la mano sobre la sillería más cercana a la puerta de la sacristía.

—Arturo, ¡la pared se está moviendo! —gritó Elvira levantando ecos a lo largo de la catedral a la vez que se llevaba la mano a la boca en un acto reflejo.

Arturo retiró con rapidez la suya, retrocediendo unos pasos.

En efecto, el muro que tenían frente a ellos se había movido. Muy poco, era cierto, pero lo suficiente para dejar ver una estrecha abertura en el mismo.

Ambos se acercaron, sus linternas iluminando el hueco que se había abierto ante sus ojos.

Una enorme cavidad en la que la luz de las linternas se perdía.

¿Un pasaje?

En cualquier caso era ciertamente una abertura.

¿Una puerta al pasado?

En todo caso una puerta que había olvidado que lo era.

—Un momento —dijo Arturo mirando a su alrededor, impidiendo con su mano que la intrépida detective se arrojara inmediatamente en el interior de la cavidad.

Cerca de ellos se encontraban varios tubos metálicos de los utilizados para construir todo el andamiaje necesario para llegar hasta las vidrieras. Sin dudarlo, Arturo escogió un par de ellos y los atravesó en el vano del hueco abierto en el muro.

—Así me quedaré más tranquilo. No me gustaría nada que si esto es lo que parece, se nos cerrara tras nosotros la única entrada.

Más seguros tras haber colocado ese obstáculo en la pequeña abertura, Arturo penetró el primero en la oquedad.

De su interior salió una bocanada de aire pútrido. Dieron un paso atrás y esperaron unos segundos. Arturo se llevó a la nariz el pañuelo que había sacado de su blazer. Con toda probabilidad este aire debía de llevar siglos encerrado ahí dentro. Aunque no pudieran ver el pasado, ciertamente estaban respirando su hedor. Era una sensación sobrecogedora.

—Vamos, Arturo... no nos paremos ahora —exhortó Elvira, alentada y al parecer estimulada por la aventura. Esto era mejor ciertamente que seguir a maridos infieles o trabajadores empleados a fondo en una actividad cuando se suponía que se encontraban de baja.

El suelo era de tierra. Era evidente que la galería no había sido adecuadamente terminada ni trabajada.

Se trataba en efecto de un pasadizo. Un corredor de unos escasos ochenta centímetros de ancho y unos dos metros de alto, la medida justa para que una persona no muy gruesa pudiera pasar. Conforme avanzaban a lo largo de él pudieron notar que iban descendiendo paulatinamente. Todo en el corredor que atravesaban, desde los desniveles que encontraban a su paso hasta las diferentes alturas que éste presentaba en diferentes trechos parecía indicar que hubiera sido excavado con premura, como si los trabajadores encargados de su construcción hubieran intentando finalizarlo antes de que algún obstáculo, algún imprevisto, paralizara o detuviera para siempre su tarea.

Sintieron en la nariz un aire húmedo y rancio, un olor profundo a tierra, de esa tierra que parece perennemente húmeda.

El joven sacó el móvil del bolsillo y activó su GPS. Había zonas donde la cobertura, impedida por los gruesos muros de la catedral bajo la que se encontraban, se perdía. En algunos momentos, la galería parecía ascender y fue entonces cuando una pequeña raya en el margen izquierdo de la pantalla del móvil indicó a Arturo que la aplicación volvía a funcionar.

—Mira Elvira, creo que estamos bajo el barrio de San Esteban. Al menos bajo algunas de las calles que estuve recorriendo el otro día con el profesor. ¡Joder, la señal del GPS se ha vuelto a perder! No me llega nada de cobertura —dijo, agitando el móvil como si de este modo pudiera recuperar algo de señal.

Era inconfundible lo dicho por el joven. El círculo rojo que había aparecido en la pantalla del smartphone se había quedado inmóvil en el mismo punto desde hacía varios minutos.

—Espera, creo que tengo lo que necesitas —dijo Elvira sacando un objeto de su insondable mochila y colocándolo en la mano de su compañero.

Una brújula.

—Gracias, Elvira —murmuró el joven con una sonrisa agradecida y con voz ahogada por las pulsaciones de su corazón—. Hoy la vieja tecnología gana la partida.

Repararon unos pasos más allá en la presencia de unas pequeñas aberturas a uno y otro lado; unas ligeras depresiones en la pared de roca. A partir de ese momento las irían encontrando con mayor frecuencia.

Arturo se acercó y tocó la pared más cercana, sintiendo la tierra y la piedra.

—Estoy seguro de que tenía que haber otras entradas semejantes a estas procedentes de muchos de los edificios cercanos, o por lo menos, de las edificaciones que aquí existían antes de ser derribadas —dijo, recordando la conversación con el profesor en la plaza de los Castaños.

En los laterales, algunas bocas, cegadas por gruesas piedras parecían confirmar esta teoría. Rocas amontonadas con rapidez, en un intento de ocultar un secreto que ya no tenía razón de ser.

—Si no me equivoco, ahora mismo debemos de estar en algún punto bajo la calle Hospital de los Ciegos —dijo Arturo mirando tanto la app en su móvil como la brújula—, pero no podría precisar más. La App no recibe señal alguna. ¿Qué podría haber motivado la construcción de este pasadizo? Y por encima de todo, ¿por qué tanto esfuerzo para mantenerlo oculto todo este tiempo?

Arturo se detuvo y tras volver a mirar la pantalla del teléfono apuntó algo en la aplicación de notas.

El pasaje ascendía ahora a la vez que el techo descendía, dando la impresión de que el pasadizo giraba a la derecha.

La luz de la linterna aumentó de intensidad súbitamente.

La causa de ello se hizo aparente poco después cuando el haz de las linternas rebotó sobre un obstáculo delante de ellos. Una superficie calcárea les devolvía la luz con intensidad. Una pared formada por una acumulación de piedras y tierra resultado de una tosca obra de mampostería cegaba el pasadizo.

Arturo observó con atención este obstáculo que se les presentaba. No había fisura alguna en él. Era una obra antigua ya, pero no tanto como el pasaje en el que se encontraban. ¿Quizás unos doscientos años? Era difícil de precisar con la escasa luz de las linternas.

El pasadizo se había cerrado delante de ellos. Un muro de roca y tierra había sido levantado en ese lugar. Un muro físico a la vez que simbólico. Alguien lo había tapado definitivamente.

—Bueno, este es el final de nuestro camino Elvira.

～

CAPÍTULO 15

EL FOULARD DEL ESTUDIANTE

De cómo un paseo peripatético por las viejas calles del barrio de san Esteban combinado con un fugaz encuentro con la infancia a través del juego del escondite transportan a Arturo a sus años escolares.

Es maravilloso iniciar un paseo en las horas vespertinas. Especialmente a esa hora en que la tarde no tiene nombre de tal sino más bien de sensación. Esa extraña sensación de que el día se alarga en horas indefinidas y eternas. En donde la prisa parece haberse ido del mundo, los pájaros cantan sin cesar y los niños juegan en el parque vigilados de cerca por unos padres llevados por esa modorra que se sostiene sobre los rayos oblicuos del sol, por esa somnolencia propia de tardes similares.

Esa luz de atardecer que al disminuir destaca los objetos y delimita con claridad cada una de las hojas de los árboles, que realiza al mismo tiempo una radiografía de su estructura interna, iluminando a aquella anciana que se entretiene viendo pasar a los niños por delante de su puerta mientras hace un gesto con la cabeza que parece decir que corren como diablos. Esa misma luz dota de nobleza cada una de sus arrugas.

Esa idéntica luz también realza los pliegues de la vieja ciudad y de su muralla, pone a dorar la superficie del río, tintando de oro durante unos breves momentos la fachada de la catedral.

Es una tarde perfecta para el paseo sin meta, sin pensar en nada más que no sea las impresiones que le van asaltando a uno de modo travieso, acusando los diferentes sonidos que se presentan a la experiencia tales como el cierre de la puerta de la casa que se alza frente a nosotros y que parece producido con sordina, la llamada de esa madre detrás de aquel niño que se ha ido de casa sin la merienda o ese grupo de adolescentes que pasa riendo por delante de los paseantes envuelto en un mundo paralelo de su propia creación.

Es tiempo también para los olores. Flotando sobre todos ellos subyace un aroma peculiar en una tarde así, hecho de una suave fragancia, mezcla de un impreciso perfume de mujer, de lavanda, de la frescura del río que se adivina, de los chopos y sauces llorones y ¡como no! del bocadillo de chorizo que algún niño lleva en la mano.

Todo eso existe en tardes así.

En una tarde así ni los novios que van abrazados mirándose a los ojos, ni los niños que golpean el balón en la plaza de Santa Ana o en el Paseo de los Cubos más arriba junto a la muralla, ni el paseante ocioso con el *Diario de Burgos* medio metido en el bolsillo del abrigo mientras va cogido del brazo de su esposa reparan en la figura solitaria de un joven que no parece disfrutar de la tarde del mismo modo que ellos.

Se trata de Arturo que, *blazer* cruzado sobre el pecho y *foulard* a juego bien ajustado, se encuentra recorriendo los mismos lugares que estos paseantes en esta placentera tarde de domingo. Pero hay en él algo distinto, algo que hace destacar su figura del resto de personas que se encuentran impregnadas de la luz de esa hora violeta. Su caminar es descompasado; se detiene de vez en cuando, levanta la cabeza, parece abstraído. Su mirada no cae sobre el grupo de bellas jovencitas de su edad con las que se encuentra, ni siquiera repara en el examen al que es sometido por alguna de ellas y cuyo resultado ésta parece compartir entre risas con el resto tras haberse cruzado con este atractivo joven.

Arturo lleva su móvil en la mano izquierda. Cada cierto número de pasos vuelve a consultar su pantalla así como la brújula que le ha prestado Elvira y que guarda en el bolsillo de su blazer. Su mirada es concentrada y llena de propósito.

Su andadura ha dado comienzo una hora atrás en la calle Nuño Rosura, no sin antes haber dedicado una mirada preliminar hacia la fachada de Santa Maria, como buscando un punto de referencia. Se dirige a continuación en dirección a la iglesia de Santa Águeda a la que él prefiere sin embargo recordar por su antiguo nombre de Santa Gadea, más próximo en connotaciones a las gestas heroicas del pasado, y donde la sombra del Cid obligando al rey a jurar que no había participado en la muerte de su hermano aún se siente en el aire.

Arturo ha sacado del bolsillo derecho un papel que consulta de vez en cuando a la vez que alza la mirada. Finalmente se detiene, observa a su alrededor y, tras comprobar que no hay nadie cerca de él que pueda observarle, se dedica a dar largas zancadas como si siguiera el rastro de un tesoro y el trozo de papel que tiene en la mano fuera el mapa. Alguien con cierto trasfondo novelesco podría suponer que se tratara de un moderno seguidor literario que al igual que los fans de James Joyce —recorriendo en el Dublín actual los pasos efectuados por el protagonista Stephen Dedalus en su novela *Ulises*—, intentara a su vez, replicar el recorrido que el mismísimo Cid u otros héroes hubieran efectuado en tiempos pasados.

Cuando Arturo atraviesa la calle de las Brujas, esta parece saber de su escapada nocturna. Las ventanas lanzan sus guiños peculiares al joven, pareciendo decirle, «Sabemos que estuviste aquí chico, pero tranquilo, no se lo diremos a nadie». Así, entre sombras, subiendo los empinados escalones de la calle en el momento en que comienzan a encenderse las farolas, Arturo se da cuenta repentinamente de que está solo en el lugar. De algún modo se siente como si hubiera retornado al pasaje aunque esta vez sin los locuaces comentarios de Elvira a su lado. A esa hora de la tarde, con la luz incidiendo en las fachadas, dotándolas de ese brillo dorado, es fácil creerse cualquier cosa.

Pero las precauciones de Arturo no han contado con algo esencial.

Ese algo es la mirada de la infancia, mirada personificada en dos niñas de entre seis y siete años que le observan con curiosidad unos metros más allá cuando el joven se encuentra en el paseo de los Cubos. Parecen ser hermanas, ya que las dos llevan un abriguito de color *beige* cruzado con enormes botones. Sus progenitores se encuentran a unos doscientos metros atrás. La parte masculina de la ecuación inmersa en dedicada y delicada conversación sobre el último encuentro del Burgos CF contra la Arandina CF. Ellas por su parte aguardan pacientemente el resultado de la conversación para poder continuar caminando, una vez el mundo haya sido arreglado por otro día.

La extrema inmovilidad de las niñas que hasta el momento habían estado jugando al escondite detrás de las farolas que bordean el paseo de los Cubos ha sido la razón de que el joven no haya reparado en su presencia. Estas sí se han dado cuenta desde minutos antes en que éste joven parece estar al igual que ellas inmerso en algún juego fascinante y misterioso. Han seguido por tanto sus evoluciones, sus movimientos y giros, sus miradas hacia arriba y sus anotaciones en una pequeña libreta de color marrón como si estuviera leyendo en la misma unas misteriosas instrucciones.

—¿A qué juegas? —dice al fin la más atrevida de ellas y que parece ser la mayor mirándole con sonrisa nerviosa bajo una gorrita roja de la que cuelga una pequeña borla.

Arturo, sorprendido por la pregunta, ha levantado la cabeza y al ver que son dos niñas las que tiene enfrente, busca azorado alguna frase feliz.

—Es que perdí el otro día una cosa por aquí y estaba buscándola.

—¡No es verdad! —replica la misma chica mientras la otra le da un codazo para que no siga hablando con extraños—, te he visto que apuntabas cosas en esa libreta. ¿Son deberes que te han puesto?

—Bueno —dice Arturo rindiéndose en parte a la evidencia— . Sí, se podría considerar que sí. Tengo que enseñárselo a mi profesor.

Y con una mirada que es a la vez de disculpa por no poderles contar más y de vergüenza por haber sido pillado en plena labor de investigación, continúa su camino aligerando el paso. Las mujeres siempre lograban sacar de él todos los secretos.

Está anocheciendo paulatinamente; la luz dorada de antes se ha ido convirtiendo en ocre, luego en ébano y es ahora de un color impreciso teñido de oscuridad que aclaran de vez en cuando las farolas aisladas de la misma calle Santa Águeda. Las vías vecinas, estrechas y llenas de escalinatas y recovecos, parecen despertar en él un interés inusual ese día, como si fuera un turista recién llegado a Burgos en lugar de llevar ya tres años estudiando aquí. Al fin y al cabo ha recorrido centenares de veces estas escalinatas con sus amigos en dirección a las Llanas de Fuera o de Dentro, siempre en busca de un pub con la cerveza más clara y la luz más oscura posible.

En su descenso atraviesa el Arco de Fernán González, sus pasos le llevan hacia otra zona. ¿Había sido por aquí? Está casi seguro de ello.

El viento, que ha hecho amagos de levantarse desde hace unos minutos, se alza ahora furioso en pos de él, cruzando los cabellos sobre su rostro, cosa que no parece distraer al joven lo más mínimo del examen del plano que tiene entre sus manos.

Las palabras de Carlos Lafuente en días atrás vuelven a su mente. Los secretos ocultos en el subsuelo de la ciudad, o mejor dicho, los otros Burgos, olvidados quizás para siempre, durmiendo sus alegrías y también el dolor están allí abajo, durmiendo.

Todos ellos parecen haberse despertado desde que la noche anterior Arturo respirara el aire de aquel pasadizo sin salida.

La pantalla de su móvil se ha bloqueado tras unos minutos de inactividad. Cuando vuelve a iluminarse tras tocar la pantalla, Arturo busca con rapidez el punto que había marcado con anterioridad. Vuelve a mirarlo y a continuación, saca de nuevo la brújula de Elvira, intentando no dejarse distraer por el entorno. Quiere estar bien seguro.

Sí, es aquí con toda certeza.

Se encuentra en esa parte de la ciudad a espaldas de la catedral que ha gozado del prescindible cambio de los tiempos y de las llamadas mejoras urbanísticas. Más concretamente, está en la calle Hospital de los Ciegos en la que puede encontrarse una mezcolanza de viejos y antiguos edificios.

Ocupado como esta en ese momento en el examen de los dos instrumentos descuida su *foulard*, descuido que, combinado con una fuerte ráfaga de viento, lo desprende de su cuello alzándolo varios metros en el aire.

Alarmado, echa a correr detrás de él hasta que ve con alivio como la prenda queda detenida, enredada a unos cincuenta metros delante de él en una barandilla metálica y en torno a la cual se enreda en busca de refugio.

Tras recogerlo el joven mira abajo y a su derecha, reconociendo las escaleras que descienden hacia los estrechos pasajes que van a desembocar en la calle de la Paloma.

Sobre el papel Arturo ha traducido las referencias que el imperfecto GPS de su móvil, combinado con la información de la brújula le habían facilitado la noche anterior respecto de su posición bajo el subsuelo.

Lentamente, con paciencia y teniendo en cuenta cierto margen de error, ha transcrito toda la información sobre un plano de la ciudad.

El juego está casi terminado.

Teme Arturo que, como en ese otro juego de la oca, tan cerca ya de la meta tenga que volver a la casilla de salida inicial, a la cárcel o al desierto. No quiere pensar en eso. Ya han perdido demasiadas jugadas.

Tiene que articular y pasar a limpio estas notas. Teme —y al mismo tiempo ansia—, el momento en que pueda decirles a Elena y al profesor lo que ha visto, lo que ha podido comprobar esta tarde.

Porque frente a él, se alza un edificio, silencioso a esa hora de la tarde de este domingo. El lado derecho de la construcción ha sufrido alteraciones, añadidos y modificaciones, pero la parte izquierda muestra todavía la esencia de lo que siempre fue, su carácter original. Mira hacia lo alto. Una diminuta virgen observa al paseante solitario, halagada quizás por esa visita inesperada.

Porque lo que menos había esperado encontrar era precisamente ese edificio con una Virgen sobre el muro exterior.

CAPÍTULO 16

VUELTA AL COLEGIO

—Arturo, no puedo estar contento para nada del riesgo que has corrido metiéndote como un colegial dentro de la catedral, sin permiso y por la noche y menos que tú, Elvira —dijo dirigiéndose a esta última que inmediatamente comenzó a consultar sus notas con presteza y gran concentración—, hayas incitado a mi alumno en pos de la misma es mucho peor. No me lo puedo creer. Debería de dar parte al rector. ¡Y todo esto en tan solo un par de días desde que nos vimos!

Aquí hizo una pausa. Esa mañana las revelaciones de Arturo habían caído como una bomba sobre los presentes cuando Elvira y éste irrumpieron en el sanctasanctórum dando así al traste con el café que los dos profesores se disponían a degustar tras haber terminado sus clases.

El pequeño grupo estaba sentado en silencio frente al gran ventanal. Elvira se mantenía sentada un poco más atrás, aparentemente hurgando en su mochila al haber agrupado sus notas en un confuso amasijo en el fondo de la misma.

Arturo, pertrechado en el sillón verde desde primera hora, miraba como el profesor comenzaba a realizar un peculiar trazado sinuoso sobre la alfombra colocada en el centro del despacho, ora formaba una elipse en su caminar, ora un círculo desplazándose de un lado a otro como si fuera una abeja que intentara comunicarse con otra. Elena mantenía la mirada fija en el jardín donde algunos pequeños grupos de estudiantes habían comenzado a formarse bajo los árbo- les. En momentos así echaba de menos los pequeños secretos de esa edad, secretos tales como ocultar la barra de labios que se había roto o darse cuenta de que el chico de la clase de al lado la había estado mirado unos cuantos segundos más de la cuenta. En lugar de eso se encontraba escuchando una historia particularmente increíble.

—¿Lo ve profesor? —dijo Arturo con emoción escasamente repri- mida mientras señalaba sin prestar mayor atención a las palabras de su mentor una cruz que había trazado con lápiz en el plano exten- dido sobre la mesa—. Por un lado aquí tenemos Santa Gadea, aquí la calle de las Brujas, aquí la zona de la muralla y finalmente aquí, el Paseo de los Cubos a la altura del torreón de doña Lambra... —y con cada palabra volvía a marcar con la punta de su lápiz, rota ya después de tantas indicaciones, los círculos trazados anteriormente sobre cada uno de esos puntos—. Tenemos luego la calle Tenebre- gosa y la cercana iglesia de san Esteban.

El profesor, ya más calmado tras haber justificado su estatus y desahogado sus nervios, permanecía en silencio con cierto azora- miento como si la conversación anterior no hubiera tenido lugar. Mi- raba primero el mapa y a continuación las indicaciones del GPS en la pantalla del iPhone para terminar en la figura jubilosa de Arturo.

—Bien, bueno, debo decir que en tu caso posiblemente yo hubiera hecho algo parecido, aunque ciertamente no del mismo modo —dijo al fin—. En cualquier caso ha sido una imprudencia —y a continuación, mirando el mapa frente a si—. Entonces según tú, todos estos puntos...

—Sí, profesor, no puedo asegurarlo al cien por cien claro esta puesto que los túneles estaban cegados —dijo Arturo poniéndose de nuevo en pie con renovadas energías, consciente de que la severidad del profesor había sido más aparente que real—. Pero es demasiada coincidencia, incluso para nosotros, ¿no le parece? No es nada descabellado pensar que, al igual que sucedió en poblaciones similares de la península se construyeran pasajes en lugares como estos para que los nobles o determinadas personas pudieran huir o como mínimo, refugiarse en otras partes de la ciudad, ¿no le parece?

—Bueno, es algo a considerar claro, como diría el rector, pero no acabo de entender...

—Hay otra cosa más. Profesor... Elena... —dijo Arturo mirando a esta última en busca de apoyo. La paleógrafa había permanecido callada durante todo el examen y escrutinio de ese folio que pasaba de mano en mano y que daba la impresión, por el modo en que lo manejaban profesor y alumno, se tratara de un valioso incunable, uno de esos códices a los que tan acostumbrados habían estado últimamente, en lugar de un sucio folio de papel arrugado—. Tomé la precaución de anotar los pasos que Elvira y yo dimos durante nuestro recorrido. Apunté todos y cada uno de los pasajes cegados, de las paradas que hicimos, pero lo más interesante de todo es el lugar donde nos detuvimos y que nos obligó a dar marcha atrás.

—¿Y por qué era tan peculiar si al fin y al cabo no pudiste ver nada ni llegar a sitio alguno?

—Como sabéis a consecuencia de las subidas producidas a lo largo de la historia por los tres ríos que cruzan Burgos, el Arlanzón, el Vena y el Pico, hubo varias inundaciones en la ciudad. Como consecuencia de ello Burgos está llena de canalizaciones ya desde época medieval además de cruzada por puentes y, por supuesto, ¿por qué no? de pasadizos y pasajes. Se me ocurrió que, si estos tenían como finalidad huir hacía otro punto de la ciudad para escapar de una muerte segura o cualquier otra circunstancia que implicara cierto peligro, era posible que pudiera encontrar en la superficie el lugar que se correspondiera con lo que vimos en el subsuelo. O por lo menos alguna pista. Localizar nuestra posición con exactitud era primordial. A eso es a lo que me dediqué ayer. Lo interesante, lo curioso, es el edificio con el que me encontré justo encima del pasadizo cegado.

—¿Te refieres...? —dijo Carlos escudriñando el mapa y reconociendo la construcción marcada en él, intentando descifrar algo más en las palabras de Arturo.

—Sí, el Colegio Saldaña o hablando con propiedad, el Colegio Saldaña de Nuestra Señora de la Visitación. Por supuesto su construcción es más moderna que muchas de las otras zonas que hemos visto en el plano, pero el pasadizo se detenía justamente en este lugar sin duda alguna —el dedo de Arturo, incansable, golpeaba una y otra vez sobre ese punto del mapa—. Aunque su fundación y posterior construcción tuvieron lugar en el siglo XVII, ya había casas en esta zona que fueron inicialmente utilizadas para albergar el colegio en sus principios, ¿lo entiende?

—Esto es muy interesante —dijo el profesor cogiendo el plano dibujado apresuradamente por Arturo. Elena le siguió con la mirada cuando este cruzó por delante de ella camino de la librería. Lo que menos había esperado escuchar ese día era que el colegio al que había asistido su tía Mercedes tiempo atrás surgiera ahora en la investigación.

Por su parte la mente del profesor, encaramado ya en lo alto de la escalera, estaba ya inmersa en especulaciones. De uno de los estantes extrajo un viejo volumen, que al descender se reveló como las *Crónicas de Burgos* escritas por el marqués de Fisones en 1885.

—Sabemos que la capilla fue construida siglos después de la finalización de la catedral en 1460 —dijo tras consultar unos minutos el volumen—. Por lo menos eso está claro. En cualquier caso, si leemos con mayor atención, fue en 1674 cuando se inaugura el colegio fundado por Saldaña y Villegas usando unas casas propiedad de este último cercanas a la ubicación actual, ¿no es eso?

Una pausa. Un nuevo paseo hasta el ventanal.

—Ese túnel, ese pasaje o lo que diablos fuera... —dijo el profesor—. No me encaja la ubicación de esa galería tras la cantidad de obras y reconstrucciones que se han realizado en las Llanas a lo largo de los siglos. Se han hecho cientos de excavaciones arqueológicas allí. Es imposible. No me puedo imaginar esa conexión.

—¡Y sin embargo Elvira y yo estuvimos en uno de ellos profesor! Por otro lado, en esas excavaciones que dice aparecieron cimientos de casas del XVI. Bien podría el pasadizo haber cruzado bajo alguna de ellas. Recuerde que Elvira y yo nos encontramos con constantes cambios de nivel.

—Aun así seguimos sin saber a qué podía obedecer la construcción de ese pasaje entre la Capilla de los Condestables y las inmediaciones del colegio. Toda esa documentación del archivo de Burgos se perdió, desapareció para siempre en el espantoso incendio de 1812 que destruyó el palacio arzobispal. Y luego, como no me canso de repetir, las devastadoras tropas de Napoleón hicieron de las suyas después.

—Entonces, ¿cuál cree que pudo ser la finalidad del pasadizo?

—Posiblemente nunca lo sepamos a ciencia cierta, Arturo. Créeme que jamás me he sentido tan frustrado. Pero si hay algo que podemos aventurar es, como tú mismo apuntaste antes, uno de los usos probables de todos estos pasajes fuera la de obtener un medio para que la población pudiera escapar de ataques enemigos. Pero quisiera recalcar por otro lado Arturo que ayer demostraste dos cosas importantes. Probaste que esa era la capilla de la luz una vez más. Una vez más, a través de la luz se hizo la luz aunque esta vez fuera tan solo el débil rayo proveniente de las linternas transgresoras de un estudiante y una detective rebelde —y al decir esto el profesor lanzó una mirada a Elvira que agachó la cabeza con presteza volviendo a introducirla en su mochila—. ¡Ah! Y otra cosa; he estado hojeando las crónicas existentes en relación con este colegio tuyo. Aquí también aquí nos encontramos una vez más con la barbarie; la barbarie gratuita y descarnada del ser humano destrozando al ser humano. Los incendios, masacres, violaciones y saqueos de los franceses en Burgos y en especial durante la batalla de Gamonal, fueron tales como para poner la carne de gallina a más de uno. De hecho hasta un general francés quedó horrorizado por la memoria de los acontecimientos. El gobierno local, en su intento de proteger la muralla en torno al castillo, mandó destruir varios edificios del barrio. No es demasiado aventurado suponer que cierto número de ellos fueran propiedad del colegio, y, como tales, incluidos en el destino final de alguno de esos pasadizos.

—Quienquiera que los construyera había previsto un montón de circunstancias, de variables de lo que hoy en día llamaríamos un plan B, solo que ellos también contaron con un C, D y sucesivos —dijo Elena—. Eran en resumidas cuentas como decís, vías de escape para que alguien pudiera huir, bien desde cualquiera de las casas vecinas, bien desde el colegio o la propia catedral. Vías de escape.

—Sí, Vías de escape, pero ¿Por qué en el colegio? ¿Para qué? —dijo Arturo.

—No es para qué ni porqué Arturo. Sería más acertado preguntarnos para quién, como bien apunta Elena —intervino Lafuente adivinado el argumento de la paleógrafa—. Recordemos que, por lo que hemos visto, alguien se tomó mucho interés en preocuparse por la descendencia de la princesa.

—La misma persona o personas que se encargaron —intervino Arturo con rapidez—, no solo de encargar la redacción de ese mensaje con tinta especial en el Códex musical, sino de establecer también normas, tutelas y beneficios a la familia que se quedó a cargo de la misma. Por lo que vemos, y no creo aventurarme mucho, hasta la propia logia masónica podría haber estado involucrada.

—¿La masonería? —apuntó Elena —¿Hasta tal extremo Arturo?

—Sí, no soy un gran experto en el tema, claro, pero como sabéis mejor que yo, la masonería de la época no era únicamente una especie de club secreto o secta como tendemos a pensar hoy en día; también preservaba el hacer, determinadas técnicas para lograr lo que ellos llamaban la Gran Obra. Ya le he dicho otras veces profesor —dijo dirigiéndose ahora a este— que las mismísimas catedrales góticas como decía el bendito de Fulcanelli, no eran más que un libro escrito en piedra, transmitiendo todo el saber de la antigüedad. Para él, tanto el Humanismo como el Renacimiento no se limitaron más que a copiar. Fue en la Edad Media donde se trabajó con un saber antiguo y ahora olvidado. Con su ayuda, con sus secretas ramificaciones extendiéndose por los puntos adecuados, hubiera sido tremendamente posible mantener "escondido" el pasadizo por muchas excavaciones que se hayan hecho en la zona. Por lo menos se habría mantenido alejado de los ojos inquisitivos de la prensa y los curiosos.

—Perdonad que os interrumpa entre tanta especulación —interrumpió Elena—, pero creo interesante recordaros al hilo de lo que acaba de decir Arturo de que fue precisamente en el siglo XV, en tiempos del obispo don Luis de Acuña, cuando existió un laboratorio de alquimistas en la catedral, en concreto en el tercer piso del claustro.

—Pero es un hecho probado que el colegio tardó cerca de seis años en terminarse desde que el marqués de Villegas y el propio Saldaña iniciaran el proyecto —dijo Lafuente.

—Sí, es cierto, casi tanto como el tiempo que hubiera sido necesario para construir un túnel semejante, ¿no le parece profesor? —sonrío el joven con cierta malicia—. Como usted ha dicho fueron necesarios seis años tras la iniciativa de Saldaña. ¿Por qué tanta demora? ¿Se estaba esperando, quizás, a la terminación del pasadizo antes de su inauguración? Y si fue así, ¿fue una idea conjunta de Saldaña y Villegas o solo de este último? La idea inicial supongo habría sido la de prever y adelantarse a los cambios del tiempo, para, desconfiando de los gobernantes del momento, poder transmitir el saber por otros medios, fuera de los organismos y de lo establecido. La masonería ya sabía mucho de esto. Había logrado crear vías de comunicación propias. En alguna parte está todo ese conocimiento esperando ser descubierto. De hecho, hay estudios y teorías que plantean que el Santo Grial pudiera estar enterrado en algún punto del triángulo formado por las poblaciones de San Pantaleón, Criales y el templo de Santa Maria de Siones al norte de la provincia.

—El norte de Burgos otra vez —musitó un pensativo Carlos. Su rostro, cansado, serio, pero ahora afable observó con cierto respeto a su alumno para a continuación volver a hundir su mirada en el volumen que había sacado de la estantería. Tras examinarlo durante unos minutos levantó la cabeza a la vez que señalaba con el dedo índice la página abierta frente a sí en ese momento.

—¡Vaya! —dijo—. Esto os va a gustar. Resulta que el marqués de Saldaña tenía entre sus amigos a un tal barón Miralles de Santa Cruz que, cosa curiosa, parece ser que fue el colaborador anónimo que participó en la fundación y sostén primero del colegio Saldaña. ¿Y sabéis cuál era el nombre de familia del mismo antes de recibir su título? De la Serna —dijo el profesor dejando un silencio dramático para resaltar sus palabras—. Y otra cosa que acabo de leer aquí. Según los tratadistas Jerónimo de Villa, Jorge de Montemayor y otros, el apellido tuvo principalmente su origen en la villa de La Serna en Palencia, ¿y a qué no adivináis en qué partido judicial? —y al ver la cara de estupor de sus interlocutores continuó imperturbable—: ¡Pues en el partido de Saldaña, por supuesto! ¿De qué me suena ese nombre? Demasiadas coincidencias, me parece a mí. Esto vuelve a ponerse interesante. Eso, y el hecho de que el colegio fuera fundado como un hogar para acoger a niñas huérfanas o de escasos medios económicos —y tras decir esto cogió la chaqueta que Elena había colocado cuidadosamente en el respaldo de su silla— ¿A alguien le apetece dar un paseo? Hace tiempo que echo en falta volver al colegio. ¿Qué dices Elena? ¡Dejemos por un momento a esta pareja de transgresores descansar de su esfuerzo!

Carlos Lafuente llevaba residiendo en Burgos más de veinte años. Durante ese tiempo y, salvo en pocas ocasiones, nunca se había dejado llevar por sus pies hasta estas calles del barrio de San Esteban. Calles sin tráfico que debieron de haber llamado la atención de alguien dado a los paseos reflexivos como él. Un error. Un craso error. No cesaba de descubrir cosas nuevas en lo cotidiano, ya fuera una nueva tienda en el barrio que nos vio crecer, un restaurante que acaba de abrir sus puertas en la calle por la que ha paseado cientos de veces, cuando en su infancia acudía a realizar algún recado para su madre en contra de su voluntad, en busca de la barra de hielo para la nevera, en busca siempre de ese cuarto y mitad que nunca llegaba a saber del todo lo que era. ¿Hoy iba a ser también uno de esos días?

Su llegada al colegio Saldaña desde la calle Hospital de los Ciegos a esa hora de la tarde, fuera del horario escolar, no tuvo nada de épico, ninguna revelación espectacular saludó la llegada de la pareja de profesores al mismo, nada cambió o hizo tambalearse las expectativas que ambos pudieran tener esa tarde. Hoy Carlos tenía a su lado como compañera de fatigas a Elena, aquella bella mujer morena y elegante, una cómplice con la que no había contado en los días iniciales de esta aventura, dejando tras de sí la estela de su cabello, la huella de su paso.

Elena por su parte pensaba cuan curioso era verse en una tarde como esta precisamente aquí, en el viejo colegio donde su tía había asistido a clase años atrás.

Su llegada al Colegio Saldaña no tuvo nada de épico.

—¡Buenas tardes! —dijo una mujer de mediana edad y cabello corto tras serles abierta la puerta del colegio— Son ustedes los que llamaron antes, ¿verdad?— y, tras hacerles pasar, avanzó delante de ellos con pasos cortos y apresurados, deteniéndose de vez en cuando, como si recordara haberse dejado las llaves de casa en el coche y se dispusiera a ir a por ellas para darse cuenta, en el último segundo, de que las tenía en el bolsillo derecho.

Estaban en el despacho del director. Era este un espacio reducido, funcional, con un cuadro del rey y la bandera de España, colgando detrás de la mesa. No había en ese lugar ni rastro del pasado religioso de la institución. Si una de las antiguas huérfanas acogidas por el marqués de Villegas y por su cofundador el señor Saldaña, hubiera acudido esa tarde en busca de una limosna, cama o cobijo, no habría reconocido allí nada que le recordará ni en lo más remoto la casa en la que se alojó, durmió y oró. El tiempo, piadosamente, se las había llevado para que no sufrieran el desencuentro con los lugares que antes habían llamado hogar.

El director, don Esteban Márquez, era un hombre con un traje gris, de ese gris inidentificable como tal, que desafía su descripción; no era siquiera comparable al gris de un cielo plomizo o del que reviste las cenizas de una chimenea después de llevar horas encendida, mostrando los rescoldos del calor que tuvo dentro escasas horas antes. Era más bien un gris de suelo desgastado, de ese que espera la hora en que alguien acuda a fregarlo al termino de un largo día. Este, después de escuchar las explicaciones de los dos profesores y consultados sus archivos, se dirigió a los visitantes con mirada cansada.

—Lo siento, pero hemos buscado en nuestra base de datos y antiguos ficheros y no nos consta en parte alguna nada en relación con la existencia de ningún pasaje semejante al que mencionan en el interior del colegio. Por otro lado, créanme, el argumento de seguir un apellido como el que ustedes me plantean no nos sirve de nada en este respecto, aparte de que, en razón de la ley de protección de datos actualmente en vigor, no podríamos hacer uso de la información relacionada con las familias de los alumnos sin su expresa autorización y consentimiento. Ha habido cientos de personas compartiendo ese mismo apellido. Aquí y en cualquier centro escolar de Burgos y hasta diría de Soria. Como ustedes ya sabrán a estas alturas, las hermanas de la Caridad se llevaron consigo un considerable número de documentación cuando se fueron y entre esta por supuesto, todos los registros escolares. Veo bien por otro lado eso que me dicen acerca de intentar buscar en la genealogía desde el siglo XIII, aunque dudo que puedan obtener algo de ese modo. Miren ustedes; el colegio se llama Saldaña, eso es correcto pero por desgracia poco queda ya de la institución que están buscando. Entre las nuevas regulaciones, los cambios pedagógicos, la marcha de las hermanas de la Caridad y un largo etcétera es casi un milagro que el edificio todavía esté en pie.

El director hablaba con la mirada perdida supervisando inconscientemente las instalaciones mientras paseaban por el patio, sorteando al mismo tiempo los juegos de algunos estudiantes que hacían uso de éste espacio fuera de las horas lectivas. Al lado izquierdo, la antigua construcción, con restos de historia cayendo de sus paredes en forma de moho. En el centro, el patio de deportes, en esa extraña «L» que ofrecían las instalaciones a la vista de los pájaros que pudieran cruzar el cielo en ese momento. A la derecha, las modernas aulas en ladrillo caravista oscurecido por la reciente lluvia. Era esta última una edificación parca, hosca, con barrotes de color rojizo cerrando a la calle la visión de su interior, mostrando ese perfil arquitectónico entre hospitalario y educativo que por desgracia se ha ido extendiendo por el país, comiéndose gradualmente el alma de cada rincón de nuestros recuerdos con los que se haya podido encontrar.

Tan pronto regresaron al despacho del director, éste miró a la supervisora que había entrado tras ellos. Parecía esta aguardar con curiosidad el desenlace de la entrevista para poder tener algo que contar esa tarde en la carnicería mientras esperaba en la larga cola. Tras dudar unos instantes se acercó por fin al director y le susurró unas palabras al oído. Este pareció sorprendido en un principio, con ese tipo de sorpresa que produce el hecho de no haber dado con una idea por cuenta propia. De repente levantó la cabeza, cogió un papel y bolígrafo y se dirigió a los visitantes.

—Se me ha ocurrido una cosa. Creo que como remotos compañeros en lo pedagógico, puedo echarles una mano. Me acaba de recordar la supervisora que hay una persona que podría contarles acerca del pasado reciente del Saldaña. Por lo menos es la única de la que sabemos algo. Su sobrina ha acudido en alguna ocasión al colegio en su representación con motivo de algún evento o aniversario.

Sacudió la cabeza y volvió a mirar a la supervisora en busca de confirmación antes de seguir hablando.

—Trabajó como profesora durante toda la década de los cuarenta y parte de los cincuenta, según creo. Como les dije antes, la falta de registros me impide ser más afirmativo al respecto. Las hermanas de la Caridad siempre tuvieron una mención amable hacia ella. Se retiró de la docencia ya hace muchos años y aunque se la ha invitado a venir en varias ocasiones en razón de varios actos conmemorativos que se han organizado, se ha negado en rotundo a acudir a ellos como les decía. No sé si vivirá todavía, no estaba muy bien de salud según oí la última vez, pero en cualquier caso quizá su sobrina guarde algunos papeles o información al respecto o pueda contarles cosas interesantes del viejo colegio. Lamento no poderles dar más que su dirección. Nunca se nos dejó otro medio de contacto que ese.

Y diciendo esto entregó a los profesores la nota donde había escrito un nombre en letra rápida y aguda, con unas «íes» que parecían precipitarse al vacío:

Silvia De la Cruz
C/ de la Ermita, 35
Sotopalacios (Burgos)

El cielo se estaba oscureciendo y los tonos de la tarde proyectaban ya su sombra sobre la actual entrada principal del colegio.

Aquel hombre con su traje gris los acompañó hasta la puerta, donde les despidió con gestos precisos que no admitían recurso alguno.

Iban descendiendo la suave cuesta que forma la calle Hospital de los Ciegos cuando el profesor se giró para lanzar una última mirada a la misma. A esa calle encerrada que prometía subir hacia lo alto, hacia la colina, todo derecho hacia los sueños y más allá. En lugar de ello su mirada recayó sobre las casas construidas a su derecha tras el derrumbe de la calle en 1977, sobre las ennegrecidas paredes cara-vista oscurecidas aún más por efecto de la luz menguante. Y allí, en lo alto, junto a la puerta del colegio, la figura del hombre gris contemplaba su descenso hacia el centro de la ciudad, quizá con cierta envidia, antes de dar la espalda a la reciente visita y fundirse con su entorno.

CAPÍTULO 17
EL OLVIDO DE LA PROFESORA

O porque no es bueno asistir a clases nocturnas u otras tareas relacionadas con libros en la oscuridad.

—Tía Silvia, ya están aquí los profesores de la universidad de los que te hable.

La anciana estaba arropada con un chal cerca de una mesa camilla. A pesar de los negros presagios del director del colegio, aún vivía. "Por su aspecto debe de tener más de noventa años." pensó Elena. Cuando les vio llegar posó sobre los visitantes una sonrisa amable y dulce, de esas que transportan a la infancia en un instante al destinatario de la misma, haciendo que uno se olvidara de su edad real. La mirada de alguien dedicado a la docencia durante años. Existen algunas personas así, que hacen sentir al interlocutor que el tiempo no ha pasado. Por un momento, Lafuente volvió a ser aquel chaval tímido que, sentado en su rincón, contemplaba el juego de sus compañeros mientras comía su bocadillo en silencio.

Nada más entrar en el cuarto Elena reparó en varios dibujos pintados al carboncillo que adornaban las paredes.

En uno de ellos se podía ver a tres niñas jugando a la comba mientras un perrillo las miraba con curiosidad. En otro una joven sonreía en escorzo, arrojando miradas incitadoras desde detrás de una sombrilla.

—Siéntense, siéntense, tendrán ustedes frío —dijo la mujer con una sonrisa que transmitía la calidez que faltaba en el exterior, indicándoles con la mano un asiento cercano a ella, cubriéndose aún más con la faldilla de la mesa camilla—. Ana, ¿quieres traer café para estos señores? Porque ustedes tomarán ustedes café ¿verdad? Siempre tomo una tacita a esta hora. Le gustan los dibujos a usted, ¿verdad? —preguntó a Elena al ver el interés que ésta prestaba a los mismos—. Los pinté en mi juventud —dijo con una voz en la que se podía detectar cierto orgullo. Excepto ese del caballo —dijo, señalando una bella estampa de un potro en un paisaje, al que parecía mirar con interés otro perrillo con capa—. Ese fue regalo de una monja del colegio en las fiestas de 1965.

—Sí, me gusta mucho la pintura —contestó Elena sonriendo—. Son realmente unos cuadros preciosos.

—Tía Silvia, estos señores han estado visitando el Saldaña —dijo su sobrina y, dirigiéndose a los presentes en voz baja y con una sonrisa apagada— A pesar de la calefacción no ha habido manera de alejarla de su viejo brasero.

—Vaya, vaya —murmuró la mujer mirándoles con un recelo que pareció caer de repente sobre su rostro al escuchar el nombre del colegio, como una cortina que se desliza tras haberle soltado los cordones que la sujetan. Miró primero a Elena, luego al profesor y finalmente a Arturo. Cierto brillo especial pareció aparecer en aquellos ojos ocultos bajo repliegues de arrugas al caer su mirada sobre este último. Ese fulgor al que Arturo ya se estaba acostumbrando y que ya había visto tanto en el rostro de aquel monje en Silos como en el de sor Amalia en su visita a las Huelgas.

—Les contaré una historia sobre el viejo colegio —dijo al fin con un hilo de voz tras escuchar la razón de la visita—. Posiblemente no les sirva para nada porque además ¿saben? con la edad una empieza a mezclar cosas, fechas, imágenes. A fuerza de recordar las cosas se embellecen, dejan de ser lo que fueron para convertirse en el recuerdo de un recuerdo—. Tras decir esto lanzó una mirada a su obra enmarcada —. Quizá sean como los dibujos colgados en la pared, tan solo el reflejo de algo percibido.

Tras decir esto, la mujer cerró los ojos durante un breve instante antes de comenzar a hablar con una voz débil que fue ganando fuerza conforme avanzaba en su relato. Parecía buscar aliento en los rincones de la memoria, lanzando una mirada a la ausencia:

«No podría precisarles con certeza el año, pero estoy segura de que fue alrededor de 1945 o 1946. Eso sí, sé que era invierno. Lo recuerdo con claridad porque ya estaban cercanas las Navidades y las clases habían finalizado con motivo de las vacaciones. Semanas antes las religiosas habían recibido un comunicado del obispado informando de que se iban a acometer obras de restauración y reparación en la estructura principal del edificio así como de mejora en el suelo de la capilla y presbiterio. Se iba a también a colocar mármol y hacer algunos arreglos en la decoración de la misma. Decían algo acerca de que los cimientos de algunas partes corrían riesgo de hundimiento o no sé qué. En las semanas que siguieron la mayoría de las monjas se trasladaron a conventos cercanos y seminarios en preparación del cierre provisional del colegio. Al día siguiente los albañiles y carpinteros lo llenarían todo con sus máquinas. Solo la biblioteca y algunas zonas más modernas iban a quedar a salvo de los pasos de los obreros, de los cascotes y del yeso. Se había previsto todo para causar la menor perturbación posible en la marcha interna del colegio.

Llevaba más de diez años trabajando en el Saldaña desde que regresé a Burgos tras completar mi formación en Francia como profesora. Pasé antes unos meses en Madrid durante los cuales intenté probar mi suerte en la gran ciudad.

Diez años llenos de alegrías y tristezas. Alegría cada vez que veía las caritas agradecidas de mis alumnas y sentía su cariño. El afecto y aprecio que recibí de mis alumnas fue ciertamente una de las mayores alegrías de mi vida. Y luego, claro, luego vino la inevitable tristeza de verlas partir para el mundo, para la vida como solían decían las monjas. Llegaban niñas y, tras lo que parecía un breve intervalo de tiempo, se iban mujeres. Tal es el curso de las cosas.

Nadie podía haberme dicho entonces que algún día volvería al colegio de mi niñez, a mi querido colegio. Sí, porque hubo una vez en que yo había sido una de esas niñas.

Era yo una de las pocas docentes no religiosas por aquel entonces y me había empleado a fondo el pasado curso. Había esperado y deseado como nunca esas vacaciones de Navidad. A tal efecto había aprovechado bien mi planificación de tareas y terminado a tiempo el repaso de exámenes. Por fin había llegado el día.

Le había preparado un regalo estupendo a mi madre, un dibujo que había realizado, abocetándolo en el escaso tiempo que encontraba en mis obligaciones lectivas, en esos retazos de tiempo que las tardes me regalaban en la sala de profesores mientras mis compañeras tomaban café, hacían ganchillo o leían una novela romántica.

Se trataba de un retrato.

Un retrato de papá al carboncillo. De papá en sus mejores años. Mamá estaría encantada.

Había fijado mi residencia en un pequeño piso que había alquilado en la parte sur de Burgos, cercano a la estación. El ruido del tren no me molestaba, al contrario. Me ayudaba a despertarme y concentrarme en la tarea que pudiera tener por delante ese día. Tan pronto entré en casa esa tarde arrojé las llaves sobre la mesa y me dirigí a la cocina para prepararme un poco de té. No fue hasta entonces en que reparé en algo que la mera ilusión de terminar el día me había impedido ver. Me había dejado el dibujo en el aula, envuelto y apoyado contra mi mesa. Me acordaba perfectamente de haberlo dejado allí, con esa claridad de la imagen retrospectiva, casi cinematográfica con la que recreamos un hecho cuando ya no tiene solución. ¡Qué idiota había sido! Precisamente hoy, el día en que el colegio cerraba sus puertas. Tendría que ir luego, no había otra solución. Por fortuna tenía la llave de la portería lateral. En aquella época todavía contábamos las profesoras con ese raro privilegio de la llave confiada en la mano con la que poder entrar y salir en las tardes de otoño, aburridas de la soledad en una ciudad desconocida para muchas de nosotras. Era la entrada a un momento especial, a un entorno controlable. Allí podía sentarme frente a los trabajos de las alumnas, imaginar sus caras conocidas y sentirme acompañada por sus pequeñas voces.

Pero ese no iba a ser uno de esos días.

La tarde, que había mudado por momentos sus tonos, mostraba ahora un cielo cubierto de un color pardusco. El barrio de San Esteban, en la parte alta de la ciudad, parecía una postal de alguna ciudad de Rumanía. El día se iba apagando delante de mí, llenando de mil variedades de grises los adoquines sobre los que caminaba. Comenzó a llover. Al principio se trataba tan solo de pequeñas gotas, cayendo primero sobre la punta de mis zapatos nuevos y pronto sobre el resto de mi figura. Era culpa mía. Tenía que haber previsto esto, haberme cambiado de calzado. Desde luego, hoy era el día de los despistes. ¡Si me hubiera fijado en los signos claros de la cambiante atmósfera antes de salir de casa...! Al menos llevaba conmigo el pesado paraguas con mango de marfil que tanto me podía servir para defenderme de la lluvia como de potenciales indeseables. Como dije, intentaba que mis pequeños pies, envueltos en ese calzado inadecuado, no pisaran los diminutos charcos que se iban formando por momentos. Saltaba entre ellos cada pocos metros, buscando el ligero promontorio, la piedra fortuita que permitiera el que se mantuvieran secos un poco más.

Un trueno se escuchó a lo lejos anunciando la proximidad de la tormenta.

Levanté la cabeza y comprobé que había llegado a mi destino. Me encontraba frente a la puerta del Lechero, llamada así en memoria de aquellos tiempos en que dicho profesional hacía uso de la misma para entrar en el edificio con el fin de hacer su entrega diaria.

No había reparado en su proximidad hasta ese mismo momento al haber estado ocupada durante mi trayecto únicamente en donde colocar mis pies mientras subía las escalinatas que conducían desde la parte baja hasta la calle Hospital de los Ciegos, concentrada en la coordinación necesaria que exigía el saltar los charcos con agilidad, mi mente ocupada tan solo en coger mi dibujo.

Con la que estaba cayendo, tendría que encontrar algo con que protegerlo, desde luego. Si por lo menos me hubiera sacado el carnet de conducir como alguna de mis compañeras, la cosa habría sido más fácil. Todos los lunes sin excepción, el primer tema de conversación entre ellas era la larga relación de viajes que habían hecho con sus novios o familia durante el fin de semana. Una se había marchado a Salamanca, otra a Santander o Madrid...

Sí, me encantaba entrar por aquí siempre que esto era posible. Este era el auténtico corazón del colegio, la parte que había sobrevivido a los avatares del tiempo y del llamado progreso. Su lado sur, el que daba a la calle Hospital de los Ciegos había gozado por el contrario de la ceguera propia de arquitectos y urbanistas.

Miré hacia arriba, hacia la virgen colocada en la hornacina, apenas visible a esa hora salvo por un débil rayo de sol que se iba despidiendo de ella tras besar sus mejillas, pidiéndole perdón por tener que irse tan pronto y prometiendo volver al día siguiente a la misma hora.

La puerta, si no ha sido cambiada por efecto de las posteriores obras modernas que creo se han hecho en la calle, se encontraba por entonces al fondo de un pequeño callejón de unos cincuenta metros de largo. Al abrirla se accedía directamente al patio vacío, gris y ya casi invisible debido a la oscuridad que lo iba invadiendo todo a esa hora. Las dos porterías de baloncesto se inclinaban cual grullas silenciosas, interrogándose sobre mi presencia allí.

La segunda puerta que usé se abrió a la negrura interior del colegio. Olía a vacío, a silencio.

Aunque sabía positivamente que el interruptor se encontraba en algún lugar a mi derecha, tardé un poco en encontrarlo.

Finalmente mi mano dió con él, con la seguridad que da la rutina de una acción repetida todos los días. Lo pulsé. La oscuridad seguía allí. Lo pulsé de nuevo. Nada. Seguramente los electricistas estaban colocando la nueva instalación y habían quitado los plomos en preparación para el primer día de trabajo.

Desde luego eran ganas de meterse en obras otra vez. Según me había contado alguna de las profesoras más viejas del lugar, entre 1908 y 1910 ya se había realizado una restauración a fondo que supuso en la práctica más bien una nueva construcción en toda regla. Casi todo el edificio fue desmantelado por entonces, conservándose tan solo algunas paredes maestras del interior y algunas zonas destinadas a la congregación. La configuración externa, la que me rodeaba ahora, procedía básicamente de aquella remodelación.

Por fortuna todavía había luz suficiente para iluminar mis pasos si avanzaba con cuidado. No quise arriesgarme no obstante a dar con algún cable suelto. Una mala conexión en la oscuridad no era nada recomendable en ese momento. Recordé entonces que guardaba una linterna en el cajón de mi mesa en previsión de aquellas ocasiones en que un apagón pudiera provocar un predecible revuelo en la clase.

Ciertamente no hay nada más espeluznante que un lugar espacioso pensado para el uso de un gran número de personas cuando estas no se encuentran en él. Tal sucede con un hospital, una cárcel, una vieja mansión, o incluso en un caso tan prosaico como este, un colegio infantil. Los oídos, acostumbrados a los gritos, a las risas, a los juegos, al sonido de pies corriendo en todas direcciones, parecen agudizarse expectantes, buscando con cierta ansiedad ese sonido que se echa de menos. Reconocer su ausencia solo parece aumentar el desasosiego. Desasosiego e inquietud que jamás revelamos a nadie en nuestras conversaciones, pero inquietante al fin y al cabo.

De modo que colocamos muebles modernos, colores y plásticos brillantes sobre los objetos. Ponemos estanterías de aluminio para sustituir las de piedra y vieja madera en un esfuerzo por modernizar y cambiar un espacio. Pero estamos muy equivocados. El vetusto lugar sigue estando allí, de un modo u otro.

Despacio me dirigí hacia el final del pasillo en dirección a la escalera por la que se accedía a mi aula. A ambos lados colgaban las orlas de las promociones de años anteriores, las orlas que durante el día transmitían la ilusión de vivir, la esperanza de futuro de generaciones que habían pasado por aquí, sonriendo ante esa cámara que reflejaba y constataba las amistades y sueños de ese puñado de chicas. Pero esta tarde sin embargo, esos mismos cuadros, esas caras borrosas, sin identidad en la oscuridad, se me asemejaban más bien los retratos de nobles y antepasados que miraran con consciente gravedad desde los muros de una vieja casona inglesa.

Una tenue luz entraba por las ventanas situadas en lo alto de las escaleras, lo cual era de agradecer esa tarde, dada la escasa iluminación de esta parte del edificio.

Sentí como si los retratos me observaran fijamente desde los muros mientras cruzaba frente a ellos.

Los rostros de los mismos parecían, bajo esa extraña luz del atardecer que las sometía a estudio, salir de la oscuridad, de la soledad del corredor a esa hora poco habitual para volver a ella una vez el breve rayo dejaba de iluminarlos tras haber presentado una faz enigmática, distinta, perturbadora. Conforme me acercaba a la escalera percibí en lo alto de las mismas una tenue luz. Alguien se había dejado una luz encendida, y eso que habíamos recibido instrucciones rigurosas de que tuviéramos especial cuidado en revisarlo todo antes de irnos.

Por lo visto la desconexión eléctrica solo había afectado a la planta baja.

Los pasillos, esas viejas escaleras, signos de otro tiempo, parecían hablarme de otros pasos, de otras presencias que durante generaciones habían pisado esos mismos peldaños, ora con prisa, ora lentamente o con determinación según fuera el caso. Supongo que este es el destino de los lugares con historia. Era imposible escapar de esas presencias que todo lo llenaban.

Pero ahora tenía que ocuparse de mi dibujo.

Al subir las escaleras y pasar bajo el cuadro de Nuestra Señora de la Visitación situado en el primer rellano me di cuenta de que la luz que había percibido parecía provenir de la biblioteca. Esta se encontraba situada al final del pasillo tras atravesar la capilla y el comedor.

Mi aula era una de las situadas al fondo, unos pocos metros antes de llegar a las puertas de la biblioteca.

Al subir las escaleras y pasar bajo el cuadro...

Crucé frente a las ventanas que daban hacia la catedral. En ese momento, bajo esa luz, las torres de la misma parecían dos dedos dorados rasgando el cielo.

Anduve por el pasillo, flanqueado este a ambos lados por las aulas envueltas en oscuridad, salvo por unos hilachos de luz que se filtraban por las ventanas. Por el camino me di cuenta de que varias de ellas se habían abierto por efecto del viento que se estaba levantando, dejando un pequeño charco invasor al pie de las mismas.

Me detuve a cerrarlas.

Al asegurar la última y pasar cerca de los baños escuché un sonido de agua. Presté atención. Era un sonido sordo, ¿Un goteo quizá? Sí, no cabía duda alguna.

Entré y divisé enseguida el grifo culpable. Se calló un momento en cuanto sintió mi presencia, como una alumna pillada en falta para luego, descaradamente, proseguir su espaciado gotear. Me asegure de cerrarlo bien antes de abandonar el lugar. No parecía haber ningún otro cómplice involucrado. Alguien se había dejado un peine sobre la agrietada mesa de mármol central. En alguna de las aulas uno o dos cubos habían sido colocados en previsión de posibles goteras ante la lluvia anunciada para los próximos días. Ciertamente hacían falta las reformas.

Llegué a la biblioteca.

La biblioteca...

Siempre que cruzaba sus puertas me embargaba la extraña sensación de que en vez de encontrarme el lugar con sus estanterías llenas de libros, sus mesas y sillas colocadas ordenadamente, fuera a descubrir que todo ello hubiera desaparecido y su lugar se encontrara ocupado por la vieja sala de labor donde hasta hacía relativamente poco tiempo, podía verse a las alumnas inclinadas, no sobre libros sino sobre bordados y agujas, pues a esta ocupación se había dedicado la estancia hasta poco antes de ser yo una estudiante allí.

Cuando entré en ese lugar lleno de luz, casi esperando verlo lleno de alumnas bajo la tutela de la monja encargada de la biblioteca, trayendo y llevando libros de un punto a otro, me sobresaltó precisamente el no ver a nadie allí. ¿Qué había esperado ver? ¿A la empollona de María Angustias en un rincón con un libro de Homero entre las manos o a Rosa de las Heras traduciendo a Herodoto? Sonreí para mí misma.

Lo primero que sentí fue ese aroma reconfortante que emanaba de los libros, ese efluvio de años, ¿quizá de siglos en algún caso? De conocimiento esperando ser rescatado. Me había olvidado ya de esa sensación. ¿O será que conforme anochece los libros desprenden, al igual que las flores un aroma más intenso? Quizá en alguna de sus páginas esté todavía aquella nota que escribí cuando era una nerviosa jovenzuela recién llegada al colegio. ¡Dios me libre de que alguien la encuentre! ¡En qué mala hora se me ocurrió dejarla entre uno de esos volúmenes! Locuras de juventud. Versos escritos al buen tuntún en un momento de arrebato. ¿En qué libro pudo haber sido? Más de una vez en mi duermevela he pensado en esto ¿Habría sido un atlas quizá, de esos que me gustaba comprobar para seguir las peripecias sobre el mundo real de las novelas que leía? ¿O había sido en alguno de los tomos de la enciclopedia Monitor Salvat, quizá entre la voz «jirafa» y «Panamá», entre «Disney» y «disnea» o quizá en algún libro de Salgari, Louise Alcott o Enid Blyton? Difícil saberlo. ¿Encontraría alguien algún día ese jeroglífico, ese trozo de pasado, sin nombre, sin firma?

No recuerdo mucho más de esa época, pero en ese momento, mirando esa biblioteca silenciosa y vacía, me vino a la mente la imagen de un trozo de papel violeta en mi mano, mi mano enfundada en un pequeño guante bordado en encaje. Mi madre me los había regalado sin duda en mi reciente cumpleaños. ¿Pero qué hacía con ellos puestos en el colegio? Es curiosa la memoria, no recuerdo nada de eso, aunque sí puedo evocar la presión de mi dedo sobre el papel, rozando contra el encaje.

Era una sensación peculiar, como si las letras, su significado, fuera tropezando y revelándose al mundo bajo mi dedo, mientras este recorría las palabras en compañía de la pluma. Recordaba eso sí, a esa misma niña tímida que en tardes lluviosas se sentaba frente a una de estas mismas ventanas, en esta misma biblioteca. Esa pupila recién llegada al colegio y sin amigos. Y ahora aquí estaba de nuevo, en el colegio donde había estudiado. Miré a mi alrededor.

Las sillas escrupulosamente colocadas en torno a las mesas centrales parecían estar esperando a que alguien las retirara en preparación para la celebración del baile de fin de curso. El suelo de tarima parecía respaldar esta idea. Las ventanas tenían sus persianas bajadas y cegadas para mantener alejado el mundo exterior. Bajo las mismas continuaban en su sitio un par de viejos radiadores blancos así como la estatua de la Virgen de la Visitación. Ahora, en la soledad de la noche las cuatro columnas de hierro situadas en los cuatro ángulos de la estancia, pintadas asimismo en blanco, terminaban de dar al lugar un toque decimonónico que solo era roto por los plafones rectangulares de dura luz proveniente del techo.

Noté entonces algo distinto.

Algo que no debía de estar allí. Por lo menos no hoy.

Sobre una de las mesas centrales se encontraba abierto un voluminoso libro.

Era en apariencia un viejo códice. Un volumen en gruesa encuadernación.

Al lado del mismo, unos cuantos folios sobre los que aparecían garabateados algunos caracteres que no pude descifrar a primera vista. Parecían ser nombres. Extraño. Una lista de nombres. El libro y una goma de borrar al lado del mismo eran los únicos objetos sobre la mesa.

Evidentemente alguien se había tomado la molestia de sacar este volumen de los viejos archivos donde se guardaban los documentos más antiguos del colegio desde su fundación, allá por 1650. Siempre había oído hablar de estos archivos custodiados por la congregación aunque nunca había estado tan cerca de una obra contenida en ellos. La cuidada caligrafía y las figuras reproducidas en las letras capitales despertaron mi curiosidad.

Todos esos folios habían sido escritos, o más bien dibujados, pintados con esmero durante meses y años por un esmerado copista.

¿Quién lo había depositado aquí, sobre esta mesa, sin retornarlo al archivo? ¿Precisamente hoy, el día en que todo el mundo había dejado el colegio?

Era un viejo códice en apariencia. Un volumen en gruesa encuadernación.

Vinieron a mi mente imágenes de aquellas extrañas visitas al anochecer de las que había sido testigo tiempo atrás. Había sido uno de esos días en que solía quedarme hasta tarde en el aula repasando los trabajos de mis alumnas. Serían cerca de las ocho cuando vi, o me pareció ver —porque todo el mundo se empeñó al día siguiente en decir que estaba todo en mi cabeza—, a esos dos sacerdotes de figura espigada y largas sotanas cruzar el patio con movimientos lentos, a la altura de la Virgen que por entonces se encontraba allí, inmersos en una conversación mientras lanzaban miradas ocasionales a su alrededor. Desde mi ventana solo pude apreciar que uno de ellos era rubio y el otro tenía una curiosa barba blanca terminada en punta. Recordé las reuniones a puerta cerrada que semanas antes habían mantenido las religiosas en el despacho de la directora, reuniones a las que no se permitió el acceso al resto del profesorado no religioso, reuniones por otro lado nada envidiables, ya que la visión de la toca que por aquellos años llevaban las hermanas de la Caridad incitaba más bien a salir corriendo que a la evocación de esa virtud.

Cuando volví a ver fotos de aquella época años después, esa sensación de entonces quedó confirmada al creer detectar en muchos de esos rostros cierta ausencia de predisposición a la piedad en todas sus formas, ya que no a la caridad. ¿O era solo una impresión mía a raíz de lo que viví aquella noche? En cualquier caso tras las reuniones misteriosas no hicimos más caso de aquello. Una se acostumbra a las manías de las monjas, siempre pensando en que tareas tas cotidianas como ir a comprar jamón York a la tienda es una misión de Dios que hay que realizar con sumo cuidado y solo tras haber reflexionado piadosamente sobre el curso a seguir.

Estaba aún contemplando el curioso volumen cuando me sobresaltó un fuerte ruido seguido del sonido de lluvia entrando en el edificio. Parecía provenir de alguna de las aulas situadas al fondo del pasillo que ocupaban las alumnas más mayores, junto a las escaleras.

Dejé aquel libro y salí de la biblioteca, dispuesta a recoger mi dibujo de una vez por todas. Al fin y al cabo, ¿qué me importaban a mí los secretos de algunas monjas chifladas?

Al dejar la estancia comprobé que el ruido que había oído antes parecía provenir del aula anexa a la mía.

Una de las ventanas se había abierto por efecto del viento. Cuando crucé el umbral, la lluvia entraba ya implacable, cayendo sobre la mesa de la profesora, salpicando la pizarra y los primeros bancos, llenando incluso en aquellos más próximos a las ventanas, los pequeños huecos reservados para los tinteros. Si sor Irene, la actual directora lo hubiera visto habría puesto el grito en el cielo a buen seguro. Desde que se había incorporado en 1946 a la dirección del colegio, consciente de la reciente legalización del mismo como centro de enseñanza primaría, intentaba hacer honor a su nombramiento mediante un férreo control disciplinario y administrativo.

Las contraventanas se abrían con violencia una y otra vez como impulsadas por una fuerza sobrenatural. Cuando por fin pude agarrarlas, hice uso de toda la fuerza de la que fui capaz, usando los dos brazos contra el viento y la lluvia invasora hasta que logré cerrarlas. Coloqué firmemente el pasador para evitar que se reprodujera el incidente.

Por fin llegué a mi clase. Recoger el dibujo estaba siendo toda una aventura.

Allí estaba, justo en el sitio que pensaba. Cuidadosamente apoyado contra la mesa tal y como lo había dejado. Eché un vistazo al aula comprobando el estado de las ventanas. No había en ese momento ninguna cabecita atenta o agachada estaba allí realizando su tarea. Nadie salvo los bancos sabrían que había estado allí esa noche.

Solo los bancos.

Tras envolver el dibujo en uno de esos papeles llenos de colorines que usábamos para hacer trabajos manuales y que encontré en uno de los armarios del aula, me dispuse a salir.

Me pareció percibir entonces un pequeño destello con el rabillo del ojo, pero cuando giré la cabeza ya no había nada.

Parecía haber venido del pasillo.

¿La luz de la biblioteca otra vez?

La instalación eléctrica, esos viejos enchufes, esos cables retorcidos que se rompían y quebraban con extrema facilidad, esos plomos tan expuestos a las inclemencias del tiempo eran seguramente los causantes de alguna mala conexión que iba y venía.

Tendría que comprobarlo de camino a la salida.

Lo más probable era que los obreros no se hubieran percatado de tal hecho al no tener previsto realizar tarea alguna en esa zona. Si se enterara la directora de que alguien se había dejado la luz encendida a pesar de todas las advertencias en ese sentido, se iba a poner buena al retorno de las vacaciones. Abrí mi cajón y cogí la linterna que guardaba allí. Me haría falta en el piso inferior; desde que había entrado al colegio la tarde había ido cayendo hasta desaparecer.

Me acercaría nuevamente a la biblioteca en mi camino de salida y apagaría la luz. No me cabía en la cabeza cómo alguien había podido tener la genial idea de construir un colegio contra la pendiente del castillo, impidiendo de este modo que las estancias en esa ala del edificio carecieran de luz natural.

Pero cuando llegué de nuevo a la biblioteca comprobé que las dos hojas de madera blanca estaban cerradas.

Debí haberlo hecho sin darme cuenta cuando salí rauda al oír el ruido de las ventanas. ¡Qué curioso lo que llegamos a hacer de modo automático sin reparar en ello!

A través del cristal esmerilado pude ver que la luz estaba efectivamente apagada. El reflejo tuvo que haber venido de otro lado, quizá de la calle, tras rebotar en el cristal de alguna ventana del pasillo. Percibí de nuevo esa extraña sensación como si estuviera molestando, como si hubiera interrumpido algo. A pesar de todo entré y encendí la luz para cerciorarme de que no había ninguna ventana abierta. No tenía ganas de seguir repitiendo estas operaciones indefinidamente y quería volver a casa. La luz apocada de las bombillas volvió a iluminar la estancia. Todo parecía en orden. Atravesé la biblioteca para alejar una silla que alguien había dejado próxima a la ventana. La fuerza de la costumbre, supongo. Los libros seguían durmiendo en los estantes, molestos por tanta interrupción. Se estaba haciendo tarde. Percibí de nuevo esa extraña sensación como si estuviera molestando, como si hubiera interrumpido algo.

Cogí mi dibujo bien sujeto bajo el brazo y me dirigí hacia la puerta. ¡Qué sorpresa se iba a llevar mi madre! Quizá no era un trabajo minucioso ni tan detallado como el de las ilustraciones del viejo volumen que acababa de ver, pero había sido hecho con amor y bien sabía Dios que había costado su esfuerzo. El rostro de mi padre era ya de por sí difícil de capturar sobre el papel en cualquier circunstancia...

El viejo volumen...

Miré en dirección a la mesa donde lo había visto antes, abierto, con sus letras luminosas al lado de esas notas y de ese lápiz cruzado sobre las mismas...

...pero ya no había nada encima de la mesa.

Miré a las mesas vecinas. Quizá me había confundido sobre el lugar donde lo había visto.

No, había sido en esta mesa con toda certeza. Miré con más detenimiento. Había algo sobre la superficie, una especie de pequeños hilos alargados. Cuando los toqué con las manos reconocí la vieja sensación.

Goma de borrar.

Di un respingo.

No soy una persona dada a los sustos ni a los sobresaltos, pero de repente, allí, en ese momento, sentí algo extraño. Una idea empezó a penetrar en mi cabeza. De repente, la imagen de aquellos dos sacerdotes que tiempo atrás me había parecido ver cruzando el patio, arrastrando sus sotanas y sus alargadas figuras por el mismo vino a mi mente. Al cabo de unos segundos me di cuenta de que era algo más que una idea. Era un pensamiento. No, tampoco era eso lo que experimenté. Más bien fue un impulso; un impulso irracional.

Sal de aquí.

Sal de aquí.

Tuve conciencia en ese momento de que si alguien se encontraba conmigo en el edificio no había querido darse a conocer por algún extraño motivo. En circunstancias normales lo hubiera entendido todo. La explicación razonada y pormenorizada, tan razonada como un diagrama, como la fórmula química o matemática que expondría la causa y el efecto. Pero no esa noche. No en ese momento. No encontraba explicación alguna para mi experiencia. Supuse que había comenzado a acumular manías propias de la madurez.

Era como si mi mente se hubiera quedado bloqueada. No recuerdo nada más. Aunque me he esforzado muchas veces no guardo memoria de cómo salí de allí con el dibujo apretado bajo el brazo. Tampoco recuerdo abandonar el pasillo y descender el tramo de escaleras hasta el nivel inferior, ni cómo atravesé las primeras puertas que encontré a mi paso.

Pero sí me di cuenta en ese momento de una cosa.

El haz de la linterna se posó sobre el cuadro de Santa Tecla que colgaba en el descansillo de la escalera y que mostraba a la misma mirando hacia el cielo. Su rostro no era particularmente amenazante; no obstante su tranquilidad eterna me pareció perturbadora. Otro efecto de la luz de la linterna.

Sentí bajo mi mano la superficie fría del mármol de la balaustrada de mármol rosa.

La balaustrada de mármol rosa.

Fue en ese instante cuando caí en mi error.

No me encontraba en la escalera que llevaba a la puerta del lechero, no, sino en la de santa Luisa que, desde la biblioteca, descendía al interior del colegio. En mi loca carrera había bajado por el lugar equivocado, alejándome aún más de la salida.

Si no quería atravesar el colegio entero en semioscuridad hasta encontrar la puerta principal, no tenía otra opción que volver hacia la puerta del lechero.

Y eso significaba tener que volver a cruzar la biblioteca.

No recuerdo cómo lo hice. Supongo que la vieja expresión de que los pies pueden volar se hizo realidad en aquella ocasión. Recuerdo, eso sí, tras haber bajado esta vez por la escalera correcta, ver frente a mí, lejana, la puerta del lechero. La puerta que, lejos de aproximarse, parecía mantenerse a la misma distancia delante mío, como en esos sueños en que corremos sin movernos un ápice del sitio por mucho empeño que pongamos.

Mientras aceleraba el paso adiviné más que vi las pinturas de las santas que, agazapadas en los rincones, parecían emerger de la nada cuando la luz de la linterna incidía sobre ellas, volviendo a desaparecer en ese mundo de sombras de dónde habían surgido momentáneamente.

Los tablones de madera situados en el último tramo frente a la puerta de salida fueron la prueba definitiva.

El *tump tump* que provocaban mis pies deslizándose a toda velocidad sobre ellos suena todavía en mi mente algunas veces.

De algún modo abrí el portón con manos temblorosas que no acertaban a girar el pomo y pude salir al exterior.

La puerta del lechero se cerró con un fuerte sonido detrás mío, provocando ecos en el interior del edificio. Si alguien en el interior del edificio albergaba dudas de mi presencia en el colegio, estas ciertamente se habrían disipado ya a estas alturas. Recuerdo eso sí, saltar sin miedo entre los charcos que ya se habían formado en el estrecho callejón antes de alcanzar la calle Hospital de los Ciegos. Al llegar a esta última salté una y otra vez en dirección a las escalinatas que descendían hacia el centro bajo la lluvia que caía ya abundantemente, abandonada ya toda moderación. Sonó un trueno fuerte. La tormenta comenzó a arreciar con más fuerza. Ciertamente iba a diluviar esa noche. Miré hacia arriba, intentando sujetar firmemente el paraguas ante esta abundancia líquida, ante este aguacero que formaba una cortina frente a mí. Mi paso se convirtió en una carrera, sin importarme esta vez el estado de mis pobres zapatos. Pero atravesando mi prisa, mi angustia y esa extraña sensación a la que todavía no había puesto nombre, surgió la idea clara de que debía de proteger el dibujo costara lo que costara. Un relámpago se cruzó entre las dos torres de la catedral. Por un momento las mismas semejaron las sombras alargadas de viejos sacerdotes inclinados sobre un antiguo libro de culto. Llegó el trueno que había esperado con cierta aprensión.

Resbalé en uno de los últimos escalones. Intente apoyar mi pie derecho que se deslizó a su vez hacia delante y en ese preciso momento, cuando ya la mente estaba preparándome para sentir la humedad del suelo, la dureza de la piedra sobre la espalda, mi mano derecha, soltando el paraguas, pudo agarrarse a la barandilla metálica con firmeza. Me puse en pie. Reconocí la fachada frente a mí. Se trataba del familiar y reconfortante escaparate iluminado de Casa Quintanilla en el número 18 de la calle de la Paloma.

Inspiré con fuerza, sintiendo como el aire llenaba mis pulmones, alejando esa sensación de ahogo que no me había abandonado en los últimos minutos.

En el reloj de la catedral dieron las diez. Solo media hora había estado dentro. ¿Por qué tenía sin embargo la increíble sensación de que hubiera transcurrido más tiempo? ¿Por qué tuve la impresión de que comencé a hacerme vieja esa noche?

La lluvia comenzó a arreciar con más fuerza. Miré hacia arriba, intentando sujetar firmemente el paraguas ante esta abundancia

Después de aquel curso nunca volví al colegio Saldaña. Nunca más regresé a Burgos salvo para algún papeleo ocasional. Algo había ocurrido aquella tarde para lo que no estaba preparada.

Siempre había sabido sin que nadie me lo dijera que existían cosas en la vida que no había que explorar demasiado. Supongo que a eso llaman intuición.

Solo una vez había tenido una experiencia similar siendo niña. Tenía trece años. Me encontraba sola en casa. Mis padres habían salido un momento a visitar a unos vecinos y empleé toda la tarde leyendo relatos de terror; me encontraba con esa sensación de desasosiego que se produce debido a la influencia de ese tipo de relatos. Se me ocurrió entonces encender todas las luces de la casa para ahuyentar las sombras, los miedos así como mi calenturienta imaginación. Las formas y presencias fantasmagóricas se irían con la luz, se desintegrarían en la nada.

Así lo hice, pero minutos después, al ver el resultado de todo ese despliegue de luces, todos esos objetos recortados con nitidez delante de mí e imaginarme el resto de habitaciones en el mismo estado, mi confianza comenzó a menguar. Vinieron a mi mente la posibilidad de latentes presencias moviéndose invisibles en ellas, aguardando mi entrada. Me imaginaba así formas que, cual gigantescas amebas semejantes a las que había descubierto esa semana en mi libro de Ciencias, estarían moviéndose en silencio por ellas. Mi mente se quedó en blanco. Cuando me serené reparé en que me encontraba en la calle tras haber cerrado la casa de un portazo. En la calle, sentada en la acera, mirando el tráfico. Y allí permanecí, esperando a mis padres, con todas las luces de la casa encendidas a mis espaldas, como si esta estuviera preparada para una gran fiesta que nunca se produciría, esperando a unos invitados que nunca acudirían. Cuando años después descubrí a Lovecraft en mis lecturas, recordé y entendí perfectamente ese temor primordial, ancestral de que hablaba en sus relatos».

Los ojos de la anciana se habían llenado de lágrimas que escapaban por los pliegues de sus párpados mientras abría y cerraba sin cesar el libro que sostenía entre sus manos.

—Mi colegio, mi colegio... —murmuraba en voz baja, la mirada perdida en un aula que sus visitantes no podían ver.

—Perdonen, pero como ven mi tía se encuentra muy agitada —intervino la sobrina mientras acariciaba las manos de la mujer—. Hacía tiempo que no la veía así. No debía de haber hablado tanto rato, les ruego nos perdonen. Procuramos no recordarle mucho el colegio. Soy la primera sorprendida de que haya deseado contar esa vieja historia.

Minutos después y tras haberse despedido de la anciana, fueron acompañados hasta la puerta por su sobrina. Elena se giró hacía ella en el último momento.

—¿Sabe por casualidad qué pasó con el dibujo que recogió? —dijo, mordiéndose casi la lengua al darse cuenta de la aparente banalidad de la pregunta.

—Bueno, sé que se lo dió a mi abuela si es a eso a lo que se refiere, pero por alguna razón u otra nunca ha querido volver a verlo. Supongo que le recordaba demasiado esa noche. Lo guardé en un arcón junto con todas sus cosas cuando vino a vivir con nosotros.

El pequeño grupo reunido en casa de Carlos Lafuente permanecía en silencio esa tarde, cada uno de ellos inclinado sobre sus respectivas anotaciones.

El tictac del reloj alertaba de que el tiempo iba transcurriendo.

No pudiendo contener más el nerviosismo que se había ido acumulando poco a poco en su interior, fue el profesor quién se levantó dando unos pasos por el estudio.

—Extraña historia. Una extraña historia... —decía una y otra vez.

——La mujer está muy mayor —dijo Elena—. Dado el tiempo transcurrido existe la posibilidad de que haya adornado lo ocurrido como ella misma apuntó y la realidad no fuera ni remotamente similar a lo percibido.

— Aún así y como tú bien dices hay que tener en cuenta su percepción de los hechos, el modo en que los vivió. Posiblemente, la explicación sea tan simple como que alguien se olvidara del libro al igual que hizo ella con el dibujo de su padre, ¿no?, en cualquier caso alguien que no quería ser visto dado lo tardío de la hora y nada más. Eso no es un pecado, ¿verdad?

—¿Te has oído hablar? ¿Quién puede suponer una cosa así? Aunque no creo que se tratara de un cuento de fantasmas ni de un aquelarre al anochecer, es en cualquier caso una historia curiosa, inquietante. Lo que puedo sacar con la mente fría de su relato es que algo se estaba fraguando esa tarde en el colegio aprovechando que no iba a haber nadie en el mismo, y mucho menos una profesora despistada que acudiera a esas horas a recoger un objeto personal.

—Cuanto más examino este caso, más percibo la presencia de algún tipo de sociedad secreta —dijo Arturo en voz baja, más para concretar sus ideas que en busca de una confirmación de las mismas.

—¿Y qué hay del libro? ¿Qué me decís del libro que vio allí? —apuntó Carlos mirando a Elena, sin haber parecido escuchar lo extemporáneo del argumento de Arturo—. Si queréis saber mi opinión, ese oscuro libro del cual nadie ha oído hablar, guarda de algún modo relación con el Códex musical y el misterio que investigamos. Quizá esté relacionado con el misterio de la princesa y esa familia Serna que hemos rastreado por doquier. A no ser, claro está, que seamos unos exagerados y que lo más normal del mundo sea dejar códices abiertos en las bibliotecas de los colegios, en cuyo caso me iré a jugar una partida de billar con Patricio Noguer.

Arturo, inmerso en sus pensamientos no dijo nada mientras se rascaba una y otra vez la coronilla. A fuerza de repetir ese movimiento durante toda la tarde había conseguido levantar un penacho de cabello en la misma que costaría volver a domar.

—No hay duda de que hay más cosas escondidas bajo la agitada historia del colegio de lo que se puede apreciar a simple vista—dijo finalmente—. Por desgracia los cambios que éste ha sufrido a lo largo de la historia no nos ayudan mucho. Demasiados directores, demasiadas organizaciones benéficas o no. Por mucho que se nos haya querido vender de otro modo, lo único que todas ellas han tenido en común ha sido el nombre de la institución y el edificio sobre el que se sostienen.

—Solo nos queda seguir con lo que hemos empezado. Y esperar que nuestra pequeña e intrépida investigadora logre algo —dijo Carlos mientras recogía sus cosas, indicando mediante ese gesto que la reunión había concluido.

Elena no quería sin embargo dar por cerrada la misma y, colocando una mano sobre los papeles que había estado ordenando, sacó de entre ellos una vieja crónica de Burgos de principios del siglo XX.

—¿Y no pensáis que podría haber sido precisamente durante la desamortización —dijo tras echar un vistazo rápido a sus apuntes—, cuando la pista esencial, el nombre de la familia que en ese momento tenía el secreto a buen recaudo se perdió?

—Podría ser —contestó Lafuente—. Hay además otra cosa en la que no hemos pensado. Esa profesora parecía conocer el colegio como la palma de su mano. No obstante, alguien entró en él sin que ella se diera cuenta. Al menos no escuchó abrirse puerta alguna mientras estuvo allí.

—Claro. A no ser que ese alguien ya estuviera dentro —replicó Arturo.

—No lo creo, a juzgar por el modo en que hizo el relato y teniendo en cuenta el tiempo transcurrido y los posibles lapsus de memoria, si había alguien dentro salió sin armar mucho ruido casi en las mismas narices de la mujer, posiblemente haciendo uso de alguno de esos pasajes ahora cegados como el que descubristeis del cual se niega sustancialmente su existencia. Alguien que debía tener la mala costumbre de penetrar de modo poco habitual en el colegio. La pregunta ahora es, ¿para qué querría alguien entrar a esa hora? Podemos encontrar pistas en nuestra historia reciente. Por lo que he estado viendo en la hemeroteca local y en nuestra propia investigación, los años entre 1963 y 1965 parecieron ser testigos de muchos cambios en Burgos. Fue en esos años que las mismísimas vidrieras del monasterio de Huelgas fueron cambiadas de sitio sin olvidarnos de que en 1958, pocos años antes, se había descubierto en Covarrubias la tumba de la princesa. Precisamente cuando se cumplía el octavo centenario de su llegada a España y subsiguiente boda...

—Fijaos en esto —interrumpió Elena abriendo la crónica que había estado hojeando por el año 1905–. Los arreglos sustanciales realizados a principios del siglo XX de que hablaba la profesora fueron supervisados íntegramente por un hermano jesuita de la Merced.

Carlos cogió el libro que le tendía Elena y lo examino en detalle.

—¿No os llama la atención nada respecto de esta remodelación? —dijo al cabo de unos minutos—. Los planos y la dirección fueron ciertamente obra de este mismo padre. No hubo lugar a improvisación alguna y parece ser que tuvo una prisa desproporcionada en llevarla a cabo. Más de sesenta operarios, quince carpinteros y ocho canteros trabajando contra destajo para terminar en escaso año y medio lo que acababa de ser nombrado colegio de primera enseñanza no oficial. Demasiada atención y prioridad para un simple colegio, ¿no os parece?

—Bueno —dijo Arturo consultando a su vez la crónica —, aun así parece que no quedaron contentos con el resultado porque aquí dice que pocos años después, concretamente en 1914, se restauró la capilla del colegio al ser declarada por los peritos de la época en estado de ruina. ¿Es que no se habían dado cuenta de esto cuándo se efectuó la anterior remodelación del centro?

—Sí, muchos cambios en poco tiempo, eso es cierto —continuó el profesor—, y si la teoría del pasadizo que descubristeis es correcta, las obras realizadas en aquella época o con anterioridad bien pudieron haber significado el fin de las salidas a los pocos edificios existentes en el barrio de San Esteban.

—Los recientes cambios parecen apuntar a otro tipo de causa. Una causa no solo de huida, sino más bien de defensa —dijo Elena.

—¿De defensa? —dijo Arturo, siguiendo la idea de la paleógrafa —. Pero si los pasadizos ya estaban cegados por esa época. Si no te entiendo mal, alguien querría seguir protegiendo el secreto.

—Si hacemos un paralelismo con nuestro mundo actual cuando uno se defiende, es porque teme, o sabe que el potencial para ser dañado existe— dijo Lafuente.

—Entonces —apuntó Elena, levantándose despacio de la silla y acercándose a los dos— ¿quieres decir que...?

—Sí, mucho me temo que en este caso no somos los únicos que andan detrás de la genealogía perdida —dijo Lafuente—. Si Silos fue de algún modo un colaborador necesario en todo este lío, me pregunto que hubiera dicho al respecto el anterior abad, el padre Serna. Lamentablemente si él mismo supo algo ya no se acordará de ello ahora.

El destino había hecho su propio truco de desaparición, su magia injusta a la vista de todos en forma del Alzheimer que ahora aquejaba al viejo abad. Nada por aquí, nada por allá.

Y al decir estas palabras el profesor sacudió la cabeza antes de guardar silencio.

PARTE II
MÁS ALLÁ DE LA BRUMA

CAPÍTULO 18
VISIÓN DESDE LA VENTANA

Patricio Noguer asiste a una clase de pintura.

—Usted dice que yo soy esclavo de mis fantasías. ¡Qué bonita y precisa manera de elegir las palabras! ¿Sabe? Siempre he envidiado a la gente como usted que, gracias a una educación jesuítica han logrado hacer del verbo una herramienta para amoldar el mundo a su verdad. Aunque usted no busca la verdad exactamente ¿no es así?

El profesor hablaba con seguridad. Mantenía su mirada fija sobre el rostro de Patricio Noguer quien se había visto sorprendido por esta visita inesperada en su despacho mientras leía las memorias de Montesquieu. Pero no había sido tan solo la llegada no anunciada del profesor la causa de su sorpresa como el descubrir que la aparente sumisión de este último había mutado en indignación.

—¡Cómo se atreve! —exclamó el rector levantándose de la silla, dejando olvidado sobre el cenicero el habano que se disponía a encender mientras subía el color a sus mejillas.

—Sí, usted está dedicado a una tarea como dice, pero no es

aquella que todos esperan de usted, ¿verdad? La universidad es solo una fachada. No se me han escapado los fragmentos, las frases y palabras sueltas que he oído de su boca en los últimos meses. Su determinado empeño en minimizar todos y cada uno de los pasos de la investigación y verificación de los manuscritos encontrados. Ha agotado todos los medios posibles para que dejara de indagar, para que me alejara incluso de la biblioteca universitaria. Sé por otro lado que ha querido tener en todo momento conocimiento del estado de mis pesquisas, ¿por qué ese desmedido interés si estas carecían de valor, si eso no era ciencia, sino mera especulación? ¿Por qué las prohibiciones de toda índole? ¿Las trabas y el papeleo? Al final caí en la cuenta. Persigue usted otra obra muy distinta.

—¿Otra obra? ¿Qué quiere decir?

Una pausa.

Una larga pausa.

—Es evidente, ¿no es así? —dijo al fin Lafuente, mientras miraba directamente a los ojos al rector—, la obra de la masonería blanca. Es usted un servidor del Opus Dei, ¿verdad? ¿En qué grado? ¿Colaborador? ¡No, claro que no! Eso sería demasiado poco. Un supernumerario, por supuesto.

—Es usted un loco. ¡Salga de mi despacho!

—Sabía que lo negaría. Forma parte del código secreto de prácticas que ningún miembro de la orden reconoce, ¿no es así?: «Pídeme y te daré las naciones en herencia —dijo Carlos, enunciando el credo de la hermandad de memoria— y extenderé tus dominios hasta los límites de la Tierra. Los regirás con vara de hierro, como vaso de alfarero los romperás...». Realmente es usted terrible. Dice que soy un loco. Bien, si por eso entendemos que amo la Historia en los tiempos que corren, que me entrego a la verdad de los hechos que ocurrieron, sí, soy un completo chalado. Pero formo parte del grupo de chiflados benignos. Ustedes, con su beatería y su falsa mojigatería han hecho más daño en el mundo que muchos de los dementes más peligrosos.

El profesor había dicho todo lo anterior casi sin respirar. Miró a su alrededor, al escritorio, a la esfera terrestre elaborada en caoba, a la figura del rector frente a él y finalmente a los ventanales y a toda aquella maqueta de un mundo reconstruido visible a través de ellos.

—A lo mejor usted también debería soñar, aunque sea un poco —continuó—. Pero asegúrese de sintonizar el canal adecuado. Lo malo de usted, de la gente como usted es que rehusan darse cuenta de que son ustedes los que se han convertido en historia. No, y no me refiero a la que se enseña en los libros, no. Me refiero a la otra, la que se olvida, la que se pasa. Ha estado tan ocupado creando este mundo cerrado y perfecto que no se ha dado cuenta de que este es tan solo un juguete —remarcó señalando con el brazo derecho a los jardines—. ¿Y sabe qué? Es bueno en esos momentos tener un profesor de Historia cerca para que se lo diga a uno, mejor si es un paleógrafo para poder interpretar los signos que ya nadie reconoce. No le cobraré nada más por el consejo, aunque seguiré el suyo no obstante. Mañana tendrá mi dimisión en su mesa.

Ya estaba Lafuente camino de la puerta. Detrás de su interlocutor la luz continuaba cayendo sobre los chopos y los sauces llorones de un modo idéntico a minutos antes del encuentro. El olor del césped recién cortado y del macizo de orquídeas situado bajo la ventana llegaban hasta él. Pero de algún modo habían perdido cierta intensidad en ese momento de la tarde.

—Por otro lado —dijo el profesor girándose con un perfecto *timing* dramático en el último momento—, siempre ha dicho que yo era una persona demasiado cauta, extremadamente comedida, ¿recuerda? Pues bien, tenía usted razón, pero por hoy, por hoy voy a hacer una excepción. ¡Por hoy usted y su concepción pragmática de la educación superior se pueden ir a la mierda!

—¿Cómo se atreve? —dijo don Patricio, levantándose de la mesa, los ojos abiertos mientras tensaba los puños apoyados sobre ella, incapaz de articular otras palabras. «Por añadidura» y «algo a contemplar» estuvieron a punto de salir de su boca aunque se dio cuenta a tiempo de que las mismas no venían al caso en la presente situación.

Lafuente permanecía de pie junto a la puerta. Su mirada permanecía fija sobre la pintura que presidía el lugar, sobre la visión falsa e imposible de un Burgos rendido a una perspectiva dislocada para poder ser contemplado desde unas alturas solo creíbles por la visión artística. Ese paisaje idealizado donde no aparecía ni sombra de un moderno molino de viento, con un río serpenteando al pie de los edificios de la universidad. A pesar de la evidente belleza de la composición, la gloriosa puesta de sol le pareció falsa, retorcida y llena de fealdad esa tarde y los paseantes que aparecían en ella, congelados, hieráticos en sus poses. Por desgracia ni los arquitectos de la ciudad ni la propia orografía tuvieron la deferencia de guardar este panorama privilegiado, de modo que Noguer se había visto obligado a recrearla usando de sus influencias, cual moderno Frankenstein.

—Ah, y otra cosa —continuó el profesor— a pesar de todas esas oscuras maquinaciones que haya podido emprender con ayuda de los poderes fácticos de esta ciudad, de esas prebendas que ha logrado para usted y la Obra con maniobras más o menos encubiertas... Sí, sí, ¡ríase! —dijo al detectar cierto rictus en la cara de su interlocutor—, pero a pesar de que haya logrado de algún modo que este tramo de río sea navegable a costa de desperdiciar un montón de dinero público para su fin caprichoso yególatra hay algo que jamás podrá conseguir. El Arlanzón pasa por Montanilla y por delante de esta jodida universidad. Eso es algo que no puedo negar aunque quisiera. Una universidad que por otro lado podría haber estado llena de sueños, de esas quimeras imposibles que se albergan en la juventud, en esos años privilegiados en que uno puede permitirse dedicarse por entero al estudio. El no poder ser testigo de ese sueño es un hecho que lamentaré, pero es la verdad, una verdad con la que no tendré otro remedio que apechugar. Pero usted me da pena en el fondo. Por mucho que se esfuerce hace falta algo más que el dinero para cambiar la perspectiva de las cosas —dijo señalando el cuadro de dudosa estética romántica—. No importa lo que usted quiera y ambicione, jamás conseguirá que la geografía se doblegue a sus deseos. Desde su ventana nunca podrá ver las cúpulas de la catedral. Pero eso es algo evidente, una *boutade*. ¡Ya me ha demostrado por añadidura en más de una ocasión por que es incapaz de ver la punta de su propia nariz!

CAPÍTULO 19

LA BRUJITA CENTINELA

De regatas, brujas voladoras y caminos.

La caseta de botes se encontraba a espaldas de Arturo mientras este terminaba de recoger la canoa. No vio por tanto como Elena había llegado hasta él, un cigarrillo sostenido en su mano izquierda tras haber cruzado el campus.

—¿Qué? ¿Nervioso por la regata? Ya solo quedan dos días, me temo —dijo al llegar a su altura.

El muchacho se volvió y sonrió al ver a su amiga.

—Bueno, si te soy sincero entre unas cosas y otras no me ha sobrado mucho tiempo para pensar en ella. —Bajo un momento la mirada para pasar la cuerda por la parte inferior del bote—.Ya he tenido suerte si he podido entrenar durante estos dos años. Luego había que ponerse con la tesis y todo eso.

—Por lo menos parece que el tiempo va a acompañar— dijo Elena, levantando la cabeza hacia el cielo, retando a este a contradecirla.

Un nudo apretado en torno a los remos dejó zanjada su colocación.

—Además —continuó Elena—, te ha tocado la labor de Watson interino o de apoyo. Sé por experiencia que Carlos puede ser muy persistente a veces.

—Ya, no sé, no sé... Quizás debí haber estudiado otra cosa en Santander, empresariales como mi padre, tal vez. Probablemente ahora estaría a punto de ser fichado por uno de los cazatalentos de una de las grandes corporaciones o de algún importante grupos bancarios.

—¿Tú? ¿Con esa imaginación llena de elfos y leyendas paranormales mezcladas con hechos históricos? Permíteme que me ría.

Se encontraban sentados al borde del río.

—Sabes que tengo razón Elena. Dudo que la historia sirva de mucho hoy en día. Fíjate en nosotros. ¡Tanto trabajo para nada! —dijo Arturo introduciendo su mano izquierda en la corriente y sin parecer prestar mayor atención a su acción, procedió a continuación a deshilachar la hierba en torno suyo con los dedos mojados.

Elena continuó observando la corriente sin responder. Un par de canoas pasaban en ese momento a gran velocidad por delante de ellos, salpicando agua sobre la orilla, los remos alzándose y hundiéndose en un movimiento rítmico.

—¡Cuidado! —dijo la profesora finalmente —. Ya salió la parte pragmática. Aquí donde me ves, incluso yo tengo mi lado oculto, ¿sabes? También estuve a punto de echarlo todo a rodar en mi último año de carrera en Deusto. Mis amigas y yo no nos conformábamos con tener una educación privilegiada y cara, no, éramos las niñas de papa, siempre atentas a la moda de Morgan y sus últimos vestidos, las últimas tendencias y demás. Sentíamos que el mundo nos debía algo. Nos debía sencillamente lo mejor. Pero entonces se me apareció el lado mágico de la vida, ¿sabes? No he contado esto a mucha gente. Verás, cuando venía de pequeña a Burgos durante el verano mi tía nos solía llevarnos al castillo. Fue durante uno de esos días cuando escuché por vez primera la historia de la hechicera centinela.

—¿La hechicera centinela?

—Sí, así por lo menos la llamaba mi tía —dijo Elena con una

repentina sonrisa de niña en el rostro—. Nos llevo a un punto del mirador y nos dijo que si mirábamos con atención al castillo al atardecer desde allí, podríamos ver la figura de una mujer salir volando desde algún punto situado en la torre izquierda de la catedral, volando sobre los tejados de la misma para dirigirse hacia la torre opuesta. Decía mi tía que vivía allí, en la parte alta, entre los pináculos, vigilando y protegiendo a la ciudad de los malos espíritus.

—¡Vaya historia! —dijo Arturo sin poder evitar sonreír al oír el relato—. Nunca había oido hablar de ella.

—Desde entonces cada vez que mi hermana y yo subíamos en compañía de mis primas al castillo con cualquier excusa que nos buscáramos, recordábamos la historia de la brujita y mirábamos allí —continuó Elena señalando con su dedo en dirección a Burgos como si tuviera las torres delante de ella, su mirada perdida en el recuerdo —, buscando así una evidencia de que la ciudad estaba protegida. Y si me preguntas, ahora que no está tu profesor Lafuente delante, yo no diría nunca demasiado alto que la magia o lo oculto sean ninguna tontería.

—Pero uno cambia. Las cosas en las que solemos creer al principio no suelen permanecer igual. Uno evoluciona supongo. Forma parte de la madurez.

—Pues fíjate cuan importante es la influencia de nuestra juventud, de las cosas que nos impulsan al principio que cada vez que miro hacia la catedral o veo su imagen en televisión o reproducida en algún libro, ese recuerdo viene a mi mente. De un modo inconsciente, tonto e idiota, lo sé, pero no puedo escapar de esa idea. Pensar que la ciudad está vigilada me hace sentirme más segura, más tranquila. Supongo que esa es la función de toda superstición. Nunca pude ver a la pequeña bruja, claro está, pero eso no quiere decir que no exista. Lo más probable es que no le hubiera apetecido salir precisamente los días en que mi hermana y yo esperábamos que lo hiciera. Cosas del libre albedrío, ¿no te parece? Y ahora, ¡se acabaron los sueños de hadas, joven! Has terminado de remar, así que ahora toca el estudio y luego, vuelta a la genealogía me temo. Pero tendrás que cambiarte antes de ropa o tu profesor te reñirá por salpicar de agua sus preciados manuscritos.

Esa tarde de finales de mayo el despacho de Carlos Lafuente presentaba un curioso aspecto. Frente a la pared opuesta al ventanal había sido colocado un tablón de madera sostenido por dos soportes, ocultando la mayoría de los cuadros y mariposas del profesor. Su superficie estaba salpicada en toda su extensión de papeles clavados con chinchetas. Un observador ocasional podría pensar que se encontraba en una comisaría contemplando como un inspector de la misma, inmerso en la resolución de una investigación, intentara cuadrar hechos, cifras y circunstancias. Pero en este caso, los papeles colocados sobre el panel blanco ofrecían un aspecto uniforme y tedioso. Contenían únicamente nombres y fechas. En todos ellos la palabra Serna tenía un lugar esencial, obsesivo casi.

Más de tres mil apellidos habían sido investigados, escrutados de cerca, confirmados y descartados, incluyendo tanto los nacimientos y matrimonios como las defunciones, ventas de tierras, herencias y cualquier transacción humana recogida de algún modo en los diferentes libros existentes en las poblaciones que habían investigado. Libros cuya mera existencia habían sorprendido al profesor al no haberse visto éste involucrado antes en una investigación semejante.

En el centro del tablón, en lugar destacado, había una lista. Una lista breve en comparación con toda la documentación que la rodeaba, engañosa en su aparente simpleza. Escrito en ella, una relación de nombres que Lafuente releía una y otra vez, interrogándola con la mirada, buscando una respuesta que el panel no le daba.

En la parte superior del tablero destacaba, en una cartulina amarilla la anotación más antigua:

MARCOS DE LA SERNA MARTÍNEZ N. Montorio
Hijo de Ambrosio y María
casado con CATALINA GONZÁLEZ RICO
nacida en Quintanilla Sobresierra, hija de Diego y María,
casados el 2-5-1632.
MARCOS DE LA SERNA Montorio 6—6-1635
Hijo de los anteriores, casado con
BEATRIZ DE LA CUESTA SOL,
nacida en Montorio el 4-8-1639 padres Alonso y Catalina.
Casados el 9-6-1658.

Seguían a la misma nueve generaciones perfectamente anotadas, con el año y lugar de nacimiento de ambos cónyuges. Montorio en casi el cien por cien de los casos. Parejas que habían contraído matrimonio o bien en su lugar de nacimiento o en el vecino pueblo de Quintanilla.

La última anotación estaba subrayada con rotulador rojo:

ISAÍAS SERNA GONZÁLEZ Montorio 29-7-1895
y MARIA GUADALUPE DIEZ PÉREZ
nacida en Quintanilla Sobresierra el 13-1-1900
casados en Quintanilla Sobresierra el 20-5-1922 y fallecidos en esta
última.

Todos ellos uniendo sus caminos aunque sin perder el apellido a través de los sucesivos enlaces entre familias como Gómez Serna y Serna Gómez para volver después a cruzarse una y otra vez sobre sus pasos.

Tras la última anotación, un hueco amplio, vacío, un hueco sobre el que los ojos del cansado profesor se habían posado.

Una laguna que representaba a toda una generación.

Lafuente había permanecido escrutando el panel durante lo que se le habían antojado minutos, pero que en realidad, sobrepasaba ya la media hora cuando Arturo se aproximó y posó una mano sobre su hombro, sintiendo la frustración de su mentor.

Más abajo del listado anterior aparecían otros nombres, otras fechas:

«Julián María, Serna Diez, González Alonso, González Serna»

Estos no parecían tener una conexión aparente con la genealogía anterior.

Todo ellos resultado de la labor ardua de Elvira, de su peregrinar, del polvo recogido sobre sus pantalones de pana, de las raspaduras obtenidas al subir y bajar las vallas campestres que había tenido que franquear para llegar hasta la casa de algún pastor aislado, de algún huraño vecino encerrado en su casa durante décadas.

Frente a ellos, presidiendo toda esa larga lista de nombres aparecía colgado uno de los escudos del apellido Serna, en su rama palenciana, mostrando como armas en campo de sinople, una banda de oro. Lo había conseguido el profesor del repertorio de Blasones de la Comunidad Hispánica aportado por gentileza del Instituto Salazar y Castro.

—¿Te das cuenta Arturo? Todo esto es el resultado de un año de trabajo, de meses de trabajo. Hemos sacado a los antepasados de sus tumbas, molestado su intimidad y la de sus familiares, despertado a los ratones de los sótanos parroquiales, espantado a las arañas de los registros, buscando libros en pueblos perdidos solo para tener esto ahora. Al final todo se reduce a nombres sobre un papel, ¿es esto lo que queríamos? Nombres sobre un papel... y una tremenda laguna.

—Tan cerca y tan lejos. Le entiendo profesor.

—Ya no sé dónde buscar. No deja de ser irónico que el mensaje pueda haberse transmitido durante ocho siglos y que hayamos encontrado el nombre de la familia de acogida solo para que, con la maldita guerra civil se pierdan de golpe los registros en el término relativo de unos pocos años. Para esto más vale que no hubiéramos dispuesto de medios siquiera. Para este resultado, más valdría no haber encontrado nada —dijo, alejándose hacia la ventana, la pipa apagada en la mano. Siguió allí moviendo su brazo como si esta fuera a encender sola por efecto de esta curiosa técnica.

—No diga eso, profesor, ¡Al menos esto confirma todo nuestro trabajo! Hemos avanzado bastante. Sabemos con certeza que la familia perduró, que la descendencia siguió hasta nuestros días...

—Aprecio tu preocupación Arturo y agradezco tu intento de consolarme, de veras. Objetivamente no digo que no comparta tu opinión. Pero nada me podrá arrancar nunca de dentro el no haber podido llegar hasta el final. Solo por una generación o dos. ¡Solo por una generación o dos!

Arturo nunca había visto al profesor tan alterado. El mechón de pelo caía libremente cruzándole la frente, la pipa desatendida sobre la mesa.

—Y en alguna parte —continuó Lafuente—, en alguna puñetera parte está escrito el dato, la fecha o el nombre. ¿Qué crees que sentí al estar en Montorio la última vez? ¿Cuando entramos a aquel bar a tomar un café o bien nos cruzábamos con alguna joven o anciana sentada ante su puerta o alguien nos miraba desde cualquiera de esas ventanas? No podía quitarme de la cabeza que bien pudiéramos estar frente al último descendiente, el eslabón postrero. Si hubiéramos estado investigando sobre hechos ocurridos en las lejanas Kenia o Lasa no me importaría tanto. Para mí, para todos nosotros, habría sido en ese caso algo abstracto, un problema sin solucionar. Pero en nuestro caso, sin embargo, se ha convertido en algo más, en una realidad sin resolver, una verdad a la vuelta de la esquina. Un rompecabezas que nunca acabaré. No hay solucionario al final del periódico o del libro de juegos.

Una vez hubo finalizado sus clases de la tarde, Elena se acercó al despacho y los tres salieron a dar un paseo por el campus. Aunque era una tarde brillante los sauces parecían ese día tener una razón especial para llorar.

Mientras caminaba cogido de la mano de Elena, el profesor

continuaba pensando para sus adentros que había hecho el idiota durante el último año. El imbécil. Se preguntaba si se había dejado llevar por sus impulsos en la vana esperanza de hacerse un nombre en el mundo académico. No, eso ya había quedado descartado tiempo atrás, ¿De querer entonces validar una teoría que se le antojaba original? ¿De dar una vuelta a los anquilosados métodos de investigación de la Historia? Tantas y tantas veces había dicho a Arturo que era preciso respetar la historia, los cientos de miles de almas que, citando la inmortal metáfora del Venerable Beda, les habían precedido entrando por una ventana, procedentes de la noche nevada del no ser para —cruzando ese gran salón de la vida—, salir por la ventana opuesta de nuevo a la noche.

Levantó de nuevo la cabeza. No se iba a dejar llevar por el desánimo esta vez. Había hecho lo que la conciencia le dictó en su momento. En eso estaba con su amigo Ernesto Santos. Había que creer en la vida, en toda ella, pasada y futura.

La realidad cruda era que la Guerra Civil y la destrucción de los registros parroquiales desdibujaban la pista, dejando a los investigadores solos con la duda. Jamás sabrían la verdad y eso cada uno de ellos tendría que asimilarlo en forma diversa. Los hilos que mueven el mundo habían dejado algunos hilachos sin atar, eso era todo. Aquello que estaba sujeto se había perdido. ¿Había sido una pelota? ¿Una lámpara? ¿La más bella gema? No había ya modo de saberlo. Solo les servía de bálsamo la realidad de un mundo donde el apellido Serna aún florecía, un mundo en el que los cantos religiosos contenidos en el Códex musical seguían siendo entonados a diario para consuelo del alma torturada tanto de Ernesto Santos como de Carlos Lafuente.

—Aquel bibliotecario de Silos tenía razón —dijo entonces el profesor en voz alta—, ¿te acuerdas de nuestro viejo amigo Arturo?

—¿Cómo olvidarlo? —contestó este con una mueca socarrona, mientras tiraba piedrecitas desde el pretil del puente donde se encontraban en ese momento.

—¿Y qué me dices del odio con el que se refería a aquel otro escritor que acudió a Silos en busca de documentación? ¿Del modo en que le mandó a hacer gárgaras? Esto por desgracia no es una novela. Aquí no podemos cambiar los acontecimientos a nuestro antojo. Puede que en eso tuviera razón Fray Anselmo. La ficción, tanto en la novela como en el cine nos ha acostumbrado a los finales redondos, perfectos o al menos, cerrados en cierto modo.

—Sí, estoy de acuerdo. O como sucede en el remo, que todo fuera cuestión de esfuerzo y entrenamiento, ¿no?

Y tras estas últimas palabras Arturo se quedó callado, a solas con sus reflexiones, recapitulando para sí muchos de los razonamientos del profesor.

Fue así, de este modo, tras haber agotado la totalidad de los medios de búsqueda, los ficheros, direcciones y listados de teléfonos y lograr enfurecer a un gran número de personas, que la evidencia había cobrado peso.

Faltaba un punto de unión.

Quizás fuera como había dicho Lafuente solo una mera anotación, un registro, un matrimonio o un testamento que faltara en los registros. A lo sumo un par de ellos. Al igual que en la teoría darwiniana de la evolución, faltaba el eslabón perdido que uniera la documentación inicial hasta la última rama de la familia Serna, partiendo de ese rayo de esperanza filtrado un día en la sala capitular del monasterio de las Huelgas.

Y solo gracias a un milagro podrían dar con él.

CAPÍTULO 20

EL VIAJE DE KRISTINA

De cómo una princesa escribe una carta de amor y siglos después un monje contesta a la misma.

Ese día de Navidad el silencio del claustro se vio perturbado por el llanto de un recién nacido.

El médico judío hacía ya rato que había dejado el monasterio con discreción y silencio, haciendo uso del privilegio otorgado por el rey Sancho IV por el que cenobios como el de Burgos podían servirse de los semitas sujetos al señorío de la abadesa en calidad de médicos para atender en las enfermedades de las monjas.

El paso del galeno bajo la cálida luz de enero, había alterado el sueño tranquilo y eterno de los claustros. Las oraciones diarias todavía flotaban en el aire y las campanadas de la torre llamaban a maitines.

Doña Elvira Fernández, la madre abadesa, recorría en ese momento una y otra vez el patio interior de las Claustrillas.

—Perdóneme, madre —le había dicho minutos antes, no sin esfuerzo aquella joven extranjera en su lecho en un español quebrado y con una mirada llena de todo el pesar del mundo—. No puedo deciros más de lo que ya sabéis. Ofendería a mi padre el rey Haakon, ¡Él ha confiado tanto en mí! Todo dependía de mí... ¡Todo! Él deseaba tanto la unión de nuestros reinos y ahora... ahora eso no podrá ser. Y todo ha sido por mi culpa. No sabía qué hacer, madre. Recé durante toda la travesía, recé para que ocurriera un milagro. ¡Un milagro! —volvió a repetir la joven agachando la cabeza—. Durante mi largo viaje escuché que es usted poderosa, o por lo menos es lo que me dijeron alguno de mis cortesanos. Vuestro rey, aunque bondadoso y sabio, no lo entendería. Para ser sincero, creo que ni yo misma lo entiendo a mi vez. Pero no pude reunir fuerzas para encontrar una solución durante todo el viaje con... —y en ese momento miró hacia el diminuto bulto a su lado del cual salían unos pequeños gemidos. —¡Oh, madre! ¿Qué puedo hacer? ¿Qué puedo hacer? ... Quisiera morir.

Doña Elvira estaba sola.

Sabía que no podía pedir consejo a nadie. Antes de entrar en el convento siempre había contado con los sabios consejos de su padre. Su padre, Don Alonso Fernández de Valladares, comendador de Navarra. Su tío nada menos que el mismísimo Mayordomo de la reina Doña Berenguela. Su progenitor, con gesto recio a la vez que bondadoso la solía sentar sobre sus rodillas en aquella niñez que tan lejana le parecía antes de darle alguno de estos consejos:

—Elvira —le había dicho aquel día en que ella le expresó su deseo de servir a Dios—, debes ser consciente de que habrá ocasiones en qué no sabrás como actuar. Crees ahora encontrar la sabiduría, saber diferenciar lo que es correcto de lo que no lo es. Pero habrá momentos en que tus lealtades se confundirán, se pondrán a prueba. Vendrá un día en que deberas hacer una pausa, cerrar los ojos y escuchar el mensaje de tu corazón. Los hechos suelen contener en sí mismos la respuesta a condición de no querer imponer nuestra voluntad para cambiar el tono de la misma, su verdad intrínseca. Yo he tardado demasiado tiempo en darme cuenta de eso, hija mía. De ese modo servirás a Dios igual o mejor que aquellos que bajo excusa de hacerlo, buscan solo sus propios fines. Recuerda siempre el origen de tu nombre —continuó—. Nuestro apellido está unido al de grandes hazañas. Los ojos de la ciudad, no solo los de la comunidad religiosa, estarán unidos y fijos en ti. Tu camino se verá iluminado por la verdad.

Los hechos.

Un bebe había nacido el día de Nochebuena. Una niña de padre desconocido cuya madre había buscado asilo y ayuda entre esta comunidad.

Una mujer que había cruzado las fronteras para empadronarse en otro país llevando consigo a un hijo en su seno.

Los hechos.

Estos eran los hechos una vez quitados los nombres, títulos y demás pompa colocada sobre los mismos.

La historia volvía a repetirse.

Doña Elvira reflexionó acerca de sus razones de cuna, en los votos sagrados que había contraído, en su responsabilidad como abadesa. Pensó en Doña Inés Laynez, su antecesora, proveniente al igual que ella del monasterio de Tulebras y descendiente del lejano don Diego Laynez, padre de don Rodrigo Díaz de Vivar. Ella también había sido un ejemplo a seguir.

Pero había otra razón más, una inteligencia poderosa. ¿Por qué no quería ponerle nombre a la misma? ¿Por qué dudaba de la verdad en su interior? ¿Por qué durante toda esa mañana y esa tarde la habían visto rezar mientras daba vueltas a las Claustrillas?

Con esa confusión acudió a misa de Vísperas. Que Dios la perdonara, pero no estaba poniendo sus cinco sentidos en el desarrollo de la liturgia. Esa tarde no olió el penetrante olor del incienso que tanto le había cautivado desde la niñez ni tampoco se fijo en las imágenes cuidadosamente labradas, ni en los sepulcros de los fundadores colocados ante el altar como hacía invariablemente desde que fue nombrada abadesa. Los fragmentos de la lectura sagrada que el capellán iba leyendo a duras penas llegaban a su mente. Poco a poco, en pequeñas migajas, algunos de esos párrafos se iban uniendo, cobrando significado, agarrándose a su atención, suplicando ser atendidos.

De este modo unas frases llegaron a su conciencia.

Unas palabras de Corintios 13:2 que parecían dirigidas expresamente a ella:

«Y si tuviera el don de profecía, y entendiera todos los misterios y todo conocimiento, y si tuviera toda la fe como para trasladar montañas, pero no tengo amor, nada soy. Y si diera todos mis bienes para dar de comer a los pobres, y si entregara mi cuerpo para ser quemado, pero no tengo amor, de nada me aprovecha».

—¡Dios, dame fuerzas para obedecer a mi corazón! —rezó la abadesa en su interior.

Supo entonces que este era el momento que había esperado y temido, que todo cuando había escuchado durante años acerca de la prueba a que Dios la sometería no se había referido a la reclusión, ni al aislamiento del mundo exterior para dedicárselo a Él, ni a los continuos rezos, a la asistencia a misas, a las plegarias en baja voz, al trabajo incansable en las labores propias del cenobio. No, se trataba de algo distinto. Esta era la prueba. Se dio cuenta también de otra cosa. Fue consciente como nunca de la responsabilidad derivada del poder que se acumulaba sobre su cargo.

Esta era la oportunidad, el momento para ejercitarlo con sabiduría. Su labor no era solo castigar a capellanes díscolos por faltas más o menos graves o remover trabajadores de sus cargos.

El claustro había enmudecido. Hasta los pajaritos que habitualmente lo poblaban a esta hora habían cesado en su piar. Doña Elvira estaba sola. Y sola tendría que tomar la decisión.

Una parte de sí la estaba llamando con fuerza. Era la mujer que siempre había estado allí, en su interior.

Clara.

Su hermana Clara que se había ido de su lado tan pronto, a tan temprana edad, cuando aún las dos eran niñas. Después de una semana gozosa de juegos, alegrías y risas, se había ido.

Eran niñas felices, inconscientes del mundo y sus problemas.

Aquella tarde Clara había escapado corriendo de su lado riendo sin cesar, agarrando con la mano derecha el cesto de frutas recién compradas en el mercado.

De repente, aquel caballo montado por un jinete presuroso se atravesó en su camino. Clara tropezó y cayó a los pies de la bestia.

Cuando Elvira pudo acercarse al camino convertido en barrizal sobre el que había quedado el cuerpecito de la pequeña rodeada de las manzanas que habían caído de su cesto, cuando pudo cogerla entre sus brazos, arrebatándosela a aquellas otras personas que habían acudido en su socorro, pudo ver como su hermanita aún movía los labios, muy despacio. Una débil sonrisa todavía en su pequeño rostro. ¿Cómo podía estar sonriendo en ese momento? Elvira no quiso ver la brecha en la cabeza, no quería recordar a su hermanita así. Los ojos de la pequeña Clara permanecían clavados en los suyos, pareciendo pedir perdón por la travesura que había hecho alejándose de su hermana.

«—Perdóname Elvira, perdóname, ha sido culpa mía hermana» —fue lo último que dijo, una de las manzanas todavía agarrada en su mano derecha.

Fue rápido su final, ese fue el único consuelo que tuvo.

¿Qué debía hacer como religiosa? ¿Devolver ese bebé al mundo al igual que aquellas gentes que no aceptaron en sus casas a la virgen Maria cuando buscaba asilo del mismo modo? El carácter simbólico de la situación no le pasó desapercibido.

Sabía que su cargo le ofrecía la potestad para corregir injusticias o por lo menos evitar que estas se repitieran. Este era uno de esos días.

Se había quedado mirando la fuente central de las Claustrillas. Cualquier otra hermana que la estuviera observando en ese momento hubiera pensado al ver el modo que se acercaba y a alejaba de ellas tras posar su mano sobre las mismas que estaba calibrando la técnica empleada para tallar las columnas y capiteles que la rodeaban.

Fue entonces cuando supo lo que tenía que hacer. Sí, tenía poder. Jamás una mujer había tenido un poder tan grande dentro de la iglesia. Poder para hacer el bien, para castigar pero también poder para la caridad. Miles de ideas pasaron por su cabeza en esos momentos.

¿Y si...?

¿Qué pasaría si...?

Hizo llamar en silencio a la madre Urraca, siempre dispuesta a secundarla en todas las buenas obras que había emprendido con mayor o menor acierto desde que se encontraba al frente del monasterio.

—Doña Urraca —dijo a esta en cuanto la vio aparecer—, ¡venga conmigo! Dios necesita que hagamos un acto de caridad. Se trata de la princesa del norte.

—¡Pobre criatura!, ¡Que Dios la ampare! —contestó la hermana Urraca, al corriente de la delicada situación de la princesa.

—Llame inmediatamente a la hermana Engracia y a la hermana Inés Laynez y que se reúnan conmigo en la sala capitular.

Contagiada por los gestos de la abadesa, Doña Urraca se apresuró en dejar la celda en busca de las mencionadas.

Esa noche, en secreto, en la tercera hora, cuando el resto de la congregación dormía, cuatro figuras, cuatro sombras se deslizaron por los claustros para reunirse en una pequeña cámara cerca del scriptorium. Llegaron a intervalos de unos diez minutos cada una, procedentes de distintos lugares. En esa cámara, a la luz de una vela, urdieron un acuerdo. Un pacto de fe. Un auténtico pacto religioso. Aquellas hermanas, unidas por una experiencia y formación común en el monasterio de Tulebras antes de haber sido destinadas al de Huelgas, hicieron un voto solemne.

Las hermanas habían tomado una decisión. Las damas de compañía de la princesa fueron llamadas con urgencia.

El bebé viviría. La orden, el monasterio en sí cuidaría de él y de su descendencia. Pero al mismo tiempo se acordó —y todas asintieron en ese momento— que era vital ocultar su ascendencia a fin de no poner en peligro la negociación futura entre las dos coronas así como el delicado equilibrio en Europa. Eran conscientes por otro lado de que una decisión tal era irreversible.

Sería necesario más tarde buscar un lugar, una familia de acogida que protegiera y cuidara al niño, una familia sujeta a su vez a un necesario voto de silencio y bajo la tutela del monasterio. A cambio de esa circunspección y de sus atenciones, la familia y su descendencia gozarían de prebendas y favores especiales del cenobio no estando sujeta al pago de tributo alguno. Era algo justo.

La imagen de la joven a cuyo lecho habían acudido había dejado de una persona con título para aquellas religiosas esa noche. Ya no era la princesa noruega, tan solo una joven amable que estaba sufriendo, que les pedía ayuda.

También se tuvo en cuenta el examen médico que tendría lugar una vez fuera presentada ante su futuro marido. Las mujeres conocían de secretos, sabían ciertamente cómo engañar a un hombre para que creyera lo que ellas quisieran oportuno que creyera. Y si esto traía como consecuencia la salvación de un alma pura e inocente y de un niño, razón de más para dejarlo en manos de Dios.

Ya sabía lo que había que hacer. Su duda ahora era de otra índole.

No había en su decisión nada censurable. Pero, ¿cómo lograr que el resultado de la misma perdurara en el tiempo y en el corazón de las hermanas que habían de sucederla en el cargo? Eso sería algo que habría que considerar más adelante.

El sello único de la abadesa había sido estampado sobre el pergamino. Ricamente detallado este en sus filigranas internas, realizadas muchas de ellas con la única intención de desviar la atención al documento en sí, haciendo que el receptor se fijara más en la filigrana, en el detalle, que en el contenido.

Los caballos aguardaban piafando impacientes en el Compás de Afuera. El séquito estaba dispuesto a continuar su camino hacia Valladolid.

Antes de despedirse de ella oficialmente junto a los demás la abadesa había visitado a la joven Kristina en su celda.

—Querida hija, tu desliz, si desliz insistes en llamarlo, puede ser reprochable frente a los hombres, pero no ante Dios. Quizás no volvamos a vernos en este mundo, pero en los momentos de duda y desazón, ¡confiad, siempre confiad! La providencia es misteriosa. Habéis amado y os habéis sacrificado por vuestra familia, vuestro padre, vuestro reino y vuestra hija. No hay valores más grandes que esos, pequeña.

—Me siento tan débil y confusa madre. Durante todos estos meses de travesía a través de Francia creí que tendría fuerzas, fuerzas para decir la verdad ante vuestro rey y luego quizá, solo quizá, poder volver a mi tierra. Pero, ¿qué hubiera dicho a mi padre entonces? Mi amado sería desterrado si no algo peor. Sé que mi decisión no fue la correcta y estoy dispuesta, como lo estuve al dejar mi tierra —en lo que creía que eran otras circunstancias—, a no volver a ver Bergen jamás aunque solo mencionar ese nombre me parta el corazón.

—El monasterio cuidará de vuestra hija. No temáis. Manos más sabias que las mías están haciendo todo lo necesario por ella.

—¿Sabéis? Le he puesto de nombre Teresa. Mi padre así lo hubiera querido... una nieta española, con un nombre español —dijo sonriendo con tristeza, recordando aquella última conversación con su padre que aún resonaba en su memoria:

«—Dame un nieto español Kristina, para que nuestra familia perdure más allá del horizonte, más allá de nuestros tiempos.»

Cuando la abadesa se retiró esa noche para orar, le pareció volver a ver en la oscuridad de su celda, los diminutos ojos de su hermana pequeña antes de cerrarse por vez postrera, sonriendo.

Así fue cómo el plan se puso en marcha.

Kristina estaba en el lecho. Habían pasado cerca de tres años desde su llegada a España. Se sentía muy cansada. Su tristeza y su debilidad se habían agravado durante las últimas semanas. A su lado estaba el pergamino donde había escrito rápidamente unos versos de amor, aparentemente dirigidos a nadie en particular.

Ese día hacía un calor sofocante en Sevilla, una canícula muy distinta al aire fresco de Bergen e incluso de aquel Burgos y Soria que había conocido en su viaje de ida.

Burgos...

Si por lo menos hubiera permanecido en aquella ciudad del norte de España donde las dulces religiosas la habían acogido tan amablemente... Aún resonaban en su mente las palabras de la abadesa:

—«Dios guardará a tu hija y a su descendencia, mientras estas pobres manos tengan el coraje de defender lo que es justo bajo la Tierra y como humanos podamos servir a Dios al máximo de nuestras fuerzas. No le ha de faltar cobijo, cuidados y educación».

La abadesa, esa mujer que solo unas pocas horas antes de aquella conversación había sido una extraña en aquel país extranjero al que habían llegado, se había convertido en una figura familiar. Su rostro amable le había traducido las palabras que no lograba entender fuera de las pocas frases en latín que les servían de comunicación. Esa mirada, fija sobre su figura mientras se alejaba del monasterio con su séquito para no volver jamás, nunca la había dejado. La abadesa había permanecido así, aparentemente impertérrita a las puertas del cenobio, rodeada del resto de la congregación mientras los caballos piafaban y golpeaban el suelo con sus cascos, deseosos de emprender la marcha. Esa era la imagen que le venía ahora a la mente y la tranquilizaba como un bálsamo. La imagen de una lejana amiga.

No había tenido lugar la tan esperada unión de los dos reinos. ¿Su sacrificio había sido pues en vano? No obstante, algo prevaleció, siguió existiendo.

Ese algo fue la promesa de cuatro mujeres, el acto de bondad oscuro y oculto, puramente cristiano de una natividad aquel 25 de diciembre de 1257.

Su mente vagaba por los paisajes de su infancia, de su querido Bergen, recordando a su padre al que hacía años que no veía mientras sentía las lágrimas acudir a sus ojos. ¡Había sido tan injusta la vida!

Notó como se le cerraban los párpados, como se le iba la vida, pero esa visión permaneció frente a ella todo el tiempo.

Con esa placentera imagen cerró los ojos lentamente, con una sonrisa.

Transcurrieron los años y las sucesivas abadesas siguieron preservando el secreto, manteniendo el compromiso contraído por sus antepasadas.

Fue en 1320 cuando la abadesa Doña María González de Agüero, siempre preocupada acerca del mejor modo para preservar y transmitir las instrucciones para el cuidado y tutela de la descendencia de aquella familia —siempre y cuando la Naturaleza, no muy prodiga en aquellos duros años con los niños lo permitiera—, creó un método para que los años y la imperfección de la naturaleza humana no fueran obstáculo en la transmisión del mensaje.

Tuvo un instante de inspiración una tarde mientras escuchaba al coro.

Recordó haber leído y oído a hermanas venidas desde otros centros religiosos acerca de determinado escribano especialmente hábil. Había visto muestras de su talento en los códices y manuscritos prestados por monasterios como el de Yuso, Santo Domingo de la Calzada o el de Cañas. Maese Roderici era un escribano excepcional, de eso no cabía duda.

—Maese Roderici —dijo doña María González esa mañana en cuanto lo tuvo a su presencia—, como sabéis se os ha encomendado la tarea de recopilar la música empleada en nuestros oficios litúrgicos ¿conocéis alguna técnica que permita reducir el número de ojos que puedan ver lo que pueda escribirse en algunas partes del mismo?

—Estimada madre, hay muchos modos de ocultar algo que no quiere ser visto. Aquellos que tienen sus puertas cerradas no verán la luz —dijo el escribano con una mirada enigmática.

—No me mareéis con vuestra palabrería, Maese Roderici. Solo preciso que me aseguréis que no usaréis de malas artes para vuestro propósito.

—Ciertamente que puedo prometeros eso madre. Únicamente emplearé lo más antiguo que se conoce desde los tiempos del hombre. Técnicas olvidadas, eso sí, pero que ya existían cuando el hijo de Dios pisó este mundo.

—Si es así, comenzad cuanto antes. Y que Dios os bendiga por la tarea que vais a emprender.

Maese Johannes levantó la mirada, fijándola en un punto indeterminado del scriptorium momentos antes de comenzar a escribir en el códice con la tinta especial que tanto trabajo le había costado preparar. El resto de monjes a su alrededor mantenían las cabezas gachas en una extraña concentración sobrenatural. Solo una tos aquí y allá, solo el sonido de unos pergaminos al ser movidos. Era el momento de crear las frases, las relaciones, el cúmulo de conocimientos que los alquimistas y sabios de su época le habían hecho llegar. Y por último, reunir todo ello con ahínco y tesón en unas breves líneas de texto, en un único esfuerzo.

Debía parecer simple, hecho sin esfuerzo. Y dentro, muy adentro, ese mensaje que carecía de sentido para él, pero que sin embargo había jurado no revelar bajo amenaza de excomunión. Los ojos de la abadesa habían sido urgentes, apremiantes. Jamás había visto tanta determinación como en aquella mirada.

Estaba cansado, con un cansancio acumulado y sordo. Era una fatiga que mordía poco a poco en su alma. Su destino estaba ya sellado en alguna de esas tintas, cuyo mercurio, contenido en ellas en distintas cantidades, había acabado ya con más de uno de sus compañeros. No, su cansancio venía más de una realidad que no lograba entender. Ya de niño comenzó su vida en este oficio junto a su padre que le enseñó a leer y a escribir desde temprana edad. Le aleccionó a confiar en los códices y manuscritos y no en los hombres. En ellos encontró una verdad muy especial, la verdad que otros traicionaban con tanta frecuencia. Allí, el consuelo, el gozo y la esperanza.

Cuando cogía la pluma y los tintes y colocaba el pergamino que le tocaba iluminar ante sí, tenía plena conciencia de que esto era algo que sí podía controlar. De que alguien, en alguna parte, algún día, buscaría la sabiduría allí contenida. Y él, al igual que el maestro constructor de catedrales, habría sido parte de ello.

Respiró profundamente.Tenía que concentrarse, recordar los viejos trucos del oficio, el trazo aparentemente fácil, el dibujo minúsculo engarzado dentro de la letra capital. Tenía a su lado las misteriosas anotaciones que debía transcribir, así como esas otras de aspecto más técnico que indicaban la cantidad exacta de tinta a aplicar, su proporción y densidad.

A su lado en el *scriptorium*, varios fragmentos de vidrio rojo que habían despertado los recelos de más de algún monje. No obstante, ninguno se atrevió a preguntarle por su objeto. Todos conocían y respetaban muy bien las calladas leyes que gobernaban su trabajo.

De vez en cuando cogía uno de ellos y lo acercaba al papel, volviendo a separarlo para cambiarlo por otro y repetir la misma operación. Sacudía finalmente la cabeza antes de volver a aplicar esa tinta preparada tan minuciosamente.

Las campanas de la torre se dejaron oír en ese momento. Había sido disculpado expresamente por la abadesa de asistir al oficio religioso. Debía acabar el trabajo esa tarde. Tiempo habría más adelante para pedir perdón por mil y un pensamientos que cruzaban por su mente a la vista del contenido del mensaje que estaba redactando.

Por fin se detuvo y se echó para atrás mientras miraba el pergamino ante sí.

Sonrió.

El encargo estaba terminado. Tras colocar su firma al pie del mismo, se santiguó y se levantó del *scriptorium*.

Los demás monjes seguían trabajando, las cabezas agachadas sobre los diferentes códices miniados que tenían frente a sí, inconscientes del pequeño secreto del viejo Johannes.

Mañana volvería de nuevo al *scriptorium*, pero sería un día distinto y un hombre diferente el que lo haría. Mañana sería un anciano el que se sentara frente a él.

Porque los días más cruciales —su misión, como a él le gustaba llamarla—, ya había terminado al compás de las campanas que aún sonaban al dejar la estancia. Hoy era el día en que presentaría por fin el códice a la abadesa.

«Había sido un trabajo magnífico» —pensó con orgullo tras haber entregado su trabajo, mientras se encaminaba en busca de un poco de descanso hacia el barrio donde se agrupaba el gremio de copistas e iluminadores, perdiéndose entre sus callejas.

Solo tenía un pesar secreto. Mejor dicho, dos.

El primero era saber que no podría mostrar a persona alguna la perfección de su arte.

El segundo era más inquietante.

¿Y si lo había hecho demasiado perfecto? ¿Y si nadie lo leyera jamás?

SCRIPTORIUM MONK AT WORK.   (From *Lacroix.*)

CAPÍTULO 21
BAILE EN LA EMBAJADA

De las notas de Ernesto Santos.

Estábamos de vuelta en París.

El Brighton Hotel se encontraba en plena Rue Rivoli, enfrentado a las Tullerias bajo esas arcadas que parecen no tener fin y que se extienden hasta la Plaza de la Concordia.

He vivido esta calle toda la semana, día a día. Hemos sentido el sol desplazarse por las fachadas en distintas horas, ver brillar la piedra, mojarse los balcones, iluminarse sus salones con una luz cálida cuando, al despedirse, el sol se vertía sobre ellos.

No sabía que París se podía vivir así. Mejor dicho, no sabía que se podía sentir París así.

He dado comienzo a la mañana con un tímido café *au lait*. He ido espaciando la ingesta de líquidos en mi cuerpo sentado en esta mesa, saboreando el placer de escribir sobre un velador mirando el boulevard. Tengo que acostumbrarme a esta nueva sensación.

Pero una parte de mí me dice que jamás terminaré de hacerlo. Que seguiré soñando como un niño mientras tenga delante el mundo que contemplo.

Lo que me gusta de esta ciudad es precisamente encontrar esos lugares cerrados, prohibidos y encantados, como el existente en el complejo de la Cite Malesherbes en la rue des Martyrs, esa calle privada dentro de otra calle, un apartado del exterior que cuenta con un invisible jardín. Como lo es también la residencia de la tercera edad a la que solo mediante hábiles maniobras pudimos acceder de un modo similar al empleado por la escritora norteamericana Elaine Sciolino cuándo residió en la vecindad. La misma sensación que había guardado ya desde mi primera visita a París en mi juventud, cuándo, tímido, entré en el cementerio del Pere Lachaise en busca de la presencia real de nombres famosos como Oscar Wilde, Víctor Hugo, o el mismísimo Cyrano de Bergerac, Chopin, o Edith Piaf entre otros muchos. la misma sensación que descubrimos tiempo atrás en Shakespeare and Co, así como en aquella extraña tienda de anticuarios; ese sentimiento que había presentido en aquellos cómics *art nouveau*, todos ellos ambientados en un París *fin de siecle*.

—¡Señor Santos, *monsieur!* No sabe cuánto me agrada verlo. Venga por aquí, por favor, hay algo que tengo que decirle —dijo aquel hombre, apartados los dos unos pasos de la sala de juntas. Nos encontrábamos en Editions Du Carrillon siguiendo escrupulosamente las instrucciones que como siempre me había dado Desirée.

Emile Chavette, mi interlocutor, era un hombrecillo de baja estatura y bigotito recortado que le habría hecho semejarse a Poirot de no ser por su hirsuto cabello que se levantaba como una llamarada sobre sus orejas, enmarcando su calva y dándole la impresión de ser un antiguo emperador romano que se hubiera ajustado los laureles con prisa.

—Hubo un pequeño problema— continuaba hablando—, un ¿cómo dicen ustedes? ... *Un mal entendre, Comprenez?* Al parecer alguien cambió unas partes de su texto y necesitaríamos su presencia para corregir el error, dar su visto bueno a las galeradas antes de salir a impresión, *comprenez?* ¿Sería posible? Será poco tiempo. Tengo mi coche aquí cerca. Podríamos ir y volver esta misma tarde, si le parece bien.

No vi mayor problema, contagiado por la angustia que presentía en mi interlocutor.

En la puerta de la editorial se nos unió otro hombre de aspecto delgado y fúnebre quíen tras regalarme con una sonrisa media y breve que semejaba el selo editorial de la casa al pie de una carta, se colocó a nuestra espalda.

—Se trata del coordinador de ediciones, monsieur Beaufort Riquier —dijo Chavette mientras daba saltitos de impaciencia al ver su trayecto interrumpido de este modo.

Nos detuvimos finalmente ante el restaurante Drouant situado en la Rue Gaillan en pleno segundo distrito de París. Tenía esta un frente de madera oscura y, sentados en tres o cuatro veladores, unos pocos parroquianos disfrutaban de una tranquila tarde.

Nada más entrar me llevaron hasta una mesa del primer piso donde se encontraba un grupo de unas veinte personas.

Conforme nos acercábamos a este llegaron a mis oídos fragmentos de la conversación:

»— ...La única estética que permanece en París, el único modo de ser genuino hoy en día es ser constante en una tendencia ante la convulsión y cambios continuos en las modas.

Esa voz, esa entonación me resultaba familiar y antes de reconocer plenamente la misma una alta figura se levantó prestamente de su asiento.

—*Monsieur* Santos, un placer tenerle entre nosotros. ¡Enhorabuena!

Sonreí.

Tenía frente mi a Claude Leblanc, nuestro amable anfitrión de nuestra anterior visita.

Fue agradable encontrarme de nuevo con este amigo que había hecho tan placentera nuestra estancia en la ciudad de la luz.

El pañuelo que llevaba en esta ocasión en la solapa ostentaba una enorme «G» bordada y en el centro de la cual la familiar imagen de Marcel Proust parecía apoyarse sobre la parte inferior.

—¿Enhorabuena? ¿Y puedo saber por qué me felicitan ustedes? —dije.

—¿No se lo ha dicho nuestro amigo Emile? Bueno, creo que ha exagerado usted las atribuciones y la discreción que le exigimos, Emile —dijo dirigiéndose con aire de reproche a este—. No debe usted hacer eso. Puede traernos alguna consecuencia desafortunada en nuestros invitados creando en ellos ese estado de nervios —continuó con el mismo aire socarrón de antes.

Recordé entonces donde había visto la imagen que había visto en el pañuelo de Claude Leblanc.

Al ver que yo continuaba mirando de un lado a otro, un hombre de unos cincuenta y cinco años, aunque de aspecto jovial vistiendo un chaleco de seda amarillo y que se encontraba sentado hacia el centro de la mesa, se levantó y tras mirarme con cara alegre dijo:

—*Monsieur* Santos, me complace decirle oficialmente en nombre de mis compañeros aquí reunidos que es usted el galardonado este año con el premio Goncourt de novela.

Como en una batalla en la que el soldado, aturdido por la tremenda explosión producida cerca de él busca refugio mientras mira al tiempo conmocionado a su alrededor, intentando buscar coherencia en un entorno que ha dejado de tener sentido, todo sonido apagado, toda comunicación con el exterior cortada momentáneamente, así me encontraba yo en ese momento.

Al parecer el martes pasado las mentes preclaras que se reúnen habitualmente en este reservado habían emitido su veredicto. De ahí la llamada urgente de Desirée, cómplice de este folletín por entregas.

No tardé en salir de allí en busca de Tere.

Un par de meses atrás había tenido ya lugar otra sorpresa, aunque en menor grado, cuando se distribuyó mi primera novela en Francia, *Une Histoire d'Amour*, y los medios franceses se hicieron eco de ella con ese fervor que los galos se reservan de vez en cuando y que no deja de sorprenderme incluso ahora.

Al fin y al cabo había cometido la tremenda osadía de escribir una obra en francés.

Galerías Lafayette había sido por entonces el lugar elegido para darla a conocer y fueron François Ramblamme y Roland Soussons quienes me acompañaron en solitario y sin la presencia de mi querida Tere por ese París *chic* y exclusivo.

Muy en especial el primero, amplio conocedor y amante de la cultura, frecuentador infatigable de tertulias y círculos de diversa índole que perduran en esa capital. Roland por su parte, con esa enorme sonrisa que me hacía sentir como si le hubieras conocido de toda la vida y con esas maneras que invitaban a la confidencia y al intercambio de ideas y de lecturas, fue el amigo que necesitaba en esa primera salida foránea.

Era ahora, precisamente ahora tras haber recibido tan tremenda noticia cuando

iba a empezar a materializar mis fantasías. Uno de esos momentos óptimos para sacar la «*wish list*» del bolsillo y empezar a tachar esas cosas apuntadas años antes. Cosas que habían pertenecido al terreno de los sueños. Algunas de ellas no se cumplirían jamás, otras me llenaban de ilusión infantil solo con la mera posibilidad de su realización.

La primera no se hizo esperar.

La taché de la lista.

Había que celebrar el premio.

Iba a invitar a Tere a cenar.

Pero no a un lugar cualquiera y la ayuda de Emile Chavette y Beaufort Riquier fue de extremada utilidad para cumplir este propósito.

—¿Me permitirías elegir el sitio cariño? —dije a Tere—. Solo te pido que me dejes guardar el secreto, que sea una sorpresa más.

—No sé si podré aguantar tanta espera.

• • •

Al descender del taxi, fue divertido contemplar la cara de sorpresa de Tere al descubrir los toldos rojos del restaurante ante el que nos habíamos detenido.

No era para menos.

Estábamos frente a Maxim's.

El *maître* se acercó hacia nosotros nada más entrar.

—*Bonjour, Pierre, ¿comme vas tout?* —dije con estudiado aplomo. Había ensayado mi frase con antelación tras averiguar el nombre del mismo a través de mis cómplices antes mencionados.

—*Tres bien, monsieur Santos, mademoiselle* —replicó este con una cortés inclinación de cabeza hacia Tere que venía desde el guardarropa —. Por aquí, por favor. Su mesa está lista. Permítame *monsieur* Santos que le felicite por el premio —y tras decir estas palabras siguiendo la tácita norma del lugar tratarnos como clientes habituales, nos llevó hasta un romántico rincón.

Me parecía increíble encontrarme en Maxim's en esa mesa cuidadosamente preparada acompañado por la persona que tenía frente a mí.

La primera vez que ví este lugar desde el exterior era yo un mozalbete imberbe e inexperto moviéndose en esa ciudad en su primer viaje al extranjero.

Levanté la cabeza en dirección al *maître*. Pierre había estado atento desde que entramos a la espera de mi señal. En ese momento, y ejecutando un paso preciso, similar al ejecutado por un bailarín de ballet preparado por el mejor de los coreógrafos, que dió como resultado que un par de camareros se acercaran y depositaran delante nuestro unas copas excelentemente pulidas.

Tras retirarse ambos en un movimiento conjunto que hubiera hecho las delicias de Busby Berkeley, Pierre se acercó de nuevo, acompañado esta vez del *sommelier*.

—Permítanos *mademoiselle*, hemos creído oportuno pese a su excelente gusto en materia de vinos según nos previno monsieur Santose, ofrecerles una recomendación especial de Maxim's. Digamos que se trata de un obsequio personal.

Y sin decir más, colocó sobre la mesa a la altura de los ojos de Tere una botella en cuya etiqueta se podía leer con claridad: «*Fiona, Vintage 2015*».

—¿Y esto? ¿Me puedes decir que es esto? —dijo Tere mirando primero la botella con incredulidad y luego a Pierre y a mí que contemplábamos su desconcierto con mal disimulado regocijo.

—Bueno —dije—. Me hizo tanta gracia aquella confusión tuya con el Rioja que decidí guardármela en la recámara por si algún día fuera de utilidad.

Cuando Pierre se alejó, seguido de toda la *troupe* que le había acompañado y nos quedamos finalmente solos, consideré que el momento había llegado.

—Tere, hay algo más que creo tengo que decirte hoy. Especialmente hoy.

—¿Otra sorpresa? No, por favor. Me voy a morir —dijo mientras se echaba hacia atrás.

—Bueno, más que sorpresa, espero que sea una agradable noticia. Ayer encontré esto en una de las calles que rodean la Rue des Martyrs. Pensé que sería una buena idea dártelo ahora después de los últimos acontecimientos.

Y sin decir una palabra más coloqué una pequeña cajita cuadrada sobre la mesa, envuelta en un discreto envoltorio de color verde.

Tere lo abrió con la sonrisa en los labios.

En su interior solo encontró un diminuto objeto.

Un anillo con un pequeño diamante en forma de gato.

—¡Dios mío, es precioso! Pero ¿es lo que yo creo?

—Sí, Tere. Quería pedírtelo después de este maravilloso tiempo que llevamos compartiendo juntos. Quisiera que fueras mi mujer, me encantaría pasar el resto de mi vida contigo.

—Ya estás poniendo cara de bueno. Ya sabes que no estoy muy por la idea de volver a casarme. No después de lo que me pasó.

Se calló y bajó la cabeza. No insistí y me limité a acariciar la mano que sostenía el anillo.

—No te pido que digas nada ahora. Solo piénsatelo —dije en un susurro—. Solo prométeme que lo pensarás durante un tiempo. ¿Vale?

Tere se limitó a asentir. Fue suficiente.

Maxim's era un verdadero viaje al siglo XIX. Gran cantidad de espejos situados en la sala en donde nos encontrábamos y contorneados por unos tapices *art-nouveau* reflejaban nuestra imagen una y mil veces. Un poco más allá dos o tres columnas de hierro forjado dejaban soltar sus lágrimas, tiñendo de tonos escarlata el lugar, en memoria de los momentos de mayor esplendor del lugar.

No pude evitar acordarme de nuestra asistencia al congreso de Valladolid, de aquella memorable cena en el restaurante Ollid, tan cercano en espíritu al lugar donde nos encontrábamos.

Habíamos terminado con los postres y estaba yo degustando la especialidad de la casa, las tartitas Tatin de manzana, ese postre inigualable al estilo del lugar. Tere a su pesar tuvo que contentarse con mirarlas en la distancia mientras degustaba unos apetitosos macarons, esas galletitas de forma redondeada rellenas de unas deliciosas cremas de distintos sabores. Fue entonces cuando vimos entrar por la puerta nada menos que a Claude Leblanc acompañado por los pelos encrespados de Emile Chavette. El *maître* sonreía ampliamente en señal de secreta complicidad con los dos, a la vez que parecía pedirnos disculpas desde la distancia por esta nueva interrupción. Al parecer habían esperado con paciencia el momento de los postres antes de acercarse.

—Eduardo, *mon Ami! Mademoiselle!, comme vas tout?*

—Este viejo pillastre me ha dicho dónde podía encontraros y he acudido enseguida. Tras enterarme de tu triunfo he querido ser el primero en felicitarte personalmente. Perdón, el segundo –dijo tras mirar a Tere—. Como decimos nosotros, la ciudad es tuya —continuó, mirando a su alrededor dijo con aire cómplice—. Tenéis suerte de que esté Pierre hoy a cargo. El otro *maître* es un tipo avinagrado, con esa soberbia parisina que solo puede ser igualada o rebosada por su *sommelier.*

—¡Tonterías! Me estáis haciendo creer que soy Gene Kelly en *Un americano en París* o algo así.

—Bueno, también he venido por otra cosa.

Dicho esto dejó sobre la mesa un tarjetón.

Escrito sobre este en caracteres preciosamente rotulados y con una caligrafía digna de ser enmarcada, leímos con asombro:

«GRAN BAILE
EMBAJADA DE ESPAÑA
22 Avenue Marceau,
75008 París, France
Dimanche, 23 de septembre
Invitación
R.S.V.P.»

—¿Y esto, par de tontos? ¿Podéis alguno de vosotros decirnos qué significa tanta tontería? —dije riéndome, mientras no dejaba de dar palmadas en la espalda a mis viejos amigos de aquella Francia que había descubierto.

—Como sabes, el premio Goncourt se entrega últimamente en la embajada de Francia en España. Este año sin embargo la nuestra ha decidido en reciprocidad invitar al ganador junto a otros participantes y personalidades del mundo de la cultura francesa a un baile formal. ¿Qué quieres? Esto es Francia. Todavía soñamos con el *fin du siecle*, el estilo Napoleón y los coches de caballos paseando perezosamente por el bosque de Boulogne. Sabemos que no es muy adecuado que seamos nosotros precisamente los que portemos una invitación así, pero nuestros amigos infiltrados en la legación española nos han permitido este pequeño detalle *charmante, n'est pas deliceux?*

Sin darnos tiempo a decir algo estos dos habían conseguido en un momento dejarnos con la boca abierta, incluso antes de haber visto la cuenta y desapareciendo con la misma velocidad con la que habían surgido.

· · ·

Sobre el salón principal y bajo una gran lámpara de cristal que colgaba del centro de ese inmenso hall dos amplias escaleras descendían desde los laterales. Desde nuestra derecha, llegaban, lejanos, atravesando las cortinas y los grupos de personas que entraban y salían de las salas adyacentes, los suaves compases de la melodía interpretada por lo que parecía ser una *big band*.

La melodía era *Stardust*.

Otra vez *Stardust*.

Imposible no sentirme un poco como el profesor Doolittle cuando llevó a Eliza a la fiesta de la embajada, aunque había una ligera diferencia. En este caso era ella quien me había hecho a mí, quien había creado el escritor donde antes no existía. Cual Miguel Ángel buscando el David en el bloque de mármol, había ido puliendo, ayudándome a desterrar de mí los trozos sin valía, aquellas partes de las que se podía prescindir, en busca del núcleo más interno y personal. Tere caminaba con lentitud, con cuidados pasos, envuelta en ese vestido largo que pocos días atrás habíamos visto en el escaparate de una exclusiva *boutique*. Me gustaría haber podido encontrar la expresión correcta, al igual que cuando escribía buscaba el adjetivo, la palabra, le *mot juste* como bien habían acuñado nuestros amigos franceses.

Sí, ella era para mí la *femme juste*, y fue en esa velada, viéndola avanzar por ese salón, con ese vestido blanco, con esa cinta verde esmeralda cruzándole el pecho, sintiendo yo las miradas de admiración y envidia por parte de los hombres que allí se encontraban cuando me di cuenta de la tremenda suerte que había tenido al conocerla.

Se movía con naturalidad, girando la cabeza lentamente, como si estuviera en el trabajo, como si simplemente se estuviera levantando de la mesa para ir a coger un archivador, consultar una dirección, o algún particular. Sus manos parecían haber estado enguantadas siempre y, sobre su cuello, ese collar de perlas cedido por la joyería Givenchy para esta tarde.

Sentí mi respiración acelerarse y cuando se acercó finalmente a mi altura pude oler su perfume, esa exquisita fragancia de Jo Malone, ¿o era *Chanel Eau de Parfume*?

Tendría que ponerme al día en eso. En cualquier caso, esa fragancia combinaba con su piel, con sus manos, con la suavidad de una sonrisa que había nacido para estar así, siempre así, paseando frente a un grupo de gente que, como en este caso, parecía más un público expectante de ver su paseo ante ellos que invitados a una fiesta de gala.

El embajador llegó unos minutos más tarde. En razón del evento se había permitido el que los fumadores no tuvieran que desplazarse al exterior del salón o verse relegados a las terrazas de la embajada para lo cual se había habilitado una sala anexa donde poder llenar de humo la atmósfera.

—Buenas tardes señor Santos, mi enhorabuena por el premio, ante todo –dijo éste, avanzando en una serie de pasos cortos—. Espero que su estancia en París esté siendo agradable.

—Bueno, dadas las circunstancias, no creo que nada pueda hacerlo más agradable. Muchísimas gracias por su invitación.

—Ha sido un auténtico placer —dijo jovial el embajador—, pero el mérito en realidad lo tiene mi mujer. Se lee todo lo que usted publica. Hubiera tenido un serio disgusto en casa de no haberle invitado, especialmente viniendo acompañado de su encantadora prometida —dijo, extendiendo una mano cordial y firme que envolvió las mías.

La esposa del embajador, Doña Esther Soterrias, la esposa del embajador sonrió.

—Le felicito, lleva un vestido muy elegante —dijo saludando a Tere—. Veo que le sienta a usted mucho mejor que a mí la ropa de Givenchy. Usted tendría que haber vivido en los tiempos de Adrián, querida. Tiene la figura adecuada para eso. No hagan mucho caso a mi marido, le gusta hacerse el mártir en presencia de invitados españoles. Poco menos que quiere aparentar ser una especie de Robinson Crusoe destinado en una Francia de campesinos de algún pueblo de la Bretaña más olvidada o en una Armórica más propia de Asterix que de los impresionistas franceses.

—Muchas gracias, pero no creo merecer esas alabanzas. Es cosa del diseñador. La verdad es que tiene unos vestidos estupendos —dijo Tere.

Los cortinajes de terciopelo verde y rojo cayendo a ambos lados de la claraboya que dominaba el gran salón. Esta daba paso a una luz gaseosa, nebulosa, otorgando a todos los objetos y parte de los presentes una pátina de antigüedad natural.

Los músicos que se movían con precisión formal interpretando en este momento el *Minueto en Sol Mayor KV 1e* de Mozart. Las cuerdas sonaban en contrapunto por detrás de la figura de Tere.

—Te dedico esta velada. Estás maravillosa —le dije en un susurro mientras acercaba mi copa para brindar con la suya.

—Tú también estás muy guapo. Parece que te está sentando muy bien el ganar premios.

Toqué con delicadeza el colgante que llevaba. El gatito lucía hermoso dentro de su modestia, junto a las otras joyas.

—Veo que has decidido ponértelo.

—Todo sea por una supernoche.

Mi mirada se deslizaba por aquel cuello que nunca me cansaría de acariciar con los ojos y con mis manos.

¡Ganar premios! ¡Cómo hacerle ver que ya tenía el premio! Todo lo demás no había sido sino seguir la senda iniciada, las corazonadas del primer momento.

—Si has querido impresionarme con todo esto, lo has conseguido —dijo Tere— ¡Ah!, y sobre ese pequeño detalle, esa pregunta que me hiciste antes en el restaurante te diré que sí.

Verás que me he puesto los pendientes —dijo, señalando sus orejas. En ellas otro par de gatitos sentados sobre sendas lunas —similares al del colgante—, miraban embobados al astro.

—*Here is looking at you kid!*—dije—. ¡Creo que había deseado decir esa frase toda mi vida!

—*Thanks!*

En mi normalmente torpe ejecución, los movimientos del baile parecían surgir solos esa noche. Sentía como la música me atravesaba y hacía que mis pies que marcasen el compas, los movimientos en el momento adecuado. Mi mano derecha sujetaba con firmeza la espalda de Tere. El resto de mi ser levemente consciente de su perfume, se dejaba llevar en ese sueño que estaba viviendo.

Dos o tres parejas más evolucionaban sobre la pista. Una señora miraba en nuestra dirección, asintiendo con gesto de aprobación a la vista de mis evoluciones.

Cerré los ojos y, como un derviche inconsciente del tiempo transcurrido en sus incesantes giros, me dejé llevar por esa visión, trascendiendo la realidad, el momento.

Y al abrirlos allí continuaba. Esta vez, reunido con un grupo de aquellos caballeros que parecían de otro siglo; enfundados en sus trajes, en sus chaqués y a quienes un canapé les parecía un resto de hierba presentada sobre una tabla a juzgar por el gesto de repugnancia que alguno mostraba al serle ofrecida la bandeja por el camarero.

Al final de la sala reconocí la silueta de aquel hombre que me había presentado Claude Leblanc antes de iniciarse el baile. Sí, lo recordaba, un tal mister Oiseaux, un canadiense de Quebec, amigo de la vieja historia colonial de su país.

—¿Qué quiere usted, *monsieur?*—había dicho—. Uno es heredero de su país, de su historia, de sus mitos. Canadá debe de volver a encontrar su identidad, ya se lo digo.

—Sí, claro, pero al mismo tiempo tiene un lugar en el mundo occidental ya consolidado —llegué a decir con cierto pudor.

—No el suficiente, créame, no el suficiente.

—¿De qué parte de Canadá es usted?

—De Charlottetown, una ciudad en la isla de Prince Edward, frente a la costa de New Brunswick.

El encuentro con este hombre me hizo recordar a John Warm, ese amigo que había hecho en Londres, trayéndome retazos de aquel viaje en tren que habíamos realizado por la campiña inglesa, así como nuestras largas conversaciones. ¿Qué sería de su nueva vida en Canadá?

Hacía tiempo que no sabía de él, llevado por el día a día, por el egoísmo del momento diario. ¿No me había dicho John que se iba a una isla en la costa este del país?

Tuve entonces una idea. Había algo que tenía que decir a ese hombre. Algo que formaba parte del secreto que mantenía desde algún tiempo atrás. A veces creía que estaba llegando demasiado lejos con tanta opacidad. Me decía a mí mismo que tenía que haber otro modo de enfocar esto, pero no lo encontraba.

—Perdona, Tere, tengo que hablar de unos detalles de publicación con uno de los agentes de Claude Leblanc, ¿Te importa quedarte un momento aquí con nuestros conocidos de Editions Du Lompenac?

Y sin esperar respuesta marché en pos de mi interlocutor, el corazón encogido por la mentira.

Sin embargo este parecía haber desaparecido. Posiblemente intentaba darme esquinazo a su vez. ¿Quizás le había hecho demasiadas preguntas? A veces nos dejamos llevar por nuestro deseo de un modo que puede resultar intimidatorio para otras personas.

En cualquier caso había sido una velada memorable que recordaría siempre. Un momento sumamente especial que permanece envuelto en mi memoria, entremezclado con la música y la luz de aquel salón.

Veo que le sienta a usted mucho mejor que a mí la ropa de Givenchy.

CAPÍTULO 22

UNA TIENDA Y UNA TORRE

Hoy, tras mucho postergarlo, nos hemos acercado nuevamente a la Rue Faubergue en busca de la extraña tienda que descubrimos en nuestro viaje anterior. Cansado ya del gran mundo literario, de las fiestas lujosas, de los restaurantes con profusión de tenedores y cuchillos, deseaba perderme en el París que habíamos conocido la primera vez, volver a recorrer sus calles tranquilas, perdernos en esos callejones sin salida y toparnos con esas misteriosas fuentes escondidas que surgen aparentemente de la nada en el fondo de criptas como la existente en la pequeña iglesia de Notre Dame de Neuillysur-Seine.

De esta guisa anduvimos por el barrio hasta acercamos finalmente a aquella esquina que nos había servido de referencia, cerca de una de esas columnas publicitarias *fin de siecle*, próxima a su vez a un quiosco de prensa.

Una vez llegados allí dimos varias vueltas en busca de aquel lugar encantado.

Fueron en vano nuestros intentos.

Miramos calle arriba y abajo. Pensando que habría cambiado su decoración o marquesina, Tere y yo nos dividimos el trabajo de localizarla, explorando uno el lado par de la calle mientras el otro lo hacía en la acera opuesta, no dejando puerta ni local comercial sin escrutar. En esta tarea empleamos buena parte de una hora, hasta que, tras dar la segunda vuelta, volvimos a reunirnos en un banco cerca de la columna publicitaria antes mencionada que hubiéramos jurado se encontraba justo enfrente del lugar donde creíamos recordar la tienda.

Una parte de mí deseaba volver a ver esa luz tenue al fondo del local, parpadeando de modo tranquilizador, entre mamparas y viejos relojes de pared, bibelots y *bureaus* de otras épocas y otros siglos. Quería navegar sin motivo aparente entre las sombras, ver el *clown* estropeado colgar de sus cables, al caballero de madera tuerto de un ojo, el diminuto tríptico sobre pedestal de mármol rojo representando simultáneamente al Sacre Coeur, el Arco de Triunfo y la torre Eiffel en maravilloso equilibro de síntesis artística que resumía el París de los turistas.

Fueron inútiles las preguntas hechas a los paseantes que cruzaban en ese momento, rompiendo la perezosa tranquilidad de la calle. El propietario de una *boulangerie* cercana no recordaba haber reparado nunca en semejante establecimiento, pese a encontrarse su local tan solo a unos escasos cincuenta metros del lugar en el que creíamos recordar la extraña tiendecilla.

A veces la mente nos confunde de este modo con una falsa percepción de los sitios visitados. De hecho, a veces soñamos con sitios que nos causaron una honda impresión, permaneciendo esa visión con nosotros el resto de nuestra vida, con una vaga aprensión o ansiedad de volverlos a ver, a recorrerlos, como si alguna parte de nosotros, desconocida y unida por no sé qué extraño mecanismo psíquico deseara reencontrarse con ellos, como si quisiéramos volver a encontrar una parte de nosotros, un yo anterior que tuviera un mensaje escondido en aquella calle, en aquella remota curva sobre un puente de una ciudad recorrida una sola vez, o a lo sumo dos en nuestra vida.

Buscamos así en vano cosas y lugares en torno nuestro, a través de la niebla, cosas que quizá hayamos encontrado sin saberlo u otras de las que no tenemos conciencia de haber extraviado. En ocasiones aún están con nosotros, pero prevemos su pérdida. A veces puede ser algo tan simple como el recuerdo de un momento contemplando la especial coloración provocada por el sol cayendo sobre una fachada, sobre una piedra o un alero. Otras son de más difícil precisión, una mezcla de sonidos, como el producido por el silbido de un niño mientras viene corriendo por la calle siguiendo a un pajarillo que vuela inalcanzable delante de él.

Pero en este caso los dos habíamos sido testigos de esa visión, de esta calle, de esa tienda, habíamos compartido su ubicación y el recuerdo de haberla visto. El no poderla encontrar ahora era motivo de un extraño desasosiego. Había compartido tantas horas con Tere en aquella visita anterior que se me hacía difícil entender por qué, ahora que volvía a un París nuevo y triunfante, no podía encontrar esa leve conexión.

En vano deambulamos por la cercana Rue des Martyrs, donde tantos fantasmas del ayer habían vivido, pintores como Toulouse-Lautrec, o espiritistas como Allan Kardec. Era como si buena parte de la sociedad francesa del siglo XIX y principios del XX hubiera decidido reunirse en espíritu para ayudarnos en nuestra fantasmagórica búsqueda.

—Seguramente estaba en una calle parecida —dijo Tere—. Ten en cuenta que era ya muy atardecido cuando la vimos y lo cierto es que muchas de las tiendas de por aquí se parecen.

Pero esta era especial.

Como el París de Marcel Proust, la extraña tienda se había evaporado entre esas calles que dormitaban, soñando con su pasado y su vieja gloria. Ya nada, salvo una combinación de colores en el cielo, de horas y símbolos podría traerla de vuelta.

La tienda se había convertido en un fantasma más entre las calles sin salida.

A la vista de esta incierta tarde mantenía sujeta con mi brazo izquierdo a Tere, quizá con cierta aprensión de que ella también fuera a desvanecerse, con cierto miedo irracional reptando en mi interior de volverme a ver en mi despacho solitario y con el sueño encerrado en un armario.

Comenzó a caer una lluvia suave, desperdigada.

—¡Me ha caído una gota en la nariz! —dijo Tere frotándosela con un respingo.

Como el resto de los franceses François Crillon se dirigía esa mañana hacia su puesto de trabajo. Pero a diferencia del resto de sus colegas de Grenoble o Chamonix, él trabajaba en París. En París, donde las porteras se pelean siempre con un *madame* entre los labios. Era el suyo un trabajo rutinario como el de millones de sus compatriotas. Arrastraba los pies mientras se acercaba a su lugar de destino, media sonrisa dibujada perennemente en su boca.

Pero él, a diferencia de esos cientos de parisinos que se encontraban a esas horas en la calle, podía ver el Sena meciéndose a un ritmo más pausado mientras deambulaba camino del trabajo.

Como cientos de trabajadores en Francia, había estado desempeñando su puesto en el mismo sitio durante más de cuarenta años. Como cientos de ellos era mecánico, pero un mecánico muy especial. François era mecánico de ascensores. Como tal y al igual que cientos de sus compañeros en esa profesión iba a pasar la jornada comprobando una y otra vez las instalaciones de los ascensores que tenía a su cargo, el cableado, la conexión y el desgaste de las piezas. Un desgaste imperceptible de un día para otro, salvo para un ojo experimentado como el suyo. Por otro lado, a diferencia del resto de mecánicos de ascensores en toda Francia, él suyo era trabajo muy particular.

Sus ascensores se encontraban instalados en un edificio emblemático.

La *Tour* Eiffel.

Dentro del compromiso de la Société d'Exploitation de la Torre

Eiffel (SETE) para modernizar sus instalaciones se había previsto que este año le llegara el turno al ascensor del pilar norte.

François había visto muchas cosas a lo largo de esos cuarenta años de trabajo. ¿Por qué entonces se sentía ahora tal solo un viejo al que le costaba caminar, al que llevarse la taza de café a la boca ya era un reto, con ese pulso que se negaba a mantenerse estable lo suficiente para hacer llegar el líquido a sus labios?

Él había preferido la antigua oficina al pie de la torre, el viejo cuarto lleno de cajas, relojes y válvulas cuya función casi nadie entendía.

Frente a ese cobertizo donde se ubicaba la misma había dado sus paseos antes de enfrentarse al trabajo del día y arrojado al suelo innumerables cigarrillos a medio consumir, más por hábito que por necesidad de fumar.

El actual director de la SETE había consentido, pese a la reciente jubilación de François y no sin muchas negociaciones con la empresa anterior en mantener —tolerar sería la expresión más correcta—, su presencia como asesor técnico de ad hoc de los jóvenes mecánicos que, educados en los modernos politécnicos, se sonreían entre sí al verle mirando con ojos entrecerrados la estructura de la Torre, como si la revisara perno a perno, estudiando su perfil. Realmente ya poco podía hacer aquí, pero le consolaba encontrarse cerca de la razón de su vida durante cuarenta años.

Sí. Aquí había venido a pasear con su mujer cuando los dos eran jóvenes. Aquí fue ascendido a mecánico jefe en 1957, cargo que había mantenido hasta su jubilación. Aquí, desde la plataforma del primer piso había despedido el año viejo innumerables veces y saludado el nuevo con renovadas esperanzas.

Durante todo ese tiempo al mecánico le había llenado de orgullo abrir la ventana de su casa todas las noches antes de acostarse y poder observar a lo lejos la silueta iluminada de la *Tour* antes de irse a dormir, como el padre que da un beso de buenas noches a su hija pequeña., dándole la impresión de que, al asomarse de este modo, al despedirse de ella hasta el siguiente día, seguía cuidándola a distancia, como había hecho años antes con sus hijos cuando estos eran pequeños.

Ahora en cambio François tenía que compartir ese lugar tan querido por él con más de trescientos cuarenta trabajadores empleados por la moderna sociedad de mantenimiento. Esa mañana el nuevo supervisor, Dominique Vivanche, llegado unos pocos meses antes procedente de Chamonix, asomó la cabeza como solía hacer todos los días por la ventana de la caseta construida a pie del edificio, supervisando la llegada del personal.

—François, ¿puede venir aquí un momento por favor?— dijo en cuanto vio al anciano aproximarse.

Este se acercó titubeante. Durante todo este tiempo nunca había intercambiado más que un breve saludo con el supervisor camino de la torre, levantando el pulgar o tocándose la gorra según fuera el caso ¿Iban a pedirle acaso el que dejara de acudir a su lugar habitual?

Con cierta inquietud entró en esa oficina situada en la estructura levantada de modo provisional en la explanada frente a la torre con el fin de supervisar mejor las obras y dar cobijo a los técnicos de las empresas Bardin- Chateuneuf y Eiffage Metal responsables del diseño del moderno ascensor que se iba a instalar. No estaba acostumbrado a tantos cambios. Hubiera deseado que la oficina técnica de la SETE hubiera permanecido donde siempre, al lado del pilar norte. ¿Por qué esa necesidad constante de cambiarlo todo?

—François, mañana van a venir unas personas sobre las ocho. Por lo visto son unos visitantes muy importantes, amigos de un alto cargo. No conozco a nadie mejor que tú para acompañarlos. Desean visitar la torre a solas antes de que esta se abra al público. ¿Podrías encargarte de ello? —dijo el supervisor, tuteando al viejo mecánico sin rubor ni duda alguna.

—¿Dos personas dice, *monsieur* Vivanche? --dijo François, aliviado ante la tarea encomendada, aunque nervioso, tanto por el propio alivio de haber alejado sus miedos internos como por lo irregular de la petición.

—Sí, François, un hombre y una mujer. Al parecer quieren hacer un recorrido sentimental. ¡Qué le voy a decir, viejo amigo! *Cherchez la femme*, ya sabe! La parte técnica no nos debe hacer olvidar que la *Tour* es algo más que un montón de hierro y remaches, ¿verdad? —dijo el supervisor guiñando el ojo antes de volver a hundir su cabeza entre los planos que tenía en la mesa, prestos para su entrega a los técnicos de las empresas instaladoras.

Una tarea menos. La cosa parecía haber funcionado sin necesidad de enfrentarse con la plantilla para que alguno de los empleados viniera antes de la hora.

El amanecer de día siguiente encontró a François esperando al pie de la *Tour desde primera hora de la mañana.* No le iban a pillar ahora cometiendo un desliz. Sabía sobradamente que cualquier imprevisto durante el trayecto podría acarrear una demora importante.

El cielo amenazaba lluvia.

Dos vehículos oficiales aparecieron en el Campo de Marte a la hora indicada. De uno de los coches salieron tres personas. Dos hombres y una mujer. A uno de ellos, un individuo con cara cetrina ya lo había visto alguna vez hablando con el encargado. Suponía que tendría algún cargo oficial por haber venido en alguna ocasión en compañía y animada conversación con el alcalde o el ministro de Turismo en diversos actos oficiales o culturales celebrados en el monumento. Desde su puesto al pie de la torre Francois vio como *monsieur* Vivanche se acercaba con rapidez e intercambiaba unas palabras con los recién llegados.

Unos segundos después, el hombre y la mujer se aproximaron sonrientes y le saludaron, agradecidos y sorprendidos por la extremada cortesía del viejo mecánico que, gorra en mano, les indicaba que le siguieran.

Unas gotas comenzaron a caer.

Mientras subían en el ascensor François recordó a su padre, empleado en este mismo lugar años atrás. Recordaba como, cuando contando tan solo unos catorce años de edad había sido testigo junto a él, desde este lugar privilegiado, de la liberación de la ciudad por los aliados, del júbilo de los parisinos, de los innumerables actos. François había sentido miedo también durante los recientes ataques terroristas de Al Qaeda, de las amenazas para destruir la torre. Había visto a los turistas agolparse, tomando una y otra vez la misma foto, intentando dejar sus candados atrapados en la estructura de la *Tour*, en esa moda estúpida que no lograba entender.

Una vez llegados al primer piso de la torre se alejó unos discretos metros permitiendo que los visitantes disfrutaran de la vista.

Las dos figuras estaban de espaldas a él, mirando en dirección al Campo de Marte. Un Campo de Marte que aparecía borroso a la visión a través de la ligera lluvia que caía, dando la impresión de que toda la vista que se contemplaba desde allí hubiera sido ejecutada al carboncillo.

El hombre vestía una cazadora, la mujer una elegante gabardina. Ambos llevaban subidos el cuello de los mismos para protegerse del aire fresco del amanecer así como de las pequeñas gotas que comenzaban a caer sobre la barandilla situada frente a ellos.

La mujer inclinaba la cabeza sobre el hombro de su compañero, quizá comunicando alguna confidencia. A pesar de la lluvia su paraguas permanecía cerrado e inclinado a su derecha.

Desde la distancia François contemplaba la escena divertido.

A lo largo de los años su capacidad de observación se había ido agudizando. Si era capaz de notar la dilatación o la posible oscilación de un cable mal tensado o de unos escalones metálicos que amenazaban con doblarse antes de que el daño se hiciera más aparente, leer el cuerpo humano era en comparación algo terriblemente fácil. Fue así como pudo apreciar la extremada delicadeza con que la mano del hombre se apoyaba sobre la espalda de la mujer, en un gesto tanto de protección, como de confirmación de su realidad.

Notó la sensación de confort que parecía irradiar, detectar en sus figuras.

François había visto muchas cosas durante esos cuarenta años trabajando en la torre. La conocía como a alguien de su familia.

Retenía en su memoria cada uno de sus escalones, de los remaches colocados más de un siglo atrás. Desde su discreto puesto, había sido testigo de la vida del monumento. Mientras subía y bajaba sus escaleras, había visto a la gente entrar y salir de ella. La mayoría en grupos. Otros en parejas y algunos también que lo hacían solos, con la única compañía de un cigarrillo que echaban al suelo delante de los ojos irritados del técnico ante este acto vandálico que mancillaba la torre cuando aún se podía fumar durante la visita. Sí, había visto de todo durante estos años de trabajo. Había sido espectador privilegiado de cientos de actores realizar y representar allí todo tipo de dramas ante las cámaras. Desde Fred Astaire, Audrey Hepburn y Gene Kelly bailando a los pies del monumento hasta James Bond lanzándose en paracaídas desde las alturas.

Pero nunca, nunca había visto a nadie regalar París al amanecer. Un París envuelto en la neblina y el rocío de la mañana. Un París silencioso y vacío que recordaba la vieja película de René Clair *París que dorm*.

Las gotas de lluvia empezaron a caer, rebotando, reventando sobre la estructura de hierro, cayendo al suelo y sobre esas dos figuras que no tenían prisa alguna en moverse o alejarse del lugar, como si quisieran mezclarse con el paisaje para siempre.

Habían valido la pena todos estos años al pie de la *Tour* para poder ver esto.

François estaba sonriendo.

～

CAPÍTULO 23

DON DE DIOS

Comprobé en el móvil la temperatura que me iba a encontrar en destino. Nueve grados en Burgos. No estaba nada mal. Cerré la cremallera del maletín tras haber guardado la tablet y la copia del manuscrito original en el que estaba trabajando junto a algunos apuntes que necesitaría durante la presentación.

Era el 15 de abril.

Mayo iba a ser especial. Muy especial.

De hecho uno de los mejores meses de mi vida.

Pero antes había algo que hacer.

El día me encontró inquieto, levantándome de la silla una y otra vez, mirando la pantalla del ordenador, curioseando entre varias de las páginas web objeto de mis investigaciones recientes para, al cabo de unos pocos momentos, apartar mi mirada con hastío.

Los hechos acaecidos en las últimas semanas se habían confabulado para hacer de esta una aventura necesaria.

Cogí uno de los volúmenes de la Enciclopedia Británica que decoran mi biblioteca desde hace más de cuarenta años y busqué tanto allí como en la Wikipedia el término «predestinación».

¿Cómo era esa historia de Jung y escarabajo en la ventana mientras hablaba con uno de sus pacientes? Muy impactante, muy ilustrativo para una clase de psicología, de metafísica quizás, pero inquietante y poco creíble bajo el sol mediterráneo que reduce todo lo espiritual a sudor, a tierra seca, a la calavera desnuda de Miguel Hernández, como su misma poesía. Una cultura que bebe del cinismo, de la crudeza de la vida, que se hace resistente a otras verdades y otras vidas interiores no puede creer en estas cosas. Tenemos que remontarnos al norte de la península para encontrar algo diferente. No debe ser casualidad que la tradición decidiera enterrar al apóstol Santiago en Galicia y no en Valencia a pesar de que según la leyenda la necesidad obligara a su desembarco en las playas del Levante.

Sí. Había presentado libros en varios lugares. Había recorrido la geografía española un buen número de veces.

Había firmado bajo el entramado cruzado de las vidrieras de las Galerías Lafayette en un París que jamás me hubiera atrevido a pensar y mucho menos a soñar, como el recién ganado Goncourt. ¿Por qué me sentía entonces tan nervioso por ir a firmar un librito de cuentos en Burgos tras su publicación por Caja Duero?

Las historias del atardecer era efectivamente un pequeño volumen de relatos, de pequeñas historias sencillas que tenían como protagonistas a mujeres de distinta edad. Sin embargo había puesto en ella algo más, no sabría cómo nombrarlo, pero cada vez que me sentaba delante de esa pantalla para escribir alguna de esas nuevas historias era como si fuera a descubrir una parte de mí que hasta el momento había permanecido escondida. ¡Qué razón tenía el filósofo cuando ponía esa máxima del «conócete a ti mismo» por encima de todo! Seres en eterna búsqueda de nuestra personalidad y de la interpretación de la realidad, eso somos.

Quizás por ello me había decidido a explorar ese lado íntimo, sensible y oculto dentro de mi alma de hombre. Había querido bucear en mi parte femenina, en los diferentes potenciales y prismas de ese aspecto de mi personalidad. El resultado habían sido estas pocas páginas que iban a ser presentadas.

El hecho de que el lugar elegido para el evento fuera Burgos, donde tantos sueños había depositado en los últimos años, me hacía enfrentarme a esa responsabilidad de un modo muy especial.

Carlos Lafuente había sido muy tajante sobre el particular cuando me telefoneó.

—¡Debes de venir Ernesto! —había dicho con ese tono cortante suyo que no admitía réplica—. Todo nuestro equipo desea verte.

Al oír esto no pude por menos de imaginarme a la diminuta Elvira que había conocido aquella lejana tarde en su despacho mientras depositaba y se llevaba a su vez diversa documentación genealógica. Me había parecido detectar entonces cierto pudor en el profesor al presentarme la nueva adquisición extraoficial de la universidad de Montanilla. ¿Pensaría acaso que la consideraría como un espécimen digno de ser incluido en alguna de mis novelas?

—Va a ser cosa de un día o dos. Estaré una sola noche y volveré enseguida —le había dicho a Tere en clave enigmática—. Además, recuerda que tienes que probarte lo que tú ya sabes.

Había logrado mi objetivo apelando a sus sentimientos, un método más efectivo que intentar convencerla con razonamientos, restando importancia al evento.

Mi llegada a Burgos sobre las seis de la tarde coincidió con el fin de la nevada que durante tres días había caído sobre la ciudad. Me encaminé sin demora a casa de Carlos tras dejar mi maleta en el Hotel Rice.

—¿Cómo estás? A este paso te vas a hacer tan burgalés como yo! —dijo, invitándome a pasar y haciéndose cargo del maletín que llevaba en la mano mientras yo me sacudía la nieve del abrigo.

Pocos minutos después dejamos el confort de la casa del Espolón para estirar las piernas en esa tarde fresca en que la vista de los árboles y plantas cubiertos de nieve en los márgenes del Arlanzón hacían del paseo algo especialmente placentero.

Y así, con ese paso lento, miradas perdidas, envueltos en una conversación cualquiera que no tuviera que ver con las inmediatas preocupaciones del momento y de la vida de cada cual, fuimos caminando. Carlos, concentrado en su eterna pipa. Yo, aspirando el aire y recreándome en la experiencia de encontrarme de nuevo en Burgos y pisar la nieve bajo nuestros pies.

Estábamos cerca del puente cuando mi acompañante se giró.

—Vamos a acercarnos al río. Las últimas lluvias han elevado el caudal un poco, ¿sábes? Hay que aprovechar los escasos momentos en que lo tenemos así.

Efectivamente, la diversa vegetación de alisos, fresnos y sauces, salpicada de anémonas amarillas hacían de la experiencia un placer para los sentidos.

Nos encontrábamos entre un grupo de árboles situados frente a la barandilla metálica colocada a lo largo del paseo. Tras unos minutos empleados en la contemplación del discurrir del agua, tuve la sensación de que no estábamos solos. Levanté la mirada. A mi izquierda y visible tras el árbol que tenía más cerca me pareció adivinar la silueta de una mujer.

Cuando miré en su dirección me di cuenta de que se trataba de una estatua en bronce, cubierta parcialmente de nieve.

—Por un momento pensé que había alguien aquí— dije, señalando a nuestra silenciosa compañera.

—Ah, sí, es la «Mujer mirando al Arlanzón». Nunca la había visto de cerca la verdad.

Me acerqué. Burgos está lleno de estos testigos silenciosos que, junto a esas otras estatuas de piedra como las que decoran el cercano puente del Cid acompañan a los burgaleses en su quehacer diario.

La figura que habíamos descubierto tenía la pierna izquierda colocada sobre la barandilla, el cuerpo inclinado sobre la misma. La auténtica recreación de una paseante ocasional pillada en un momento de éxtasis frente al río, de un modo similar a como habíamos estado nosotros momentos antes.

Dí la vuelta para observar su rostro desde el otro lado.

Me quedé paralizado. La mirada. Ese perfil. La estatua tenía un parecido asombroso con Tere.

Carlos continuaba hablando sin haber reparado en mi actitud.

—Las mariposas que se ven por aquí son bastante peculiares. Fíjate, fíjate, están por todas partes, a pesar de la nevada. Esa por ejemplo es una *Colias Crocea* —o Colias común —dijo señalando un hermoso ejemplar de alas amarilloverdosas

salpicadas de algunos puntitos negros—. Y esa otra varada en la nieve, es una *Anthocharis cardamines* o Aurora.

Al decir esto levantó la cabeza y se detuvo en su exposición al darse cuenta que yo continuaba mirando la estatua.

Seguía sorprendiéndome ese tremendo parecido con Tere. Un corte de pelo similar aunque eso sí, sin su sonrisa. La expresión de la estatua era de seria concentración.

Al igual que en otras ocasiones en que he contemplado una escultura así, me pregunté si el artista se había basado en un modelo, en una persona real. Y me quedé, como siempre --y aún más en este caso--, con la curiosidad insatisfecha de haber querido conocer a la mujer que había servido de modelo o inspiración. ¿Se parecería a Tere? ¿Se movería como ella?

Era otra de esas coincidencias significativas que diría Pinedo, claro está, el que existiera esa estatua junto al río.

Precisamente allí. Precisamente en el único lugar donde yo había decidido mirar.

Al día siguiente dejé Burgos tras tomar un café bien cargado y sin esperar a que el vaho que se había desprendido de mi boca por efecto de la baja temperatura se hubiera alejado demasiado.

Al fin y al cabo solo se trataba de un pequeño desvío de unos treinta y cinco kilómetros en dirección norte.

Un viaje hecho en solitario. Un viaje de descubrimiento cual Odiseo intentando regresar a casa a pesar de las dificultades, como Edipo bajando a los infiernos y siempre, siempre al igual que Hamlet, dudando de todo. De la vida, de la certeza de las cosas.

Seguía sorprendiéndome ese tremendo parecido con Tere.

Saqué todo mi arsenal musical disponible en «la nube»: los plateros, Elvis Presley, Sinatra, bandas sonoras, jazz... Daba igual lo que pusiera, todo guardaba relación, un guiño al momento presente, todas las letras parecían susurrarme que había una deuda pendiente, algo impreciso.

Mientras conducía hacia mi destino los distintos retazos de historias que había oído contar a Tere sobre su familia así como otras cosas que había leído por cuenta propia volvían a mi mente mientras me cruzaba con alguna máquina quitanieves en dirección a su tarea. Recordaba en especial el encuentro entre sus padres tal como me contó en aquella cena celebrada en aquel pequeño restaurante de la calle Quintana junto a otras historias más intrascendentes que involucraban a su madre y su hermana. Todo ese mundo se resumía en el objetivo que me había fijado hoy.

Tenía necesidad de saber, de encontrarme con un pasado desconocido para mí así como compartir ese espacio mágico.

Paré a echar gasolina cerca de Villadiego. El empleado se aproximó.

—Parece que nos va a caer una buena —dijo este con aire locuaz a la vez que indicaba con la mano izquierda unos gruesos nubarrones que se aproximaban por el oeste—. Puede que sea una tormenta de las gordas.

—Sí —asentí, para añadir, asaltado por la logística del viaje —¿Conoce alguna posada u hostal cercano a Montorio?

—Yo de usted, si se pone mal la cosa intentaría hacer noche en la pensión Balbina en el centro del pueblo. Puede acumularse más nieve todavía.

Miré a mi izquierda. Allí estaba el cartel al borde del camino. Los rayos de un pálido sol caían de pleno sobre él. Escrito en el mismo un nombre:

«Montorio, 20 kilómetros.»

La tierra mágica de Oz no me hubiera parecido tan increíble como este cartel bajo el sol poniente.

Sí. Haría noche allí. Realmente no era necesario para mi propósito, pero sería una buena manera de aprovechar el día al tener acordada la cita con mi contacto en Quintanilla para el día siguiente. Si Montorio era una parte de mis sueños del pasado, era ciertamente lógico y hasta apropiado hacerlo así.

Quería sentirme embargado por ese sitio, por el lugar en el que se conocieron los padres de Tere. Debía pisar el suelo mágico donde se originó todo, especialmente después de lo que Elena y Carlos me habían contado sobre el apellido Serna.

Descendí del coche. Sentí bajo mis pies esa tierra firme, su solidez, su realidad oculta bajo la capa de nieve. Inhalé el aire que me rodeaba, sintiendo los pasos y los cruces que otras generaciones habían emprendido antes.

Quizás si me hubiera detenido a pensar como había llegado hasta aquí no habría seguido con mi propósito inicial. Me sentía como aquella vez que me acerqué a la calle Aristóteles para ver a Tere. Al acordarme pisé el acelerador y salí de allí, el rostro en dirección al horizonte. No sabía exactamente lo que estaba haciendo. ¿Era esto una investigación, una mirada interior o qué era? El paisaje pasaba a mi alrededor: los viejos caminos, las fondas, los cambios de sentido, las bifurcaciones que había visto otras veces. Todo esto era ahora nuevo para mí. Miraba hipnotizado el paisaje y los cambiantes campos de variado arbolado.

Un círculo se cerraba.

Creía conocer los sitios, los países, las ciudades, pero hasta que llegaba a ellos me daba cuenta de que estos habían sido meros nombres en un mapa, un concepto abstracto. Sus habitantes, sus casas, su vida toda no existía hasta que no los pisaba por vez primera.

Necesitaba creer en la realidad de la ermita ante el nuevo giro que iba a tener nuestra vida. Mi parte incurablemente romántica debía hacer una visita íntima a ese lugar por razones que apenas me podía explicar a mí mismo.

Casa Balbina me saludó al oscurecer con su fachada de piedra. Una luz anaranjada proyectaba ya una cálida bienvenida sobre la puerta principal desde sus ventanas superiores una luz anaranjada. Una barandilla metálica y un corto tramo de escalones cerraron mi viaje.

Tras un sueño reparador y reconfortado con el café bien cargado de Casa Balbina emprendí la marcha a Quintanilla Sobresierra sin esperar a que el vaho desprendido de mi boca tuviera tiempo de dejar el bar.

Al llegar y mirar por la ventanilla me encontré con un grupo de mujeres embutidas en gruesos chales conversando en relación con la compra efectuada en la panadería momentos antes. Un perro olisqueaba las faldas de las dos, mirando con aire suplicante de una a otra en espera de un mendrugo de esas hogazas de pan recién compradas y cuyo olor llegaba fuertemente a su hocico.

¡Qué felices en su ignorancia me parecieron los habitantes con los que me encontré! ¡Qué sencilla su vida! Su única preocupación la de preguntarse si la olla estaría a punto a su regreso a casa, por el precio del trigo en el mercado o bien si el pozo estaría ya reparado para la tarde.

Cerré los ojos y escuché esos sonidos. Algún alarido de un niño aislado, un gallo de grito afónico y lejano, el portazo de un coche desde lo alto de la cuesta próxima a la iglesia.

Dos bicis pasaron cerca de mí seguidas por dos hombres de mediana edad, uno de ellos con un cigarrillo en los labios el cual giró la cabeza, mirándome con aire socarrón, aparentemente investigando y analizando al forastero despistado y ocioso que se permitía relajarse en la plaza a esas horas del día.

Me había citado en este lugar con Julián González, el contacto que me había procurado Carlos meses atrás y con el que había estado intercambiando información sobre el lugar por *e-mail*. Por alguna extraña razón Montorio me pareció distinto a cuando lo visité con Tere un año atrás. Quizás influenciado ahora por todo lo que Elena y Carlos, me habían hecho saber después. Toda esa búsqueda intensa en pos de una historia apenas hilvanada, apenas comprobable. A mi alrededor y arrebujado en un grueso abrigo frente al bar Montorio se encontraba un hombre de mediana edad y de aspecto corpulento que se acercó aparentemente reconociendo el coche que previamente le había descrito, respondiendo a mi saludo mientras lo hacía.

Julián era un hombre de unos sesenta años. Su corpulencia

quedaba aún más acentuada con una cazadora crema y azul y una gorra gris que le daban cierto toque de dureza.

Su mirada inteligente me examinó con rapidez y sentí que me había hecho digno de su confianza. No en vano debía a su amabilidad las gestiones para poder llegar hasta aquí de este modo. Él había hecho posible que una intuición del pasado, que una presencia que solo había sido tan solo un nombre, cobrara vida y se convirtiera en una preocupación, en una curiosidad constante por saber más de aquel padre, aquel hombre que no pude conocer.

—¿Ernesto? Un placer conocerte, aunque un día como hoy no sea muy acogedor para los valencianos —dijo mientras se acercaba, la mano extendida, rompiendo en un momento su aspecto inicial de rudeza.

—Sí, cierto, aunque yo soy un bicho raro en esas lides. Me encanta esta temperatura.

—Acabo de recoger la llave de la ermita —dijo Julián mostrándomela—. En el pueblo tan solo somos tres o cuatro personas los que la tenemos.

—Desde luego todo son facilidades para visitarla.

—Sí, —dijo mientras se frotaba las manos para ahuyentar el frío —, aquí se tiene bastante devoción todavía a la Virgen y en verano hay gente que sube a la ermita casi a diario. Pero pasemos a tomarnos algo antes que con este frío no es cuestión de plantarse en la ermita así como así.

Un grupo ocioso en la puerta de la taberna escrutaba cada uno de nuestros movimientos. Todos examinaban con interés al forastero que acababa de aparcar en la plaza.

El escaso espacio del local estaba ocupado por cuatro o cinco parroquianos habituales. Nos sentamos en la mesa más alejada de la puerta, huyendo del aire que entraba sibilante por la misma. Desde ese lugar podía ver la entrada y, colgado de la pared vecina, un viejo cartel anunciando Cinzano, junto a un reloj detenido tiempo ha en las once de la mañana.

—Por lo que me dices de la ermita —retomé la conversación tras colocar mis manos a ambos lados de la taza de un humeante café—, supongo que estará bien visitada de continuo.

—Sí, sí, así es. Algunos fines de semana se hacen allí concentraciones familiares. Entre uno de mis primos y yo organizamos una reunión cada dos años con los descendientes de mi abuelo y sus hermanos que son alrededor de cien personas.

—¿Y os reunís allí, en la misma ermita?

Julián asintió mientras echaba para atrás la cabeza e ingería de un golpe el resto del carajillo que había pedido momentos antes.

—Lo que me llamó mucho la atención es que te apellides Serna también—dije.

—Sí, sí que es curioso, pero como te dije en aquel correo que te envié, somos muchos por aquí. Yo he hecho el árbol genealógico de mi familia con más de mil apellidos en la rama de arriba como le dije a tu amigo Carlos cuando nos conocimos. La rama directa de mi apellido González contando a mis nietos son catorce generaciones, y arriba he conseguido remontarme con mucho trabajo y suerte hasta el año 1583 o 1584 con ayuda de los libros parroquiales. Mi apellido González proviene íntegro de Quintanilla Sobresierra y el Serna de Montorio de donde era mi abuelo materno.

—Pues vaya trabajazo el tuyo, buscando entre viejos mamotretos en pos de los datos.

—Ando liado también escribiendo un libro sobre Quintanilla, ¿sabes? Pero despacio, poco a poco... Aquí nos tomamos las cosas con calma.

—Residiendo aquí lo habrás tenido más fácil que yo, ¿no?

—No te creas —contestó Julián—, llevo más de cinco años recopilando información. Ahora mismo estoy con el catastro del Marqués de la Ensenada, allá por el año 1751. Y eso que Quintanilla es un pueblo mucho más pequeño de lo que puedas imaginar.

—¿Cuántos habitantes tiene entonces?

—Pues vivir, lo que es vivir todo el año y tal serán unas treinta personas, luego en verano son bastantes más. Yo mismo paso aquí cuatro meses en verano.

—¿Y toda esa investigación te la estás currando tú solo?

—Bueno, sí, salvo alguna ayuda de Sonia, la alcaldesa pedánea, una buena amiga que me ha ayudado con algún contacto que otro.

—Hay una cosa que me llama la atención, Julián. Aunque he comprobado durante estos meses pasados que el apellido Serna está muy distribuido por España, en estas poblaciones parece mezclarse una y otra vez entre sí.

—Es lo que le dije a tu amigo, el profesor. Es como si no hubiéramos querido alejarnos de aquí. Aunque la verdad sea dicha, eso pasa en todos sitios.

Aunque es mucha la gente que se va de los pueblos, una parte importante de familias se quedan, por lo menos es lo que se desprende de todo lo que llevo investigado hasta ahora.

Pensé en mis amigos, en ese equipo de historiadores que habían estado persiguiendo a hombres como este desde hacía más de un año en busca de las crónicas de Kristina y sonreí en mi fuero interno, maravillado por el espíritu de lucha y tesón del que hacía gala mi interlocutor.

Este, armado únicamente con su bloc de notas lleno de apuntes aparentemente inconexos, cubierto de manchas de diversa procedencia, entre las que no cabía desechar las de atún y tomate procedente de bocadillos consumidos entre investigación e investigación, que me recordaron los métodos indagatorios de la detective Elvira que tan bien me habían sido descritos. Por lo visto esta debía de ser una peculiaridad común a todos los investigadores.

Julián había conseguido por sí solo, con su propio sudor, recopilar un cúmulo de información que a mí se me antojaba prodigioso.

Un golpe de viento provocado por dos parroquianos que acababan de entrar, sacudiéndose las cazadoras y pateando el suelo para entrar en calor, me sacó de mis pensamientos.

—Bueno, vamos a ver ahora ese lugar que tanto has tenido en mente — dijo Julián, observándome con mirada inquisitiva, intentando averiguar que había hecho que la persona que tenía delante se desplazara hasta este pueblo olvidado de los apóstoles del Señor hasta en los mejores días de evangelización, con el fin de indagar en una vieja ermita vacía.

Tras salir del bar dimos la vuelta a la esquina. Allí estaba su coche, una vieja furgoneta Renault, blancuzca y llena del barro de los caminos circundantes. El motor renqueó, resistiéndose a arrancar.

Unos pájaros contemplaban la escena haciendo valer su presencia mediante su insistente piar mientras cruzaban de árbol en árbol en un cielo que parecía congelado en el tiempo.

El viento que se había levantado en ese momento me trajo a la memoria ese famoso diálogo de Dick Van Dyke en la inmortal *Mary Poppins*: «Viento del este y niebla gris anuncian que viene lo que ha de venir. No me imagino lo que va a suceder, más lo que ahora pase ya pasó otra vez».

La atmósfera parecía congelada bajo el efecto del frío circundante, de los árboles deshojados y de la naturaleza silenciosa que nos rodeaba. El aire penetraba en los pulmones como recién hecho, despertando las neuronas cerebrales, creando una agudeza mental más precisa.

El café que acabábamos de tomar era tan solo un recuerdo.

—Parece que el coche está algo frío —dijo Julián manifestando en palabras la evidencia que habíamos tenido ante nosotros durante los últimos minutos—. Le está costando arrancar desde esta madrugada.

Acostumbrado a estas vicisitudes, aguardé con paciencia.

Sabía que el momento se iba a resistir. Lo supe desde que me senté al volante del coche para dar inicio a este viaje, el sol hiriendo los tejados del edificio de enfrente.

Julián lanzó un par de maldiciones y tres tacos. Eso pareció funcionar. La furgoneta arrancó con un suave murmullo, como si lo de antes hubiera sido una broma y tan solo hubiera estado comprobando el nivel de resistencia de Julián ante la adversidad.

Miré por la ventanilla. Recordé la primera vez que Tere me habló de Montorio, de Quintanilla y del encuentro de sus padres en la ermita. Aunque ya había estado en Montorio con ella, por fin iba a descubrir este otro lugar.

Quería recordar todo esto con fidelidad: el propio camino, el sonido del viento, los árboles que lo bordeaban... ¿Habían estado aquí aquel lejano verano cuando Teodoro subió con su familia hacia la ermita en los carros y cabalgaduras? ¿Se había dado cuenta Ana Mari a su vez, de este paisaje? ¿O por el contrario a fuerza de verlo no le había prestado atención como sería lo más probable?

Estaba viajando hacia el pasado.

Ese pasado que se singulariza tan pronto queremos saber más del mismo, cuanto más es el interés mostrado, más esquivo nos parece, más reacio a abrir sus secretos.

—Esa de ahí es la «roblencina» --dijo Julián señalando una pequeña arboleda a nuestra izquierda.

Miré lo que me indicaba. Era esta un monumental quejigo de unos cinco metros de perímetro.

—Desde que tengo uso de razón siempre ha estado ahí dijo Julián—. La pobre ha sufrido importantes agresiones.

¡Con decirte que hasta un vecino estuvo a punto de derribarla con un tractor!

La carretera seguía ascendiendo hasta la ermita que se divisaba a lo lejos. Sencilla, aparentemente cercana y sin embargo guardando sus secretos.

Al llegar al altozano dejamos el coche en la amplia explanada que allí había.

Estabamos al pie del muro de la ermita. A unos cincuenta metros se alzaba hacia el cielo la delgada chimenea de una antigua casa que, según me había comentado Julián durante el trayecto había estado durante años ocupada por un

ermitaño. Un poco más a la derecha una puerta de madera y una ventana con bóveda sellaban el campo de visión.

Cerré los ojos. Podía sentirme dentro de una novela de Dickens. Escuché el sonido de un grajo aislado, perdiéndose en el espacio abierto, en un mundo que había quedado suspendido, sin tiempo.

Este era el espacio que había venido a buscar. ¿Por dónde empezar? Mi mirada vagó por el paisaje, volviendo de nuevo hacia la ermita. Sí, me dirigiría allí en primer lugar. Tiempo tendría después de examinar el entorno con más detenimiento antes de que cayera la tarde.

Pasamos junto a una rústica fuente construida con piedras agujereadas del páramo circundante. El brocal, estrecho y protegido por un alto respaldo, mostraba restos de agua congelada en su interior.

Un poco más allá, unas mesas y asientos de piedra esperaban pacientes a los visitantes, huérfanos de compañía.

Escuchar el sonido producido al pisar las pocas hojas que habían resistido el manto de nieve crujiendo bajo nuestros pies mientras nos íbamos acercando hacía el solitario edificio producía una extraña sensación. Esperaba que en cualquier momento llegara a mis oídos el sonido de un órgano o campana fantasmales llamando a misa.

Pero solo el silencio nos acogió, roto por el piar de algunos pajarillos aislados y del viento.

Julián se adelantó hacia la puerta de la ermita y la abrió con una enorme llave que sacó del grueso abrigo.

—¿Prefieres entrar solo?— dijo tras esta operación, con una mirada penetrante en la que pude leer cierta comprensión.

Agradecido por la pregunta, asentí sonriendo a este hombre que me había entendido desde el principio, desde el primer correo electrónico que remití en busca de ayuda sobre este lugar y época.

La ermita presentaba un aspecto austero en su interior resaltado por unas gruesas paredes de color blanquecino. Una estrecha ventana dejaba filtrar una escasa luz. El techo, formado por largas tablas de madera se extendía a todo lo largo de la nave sostenida por unas vigas en forma de «V» invertida.

Los bancos de reciente instalación ocupaban casi la totalidad del estrecho espacio existente salvo un pequeño pasillo a la derecha para facilitar el acceso de los fieles. El altar estaba situado en una especie de cueva, lo que lo asemejaba más al escenario de un pequeño teatro rural que a un lugar de culto. En el centro, y casi oculta por el bajo muro superior se podía ver una diminuta imagen de la Virgen de las Mercedes.

Los gruesos muros, sin tapiz, escultura o pintura alguna, mostraban la piedra desnuda, extendiéndose uniformemente, no dejando hueco alguno a mi imaginación para encontrar extraños códigos o mensajes cifrados del tipo a los que me había acostumbrado el profesor Lafuente.

Unas velas, solitarias y tenaces, se insinuaban en los rincones.

La figura de la Virgen de las Mercedes parecía compadecerse de mi desilusión ante esta austeridad patente.

¿Qué había esperado encontrar? ¿Algún comunicado secreto escrito en grandes caracteres sobre los muros? ¿Un mensaje destacado que, milagrosamente, nadie había sido capaz de ver a lo largo de los años?

Permanecí un rato sentado en uno de los bancos, los ojos cerrados. Me arrastré con mi mente a aquel año en que los padres de Tere se conocieron en la romería, décadas atrás.

¿Qué paso realmente aquel día? La magia de lo cotidiano, el reconocimiento ante nuestra propia capacidad humana de no poder saberlo todo, me asaltó de repente.

Al abrir los ojos la Virgen de las Mercedes seguía allí.

— Lo viste todo, ¿verdad? Pero no me lo vas a decir, lo sé. Me vas a soltar toda esa historia de que los designios del Señor son insospechados y demás —dije en voz alta sin darme cuenta, reconociendo mi fracaso, lo inútil que había sido el venir hasta aquí. En todo caso había sido una inutilidad parcial. Me había encontrado con la tierra con la que había soñado, con el trasfondo donde todo empezó.

Aquella sencilla ermita me recordaba mis años escolares, mi primera comunión, mis lecturas del Evangelio en el altar ante mis compañeros de clase, ante mis padres, padrinos y toda la gente que me había querido. Me sentí preso de una extraña nostalgia, de un amor incondicional tanto por ellos cuya ausencia me pesaría el resto de mis días como por esta familia que había conocido recientemente.

Todas esas personas parecían hablarme con la confianza que daba el encontrarme solo en ese lugar. La dulzura presente en el rostro de mi madrina en su lecho de muerte, el gesto severo, aunque amable de mi padrino, lleno de sabiduría, los preciosos ojos de mi padre mientras me abrazaba llorando tras haberme castigado, la bondad incondicional de mi madre, los pocos amigos que he tenido y que siempre me apoyaron, estaban allí. De algún modo estaban allí.

Me arrodillé en uno de los bancos y recé con el mismo fervor con el que solía hacerlo de niño, con una fe extraña que pensaba ya no se encontraba en mí. En una sencilla oración íntima que desconocía fueron surgiendo las palabras de agradecimiento a nuestros antepasados, a los misterios de la existencia, saliendo de mi boca, cruzando entre los pequeños bancos hasta la pequeña figura que tenía frente a mí.

Di gracias a la Virgen de las Mercedes por aquella tarde de estío, por aquella romería que casi nadie recordaba y que parecía más irreal en un día nevado como este. Una romería que provocó un encuentro, que la magia tuviera un punto de salida. El tren mágico que iba a

Nunca Jamás salió desde aquí, desde esta estación al lado de la nogala.

Emergí con nueva vida por esas puertas, buscando el sueño, la vida que me aguardaba fuera.

Me detuve en el umbral de la vieja ermita para echar un último vistazo a su recogido interior que había preservado el secreto de cientos, miles de visitantes que habían cruzado estas puertas, contando y confesando los mismos ante el diminuto altar, bajo el techo de madera y vigas cruzadas.

El sueño que había tenido esas noches anteriores parecía susurrarme.

Contemplé a mi izquierda el viejo árbol, la vieja nogala.

Su silueta oscura destacando sobre la blancura de la nieve.

El árbol parecía observarme. Los pájaros se habían callado.

Cerré los ojos y respiré profundamente.

La lluvia caía alrededor del mismo, empapando la tierra, provocando que el olor a ozono lo invadiera todo. Crucé a saltos varios charcos, procurando no salpicar demasiado mientras hacía señas a Julián que me observaba desde el coche mientras me encaminaba hacia la nogala.

Allí estaba. Enhiesta, majestuosa.

La nogala.

No podía apartar mi mirada de aquel árbol, único protagonista del paisaje, testigo mudo de décadas, de amores y desdichas, de rezos y suplicas llegando desde la vecina ermita. Alzándose en el aire invernal, con multitud de ramas desnudas extendiéndose por el cielo, pareciendo arañar el mismo, semejando el cruce de nervios en un cerebro, una radiografía del cielo circundante. Sobre el suelo hasta unos diez metros de longitud otras ramas se extendían cual tentáculos buscando nuevas tierras, ¿o quizás únicamente intentando asentarse en el lugar?

¿Confirmar la posesión del terreno? ¿Haciendo valer su derecho?

Pocas imágenes más evocadoras que la de un árbol solitario en mitad de la nada.

Esta nogala había quizá escuchado el desconsuelo de una madre por su hijo perdido, el del amante despechado, el de los niños huérfanos de padre, el de las viudas a raíz del conflicto civil, y el de tantas y tantas penas ocultas en las entrañas del visitante.

Con el corazón en un puño, casi aguantando la respiración, me acerqué con cierta reverencia hacia él. Dejé deslizar mi mano por su corteza, sintiendo la rugosidad de su superficie. Me transmitía una extraña sensación de solidez, de permanencia, de nobleza incluso.

Recordé las palabras de mi compañera Laura cuando, tomando un café aquel día me hablaba de la oculta energía de los árboles y los múltiples beneficios de abrazar su tronco.

—Creo que todo es posible —había dicho—, al fin y al cabo, vivimos en mundo formado enteramente de campos de energía, ¿no es así? ¿Y qué sabemos en realidad de esa energía?—. Y continuó de esta guisa describiéndome los beneficios terapéuticos de ceñir con nuestros brazos los árboles, de sentir, de dar y recibir mediante un achuchón ecológico la vida y la comunión entre los seres vivos. Arturo también había dicho algo similar.

El recuerdo de aquel café reverberaba remoto en la memoria, pero esa sensación de cercanía a los árboles sonaba extremadamente cercana.

Miré las ramas desnudas y cubiertas por la nieve que hasta hace poco habían albergado una tupida malla de hojas, sintiendo la corteza firme y rugosa bajo mis dedos.

Volví a mirar hacia la copa y, acordándome de las palabras de Laura apoyé suavemente la espalda contra el tronco y cerré los ojos.

Escuché el trinar de un pájaro en una de las ramas sobre mi cabeza, el aire acariciando mi rostro. El silencio reposado de la tarde me envolvió.

Pensé en aquella otra tarde cuando los padres de Tere se conocieron en aquella romería ya lejana. Este nogal ya se encontraba aquí, en este mismo punto, recibiendo y sufriendo las incisiones que a bien tuvieran los amantes realizar sobre su corteza dura y resistente.

Una idea cruzó por mi mente. Una noción descabellada, quizá un retazo olvidado del sueño que había tenido meses atrás, aún agarrado a mis neuronas.

¿Podría haber hecho Teodoro lo mismo? ¿Inmortalizar su nombre junto al de Ana en ese árbol? ¿Por qué no? También había formado parte de los jóvenes enamoradizos de la época.

Me aproximé y escudriñé la corteza. En su parte baja distinguí algunas inscripciones, la mayoría de ellas recientes.

Me quedé ensimismado, leyendo mecánicamente los diferentes nombres, las diferentes promesas de amor rotas por el tiempo en muchos de los casos y en otros trasmutado en vidas plenas, en dedicación:

«*María y Pedro*», ... «*Sandra y Carlos*»... «*Verónica y Juan Alberto*»... «*Te quiero, María José...*»

Y así, uno tras otro, varios años surgían, reflejados en la corteza...

Una duda surgió en mi mente: ¿Cuántos años le quedarían al viejo árbol como fedatario público de esos amores antes de venirse a tierra bajo el peso de tanto amor y responsabilidad?

Pensé en que debido a la edad del mismo, de haberse hecho alguna inscripción en aquella época ésta debía encontrarse a un nivel más elevado.

Subí entonces a una de las ramas que se encontraba más a mi alcance. No había perdido la agilidad de mi juventud, gracias a Dios. ¿Qué pensaría Julián si me estaba mirando desde el coche? ¿Qué había hecho todo este camino únicamente para subirme a un árbol?

Allí estaba. Enhiesta, majestuosa. La nogala.

Aparté unas cuantas ramas que, aunque pequeñas se obstinaban con rebeldía en estorbar mi visión, soltando fragmentos de nieve. Bajo ellas aparecían señales, borrosas, casi imperceptibles... Escudriñé la oscura corteza... pude ver una «G» ¿o era una «J?» junto a una «Y» —¿Yolanda quizás?—... «TE y A»... ¿Podría ser esta? No, no... justo al lado aparecía el año 1977 desvaneciendo mis dudas al respecto. Lo umbrío del sitio en aquel día por otro lado nublado dificultaba su reconocimiento.

Saqué el móvil y dejé que la linterna proyectara un diminuto haz de luz sobre la esquiva corteza.

Desde donde me encontraba no podía ver otra cosa que la copa del árbol rodeándome. La ermita y el coche de Julián se habían desvanecido como si nunca hubieran existido. Estaba en otro mundo, rodeado de silencio, de las inscripciones, escarbando en el pasado.

Una rama obstinada se cruzaba en mi campo de visión. Tras ella alcancé a distinguir una «T», y luego, ¡sí! Había algo allí. Todavía se podía ver. Unas pequeñas iniciales, casi minúsculas, hechas con una pequeña navaja. Eran solo unos burdos trazos, pero ahora, al cabo de los años cobraban nuevo sentido, nueva vida.

T E

Dos simples letras. «T E», casi borradas. Sin sentido alguno. Ninguna unión entre ellas, ningún «te quiero», nada especialmente romántico. Únicamente dos letras.

Me llegó una imagen brevemente formándose y desapareciendo con rapidez. Como un relámpago.

La imagen era absurda. O quizás no tanto.

Como suele ocurrirme cuando me siento delante del ordenador en estado de semi trance y pongo por escrito las visiones que llegan a mi mente, ví en ese momento frente a mí la figura de un chaval sosteniendo una navaja frente al árbol, intentando escribir algo apropiado. Un chaval que quería escribir su nombre y el de una chica.

¿pero solo dos letras, solo las dos primeras?

A diferencia de otros que lo habían hecho después, quizá él no había llegado a terminar su tarea al haber sido interrumpido.

¿Sería eso lo que le había ocurrido a Teodoro?

Sí, esa idea tenía sentido. Pero aventurar una aseveración al respecto era harina de otro costal. No dejaba de ser curioso que esas dos letras, cual juego de palabras formaran tanto el inicio del nombre de Tere como las iniciales de nuestros dos nombres: ¡la «T» y la «E»!

¡Pero tan cargadas de significado! Me acordé del abad de Silos, aquel primo de la madre de Tere y reflexioné que la simbología de la familia parecía guardar una extraña conexión con la divinidad y el destino. ¿Era todo esto mero azar: el monasterio de Silos, la ermita de Nuestra Señora de las Mercedes?

Las letras habían permanecido gracias a lo profundo de la incisión, hecha hasta el duramen. El árbol había procedido a defenderse, tendiendo a cerrar la vieja herida bajo la corteza, pero ahí estaban, victoriosas, esas iniciales. Solo alguien que supiera lo que estaba buscando hubiera podido distinguirlas.

Ese periodo de más de setenta años no había podido con la tozudez, con la persistencia de un joven enamorado que en una lejana tarde se había empeñado en dejar su impronta en el duramen de este ejemplar, en la memoria colectiva.

Parecía cosa de milagro.

Un milagro del cielo.

Algo comenzó a despertar en mi mente.

Teodoro.

No había duda, no podía haberla. «Teodoro» Mis malos años como estudiante de latín y griego no fueron impedimento para que recordara su significado:

«*Don de Dios*»

Un don de Dios.

Un milagro.

¿Qué narices estaba pasando?

Todo parecía estar relacionado. Sometido a una cuestión de fe.

No pude por menos de sonreír ante ese juego de palabras.

Pensé en los cientos de años en que éste árbol había sido testigo de multitud de encuentros bajo sus ramas, de risas y penas, pero mayormente de las primeras con motivo de la romería.

La sensación que experimentaba bajo su copa era la de una extrema serenidad.

Todo lo experimentado hasta ahora era relativo, sujeto a un orden, a una razón.

Se había adaptado con tozudez de Tauro a las estaciones, a los ritmos de la naturaleza.

Escuché en mi interior un extraño lenguaje, como si la nogala me hablara, recordando nuestras raíces antiguas, la ancestral vida al aire libre, la conexión de mi raza con la Naturaleza y experimenté una extraña sensación de calma y tranquilidad. La imagen de Tere apareció ante mí, serena, sonriente. Me di cuenta de que ella me había transmitido esta misma sensación desde siempre, desde el primer momento.

En ese instante, al igual que ocurre cuando intentamos completar un cubo de Rubik todas las piezas encajaron, suavemente, como si hubiera sido lo más fácil desde el principio. Como si la solución siempre hubiera estado allí delante. Me acordaba de aquellos jovenzuelos que había visto a veces en la tele, enfrentados a uno de esos cubos, completándolo en cuestión de un minuto, colocando todas las caras del mismo color con presteza, como si los demás fuéramos ciegos o en el mejor de los casos afectos de algún problema de percepción ocular. Todo estaba aquí. Todo.

¿Había sido este el árbol que apareció en aquel sueño? ¿El árbol bajo el cual Tere me esperaba pacientemente?

La nogala me había transmitido un conocimiento precioso, su honda experiencia a través de los años. ¡Qué razón había tenido Laura! Me sentí profundamente agradecido a mi compañera; no solo por su discreción ante mis confidencias, sino por esta valiosa pista, este regalo que ahora disfrutaba.

Había leído un artículo que contrastaba la palabra «sombra» con su traducción al inglés: *Shade*. Mencionaba este que el equilibrio entre la luz y la oscuridad, esa idea que permea muchas culturas, se veía claramente reflejada aquí, en el mundo vegetal. Luz y sombra, esenciales en el equilibrio entre las diferentes especies de plantas, entre los diversos árboles de un bosque. El día y la noche, la alegría y la tristeza como base de la pintura y el cine, como símbolo, como idea.

Sentí una extraña energía dentro de mí, aunque esta no era la palabra exacta, ya que ésta parecía haber estado siempre allí, despertando ahora.

Un cruzado de la Edad Media no habría tenido ni la mitad de devoción por los Santos Lugares que la que experimentaba al pisar ese lugar tan visitado en mi mente con anterioridad, tan unido por asociación de ideas a conversaciones y sentimientos que no sabría explicar. Me sentía parte de este lugar como el peregrino que pisa por fin tierra santa.

Siempre había sido un poco dado —al igual que *Laudy*—, a pensar en la coincidencia de los hechos, de los momentos, acerca de la relación misteriosa y mágica de los seres humanos con el entorno, con el tiempo impalpable.

De no haber estado Teodoro allí aquel día nada de esto habría ocurrido. Eso daba al momento un aire de irrealidad.

Recordé el cúmulo de símbolos que me había rodeado toda la vida, ¿No habían sido los mejores recuerdos de mi niñez aquellos pasados junto a mi padre en el panteón de Quijano en la plaza de Santa Teresa de Alicante? ¿No existía acaso una carta manuscrita de Santa Teresa guardada celosamente en el mismísimo monasterio de las Huelgas?

Antes de descender me apresuré en tomar un par de fotos de la corteza que tenía frente a mí. Esto era real. Tenía que serlo.

Julián me estaba esperando junto al coche.

Julián, otro signo más, otra persona que me había facilitado detalles sobre la vida de sus padres, ahora una realidad delante de mí, como Fernán González, ese otro héroe castellano.

—¿Qué te ocurre? Estás pálido —dijo al verme llegar.

—¡Lo encontré, encontré la inscripción! ¡La inscripción en el árbol! —dije ante un atónito Julián, dando por supuesto que mi interlocutor sabía de qué estaba hablando.

Y el viento, el viento que no cesaba ahogó mi explicación.

Helado, cortante, girando sin cesar sobre nosotros, envolviéndolo todo con un triste silbido, aullando de modo ensordecedor, como un círculo de brujas en un aquelarre, introduciéndose entre las rendijas y haciendo mover las ventanas de la antigua casa del ermitaño, emitiendo un sonido sordo y constante.

—¿Siempre sopla de este por aquí? —pregunté.

—Es el bierzo que sopla por estas fechas.

—¡Hombre! el famoso bierzo —dije jubiloso, notando una alegría imprecisa sumarse a ese frío cortante y aumentando la alarma de mi interlocutor.

En su fuero interno debía estarse jurando no acompañar a ningún otro novelista si podía evitarlo.

El bierzo. Siempre me había gustado ese nombre desde que en mis días de bachillerato estudiando los poemas de Gonzalo de Berceo o Garcilaso de la Vega, sentía su atracción, soplando entre las páginas de un libro.

—Bueno, creo que ahora querrás ves la casa de Teodoro, ¿no? —dijo Julián con acento prosaico, deseoso de terminar cuanto antes.

—Por supuesto, no he hecho un viaje tan largo para perdérmela ahora.

Pocos minutos después nos encontrábamos de regreso en Quintanilla.

Un tractor verde renqueaba por la calle empedrada. En el centro de la plaza se alzaba una cruz de piedra con dos bancos a ambos lados. Junto a uno de ellos un niño miraba con curiosidad en nuestra dirección.

Atravesamos a continuación una calle formada por viejas casas de gruesa piedra, sólidas como sus habitantes, como sus fundadores, casas hechas para gente acostumbrada a pelear con los elementos, siempre umbrías, frescas, con largas noches de invierno, conteniendo en su interior una chimenea eternamente sedienta de leña.

Nos detuvimos delante de una marcada con el número tres de la calle. La reconocí enseguida por las fotos que mi improvisado guía me había enviado meses antes.

—Esta es la casa —me dijo Julián—. Como verás, es una de las más antiguas de la población. Antes había un piso superior pero lo suprimieron.

A juzgar por la desgastada fachada y sus ventanas tristes y vacías era indudable que la casa había soportado los embates del tiempo. No pude evitar sucumbir ante la melancolía de esas viejas paredes que parecían resonar con el eco de la vida de décadas atrás, las voces de unos jóvenes prestos para marchar un año más a la romería. Las prisas, los empujones, las puyas. Y luego, años después, bastantes años después, sonidos similares de otras voces infantiles, esta vez de dos niñas correteando por su interior, mientras que aquel zagal de antaño, hecho ya un hombre sería quien intentara sacar la familia adelante.

Me acerqué.

Julián, acostumbrado ya a mis momentos de abstracción, permaneció atrás.

La puerta frontal, sólida, cerrada al mundo exterior, manteniendo sus secretos de años.

Instintivamente puse la mano sobre la pared, toqué las piedras, las junturas, sintiendo la argamasa, pensando en el día que fue construida. Noté al sentir el calor de la piedra que el edificio me hablaba. Me pareció percibir al hacerlo los rostros de las personas que habían cruzado durante años por delante de esta puerta. Pero sobre todo pensaba en los que la habitaron. Personas que jamás podría conocer y cuyo nexo conmigo, era tan solo esta puerta y estos muros que tenía delante.

«—¡Buena la hiciste Teodoro!» —dije, acariciando la piedra de esa casona que a través de los años y la geografía se había hecho parte de mí.

Ante mí la puerta frontal; sólida, cerrada al mundo exterior...

Mi misión se había completado.

—Julián, creo que ahora sí que necesito una copa.

Julián asintió, a la vez que me daba unas palmadas en la espalda.

— Yo me apunto a un *gin tonic* también —dijo con tono animoso, contagiado por mi súbita necesidad de alcohol a la vista de la tarde que habíamos compartido juntos.

Era imposible no volver a pasar por Montorio sin saludar a Ana Mari, la chica de aquella lejana película en blanco y negro que se había proyectado en mi mente recreando ese momento, ese encuentro que había estado abocetando, dibujando y redibujando una y otra vez.

Detuve el coche ante el número seis de la calle Burgos, para los lugareños simplemente, la Taberna de Montorio. Un poco más adelante y a la derecha, haciendo esquina, se encontraba mi destino. Ya había estado aquí con Tere.

Pero este día era especial. ¿Debería decirle a Ana Mari lo que había visto? Una lucha interna se libraba en mi interior.

Al fin y al cabo, Tere no se encontraba hoy aquí y por otro lado no quería preocupar a su madre en exceso con ideas descabelladas.

Toqué al timbre.

—¡Hola, Ana Mari! ¡Sorpresa! —dije cuando la puerta se abrió con suavidad y Ana Mari mostró su sorpresa al verme en en dintel.

—¿Qué haces por aquí, chico? ¿Dónde está Tere?

—Pues la he dejado en Alicante. Verás, ha sido un viaje sorpresa. He ido a Burgos a firmar un libro y, como era un viaje corto y está liada con todos los preparativos, la he dejado tranquila por un par de días.

Y en breves palabras la puse al corriente de mi misión casi secreta.

—Tengo una sorpresa para ti... —dije antes de que contestara, introduciendo la mano en el bolsillo interior de la cazadora, mostrándole la foto que había tomado esa misma tarde.

—Mira lo que escribió Teodoro el día que te conoció. Por lo menos creo que fue él.

Había vencido mi impulso interior.

Ana Mari miró la diminuta pantalla en silencio. Un largo silencio.

Una amplia sonrisa se extendió por el rostro de la mujer, pareciendo reconocer en esa torpe ejecución, la escritura de Teodoro.

—Pero aquí solo hay una «T» y una «E» —dijo finalmente.

—Supongo que al pobre no le dio tiempo de escribir nada más —dije, un poco avergonzado ante lo escueto de mi sorpresa.

Ana Mari continuó mirando la inscripción extendiendo sus dedos por la foto, a modo de caricia y agachó la cabeza.

Agarró mi mano con fuerza.

—Gracias, Ernesto, ... Gracias—dijo con un hilo de voz.

—¡Gracias a ti, Ana! —dije, rompiendo el silencio a la vista de la emoción que inundaba los ojos de la mujer.

Esta vez fue mi turno de quedarme callado mientras movía el café que me había ofrecido Ana Mari minutos antes.

—¿Sabes? Fue un día muy especial —dijo esta después de una pausa en la que pareció estar sopesando esta confidencia—. El de nuestra boda, me refiero. Era diciembre; había nevado. Todo muy bonito pero poco práctico. Imagínate, la novia vestida de blanco sobre toda esa nieve. Para que no se me estropearan los zapatos mi madre me hizo quitármelos y colocarme otros de color negro hasta llegar al altar, siguiéndome ella detrás de mí desde casa, los zapatos de novia en su mano. Cada boda es especial, pertenece a cada uno de nosotros, junto con ese montón de anécdotas particulares. Es nuestro equipaje personal.

Tras decir esto se levantó sin añadir nada más y, con su habitual sentido práctico, se dirigió hacia una cómoda que se encontraba en un rincón. Estaba pensado que era mejor no alargar demasiado la visita y los recuerdos cuando esta retornó trayendo consigo una pequeña cajita de madera.

—Esto debe estar contigo ahora después de lo que me has contado. Lo tenía abajo en uno de los cajones de la máquina de coser. Aún me gusta hacer alguna cosa que otra, ¡ya ves! Estoy hecha a las costumbres. Tengo ahí también siempre una cama preparada para cuando viene mi hermano. Es la parte más fresca de la casa y le gusta dormir ahí —¡Guárdalo bien, por favor! —continuó, volviendo a llamar mi atención, abriendo la cajita que tenía en su mano y mostrándome el objeto oculto en su interior: un pequeño bulto envuelto en tela. Sin decir palabra lo guardé en el bolsillo de la chaqueta.

Intenté por dos veces pronunciar una frase, pero de mi garganta no salía sonido alguno. Por fin, en voz baja alcancé a decir:

—Yo también intento hacer lo mismo con mi libro. Crear algo que perdure y que Tere pueda leer algún día en el futuro.

Esa noche volvería a pasarla en Tía Balbina. Precisaba recuperarme antes de regresar a casa.

Pero aún tuve que hacer una parada más en el viaje de vuelta. Fue mientras me me tomaba un café en un mesón de carretera cercano al río cuando llegó a mis oídos la conversación de un par de chicos que se encontraban en la barra.

—Te vas a quedar más tieso que las princesas del río— decía uno mientras daba un ligero golpe en el hombro a su amigo.

—Perdón, chicos, ¿a qué princesas del río os referís?— intervine, despertada mi curiosidad ante cualquier mención a algo que tuviera el adjetivo «princesa» colocado delante.

Los dos chavales se miraron entre sí, recelosos ante lo que para ellos parecía ser un tipo algo raro. De hecho, no todos los días se veía entrar en la taberna a un forastero que, además de comer mientras leía un libro en vez de mirar la televisión, se había dedicado durante toda la comida a tomar notas en una libreta.

—Es tan solo vieja leyenda— intervino un parroquiano que había estado sentado a mi izquierda en auxilio de los dos estupefactos jóvenes.

Este había permanecido hasta ese momento inmerso en los resultados deportivos que aparecían publicados en un ejemplar atrasado del *Diario de Burgos*.

El hombre ingirió un buen trago de la pinta que había estado saboreando en silencio mientras estudiaba la prensa, y tras haber hecho así acopio de energía continuó:

—Cuentan que tres princesas hijas de un jefe moro acudían a bañarse en un punto del río cercano a donde nos encontramos — dijo, complacido de haber despertado el interés de un nuevo interlocutor y poder así contar nuevamente la

anécdota que llevaba tiempo ha en la recámara—. Las mozas se encontraron allí con un apuesto soldado, y ya se sabe, frente a un mozo tal y con esas recomendaciones, se quedaron prendadas de él sin remedio.

A partir de ese día acudieron las mismas a esperarlo allí todos los días. Pero éste no retornó y las princesas por no se sabe qué malvado encantamiento, se quedaron convertidas en piedra. Y como tales, ahí están las tres. Esperándole. ¡A eso le llamo yo constancia! —terminó el hombre riendo.

La leyenda llamó mi curiosidad y tras comprobar que el lugar estaba tan solo a unos pocos kilómetros de donde nos encontrábamos, decidí acercarme a echar un vistazo.

El sitio se encontraba en efecto cerca del camping de Quintanar, siguiendo el Arlanza. Un cartel me indicaba que estaba en el paraje conocido como Pozo de las Tres Princesas. Allí, tres rocas enormes que solo una imaginación popular, tras haber recibido el sol en una cabeza sin cubrir durante todo un día, podría haber encontrado una leve semejanza con unas figuras femeninas.

—Lo siento chicas, solo estaba yo disponible —dije a modo de disculpa por los potenciales príncipes ausentes—. Pero os prometo que si lo encuentro, os lo mando para aquí cuanto antes. Detesto ver a unas bellas mujeres soportando el frío de esta manera.

Allí, solo en el río, mientras introducía los dedos en el agua que discurría, viendo esas piedras inmóviles, sintiendo el calor del sol sobre mi cara, me sentí relajado, abandonado por completo al puro goce físico de notar los placeres naturales de la vida, tales como el agua deslizarse entre los dedos, el murmullo de la misma tropezando con los escasos obstáculos a los que se enfrentaba en las orillas y el ocasional piar de algún ave.

Al igual que aquella ocasión en que la mera presencia de Tere me había llenado de una sensación extraña, experimentaba ahora una honda, infranqueable e innumerable paz. Esta palabra no podía resumir las imágenes que venían en ese momento a mi mente, allí, junto al río.

Me di cuenta de que estar aquí solo había sido el desencadenante, la última especia que se había añadido a la cocción. Que todo había comenzado cuando emprendí el viaje hacia el norte atravesando una puerta para la que no existía retorno.

¿Escaparé alguna vez de esta extraña impresión? Antes los santos hablaban de comunión espiritual con el creador, los yoguis de estado de relajación profunda, mientras que los monjes tibetanos se refieren al nirvana. Poco podía hablar de esos estados mentales sin haber tenido un guía espiritual que me hubiera hecho recitar un mantra durante horas. Para mí, el único mantra había sido su nombre, repetido en silencio durante los últimos años, y ahora, a punto de entrar en una nueva fase de mi vida, la sensación me cerraba la boca, dejándome mudo. Yo, que antes había hablado lo indecible sobre ella y sobre lo divino me encontraba ahora sin nada que decir, salvo el mirarla sintiendo que todo podía desaparecer como un libro que se acaba, dejando el misterio encerrado entre sus tapas, con solo el recuerdo del olor de las páginas que nos han acompañado durante su lectura, recordando que una vez lo habíamos tenido entre las manos y disfrutado de su compañía.

Pero mi mente, humana al fin y al cabo, ejercitada en lograr y perseguir objetivos, maestra en la planificación de estrategias, de pasos cortos para llegar al destino previsto, sentía cuando menos la satisfacción natural y biológica que todo ser humano siente ante el objetivo cumplido.

Sí, esta había sido la búsqueda correcta.

Mañana sería otro día.

En mi futuro próximo iba a emular una de las gestas de Rodrigo Díaz de Vivar. Iba a ser uno de los protagonistas de una historia épica. Quizá no fuera luego objeto de ningún cantar de gesta ni quedaría reflejada en antologías literarias, enseñada en colegios y facultades de literatura, pero para mí sería igualmente una gesta, hecha de esos momentos de grandeza que todos ocultamos en nuestro interior, luchando por manifestarse, en pos de una elusiva felicidad.

Esa tarde acudí a la universidad de Alicante a dejar algunos libros que me habían pedido en la facultad de Filosofía y Letras.

Al salir de la misma, y cuando ya me encontraba dentro del coche, tuve una idea repentina. Un pensamiento extraño me invadió. Era como una picadura de insecto más que una idea. No podía hacer más que una cosa: reaccionar del mismo modo en que lo hubiera hecho ante una picadura semejante.

Desviándome del acceso a la autovía que ya tenía enfrente, volví a dirigirme hacia el campus. Era solo una intuición, pero no me quedaría tranquilo hasta que la corroborara, pensé mientras anduve el camino que me separaba del departamento de botánica.

Tras permanecer unos minutos en su interior, volví a salir tan rápido como había entrado. Durante el trayecto a casa no hacía más que repetirme las palabras que había escuchado de Manuel B.

Crespo, el encargado del departamento, un hombre de unos treinta y cinco años y largos cabellos que cual lianas quisieran enredarse por su cuenta entre los diversos aparatos que llenaban el laboratorio.

—Es difícil precisarlo— había dicho este mientras se quitaba unas gafas de pasta negra, revelando unos ojos que parecían contagiados de clorofila —, pero desde luego, un nogal o un árbol de semejantes características podría mantener todavía en su tronco una inscripción como la que está diciendo. Especialmente si ha sido hecha a conciencia penetrando más allá de su corteza llegando al duramen —y al explicar esto, el investigador replicaba con su gesto el acto de clavar una navaja sobre un invisible tronco—. Aparentemente desde fuera la señal se parecería mucho a una cicatriz. Es como si el árbol se defendiera, ¿entiende? La corteza cae con el tiempo y la herida tiende a cerrarse. Respecto a poder identificar una inscripción tan antigua como la que me ha mostrado, dependería de muchos factores...

—¿De qué cree que podría depender más?

—Bueno, yo no he visto la inscripción y, a pesar de la foto que me ha mostrado, sería difícil pronunciarse al respecto dada la escasa luz con la que fue tomada, pero en términos generales dependería más bien de si se sabe que tipo de inscripción o texto se está buscando.

—Gracias, eso era lo que quería saber.

Las formaciones de nubes hacia el Oeste habían creado un cúmulo extraño de nimbos dorados por el sol, recortando la silueta del árbol situado próximo a la puerta del departamento de botánica, haciendo que este pareciera enmarcar una legendaria Tara.

BODA EN BURGOS

Había llegado al tribunal eclesiástico a primera hora de la mañana.

—Lo siento, pero lo que nos pide es imposible. Una nulidad es algo complicado y lleva sus trámites como usted debe de entender —carraspeó la funcionaria que tenía delante mío a la vez que lanzaba una mirada de reprobación por encima de unos gruesos cristales—. Las circunstancias suyas son muy complicadas teniendo en cuenta que no solo hubo un matrimonio eclesiástico, sino que con posterioridad volvió a contraer ceremonia civil en Alicante.

Dejó los papeles sobre la mesa, como pidiéndome que los retirara de allí cuanto antes y permitiera que ésta volviera a tener su brillo original. Aquello había sonado lapidario. La mirada de la mujer no varió ni un ápice. Cuando había cruzado las puertas del obispado minutos antes todo parecía sonreírme. No me había preparado para esto.

—Lo único que puede hacer a lo sumo sería contraer nueva boda civil o registrarse como pareja de hecho.

No quería resignarme a esa posibilidad, a esa única salida.

· · ·

Tere y yo habíamos acudido semanas antes a la cafetería Rasti donde tantas veces nos habíamos tomado ese café lleno de esperanza que tan bien me sentaba para llevar la mañana.

—Bueno, creo ha llegado el momento en que sepas donde se podría celebrar la boda, ¿no te parece? —dije—, aunque claro, tú tienes la última palabra. Es tan solo una idea.

—Me das miedo—dijo, mostrando esa sonrisa infantil que hacía brillar su rostro.

Saqué entonces de un bolsillo con gestos deliberadamente lentos el sobre que llevaba tiempo escondiendo.

Tere lo abrió y permaneció con la mirada fija en su contenido durante unos momentos.

—¿En serio? ¿Es esto verdad? Me asustas con las cosas que haces —dijo por fin.

—De tanto oírtelo decir estoy empezando a asustarme yo mismo.

¿No me estaría obsesionando en exceso por celebrar la boda en ese lugar determinado? ¿No estaba llevando mi romanticismo demasiado lejos?

Pero cada vez que un pensamiento así me pasa por la cabeza no tengo más que reflexionar durante unos instantes y, tras imaginarme la sonrisa de sorpresa en su rostro, noto como se redoblan mis esfuerzos y mis ganas de pelear cualquier trámite burocrático que se cruce en mi camino.

Eso me había traído a este despacho, a esta silla con respaldo duro e incómodo, escasamente tapizada, quiza con la aviesa intención de hacer que el visitante se sintiera lo más molesto posible. «Para ser un obispado esto no es nada cristiano» pensé.

—Lo siento —continuaba con su letanía la mujer de las gafas—, pero lo que usted pide es imposible. Hay una larga lista de espera para casarse en la catedral y no podemos dar alegremente las fechas a la medida de cada uno.

Siempre había intentado huir de los tópicos, pero ¿por qué parecían tener todos los funcionarios que me denegaban alguna gestión esa inmaculada manera de llevar las gafas como si quisieran protegerse del mundo detrás de ellas?

¿Sería su única pasión el limpiarlas cada cierto tiempo, siguiendo un protocolo especial, quizá con un líquido de importación alemana?

¿Había llegado hasta aquí solo para que me frenara otra vez una cuestión de trámite?

Pero esta vez me encontraba preparado.

Dejé en la superficie de la mesa un enorme sobre.

Un sobre grande de color manila.

Los papeles que me había procurado Elvira.

—Yo en cambio me he permitido traerle una poca información que podría ayudarle con el trámite necesario — dije—. Es poca todavía porque no he tenido tiempo de buscar más, pero, si lo considera necesario para dar vía a mi expediente, será un placer hablar con mi ayudante para hacerlo más extenso.

La mujer echó un vistazo rápido al interior del sobre que le acababa de entregar.

Se trataba solamente de un par de fotos acompañadas de un breve texto.

Unos días después acudí al mismo lugar y tomé asiento frente a la misma mesa de aluminio. El encuentro fue breve esta vez.

Encontré a la funcionaria con unos documentos preparados en un canto de la mesa. A pesar de ser ésta amplia y contar con pocos objetos sobre su superficie, estos habían sido colocados en el extremo más lejano posible de la misma, en un intento futil de mantener la máxima pulcritud sobre la misma, alejándose de este modo de cualquier atisbo de suciedad o desorden en la misma.

—Aquí lo tiene. Firme abajo por favor —dijo brevemente, mordiendo las palabras.

Sonreí. Era la mía una sonrisa de protocolo, ese tipo de sonrisa que salta de alegría en el interior cuando hemos conseguido algo que anhelamos más no deseamos apabullar al contrario con la victoria así conseguida.

En uno de los impresos que me había entregado vi, estampado en uno de los extremos el ya familiar sello del obispado de Orihuela. Más abajo, en caracteres grandes debajo de nuestros dos nombres aparecía la ansiada palabra:

«DISPENSA».

Me enfrenté a ella con la misma sorpresa que siempre me han producido este tipo de certificaciones, títulos y diplomas. Todo se reduce al final en nuestro mundo occidental al trazo de unos signos sobre un papel. Blanco sobre negro. Es el significado que hemos dado a esos signos, la carga emocional que salta entre los trazos lo que importa. ¡Qué ridículamente fácil parecía todo!

Después de eso fue solo cuestión de encontrar un hueco, una fecha. Suspiré aliviado, podría haberme conformado, había cientos de sitios, pero sentía que ese lugar era el adecuado.

Todo eso nos había traído hasta aquí, a esta cafetería y a nuestro par de cortados servidos con leche fría que nosotros nos encargaríamos de agitar al más puro estilo Bond.

—¿En serio? ¿Es posible que pueda ser ahí? —dijo Tere mientras continuaba mirando el contenido del sobre que había abierto segundos antes, en concreto uno de los folios donde en el encabezamiento aparecían claramente reconocibles las torres de la catedral de Burgos.

—Te prometí que sería una sorpresa y aunque acordamos que la fecha la ponía yo, íbamos a jugar en tu terreno y, como ves, he sido literal en mi propuesta.

—Pero no sé como has podido conseguir una dispensa así. ¡Si eso tarda un montón de tiempo por lo que tengo entendido, sin contar con el dinero que haría falta!

—Bueno, a veces es cuestión de elegir las palabras adecuadas al hacer la solicitud —dije.

Recordé otra vez esa famosa frase.

En el amor y en la guerra todo vale.

· · ·

Elvira se estaba riendo.

Había empleado buena parte de esa mañana en guardar y cotejar el trabajo de los últimos meses en el despacho de Carlos Lafuente, dando las postreras puntadas para el informe que el profesor iba a presentar al día siguiente. Una publicación que sería la despedida a la investigación que le había servido de acicate estos últimos años.

Hoy la detective había dejado de lado los apuntes y los aparatos que mantenía cerca de su maltrecho ordenador, los cientos de cables desperdigados y todo ese batiburrillo que la perseguía por todas partes. Esas artes ocultas de espionaje y contraespionaje que le servían para penetrar el mundo de los otros, ese mundo que le había sido robado y que obtenía prestado día a día.

El mundo de otros.

Pero hoy era distinto.

El profesor no se había dado cuenta, ocupado como estaba en clasificar todos esos cientos de folios que se habían ido acumulando en el despacho durante el último año. Esas notas que les habían perseguido desde aquel día en que le hicieron entrega de los manuscritos encontrados en Silos. No recordaba una vida anterior a aquella. Una vida que existía antes de que apareciera la sombra de la princesa Kristina planeando sobre ella. Un tiempo en el que Elvira había llegado a estimar al profesor.

—¿Qué ocurre Elvira? Pensé que por lo menos podrías mostrar un poco de empatía después de haberte dicho que Ernesto Santos no ha podido obtener la licencia para casarse por la iglesia —dijo Lafuente cortante, irritado por la risa de la detective. Realmente no estaba molesto con ella, pero necesitaba dar rienda suelta a su mal humor.

—¡Oh, no creo que eso vaya a ser ya un problema para el señor Santos! —dijo esta sin prestar atención alguna al tono del profesor—. Según tengo entendido, creo que se ha solucionado ya.

—¿Cómo que se ha solucionado? Imposible, tal y como están las cosas con la curia lo veo por completo impracticable —respondió el profesor—. En cualquier caso, ¿cómo sabes tú eso?

—Bueno, ya que tengo fama de no tener escrúpulos para desarrollar mi trabajo y que eso no me va a atraer más o menos pretendientes sentimentales en mi vida, me he permitido realizar lo que llamamos en mi profesión un apaño técnico para facilitar las cosas a nuestro común amigo.

—¿Un apaño técnico? No te entiendo ¿Quieres decir que has hablado con alguien de esto?

—A veces el poder de las gentes diminutas es increíble. De hecho, hace ya años que soy prácticamente invisible —dijo dando un salto desde la pequeña balda a la que se había subido para poder colocar un montón de folios en una estantería—. En realidad, creo que siempre lo he sido desde mi adolescencia. Desde que quería que el capitán del equipo de balonmano se fijara en mí no he logrado que nadie me vea. Pero me di cuenta más tarde de que esta aparente desventaja iba a ser de un inestimable valor para el desarrollo de mi trabajo. Me ha permitido entrar en sitios, hacer que determinadas personas sientan lástima por mí y miren para otro lado. Todo ha sido cuestión simplemente de aprovechar esa visión hacia otro lugar para realizar mi, digamos, trabajo y en el caso de los funcionarios eclesiásticos encargados de verificar y visar la documentación de nuestro amigo fue relativamente fácil.

Mientras hablaba gesticulaba sin cesar, moviéndose de un extremo a otro del despacho como si estuviera jugando uno de esos juegos de balonmano que estaba evocando y fueran varios los contrarios que quisieran desposeerla del balón.

—Vivimos unos tiempos convulsos para la Iglesia ¿no es cierto? No tuve más que arañar un poco y preguntar a determinadas personas para obtener un estupendo dossier sobre los perfiles de varios de estos funcionarios del obispado así como de algunos miembros de la curia. ¿Qué tendría de extraño que, enfrentados a estas pruebas, a esa información confidencial tan hábilmente presentada, consideraran adecuado el que pudiera extraviarse parte de la misma cuando tan solo se estaba requiriendo de ellos que estamparan el sello del obispado sobre un impreso normalizado de los tantos que existen en las mesas de ese mismo organismo?

La cara del profesor era toda una mezcla de expresiones cambiantes. Ora semejaba tornarse dura y seria, ora una leve sonrisa parecía asomar en la esquina de sus labios. Notó a su pesar como, desde el fondo de su pecho, subía un silencioso entusiasmo, pensando en la alegría que iba a poder dar a su amigo. Después de los últimos meses sentía una necesidad extrema de ser portador de buenas nuevas.

—¿Quieres decir lo que estoy entendiendo? ¿Algo como...?

—Eso mismo profesor. Como la noche de nuestra visita a la catedral. Después de haber estado paseando por todos los pueblos de las Merindades, de caerme en charcas de mala muerte en días de lluvia y de tejados en mal estado que hasta los pájaros temían pisar, no ha sido el hacerme con unas cuentas pruebas incriminatorias que cualquier juez de guardia estudiaría con el mayor de los agrados. Puedo decirle con toda seguridad profesor que la atención del clero hacía esta boda goza de todo el beneplácito de su santidad en Roma. ¡Loado sea Dios!— dijo como colofón Elvira mientras se santiguaba.

—Prométeme que no harás ninguna más de las tuyas —dijo Lafuente cortante—. Sé que lo has hecho con el corazón y te lo agradezco, pero por favor no hagas nada.

Elvira se mordió los labios mientras presionaba una y otra vez la misma serie de teclas en su ordenador. Esa cantidad de pulsaciones iba a traducirse en un notable número de espaciados en el texto que presentaba la pantalla.

—Quédese tranquilo, profesor. Le prometo que a partir de este momento no haré ninguna gestión más al margen de las iniciadas.

Había algo en el modo en que la detective había pronunciado estas últimas palabras que no pareció tranquilizar mucho al profesor, pero cuando este quiso añadir algo más, comprobó que la detective, haciendo gala de ese peculiar talento para la invisibilidad y la agilidad que había manifestado en innumerables ocasiones, había desaparecido del despacho.

. . .

Era el uno de mayo, precisamente el uno de mayo.

El cumpleaños de Clarisa.

Lucía un sol brillante.

La catedral se alzaba majestuosa y el sol hería ya sus torres en diagonal. La temperatura, aunque fresca, era agradable, dejando en la piel ese regusto que despierta los sentidos.

La vista, el oído, los olores, todo se agudizaba bajo su efecto en este día.

El monumento estaba sobradamente acostumbrado a eventos similares. Un edificio curtido en reyes y princesas y en cuyas entrañas se encontraban los restos del Cid no podía asustarse del gentío que empezaba a agruparse ante sus puertas antes de la hora prevista.

Las torres, tras mirarse la una a la otra asombrándose de verse allí como si no lo hubieran hecho durante siglos, parecieron recelar del cimborrio que las miraba de soslayo y con envidia unos pocos metros más atrás ya que, pese a gozar como ellas de una hermosa vista de la ciudad, no había podido contemplar nunca, dada su posición, la gente que se aproximaba a los pies del monumento. Había oído eso sí, las voces, los gritos y los fuegos de artificio; visto a estos últimos subir y estallar en el cielo, pero nunca, nunca la vida que se presentía a sus pies.

Algunos grupos de invitados estaban llegando ya, unos paseando desde la plaza central, otros, atravesando el arco de Santa María y el resto atreviéndose a descender los escalones que se encuentran a espaldas de la catedral desde el barrio de San Esteban con riesgo para las damas de resbalar con sus zapatos de aguja y enredarse en sus pañuelos de seda.

Yo por mi parte había comenzado la mañana vistiéndome despacio, disfrutando del momento.

Llegué puntual, como no era para menos. Me había puesto un

esmoquin que me daba un aire entre Frank Sinatra a punto de cantar *My way* y del primer James Bond.

Me coloqué a la puerta de la catedral, rodeado de mi familia. Irene estaba a mi lado, apoyándome, sonriéndome.

Mamá estaba a mi derecha. ¡La de sustos y sorpresas que había visto en su vida bastarían para escribir un libro semejante a uno de los míos!

Me encontraba en ese lugar donde tantas bodas se habían celebrado, donde se habían bautizado, coronado, casado y enterrado príncipes, reyes y gentes de la nobleza, donde generaciones enteras se habían arrodillado ante ese altar.

Mientras esperaba la llegada de Tere, pude ver la llegada de nuestros amigos más madrugadores allí congregados.

Merche y Ana Mari habían sido de las primeras en llegar a la puerta del templo, siendo testigos del amasijo de nervios que yo presentaba.

Sí, allí estaban también Arturo y Lafuente. El cabello rubio del primero movido por una ligera y oportuna brisa le hacía semejarse a los ojos de muchos —y ciertamente de muchas de las invitadas que le miraban con arrobo--, a ese rey mítico de leyenda, tocayo suyo, erguido y rodeado por el sol del atardecer. Me saludó con la mano, exultante, sin poder ocultar su felicidad. En el ojal izquierdo de su *blazer* lucía una flor.

Allí estaba también la diminuta Elvira, moviéndose de un lado para otro como una lagartija italiana que llegara tarde al trabajo, pero sin soltar de la mano a un joven con cara adormilada que miraba de un lado a otro intentando asentar en su conciencia la realidad de lo que le estaba ocurriendo.

—Todo se consigue amigo. Todo se consigue si se saben utilizar los recursos —dijo esta con un guiño dirigido tanto a mí como al profesor, quien intentó calmarla con unas palmadas en el hombro a fin de que no se explayara en mayores detalles.

Carlos se aproximó llevando a Elena de la mano, abriéndose paso entre el resto de invitados, como si estuviera buscando de nuevo en las junglas de Brasil esa mariposa de la que me había hablado.

Elena había dejado su traje chaqueta este día para sustituirlo por un elegante vestido de color verde claro.

Llevaba el cabello suelto sobre los hombros, y, rematando el conjunto, un pequeño y delicado bonete inclinado cuya pluma de color verde pistacho le caía sobre la cara.

—¡Felicidades, amigo mío! —dijo el profesor Lafuente—. Hoy somos los dos hombres afortunados y no solamente por esta boda! —dijo con unos gestos que querían ser expresivos y que en su cara, normalmente de rasgos duros y contenidos, se hacían aún más extraños.

—¿Qué quieres decir, Carlos? —pregunté.

—Los dos hemos llegado al final de mi investigación por distintos medios —dijo manteniendo esa sonrisa irreal, mientras señalaba a Elena y Tere que se encontraban departiendo animadamente sobre las respectivas calidades de sus vestidos y apariencia en general.

Por fin, viendo que nadie entendía su sutil e invisible comentario, se encogió de hombros y señalando de nuevo a las chicas continuó con cierta frustración:

—Hemos encontrado cada uno por nuestra parte una Serna. ¡No es poca cosa esa, no!

Al oír esto Elena reaccionó dando a su pareja un menos sutil codazo en las costillas.

—Mejor deja los comentarios graciosos. No se te dan nada bien —dijo.

Tardé cierto tiempo en reconocer entre los asistentes a nuestros conocidos, ocultos bajo las capas de maquillaje, de los sombreros, trajes y vestidos en dura lucha con el aspecto cotidiano de las personas enfundadas en ellos.

Me alegró ver entre ellos el rostro de Pilar Abad, la amable profesora de la UBU- Venía elegantemente ataviada con un vestido de color crema y una pamela amarilla rodeada por una cinta.

Por supuesto sobre su cuello se podía ver un precioso pañuelo blanco de encaje que dejaba flotar sus puntas al viento. Hoy había apartado sus libros, sus investigaciones, sus claustros tanto académicos como monásticos para acudir, eso sí, a estar bajo las bóvedas de esa catedral que tanto amaba.

También estaba allí, ¡cómo no!, mi amiga Marta con un recogido que hacía olvidar que su propietaria hubiera estado hasta hace escasos días ocupada en tareas de restauración en la misma catedral donde nos encontrábamos.

Marta, que había salido de mi lejano pasado en Cambridge para aparecerse en Valladolid. Testigo de mi ayer y mi futuro.

—Gracias por venir Marta, no hubiera sido lo mismo si no hubieras estado aquí— dije, dándole un fuerte abrazo.

Tere la envolvió a su vez en uno de esos estrechos achuchones suyos que amenazaron por un momento la integridad del ramo de flores que llevaba en la mano.

Una boda siempre es un día especial para los especiales protagonistas. A pesar de todo, durante los momentos preliminares, mientras permanecía de pie junto al altar en la capilla de Santa Tecla a la espera de la llegada de Tere y sobre todo cuando la vi avanzar por el largo pasillo cogida del brazo de su madre sentí una sensación distinta, como solapada sobre la propia y lógica sensación de felicidad que por otro lado estaba experimentando. Podría hablar de la enorme dicha de poder estar junto a la mujer que amaba, junto a la mujer por la que tanto había peleado y sin la cual no hubiera publicado un solo libro, una sola frase.

Era algo más, algo más difícil de describir. He intentado desde entonces rescatar esa sensación, ese hilacho de sentimiento solapado por encima del mencionado. Mis palabras se quedan cortas al intentar traducir esa emoción.

Algo más estaba teniendo lugar en ese lugar. Pareciera que además de celebrarse una boda entre dos personas que se amaban, allí, bajo el altar mayor, en la gran nave central sobre la cual habíamos paseado en otra ocasión en compañía de la buena de

Marta, el enorme monumento guardara otro significado que se me escapaba. Otra voz, mucho más callada parecía decirme que olvidara mi tendencia a teorizar y filosofar y disfrutara del momento. Así lo intenté, dejando para más tarde, para un momento como el de ahora, meses después, para volver hacia atrás la mirada intentando explicarme ese extraño fenómeno.

Creo que mi propensión natural a fantasear y a vestir de irreal los hechos me ha estado influenciando, sugestionando, haciéndome experimentar algo así como una experiencia «beatifica», un estado de nirvana.

En todo momento era consciente de la presencia de Tere junto a mí, del calor de su mano mientras la sujetaba, de los rayos de sol filtrándose por los ventanales, del modo en que una parte de esos mismos rayos rojizos caían sobre su rostro. Al igual que una capa de acetato colocada sobre un paisaje pintado del modo que se emplea en la creación de dibujos animados, mostrara a través de la misma ese fondo. El resultado final era así la suma de la superposición de esas dos realidades. Del mismo modo mi realidad del momento no era sino la consecuencia de algo más que no acababa de definir.

Desconocía sin embargo una de las dos capas.

Miré hacia arriba. Allí, precisamente allí, en la nave principal pude ver esas vidrieras de las que tanto me habían hablado mis amigos. Esas vidrieras con ese especial color rojo burgalés que habían sido la clave para desentrañar la parte más importante del misterio que envolvía la figura de la princesa Kristina.

Comprendo ahora cuanta tuvo que ser la frustración-- por fortuna ya pasada--, de mi amigo Carlos cuando, casi llegado el final de su investigación, tuvo que renunciar a la quimera del conocimiento total.

Avanzábamos en dirección al altar, atravesando en nuestro caminar las luces y sombras del edificio, cruzando los rayos que se proyectaban a través de las vidrieras, cayendo sobre las losas del suelo. El vestido de la novia se arrastraba por encima de esa estela. Durante un segundo miré la cola, ese movimiento lento que la perseguía, poniendo la tilde sobre el momento. El vestido, ese vestido de Pepe Botella que habíamos elegido aquella tarde de otoño, lucía ahora en todo su esplendor. Nunca la había visto como ahora. Parecía sacada de un grabado germánico en la que una princesa Isolda con largo vestido blanco y ojos verdes mirara el futuro con alegría. Un vestido hecho para vestir una figura así.

Miré de nuevo hacia lo alto. Hacía cerca de un año que habíamos cruzado ese techo, explorado la parte escondida de esta misma catedral. Un viaje por las nubes. Pensaba entonces que había subido a lo más alto de la catedral. Pero era ahora, precisamente en este momento cuándo estaba viajando con mi amada por las alturas.

Fijo el tiempo en la memoria. Hago una pausa y lo detengo. Necesito recrearme en él una y mil veces, hacerlo avanzar, volver a congelar la imagen y disfrutarlo una y otra vez. Me alejo así de mi cuerpo y veo el entorno, la luz de las vidrieras cayendo sobre su rostro y llegando hasta las altas bóvedas sobre el altar.

El *Ave María* de Schubert parecía llenarlas, subiendo y rebotando sobre los muros.

El olor a incienso, a sagrado, lo impregnaba todo.

Oía retazos de las palabras del sacerdote, palabras aisladas, sensaciones mezcladas y confusas.

«—¿Quieres a Ernesto y prometes serle fiel en la salud y en la enfermedad… todos los días de tu vida?»

Miré sus labios. Observé como los preparaba para responder.

Aún ahora no puedo dejar de emocionarme al visualizar la escena.

Cuando miré su cuello y vi de nuevo colgado allí aquel sencillo colgante mostrando al gatito sentado sobre la luna que miraba hacia un cielo inalcanzable, sentí una opresión en el pecho, un nudo en la garganta y las lágrimas querer escaparse de mis ojos.

Al notar mi mirada, Tere sonrió y tocó con delicadeza los pendientes que, luciendo el mismo motivo, le había regalado días antes. Lo hizo como si fuera un gesto cotidiano, similar al que hacía para ponerse o quitarse las gafas de lectura.

Me quedé quieto. Por un momento sentí que todos esos invitados que estaban detrás, todo ese grupo de amigos y gente que nos rodeaba fueran testigos excepcionales de algo que no había logrado asimilar plenamente hasta este momento.

Era precisa su presencia ocupando esos metros en la catedral para que confirmaran mediante sus gestos y miradas que esto estaba teniendo lugar.

Me estaba casando con Teresa.

Y esta vez no era fantasía, no eran versos nacidos de la desesperación y del dolor de no tenerla.

Terminada la lectura del evangelio, Carlos subió a pronunciar unas palabras.

—No soy la persona más adecuada para decir nada aquí —comenzó—. Al menos no si fuera en términos de expresión literaria. Para eso dejo a mi buen amigo su quehacer, aunque como todos vemos que está muy ocupado en estos momentos, he creído a bien dispensarle y tras una reunión secreta con buena parte de los que aquí nos encontramos, quisiera resaltar que esta es una pareja destinada a quererse y puedo decir que pasará a la Historia. ¡Y de esto sí que puedo hablar un buen rato!

Hubo risas calladas y aplausos entre los congregados.

Y tras unos minutos que se hicieron eternos a la vez que breves mientras el Ave María de Gounod volvía a sonar en las alturas, llegó el momento.

—Puede besar a la novia —terminó el sacerdote.

Este es otro de esos instantes que quiero detener, que detengo de hecho en mi memoria al posar mi cabeza en la almohada muchas veces desde entonces. ¿Volvería ella la cara como hacía cuando comencé a cortejarla? ¿Me despertaría como en el tópico sueño para encontrarme otra vez sin ella?

Jamás lució su sonrisa tanto como ese día, nunca había visto una luz caer a través de una cristalera como en este momento. Todo era perfecto. En cualquier momento esperaba ver tres o cuatro pajarillos sacados de algún cuento de hadas de Disney que le sujetarían el velo por los picos para que pudiera besarla. En

lugar de ello tuve que alzar con mis propias manos esa leve frontera que tenía delante. ¡Qué narices! Elucubraciones fantasiosas aparte, valía mil veces más ver su rostro aparecer con ese simple gesto y ver como esa incierta luz lo desvelaba como si nunca lo hubiera visto.

Me dolía el pecho, tenía el pulso acelerado, pero al mismo tiempo una paz interior me embargaba. Los sonidos, la luz a través de las vidrieras, el canto coral que ascendía, rebotando sobre las paredes, ocupando simultáneamente mis sentidos, peleando por la atención de mi consciencia.

Caminamos por el corredor lateral mientras el fotógrafo inmortalizaba con su cámara unos momentos que para mí ya lo estaban en mi retina, en mis oídos, en el olor que inundaba todo el lugar, en el suave roce de su vestido contra mi mano, y sí, en ese otro pequeño roce del anillo que llevaba en la suya, el anillo que le acababa de colocar mientras la miraba a los ojos.

—¿Me permitís un momento por favor? —dije tanto a los invitados como al fotógrafo que estaba ya preparándose para tomar la tradicional foto en la puerta —. Me gustaría hablar con la novia antes de salir.

Los interpelados se retiraron unos pasos, impacientes y curiosos a la vez por saber qué idea me había cruzado por la mente precisamente en ese momento.

Cogí del brazo a Tere y la llevé hacia la nave oeste, dejando el esplendor del crucero central protegido por las flores que habían quedado sobre el altar y los bancos.

—Me gustaría decirte algo— dije haciendo un alto frente a la capilla del Santísimo Cristo de Burgos—. Te he prometido todo mi amor delante de todos los invitados y en una ceremonia pública. Creo que es oportuno ahora que te lo ratifique en otra algo más privada.

Ese momento en especial ha quedado fijado en mi memoria. Teresa y yo juntos en esa nave lateral mientras que el resto de invitados nos está esperando más allá en el mundo real, en el mundo de las prisas, en ese mundo que esperaba para los abrazos, felicitaciones y la posterior celebración.

Durante unos pocos minutos habíamos estado solos bajo los arcos góticos que se prolongaban en perspectiva hacia el fondo de la nave. Las gruesas columnas nos enmarcaban, como si este fuera en efecto un retrato para el que estuviéramos posando. Pero no un retrato para una fotografía por muy artística que esta pueda resultar sino más bien para formar parte de la historia de esa catedral, como esas imágenes que uno contempla en las pinacotecas, en los museos de ciudades a lo largo del mundo, en la figura de uno de esos gentil-hombres, nobles y damas, inmovilizados en una pose, en un gesto que los caracteriza y que, una vez desaparecidos los mismos de este mundo, les perseguirá; estará así la figura caballero siempre guiñando el ojo, enhebrando una aguja o sosteniendo una hoz junto a un buey en una vaguada de un río sin nombre.

Así veo yo a Tere en esa foto, la única foto que mi amigo Tomás realizó al final, la foto que cuelga ahora en mi despacho. En ella las rejas de la cancela se adivinan al fondo, como lo hacen el labrado sobre las columnas, las figuras laboriosamente esculpidas en piedra, las filigranas de las vidrieras y la cola del vestido de Tere que, exten-dida sobre las losas, me recuerda el desliz del pincel de un hipotético pintor, una mancha de color que se hubiera derramado sobre ese suelo entrecruzado y que, desde la perspectiva del observador, semeja un tablero de ajedrez sobre el que el juego de la vida se desarrollase. En este momento así capturado, Tere mantiene el ramo nupcial entre sus dos manos mientras yo, cual moderno James Bond me encuentro un paso más atrás. Arriba se adivina el coro.

Esta es una imagen que me hace soñar, me hace volver a creer que esto ocurrió, que lo vertiginoso del momento y de las emociones encontradas que me invadieron impidiéndome disfrutarlo plena-mente puede ahora, cual vino de barrica, ser apreciado en pequeños sorbos, bebido y saboreado con la mirada soñadora de la ilusión.

Cuando la miré de nuevo me di cuenta de que Tere estaba llorando.

—¿Qué pasa? —dije sin entender.

—Me acabo de dar cuenta que todo se hubiera echado a perder por mi culpa. De que te quiero más de lo que yo sabía, de lo que había pensado —dijo en un hilo de voz sin levantar la cabeza, los ojos fijos en el ramo que sostenía entre sus manos.

—No pienses eso ahora —dije, poniendo mi mano en su mejilla mientras le secaba las lágrimas con la otra—. Me hubieras tenido de un modo u otro. De una u otra forma siempre habría estado a tu lado esperando que me necesitaras. A veces no encontramos las palabras adecuadas cuando queremos hablar de estas cosas, solo sabemos decir «te quiero», y «te quiero» es algo más que unas palabras, es un mundo entero de significados, de cosas que no se dicen, de cosas que esperan, de sacrificios callados y potenciales, de esperas y silencios. Todo eso lo tenía ya asumido y me había dado cuenta de que podía vivir así. Me di cuenta que quererte no era solamente un acto de pasión ni posesión, que era un compromiso, algo mayor que yo y que me hacía sentirme vivo.

Al escuchar estas palabras noté como Tere respiraba hondo y tragaba saliva.

Asintió.

—Ahora lo he comprendido.

—Y ahora, levanta la cabeza y sonríe. Quiero que todos vean a la mujer de la que me enamoré. Sonríe como solo tú sabes hacerlo y vamos a darles algo de qué hablar.

Nos habíamos situado entretanto bajo los arcos de la bóveda principal.

La luz, entraba, cegadora, impidiendo ver nada del mundo exterior ni de las personas que aguardaban fuera.

Antes de salir nos detuvimos. Era preciso guardar ese momento. Miré el techo sobre nosotros, recordé la primera vez que había venido aquí, que había entrado en la catedral. Jamás hubiera soñado que esto pudiera hacerse realidad.

Me volví hacia ella con una sonrisa. Era el momento esperado.

—Una vez prometí besarte bajo los arcos de la catedral, ¿recuerdas?

Y antes de que pudiera decir nada, sorprendida por este recuerdo repentino, la besé dulcemente bajo ese arco escondido en sombras, en ese rincón alejado del tumulto de la catedral, en lo umbrío de los amores románticos que nos habían precedido en este lugar.

La besé. Sí, la besé como nunca, del modo en que le había prometido, exactamente bajo el arco de la catedral.

Quiero recordar esta mañana, este Burgos imborrable, este recuerdo grabado a fuego en la memoria.

A continuación, el silencio se rompió, como si la película que se había detenido momentos antes para examinar uno de los fotogramas con detenimiento, continuara.

—¡¡Vivan los novios!! —vitoreaban los invitados.

El arroz caía sobre los dos como maná en el desierto, como agua bendita sobre un infante, como bendición sobre el hijo pródigo. Teresa se quitaba como podía la avalancha que le caía encima.

Así es como lo recuerdo, un momento fijado en el tiempo, un beso infinito de auténtico amor y compromiso, eternizado bajo una catedral asimismo eterna. Era una gesta heroica, digna del Mío Cid. Casi podía imaginarme a los infantes como testigos presentes en la ceremonia tras haber cruzado el Arlanzón; aguerridos, viriles, presentando armas ante los recién casados, prestos tanto para el servicio galante como para la más cruenta de las batallas.

Era feliz.

Cada persona, cada brizna de hierba, cada soplo de brisa, cada sonrisa de los presentes, cada beso recibido, apretón de manos, abrazo y caricia fueron recogidos y atesorados en el cajón de la memoria.

Al igual que Tere cada rincón de esa vieja catedral forma ya parte de mí. Cada estatua, santo, figura, grabado, retablo, paño de oro, capilla y oscuro rincón visitado durante la primera visita que hicimos.

Necesito, preciso recordar hasta el más mínimo detalle de ese día, del momento más emocionante de mi vida. Esto es, si no cuento aquel día que tan lejano me parece ahora en que correspondió a mi amor.

Cuando pasen los años me gustaría pensar que la gente recordará aquella boda memorable, lo buena pareja que parecíamos los dos, Tere llevando ese precioso vestido que resaltaba su estilizado talle y sobre todo sus felinos movimientos.

En la puerta del restaurante Landa, Victoria, la propietaria nos estaba esperando en la puerta y, tras ofrecernos una copa de cava, nos llevó en volandas hasta nuestras mesas.

—¡Felicidades por su boda y por su libro! Le presento a mi hijo Guzmán, que no ha parado de insistirme hasta que lo leí! —dijo entre risas. Además a mi padre siempre le ha gustado mucho la arquitectura.

Y allí, en ese restaurante, salió el ramo disparado por los aires horas después, girando y girando tras impulsarlo Tere con fuerza hacia atrás.

Fueron muchas las manos que se alzaron buscándolo, arrastrando y arañando el aire, pero de modo inexplicable, de entre todos ellos surgieron unas manos que lo agarraron con fuerza.

Eran las manos de Elena.

—Bueno —dije—, esto va a significar algo, señora Lafuente.

—Mejor será que te calles —dijo Elena, toda sonrojada por una vez.

—Vámonos ahora que todos son felices— me dijo Tere con un mohín complice.

Tas despedirnos de la familia, y mientras el coche se alejaba del restaurante Landa para incorporarse a la carretera nacional, pude ver al mirar por la ventanilla, o más bien adivinar, la torre que se alzaba junto a la entrada que acabábamos de dejar, no me sorprendió el que, como en todo lo que me había contado Carlos acerca de la investigación, como en todo lo que yo había vivido con Tere, de un modo u otro siempre había una torre, torreón o cierto monumento medieval alrededor.

...la cola del vestido de Tere como una mancha blanca extendida sobre el suelo que me recuerda un desliz del pincel...

CAPÍTULO 25

DÍAS GLORIOSOS

Día de fiesta en el Monte Dorado, seguido de otro en Covarrubias. Ernesto es puesto al corriente del nuevo estado de cosas. Montorio.

Esa tarde del veintitrés de junio Elena, Arturo y Carlos caminaban perezosamente por las calles de Montorio en dirección a la asociación vecinal tras haber dejado el coche aparcado frente al hostal Tía Balbina.

Era extraño encontrarse otra vez aquí, sintiendo el sol en la calle, sin otra preocupación que sentir su calor en el rostro, en los brazos, pensó Lafuente. Cerró los ojos mientras mantenía las manos en los bolsillos y jugueteó con la tela interior de los mismos.

Al aproximarse a la asociación «Monte de Oro», pudieron comprobar que la misma se había convertido en un auténtico torbellino desde la última vez que visitaron el lugar. Su llegada había coincidido con el punto álgido de las festividades que todos sus miembros y habitantes habían aguardado expectantes a lo largo del año. La preparación de la Semana Cultural organizada asimismo por la asociación aumentaba aún más la excitación.

En su interior, Honorio, apoyado en la barra y con sonrisa bonachona contemplaba como un grupo de chavales sacaba del almacén tablones, telas, sillas y un montón de cosas con formas inciertas en preparación para el baile, los juegos y las actividades culturales que iban a tener lugar los próximos días.

—¡Vaya! Me alegra verles de nuevo por aquí. ¡Gracias por venir a las fiestas! Con tanto lío casi me había olvidado de ustedes— dijo bromeando el veterano socio en cuanto vio al pequeño grupo entrar con dificultad en el lugar, estrechando la mano de cada uno de los recién llegados.

El local, de unos setenta metros cuadrados se iba llenando por momentos con una población que parecía haber surgido de la nada. Las largas mesas y bancos se encontraban ya adornados para la ocasión. La estufa de pellets, testigo de animadas reuniones durante el pasado invierno y a la vez recuerdo incómodo del frío, permanecía ahora relegada en un rincón, olvidada la necesidad de la misma. En la espaciosa biblioteca anexa al salón, niños, socios y vecinos entraban y salían, unos con periódicos y libros, otros con juegos, en un torbellino ingenioso que resultaba divertido por su mezcolanza. A este gentío habría que añadir la de aquellos que, procedentes de poblaciones vecinas se habían acercado curiosos hasta allí. También era testigo el lugar de la vuelta de otros que marcharon hace tiempo y que retornaban cual hijo pródigo.

—Últimamente hemos estado muy solicitados, ya sabe a lo que me refiero profesor—dijo Honorio—. Ese escritor amigo suyo estuvo por aquí hace un par de semanas acompañado de su novia. No ha pasado tanta gente por Montorio en los últimos meses desde la reconquista y la invasión de los franceses.

Estaban en la puerta del local. Honorio saludaba a un lado y a otro a los numerosos vecinos y amigos que se iban acercando. Un par de mozalbetes que el resto del año se ocupaban como única actividad aparente en subir y bajar la calle con expresión aburrida montados en sus bicicletas, habían dejado las mismas apoyadas contra el banco verde, acostumbrado y resignado este último a semejante uso. Sí, durante el resto del año la calle era en efecto paso obligado de jóvenes que, al igual que los que acababan de pasar, emprendían esa ruta ciclista una y otra vez antes de dirigirse hacia las consolas que esperaban pacientes en sus casas. A diferencia de la generación del profesor, estos jóvenes habían sido expulsados por sus padres y condenados a salir al aire libre y disfrutar del mismo contra su deseo.

Al fondo del salón y alzando sus copas y botes de cerveza según fuera el caso a modo de saludo pudieron distinguir entre los presentes a los miembros de la cooperativa local dedicada al incansable cultivo de la patata y responsable en gran parte de esos tractores que habían visto recorrer la población durante su visita inicial. Ante esta invitación Arturo y sus compañeros se apresuraron a hacerse unas fotos con ellos.

—¡Que a nadie se le ocurra decir «patata» o le mato! —dijo Sara Serna, uno de los miembros de la cooperativa, en clara referencia a su trabajo durante el resto del año.

Su hermano Nico soltó una risotada no dirigida a nadie en particular, una expresión de júbilo nacida del momento y del día.

Ante tal ebullición y movimiento Arturo miraba con apuro a su alrededor.

Solo dos o tres coches habían tenido la osadía de aparcar en la calle haciendo recordar al viajero ocasional que aún se encontraba en el siglo XXI.

Detrás de las casas situadas enfrente se extendían los montes, salpicados aquí y allá de alguna edificación, aunque en este lugar reinaba el paisaje como había quedado testimoniado por el propio nombre de la calle en la que se encontraban.

—Una socia hizo una foto estupenda de un amanecer desde aquí —apuntó Sara—. Está todavía en Google creo.

—Sí, de hecho la he visto —dijo Carlos—. He de confesar que mi interés por Montorio llegó hasta eso. Muy buena foto si puedo decirlo. Y claro, también me di cuenta de que la tal socia se llama

Soledad Serna. Bueno, Honorio —dijo a continuación, sintiendo llegado ya el momento de las despedidas—, siempre nos acordaremos de ti. Tenía razón Elena cuando me dijo por primera vez que éste era en efecto un monte dorado —y al decir esto Carlos pudo ver el sol asomarse tras las nubes que inicialmente habían dado la impresión de estropear el atardecer.

Elena levantó la cabeza de su escritorio y miro sonriente a la pareja que acababa de entrar en su despacho. Ernesto y Teresa habían estado buscando en vano al profesor Lafuente tras haber llegado esa mañana a Burgos. Una vez hechos los saludos, Elena volvió a sentarse con movimientos deliberadamente lentos en su silla mientras se echaba el cabello hacia atrás.

—Por cierto, mientras esperáis a Carlos creo que estaréis interesados en conocer el destino final de los manuscritos —dijo, intentando dotar de dramatismo mal disimulado a sus frases—. Sé que le hubiera gustado ser el primero en daros la noticia, pero no se puede tener todo, ¿no es así? El caso es que aunque no disponemos por el momento de toda la información al encontrarse las diligencias bajo secreto de sumario, parece ser que el presunto propietario de los manuscritos —nuestro querido y nunca bien ponderado conde Dabrowski—, los habría encontrado en su finca hace ya algún tiempo sin haber desvelado su existencia. Por tanto nada de herencia familiar ni cosa por el estilo. Puro cuento como sospechábamos. Una manera de sacar dinero fácil para un patrimonio en declive. No conocemos todavía el modo en que llegaron a manos de la familia. Posiblemente alguien los robara de Silos o Huelgas. Pero sí sabemos que el condesito intentó venderlos a través de Sotheby's de Londres, a pesar del dictamen final sobre su autenticidad. Por fortuna su intento fue descubierto a tiempo por Interpol y los manuscritos se encuentran ahora donde siempre tuvieron que estar, en las Huelgas, bajo la atenta supervisión de nuestra amiga la abadesa.

—Increíble, si lo hubiera escrito yo, me hubierais dicho que era un argumento cogido por los pelos —dijo Ernesto—. Eso deja zanjado de una vez por todas el tema de los manuscritos ¿Y qué hay de las relaciones con el rector? Después de eso habrán mejorado bastante.

—Sí, no te puedes imaginar cuanto. Digamos que los hechos se han desarrollado de un modo insospechado para él.

—¿Insospechado? ¿Qué quieres decir?

—Sí, verás, después de que Carlos presentara su renuncia motivada un día después de entregar su informe complementario a Patrimonio Nacional y de publicarse poco después tus valiosos artículos sobre nuestro viaje a Covarrubias pasaron cosas. Bueno, para abreviar, tanto la junta universitaria como la fundación repararon en lo cerca que habían estado de perder para siempre esos incunables. Su reacción al respecto no fue muy favorable. La actitud del rector no pareció haber una buena atmósfera en esa reunión. Aparecieron además otras cosas, ya sabes...

—¿Otras cosas? ¿Aparte del informe quieres decir? —dijo Teresa.

—Sí, al parecer nuestro amigo guardaba a buen recaudo en su caja fuerte determinados documentos que mostraban con luz prístina, ¿cómo decirlo? cierto mal uso de sus funciones al frente de la universidad. No se sabe cómo, pero los detalles de estas circunstancias llegaron a oídos de la junta —continuó Elena mirando a sus amigos con lo que pareció una sonrisa traviesa—. En fin, resumiendo un poco más las cosas, el resultado de todo ello fue que la junta terminó por aplicar a rajatabla los mismísimos principios de rectitud y protección del legado monumental del edificio, así como de la tradición escolástica que el rector siempre había resaltado y remarcado, sin llegar a una completa aplicación práctica en el mundo real por su parte.

Siguió relatando la profesora las inútiles protestas de inocencia que don Patricio Noguer enarboló en su defensa, los conatos de furia, real o fingida que mantuvieron alejados de su presencia durante toda esa semana a su secretaria y asesores personales, repentinamente indispuestos para acudir a su puesto de trabajo. Intentar localizarlos, ya fuera por teléfono o personalmente devino una tarea infructuosa. De nada sirvió tampoco la larga lista de contactos existente en su agenda. El cuadro universitario se vio repentinamente inundado de trabajo en sus tutorías, tesis, tareas de investigación, clases y demás, lo que hizo que la presencia de los mismos en los pasillos, laberintos y pasajes de la venerable universidad se hiciera más bien escasa.

Durante esos días la bicicleta del señor Noguer permaneció en su lugar de costumbre, apoyada contra la pared llena de hiedra de Boston. Esta siguió trepando, creciendo entre las ruedas delanteras y amenazando con incorporarla a la vegetación del jardín. No fue sino al cabo de unas semanas que la misma fue finalmente extraída por dos jardineros que, sin una palabra y tal solo una breve mirada entre sí, procedieron a extraer el pobre velocípedo de su prisión vegetal.

No fue hasta transcurrir una semana de investigaciones que, tanto la junta rectora de la universidad como la propia de la fundación Mogueroles, reunidas en sesión conjunta, —sesión que se prolongó durante todo el día, y que tuvo como único orden del día el examen del abultado y detallado expediente—, votó por unanimidad el cese fulminante del rector. El nuevo cargo recayó por unanimidad sobre un sorprendido Carlos Lafuente.

—¡Felicidades, profesor! —dijo Arturo sonriente, acercándose a su mentor a la media hora de haberse hecho oficial el nombramiento —, me acabo de enterar de la noticia.

Las malas lenguas apuntaron a lo extraño del procedimiento, al modo curioso y casi fantasmagórico en el que habían aparecido esos extraños documentos sobre la mesa de la junta, documentos en los que se relacionaban nombres, cifras y minuciosos apuntes relacionados con las actividades irregulares del rector. Todo ello dentro de un grueso sobre salpicado de manchas de aceite.

Hubo quien, a la vista de estas marcas, señaló hacia Elvira como probable agente mediador en los acontecimientos que dieron al traste con los proyectos del anterior rector. Cuando surgieron estas sospechas por vez primera no hubo forma alguna de que el profesor Lafuente —ahora rector—, pudiera localizar a la misma para corroborar lo que pudiera haber de cierto en esos rumores. El teléfono de la detective aparecía siempre fuera de cobertura y todos los intentos para dar con ella por otros medios resultaron infructuosos. Arturo había tenido la impresión de verla un día cuando, con un grupo de amigos subía las escaleras que daban a la Llana de Afuera, pero con su prudencia habitual juzgó mejor dejar que las cosas siguieran su rumbo. Existían misterios que a diferencia del que habían tenido entre manos durante más de un año era mejor dejar reposar.

Sabía Arturo que la menuda detective había obrado siempre guiada por el cariño y respeto más grande hacia el profesor y hacia el objetivo de su misión, como ella misma había calificado siempre esta búsqueda de su Grial particular.

Había sido ciertamente un año intenso.

Arturo había terminado su máster.

Pero no había logrado solo eso.

Delante de él, enfrentado a la ventana de su habitación y al río que lo había hecho posible, colgada de una cinta bermellón entre las fotos de Cracknell y Pérez, lucía una medalla sobre la cual aparecía reproducida la puerta de Santa María encerrada en un escudo blanco sobre fondo granate, un diseño obra de un artista local que había marcado un antes y un después en la historia de la ciudad.

La Burganda Blue.

«Burganda, nos vamos de viaje»—dijo Arturo a la misma mientras cerraba la maleta antes de partir hacia Italia en unas merecidas vacaciones.

La constancia del muchacho, las largas tardes pasadas en el río habían dado sus frutos. Sí, había conseguido la tan codiciada medalla en esa primera regata entre las dos universidades celebrada el pasado abril, en una victoria fruto de la concentración y del esfuerzo aplicado aquella tarde, salpicado por las aguas del Arlanzón, puesta ahora sí toda su atención en dirigir a su equipo, en los golpes precisos de cada movimiento del remo, golpes que habían llevado a su canoa a la línea de meta con unos escasos segundos de ventaja sobre la del equipo rival.

Sí, aquella tarde de abril, a pesar de los negros presagios de T.S. Eliot en sus versos, no había sido parte del más cruel de los meses para el joven.

En cuanto a Meseguer solo cabe decir brevemente que la cartera de papá dejo de surtir con la liberalidad y afluencia acostumbrada los caprichos de su primogénito y que, bajo esta tesitura, este genio en ciernes se vio obligado a dejar la universidad y probar mejor fortuna en el taller mecánico de uno de sus tíos situado dos calles más abajo de las acristaladas oficinas de su padre.

El año próximo prometía ser asimismo intenso. Había obtenido la beca como profesor de apoyo en la Ludwig-Maximilian de Munich.

Una familiar silueta cruzaba el campus de Montanilla con pasos cortos y decididos.

Otra figura de movimientos desgarbados le salió al encuentro.

—Saludos, bella dama. ¿Puedo hacer algo por vos?

—En principio puedes guardarte tu dialéctica medieval hasta que termine mis clases. Me ha tocado nada menos que un nuevo grupo de primero. Tendré que convencerles de lo espléndido que es mirar hacia el pasado y todo eso —dijo Elena, pues era ella la interpelada mientras caminaba llevando unos libros entre sus brazos cruzados, como si fuera una más de esos estudiantes recién llegados.

—Seguro que lo harás estupendamente. Solo tienes que hablarles de las maravillas de cazar mariposas a la luz de la luna y los tendrás en el bote. Recuerda, luego tenemos café en mi suite —le replicó Carlos con un guiño, marchándose sin esperar respuesta.

Solían mantener ambos largas charlas con su colega, la profesora Abad quien tanto había hecho para esclarecer el misterio, aunque fuera de modo involuntario con su labor paciente y dedicada. Un dato curioso para todos ellos mientras tenían estas conversaciones era pensar que se encontraban en una zona que, aunque ahora formaba parte de la universidad de Burgos, había sido antaño el Hospital del Rey, propiedad a su vez del monasterio de las Huelgas donde todas sus peripecias habían tenido lugar. Un justo broche al tiempo pasado en él.

Se había creado entre los tres lo que pocos meses atrás era difícil de contemplar, una sana camaradería entre las dos universidades.

De las notas de Ernesto Santos

Covarrubias, 24 de julio de 20...

Lucia un día espléndido para la ocasión.

Habíamos llegado la tarde anterior en una repetición de la excursión cultural que hicimos a este lugar tiempo atrás. De nuevo nos encontrábamos aquí, en Covarrubias tras haber descansado de nuestro largo viaje. Concretamente en el día que se celebra la fiesta en honor de la princesa Kristina. Este año, sin embargo, iba a ser algo especial. No era para nadie un secreto que la universidad de Montanilla del Arlanzón había estado realizando intensos estudios sobre la princesa. Los periódicos y organismos locales no habían escatimado para apuntarse a este esfuerzo que traía novedad, interés y quizás pingues ingresos extras a la celebración anual.

Tere y yo acompañamos por supuesto a nuestros amigos de Montanilla en todas las peregrinaciones y homenajes, con ese *sprit de corps* que en todo momento había caracterizado a nuestro pequeño grupo. Fueron en cualquier caso homenajes privados y callados, lejos de la algarabía y del ruido que llenaba el pueblo. Acudimos de este modo ante la colegiata y depositado flores antes la estatua de Kristina, comprobando que no habíamos sido los únicos ya que el suelo brillaba de colorido por efecto de otras ofrendas similares.

La banda de música noruega estaba preparando sus instrumentos en la plaza central sobre el improvisado escenario montado a los pies del ayuntamiento que habíamos visitado la última vez que estuvimos aquí. En derredor de la plaza se distribuían algunos puestos mostrando en su interior pequeños muñecos de madera y otros objetos que nadie hubiera concebido pudieran existir tan lejos de su tierra y que volvieron a recordarme la aldea de Pinocho.

En ese momento se aproximó a nosotros Hans, nuestro viejo conocido acompañando a una figura corpulenta de barba rubia acompañado por el alcalde de la población y el concejal de Turismo, Ramón Valverde.

—El señor Birk Larsen, el embajador noruego en España —dijo Hans, haciendo las presentaciones.

—¡Vaya! si tenemos aquí a los buscadores del Grial noruego —dijo en inglés el cónsul—. He de felicitarles señores por su admirable labor. Muy inteligente por su parte el pensar en la música coral como una especie de transmisor del mensaje. ¡*Veldig dyktig!* —. Y a continuación el cónsul se introdujo en la boca el canapé que sostenía en la mano izquierda, habiendo dado cumplimiento tanto a su deber cultural como a su apetito.

—Ha dicho que fue una cosa muy hábil por vuestra parte—nos tradujo Hans tras haber dejado al embajador.

Carlos y Elena habían estado hablando con alguno de los periodistas presentes. Cuando el primero buscó con la mirada a Arturo comprobó que el joven había desaparecido.

—¡Diablo de chico! Nunca se le encuentra cuando se le necesita.

Pronto nos vimos concentrados en otra tarea al llegar a nuestro poder unas jarras de cerveza sujetas por las firmes manos de Hans.

—Traigo esto para vosotros de parte de la legación noruega. Digamos que es el modo nórdico de agradecer vuestro trabajo — dijo con la misma sonrisa que nos había mostrado la primera vez que llegamos a Covarrubias—. Como decimos nosotros «*Kemst Tho haegt fari*» que es algo así como «arribarás a tu destino aunque camines despacio».

—Gracias, Hans —dijo Carlos, cogiendo la jarra que le ofrecía y pasándole la otra a Elena mientras yo hacía lo propio con Tere—. He de confesarte que después de leer tanto sobre la antigua Noruega en los viejos manuscritos y crónicas me agrada relacionarme con la contemporánea para variar. Estaba llegando a pensar que seguíais vistiendo tocados medievales y esas cosas.

—Eso me recuerda que el pub La Serna donde nos reunimos la última vez se encuentra cerrado definitivamente. Una pena. —dijo el noruego.

—Cuánto lo siento —dijo Lafuente—. Justamente ahora hubiera apropiado reunirnos allí de nuevo para unas copas. Dado el curso de nuestra investigación hubiera sido lo más adecuado.

—Lo sé —dijo Hans—, pero el propietario no pudo resistir la poca afluencia de parroquianos. ¡*Skol!*—dijo mientras alzaba su jarra.

Arturo apareció sonriente, cogido de la mano de una vieja conocida.

Esta no era otra que Remedios Ponciel, aquella joven del patronato de las Huelgas de la cual oí hablar en su día y cuyos movimientos al parecer habían acaparado la atención del estudiante desde la primera vez que la vio.

Reparé en ese momento en toda la gente que había a nuestro alrededor, en los músicos que tocaban, en la chica con gafas de color púrpura que reía junto a un chico de camisa extravagante, así como en un matrimonio de edad avanzada, eminentemente noruego, que mostraba una alegría contagiosa. Y pensé que todo esto estaba motivado porque un día lejano la princesa Kristina puso sus pies en esta tierra. Si bien breve, su vida fue importante, dentro de esa cadena incesante de causa y efecto que había creado este momento feliz.

Levanté mi copa por una vieja amiga que había llegado a

conocer en cierto modo. Me invadía una extraña sensación de familiaridad.

—¡Por Kristina!

Brindamos en silencio.

Había llegado el momento solemne de los discursos.

Carlos Lafuente subió con presteza al pequeño escenario montado en la plaza, su figura enfrentada al reloj situado en la fachada del ayuntamiento y que parecía ocupado en una eterna carrera contra el tiempo. Una vez allí el profesor se situó al lado de los instrumentos de música que resonarían con posterioridad con la actuación del grupo de rock «Los Águilas», convenientemente anunciado en el programa de fiestas.

—Hace ocho siglos —comenzó el profesor mirando fijamente a la esfera del reloj, como si estuviera dirigiendo su discurso no al grupo de personas reunido en la plaza, sino al mismísimo Tiempo —, una muchacha noruega inició un viaje lleno de ilusión a la vez que de incertidumbre por su destino, ilusionada en ser la reina de un nuevo imperio. Nosotros hemos rastreado las huellas de ese pasado, de ese pasado lejano, buscando algún resto de ella, de su verdad. Hoy nos hemos juntado en este lugar cerca de su sepulcro después de una aventura que nos ha llevado meses recorrer. Queremos rendirle homenaje hoy, precisamente aquí, su última morada, donde reposa no solo su cuerpo sino el resto de sus sueños y esperanzas. Es lo menos que podemos hacer por ella. Citando aquí al poeta alicantino Miguel Hernández, Kristina ya no es más que polvo, más polvo enamorado. Realmente, desde nuestra humilde pequeñez, poco podemos hacer por esta princesa que miembros de su séquito y personas que la acogieron no hubieran hecho ya en un homenaje diario y cotidiano.

Hoy, la prensa y la televisión aquí presentes así como sin duda las redes sociales, sabrán que estuvimos en este lugar, pero para los que hemos estado involucrados en conocer su figura más de cerca, ella vivirá no solo durante estos instantes por importantes que sean; de algún modo permanecerá en nuestro interior. Tenemos que ser nosotros, los que interpretamos la historia, los que honremos su verdad. No solo la verdad de los que vivieron hace siglos, sino la verdad del hombre corriente, del señor con abrigo gris que compra cigarrillos para la verbena en una tarde de otoño o de la niña que pasea su globo por la plaza mayor en dirección a casa. De este modo esas historias, estos pequeños relatos diarios, servirán de algo, tendrán un propósito.

—¡Felicidades por el discurso profesor! Ha sido soberbio —dijo Arturo al bajar éste de la tarima.

—No tiene mérito algo Arturo, créeme. ¡Es puro Lincoln! —dijo Lafuente con una mueca.

Estos momentos pasados en Covarrubias me han confirmado que hay historias que vale la pena emprender, que vale la pena vivir incluso si el camino es duro y oscuro. Historias aparentemente sin importancia, banales, pero necesarias para poder contar que se han vivido aunque a lo largo de ellas surja la fatiga y el desánimo. Como esas heridas soportadas sobre nuestra anatomía, en rodillas y codos jugando con los amigos en tardes de verano subiendo a la carrera las escaleras del barrio. Por extraño que parezca son este tipo de historias las que nos marcan, nos hacen mejores y gozar del haberlas vivido. Al final del camino podremos volver la vista atrás, a nuestros recuerdos y al revivirlos, agradecer habernos cruzado con esa serie de personas que nos acompañaron parte del camino. Juntos vimos paisajes distintos o incluso siendo este el mismo, la mirada habrá sido diferente, la visión insólita, la percepción cambiante y el resultado siempre, siempre sorprendente.

La fiesta en Covarrubias tuvo lugar el día 24 de julio y la visita de mi amigo Carlos a Montorio un mes antes, concretamente el 24 de junio. Por supuesto una más de esas coincidencias significativas a las que tan acostumbrado estaba ya por ahora.

Como dije todo esto son solo recuerdos ahora, breves retazos del final de aquel año que habíamos vivido en una especie de trance, pinceladas impresionistas, borrosas, desdibujadas, como un paisaje visto a través de un cristal empañado. Supongo que son estos los momentos que uno atesora, que rebobina en la memoria. Es agradable poder hacer una pausa y gozar después de mucho tiempo, del placer auténtico de mantener la mente en blanco y de sentir, sencillamente sentir que se ha hecho todo lo posible en ese esfuerzo diario, en esa constante toma de decisiones que es la existencia.

CAPÍTULO 26

UNA DESPEDIDA Y UN RECUERDO

Cualquier paseante vespertino que recorriera el paseo del Espolón podría haber visto en un lugar sombreado del mismo las figuras de dos hombres que, apoyados inmóviles sobre el pretil, observaban con atención el discurrir del río.

La luz del sol, atravesando la nube que por un momento había nublado la escena, reveló que estos no eran otros que Carlos Lafuente y Ernesto Santos.

El punto desde el que los dos habían decidido observar el río con tanto afán se encontraba cercano a la casa del profesor. A su alrededor el paseo del Espolón discurría con su devenir diario; los paseantes cruzaban sin lanzar ni una sola mirada en su dirección. Una familia pasó a sus espaldas, llevando de la mano a una niña pecosa con abrigo amarillo y gorrita a cuadros que llamaba la atención de los perrillos con los que se cruzaba y que tiraban a su paso de sus correas en un vano esfuerzo por olisquearla.

Habían dejado momentos antes durante su paseo el Teatro Real. En una esquina unos pocos metros más allá, comprometiendo todo el romanticismo de la escena, se encontraba la franquicia de una tienda de ropa enfrentada al río y dando señales claras de modernidad contemporánea a ese Burgos que se empeñaba en no desaparecer.

Frente a ellos la vieja librería del Espolón, silencioso testigo de otros paseos realizados en su proximidad. Dentro de ella, Pilar, la librera estaría un día más ordenando los libros y catalogando las nuevas adquisiciones.

—Prácticamente todos los burgaleses han entrado en ella en algún momento u otro —dijo Carlos recordando sus muchas visitas al lugar.

—También es un lugar especial para mí—dijo Ernesto mirando el cercano escaparate—. Aquí fue precisamente donde se vendió mi primer libro, *El instituto perfumado* hace un par de años. Me alegra ver que no ha perdido nada de su especial encanto.

—Bueno, si me permites que vuelva sobre el tema se puede decir que hemos hecho un buen trabajo. No es perfecto, esa es la verdad y me cuesta admitirlo —dijo el profesor con la mirada perdida en el río —. Pero como dice el refrán: «nunca jamás celebres un éxito ni lamentes un fracaso». No se puede negar que está en los genes del ser humano el valorar las cosas que más nos ha costado conseguir. Siempre me ha gustado venir al puente cuando he tenido que pensar, meditar o poner orden en mi vida. Este es de hecho mi punto favorito. Se me hace extraño estar hoy aquí sin tener la misma inquietud de otras veces. Por lo menos no con el mismo tipo de desasosiego, no de idéntico modo.

—Cada uno medita cómo puede según sus circunstancias. Pero claro, hay quien como yo prefiere pasear mientras lo hace que es lo más común.

—Supongo que soy más complicado. En mi caso, cuando me encontraba desanimado, venía aquí y miraba esas mismas aguas que tenemos ahí delante escasas de caudal; me colocaba bajo esos sauces llorones que transmiten cierta melancolía y antes de irme colocaba mis manos sobre el puente para sentir su solidez, su permanencia, como quieras llamarlo. Tenía la sensación de que todo se moviera menos yo. Sentía la dureza de la piedra bajo mis palmas, el calor acumulado en los días de verano y su frío en los de invierno.

Así era. ¡Cuántas veces se había olvidado el profesor de sí mismo en ese duermevela que había descrito, viendo la escasa maleza caer a la corriente y deslizarse delante de sus ojos! El movimiento, quieto y tranquilo de las aguas discurriendo desde un punto a otro hasta desaparecer de su vista, le arrullaba.

Aguas grises, verdes, pardas, de mil colores pero siempre, continuamente sedosas. Enmarañadas, viniendo de no se sabía dónde para dirigirse hacia otra incierta parte. La piedra, la humedad bajo sus manos era algo real a lo que asirse. Estable, invariable.

Más de una tarde, después de cenar, venía aquí con su pipa y, situándose en el lugar del modo que había descrito a su amigo, pasaba allí las horas, olvidándose del tiempo, enmarañado como las mismas aguas.

Y por unos momentos, mientras permanecía allí en compañía de su inseparable pipa, se sentía tranquilo, conociendo algo similar a la paz.

—Creo que ahora empieza una etapa importante para vosotros —dijo el profesor apartando su mirada de las aguas del Arlanzón por un momento y mirando a su amigo cara a cara—. Si no recuerdo mal me dijiste que os mudabais a Canadá, ¿no es así? Cruzar el charco y todo eso, ¿no? Os deseo mucha suerte. Nosotros seguiremos aquí, en este viejo caserón. A Elena se le han ocurrido unas cuantas ideas para restaurarlo interiormente. Creo que quiere traerse su colección particular de paisajes para unirlos con mis marinas y mariposas.

Se miraron en silencio unos segundos antes de darse un fuerte apretón de manos.

Esta vez no hacían falta palabras.

CAPÍTULO 27

VIAJE A LA TIERRA DE OZ

Conforme avanzaba la tarde y la nubosidad de ese día, la totalidad de la calle Aristóteles se había ido tiñendo de una luz irreal que bañaba los objetos, el jardín de casa y los cipreses hasta donde alcanzaba la vista.

—¡Qué bonito atardecer!— dijo Tere, tomando una última foto de la casa. Los mininos parecían presentir también que este iba a ser un día especial. Estos formaba un curioso grupo a la entrada de la finca. Hasta el momento habían seguido con atención cada uno de nuestros movimientos, en especial durante los caóticos días anteriores a esta partida.

Este era el día en que su proveedora oficial de alimentos iba a ausentarse durante bastante tiempo. Pero ya habíamos pactado con nuestra vecina Virtudes un acuerdo para su cuidado. Ella, tan dispuesta como siempre, había aceptado esta tarea en su en sus propios términos.

—Lo que tenéis que hacer los dos es salir pitando para esos paraísos de por ahí. A los gatitos no les faltará de nada.

Para las personas como Virtudes «por ahí» denotaba todo el exotismo que podía concebirse resumido en pocas palabras. «Por ahí» era a la vez París, Bombay, Nueva York y la jungla. En cualquier caso un mundo fuera de su alcance donde, en su experiencia vivida a través de las películas, la aventura y una vida que no llegaría a conocer tenían un lugar propio. Así había sido también para mi madre y, —suponía yo—, para la mayor parte de su generación.

No había sido fácil llegar a este punto. Habíamos tenido que ahorrar considerablemente tras arreglar nuestra situación financiera anterior, nuestros respectivos mundos. Pilar Onlynot nos había animado de un modo sorprendente ante nuestra decisión de pedirnos sendas excedencias con tal propósito, aunque en mi caso la mía fue un poco anterior tras haberse visto afianzada mi carrera profesional a raíz del Goncourt. En cuanto a Tere, bien valía la pena invertir este año de nuestras vidas y probar si el futuro podía guardar alguna sorpresa más para nosotros a la vuelta del camino.

—No la canses mucho Ernesto, ¡Qué tú eres muy inquieto! —había dicho Virtudes sonriente aunque, tras mirar a Tere un momento, dijera a continuación—. Bueno, pensándolo bien, ¡tú tampoco eres de estar mucho sentada!

Cuatro gruesas maletas conteniendo nuestra vida pasada nos iban a acompañar todo el camino. Cuatro maletas que parecían escaso equipaje para las emociones vividas en los últimos años.

Arranqué el coche y tras avanzar unos pocos metros, lo detuve nuevamente en un acto reflejo.

El momento demandaba —mejor dicho mi interior romántico pedía— la proverbial parada para mirar atrás.

La casa seguía allí, insensible a nuestro estado de ánimo, implacable también a los esfuerzos que habíamos tenido que hacer, a todos los avatares que en su historia se había visto obligada a contemplar. Mudo testigo de nuestras vidas, había llegado a hacerse muy querida para mí en estos últimos meses.

Miré asimismo con cierta melancolía el lugar donde Teresa y yo nos habíamos fundido en un largo beso tiempo atrás. Objetivamente solo unos pocos años habían transcurrido, pero en mi interior lo vivía como algo experimentado en otra vida.

Era mucho lo que pensar y considerar, lo que se dejaba atrás. La sensación era onírica. ¿Lo había soñado antes? La luz del atardecer me recordaba un viejo *western* de John Ford... solo que en esta ocasión el jinete se alejaba hacia el horizonte, no a caballo sino en un BMW.

Y para seguir con el símil, allí estaba Virtudes, saludando con la mano desde la puerta de su casa. Faltaba únicamente un poco de brisa, justo la necesaria que hubiera mecido sus cabellos, para tener el cuadro completo, pero no debía dejar que mi imaginación se desbocara. Debía atesorar algo para mis relatos.

Hacía meses que habíamos tomado la decisión. La casa permanecería cerrada hasta nuestra vuelta. Había logrado convencer a Tere de no venderla. Representaba demasiado en nuestras vidas, tanto por separado como en común. Sería un refugio para cuando decidiéramos emprender cortos viajes, una toma de contacto con nuestros orígenes. La casa de Gran Alacant quedaría asimismo tanto a nuestra disposición como a la de Irene. Su habitación siempre estará allí lista, preparada para recibirla. No tenía en mí coraje suficiente para desprenderme de la casa que tanto me costó esperar y donde durante algún tiempo fui feliz. Sabía que llegaría un momento en que Irene apreciaría el vivir allí.

Todos los papeleos habían sido zanjados. Las despedidas de los amigos, de los antiguos compañeros de trabajo... ¡Qué de abrazos, besos y lágrimas vertidas en los últimos días!

Irene se despidió de nosotros en la salida de la terminal.

—¡Sé feliz papa! ¡Te quiero mucho! Y ya sabes que dentro de dos meses voy a veros.

Mi pequeña siempre conservaría ese aire de niña que me encantaba, y frente al cual me desarmaba por completo. Le había costado expresar sus sentimientos del modo en que lo hizo, pero ya era toda una mujer, aunque para mí, siempre sería la niñita a la que hacía la coleta para llevarla al colegio, la niña que subía alegre la cuesta que llevaba hacia la entrada del mismo, su bolsita del desayuno conteniendo su batido de chocolate y algún bollito.

Llegamos al aeropuerto. Me había aprovisionado de dólares

canadienses días atrás. Tenía los billetes en el bolsillo y de vez en cuando, mientras esperábamos al embarque, los miraba una y otra vez para cerciorarme de su existencia, de su realidad. Necesitaba asegurarme de que esto estaba pasando. Entretanto Tere, más relajada que yo hojeaba una revista mientras saboreaba un cortado. Debió notar mi nerviosismo porque me miró y apretó mi mano sin decir palabra. Sonreí a mi vez y abrí el libro que estaba leyendo, el volumen que me descubría una vez más las bellezas y secretos de nuestra nueva vida, de la tierra que íbamos a explorar.

Prince Edward Island.

Mi sorpresa fue descubrir que este lugar de ensueño era real, ocupaba efectivamente un sitio en un espacio concreto, en el mundo, como decía Proust respecto a su Balbec en su obra *En busca del tiempo perdido*. No solo esto sino que una aerolínea tan nuestra como Iberia —antes de recibir capital británico—, volara desde España a Prince Edward Island. Y para rematarlo todo que lo hiciera desde Alicante, sin escalas, hasta el aeropuerto de Charlottetown a unos cinco kilómetros y medio de la ciudad del mismo nombre, en la mismísima isla de Anne Shirley.

Para culminar mi sorpresa, descubrí que otras aerolíneas como KLM o Air Canada daban el mismo servicio, incluso sus tarifas podían ser consultadas a través de la página de Skyscanner y similares.

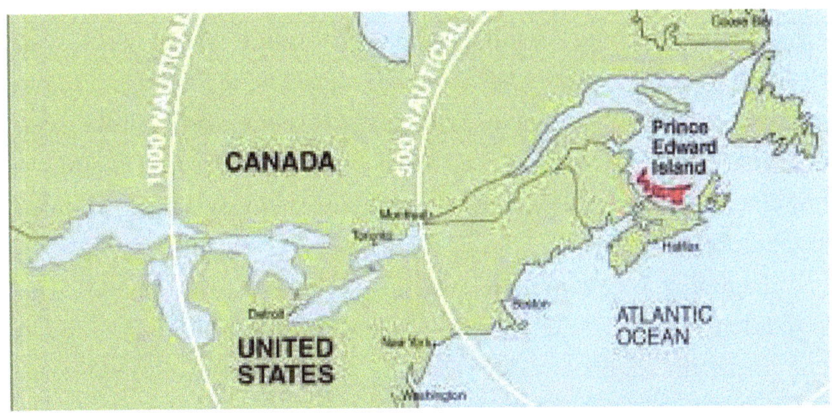

Mi sorpresa fue descubrir que este lugar de ensueño era real, ocupaba efectivamente
un sitio en un espacio concreto

Incluso el vuelo tenía incluso una hora de salida real! Las 6.40 de la mañana para ser exactos, así como una hora prevista de llegada a la futura tierra de Oz: las 10:26 horas.

¿Quería eso decir que, penetrando en la cabina de ese gigantesco pájaro metálico, manteniendo las expectativas y el júbilo en suspenso, el alma en vilo, se podría descender de la aeronave al otro extremo del mundo y encontrarnos en ese punto mítico al final del arcoíris, en Oz, en la Tierra Media o en cualquier otro lugar fantástico que hemos acariciado durante toda nuestra vida?

¿Y todo eso mediante el prosaico pago de un billete de avión?

¿Nos estábamos acercando al «por ahí» de Reme?

Por fin la aeronave tocó tierra. Nunca me he acostumbrado a estos cambios tan bruscos de idioma y cultura que significan un viaje en avión.

No por prosaicos y cotidianos podrán eliminar la magia que supone ese traslado de culturas, paisajes, rostros, arquitectura, costumbres y gastronomía que significa un viaje.

Había habido ciertamente otras islas, otros lugares en mi imaginación, tales como las Hébridas, como Nantucket, de sonoras consonantes en la pronunciación inglesa, con ideas asociadas de romanticismo, con ese puerto desde el que zarpó el Pequod en

Moby Dick y donde se desarrollaba la acción en la novela de Herman Raucher, *Verano del 42*. Como ellas Prince Edward, una isla cercana a Maine y a Nova Scotia, con ese nombre nórdico que evocaba en mi mente acciones imposibles, universos paralelos sin fin, distintos a la cruda luz mediterránea con su claridad y realidad aplastante.

Al igual que el repiquetear de la lluvia, esos mundos nórdicos expanden mi horizonte. Abren un mundo de posibilidades a cosas que pudieron hacerse, a esa vida que pude haber tenido naciendo aquí.

Había llegado el momento de cambiar el futuro con valentía y de vivir nuestro amor en este mundo que ambos nos merecíamos, en los caminos que siempre nos habían esperado desde antes incluso de conocernos.

Habíamos aterrizado en Cavendish a primera hora de la tarde. Al descender del avión nos rodeó un aire frío que revivió nuestras mejillas, coloradas tras las prolongadas horas de vuelo.

Cavendish, el famoso Avonlea habitado por Anne Shirley.

Una sensación extraña me invadió al recordar a esta niña inmortal que Lucy Maud Montgomery creó de la nada. Una niña que ha llegado a tener para muchas personas una existencia real. Al fin y al cabo a través de ella se había despertado mi amor y mi curiosidad por conocer esta isla, este rincón perdido del mundo.

—Un poco de fresquito nunca viene mal —dije entre risas.

Mi mujer, tan acostumbrada al frío como yo asintió sonriendo mientras se subía el cuello del abrigo.

Un grupo de pasajeros, ateridos por ese mismo frío, esperaban junto a nosotros el desgranar de maletas que con extrema lentitud, iban haciendo su aparición sobre la cinta, entre un zumbido sordo procedente de la calefacción del aeropuerto. Esperábamos todos en silencio ese indicio final de que el viaje había terminado. El viajero trasatlántico solo siente que éste ha culminado cuando puede comprobar que su maleta que con tan mimo dejó en el aeropuerto de origen se encuentra finalmente junto a él, habiendo superado como sus dueños la prueba de tránsito, el derecho de ciudadanía en este nuevo país.

En el *hall* de llegadas nos fue relativamente fácil divisar a la persona que nos estaba esperando, de pie junto a un grupo de ubicuos turistas japoneses.

John Warm.

El mismo John Warm de quien me había despedido en Londres.

Mi compañero de tren en aquel viaje hacia los dominios de Cadbury & Co.

Era efectivamente este quien aguantaba impertérrito las preguntas del grupo de nipones acerca del mejor modo para desplazarse a la ciudad. John Warm, el hombre gracias al cual habíamos llegado hasta aquí.

Junto a él se encontraba –también agraciado con esta espera bajo el aire frío de Cavendish—, un hombre de aspecto peculiar.

—Os presento a Patrick Llewelyn. Es mi socio en la editorial que te comenté —dijo Warm mientras parecía empujar suavemente a su compañero hacia delante.

Patrick Llewelyn era un hombre extremadamente delgado, de pómulos hundidos y cierto aire funerario que parecía sacado de una novela febril de Stephen King.

Pero momentos después de la impresión inicial de tonalidades funerarias, sentí que me encontraba frente a una encarnación de Abraham Lincoln. Cordial, alegre, y sencillo, Llewelyn se reveló como un hombre encantador de modales correctísimos a la vez que afables. De repente, los kilómetros que habíamos recorrido desaparecieron, volví a notar que mis músculos se relajaban, y que, al igual que me ocurrió con la primera distribución de mi obra en París, una extraña tranquilidad se adueñaba de mí.

—Señor Santos, *Welcome to Canada!*

Su apretón de manos era cordial y amable. Ese aire casi macabro se había roto mágicamente en cuanto extendió su largo brazo sacudiendo el mío con fuerza tras saludar a mi esposa, sonriendo ampliamente mientras lo hacía.

Por su parte, John me estrechó la mano con una sonrisa que reflejaba la propia calidez de su apellido, seguido de un fuerte abrazo. Había encontrado a mi viejo amigo.

—¡Vaya tiempecito gastáis por aquí!— dije a John mientras intentaba ajustar mi bufanda en un nudo complicado digno de un espía que intentara ocultar uno de los antiguos microfilms de los años sesenta entre sus pliegues.

Menos diestro que mi amigo Pinedo no tardé en desistir de mi empresa.

—Esperad un poco, la primavera está a punto de llegar y entonces podréis disfrutar de un despliegue impresionante de la misma en el paisaje —dijo John.

—Permítame que le ayude con el equipaje, señor Santos—dijo Llewelyn cogiendo uno de los pesados bártulos, una voluminosa maleta verde.

—Por favor, llámame Ernesto.

Un Chrysler 200 de 2013 de color verde nos esperaba en el aparcamiento. La puerta del mismo renqueó un poco al abrirla.

—Muchos viajes de caza y pesca me temo —dijo Warm con una sonrisa a modo de disculpa por el estado del vehículo.

～

CAPÍTULO 28

TERE DE LAS TEJAS VERDES

'*W*ell, supongo que estaréis deseando conocer vuestra casa —dijo John en cuanto el vehículo arrancó, todo nuestro equipaje a buen recaudo en el maletero y tras habernos despedido de Llewelyn por el momento.

—¡Sí, por favor! —dijo Tere—. Estoy agotada.

—A tu marido le gustan las sorpresas, ¿no es cierto? Me hizo buscaros un tipo muy concreto de casa.

—*Yes, I know* —dijo Tere con seguridad.

—Teresa —dijo John girándose sorprendido hacia ella—, ¡hablas inglés muy bien!

—Bueno —apunté yo—, ha habido que sacarle punta en los últimos meses, pero aparte de eso todo muy bien.

—¡Muy gracioso!— dijo Tere, dándome un golpe en el hombro.

—¡Es cierto! ya distingues entre *dawns* y *sunsets* — contesté con un beso que quería ser la réplica a su castigo.

Tere se dirigió a John entre risas:

—Siempre ha sido mi *teacher*, ¿sabes? Un poco *grumpy* a veces, pero así ha sido desde que lo conocí, de modo que ya estoy acostumbrada.

La verdad es que Tere había hecho avances prodigiosos con su inglés. Su constancia y dedicación le habían hecho ampliar considerablemente su vocabulario. Tenía una sólida base que siempre había menospreciado, pero supe ver su potencial desde el primer momento y eso había ayudado notablemente.

Tras dejar atrás el centro de la población, el vehículo giró sin avisar por una amplia avenida y se introdujo por un camino de tierra bordeado de árboles a ambos lados.

— ¿Está por aquí la casa? —dijo Tere— ¡esto es precioso! ¿Cómo se llama este sitio?

—Esta zona se llama Holly. Está formada en su mayoría por antiguas granjas reacondicionadas y reconvertidas en alojamientos rurales. Todo lo que nos rodea y lo que vais a ver a partir de ahora forma parte del Parque Nacional de PEI, o lo que es lo mismo, de Prince Edward Island, que es como lo abreviamos por aquí. Uno de los veinte parques naturales de Canadá.

Pasamos un cartel indicador en el que pudimos leer:
«Welcome to Century Farmhouse»
—Pues a mí me parece... —comenzó a decir Tere.
No acabó la frase.

Sus ojos se habían quedado abiertos y el plano que llevaba en la mano quedó desatendido en el asiento.

—*Oh, my God!*, como diríais vosotros, John —acertó a decir—. ¡Esto es de película!

Delante de nosotros había una casa aislada con un tejado azulado y un porche cerrado en el frontal. Dos ventanas se abrían al mismo. La fachada, en madera blanca y con algunos remates en color naranja mostraba un lugar encantador, realmente sacado de las páginas de Anne Shirley. Un camino de tierra roja llevaba hacia ella.

—¿Cómo has podido conseguir esta casa?—dije, mirando a John.

—Bueno, me indicaste que os gustaría algo pintoresco y tranquilo, así que tras hablar con mi esposa y algunos compañeros de la editorial pensamos que no pondríais objeciones a un lugar así. Sé que os gusta lo *vintage* así que una casa construida en 1910 me

pareció una buena opción — dijo, divertido ante nuestro desconcierto y soltando una carcajada que resonó en el silencio de aquel
paraje de ensueño.

—Pero, ¿en serio es esta nuestra casa?— dije y miraba a continuación a Tere para comprobar que estaba viendo lo mismo
que yo.

Caminamos detrás de John con cierto nerviosismo. Este abrió la
puerta principal con una llave que extrajo con gesto medido y teatral
sin dejar de mirarnos.

El interior de la casa era espacioso y hogareño, con ese calor de
hogar tan propio de Norteamérica. En una de las habitaciones que
daban al comedor nos sorprendió encontrar un cartel de la feria de
abril de Sevilla.

Visillos con encaje adornaban las ventanas —por otra parte
ausentes de persianas— por las que penetraba gran cantidad de luz
al interior, cayendo sobre las paredes vestidas con un hermoso papel
pintado presente en todas las estancias de la casa. Como veíamos
después, esta había sido la tónica general en la decoración de la isla
desde siglos atrás.

—No falta ni el extintor de incendios— señaló Tere, mostrando uno que se encontraba oculto en un rincón junto a un viejo arcón de madera a los pies de las escaleras que daban al primer piso.

—¿Hay alguna cosa que necesites, Ernesto? —preguntó Warm— ¿algo que consideréis esencial?

—Bueno, así de pronto lo primero creo que nos haría falta sería saber donde podemos comprar un coche.

—Puedo ayudaros con eso. Podemos acercarnos mañana a Charlottetown. Conozco un par de amigos en Morell's y en Brown's Volkswagen donde puedes conseguir un buen coche.

—Tampoco busco nada muy especial. Con que sea resistente para moverme por la isla y un poco más es suficiente.

—La isla ya no es lo que era tras el puente que se construyó. El ferry lo hacía un lugar más lejano y romántico, aún así mantiene su encanto si se sabe donde buscarlo.

—Bueno, siempre podemos quedarnos en casa. Por mí ya tiene el *glamour* suficiente —dije, mirando en torno nuestro.

Nos acercamos a examinar la parte trasera de la vivienda donde una especie de porche cerrado en madera albergaba una pequeña mesa junto a una ventana lateral. Había allí también una diminuta nevera y un par de sillas estratégicamente situadas y desde donde presumiblemente, se podría ver la lluvia caer en días inclementes. La mesa más bien parecía un pupitre, ideal para poder trabajar o leer en días así y donde pude imaginarme con facilidad a mí mismo sentado ante el portátil, escribiendo a mis anchas.

En la pared que daba al interior de la casa y en lugar prominente, aparecían colgadas unas raquetas de nieve, como si de un par de Caravaggios se tratara, dejando bien claro que este era el lugar logístico desde el que salir de la casa en días inhóspitos.

—Por lo que veo debe de nevar aquí en abundancia —dije.

—Bueno, hasta el momento siempre hemos podido contarlo.

El bosque espeso, cerrado, se extendía ante nuestra vista.

Solo un claro frente la casa nos separaba de él a modo de tregua.

Tere me miraba sonriente, todo en el lugar le encantaba.

—Realmente es como estar dentro del libro —acertó a decir.

Un sendero lleno de verdor en toda su extensión desde un lateral al otro, sumergía al paseante en los infinitos matices de ese color que el bosque ofrecía solo salvado por dos líneas paralelas abiertas por los vehículos que lo transitaban.

La cocina daba también al exterior, con un fregadero situado justo frente a la ventana; el lugar idóneo donde sumirme en ensoñaciones mientras se procede a fregar los platos con agua caliente, y una cafetera hierve, alegre, a espaldas de uno.

Ascendimos a la parte superior de la casa.

—Ernesto, ¡hay dos dormitorios más aquí!— se oyó la voz de Tere, un grito apenas ahogado.

No era para menos. Había en efecto tres estancias más en la planta alta, todas ellas enfrentadas al jardín. Las paredes mostraban su estructura de madera al más puro estilo isabelino, con el inevitable papel pintado en todas ellas y flores en cada uno de los rincones, aportando a cada una de las estancias una fragancia fresca y casi aérea mientras íbamos de una a la otra.

Daba ganas de desconectar los móviles y esconder los ordenadores. Todo invitaba al recogimiento y al sosiego.

Cogí en un aparte a Warm mientras Tere se movía de cuarto en cuarto, curioseando los pequeños adornos y cuadros que encontraba a su paso.

—¿Pudiste ver lo que te dije?

—Sí, pero hay un par de cosas que tenemos que ver. Llewelyn me tiene que traer una documentación que falta.

Antes de cerrar la puerta me asomé a una de las ventanas traseras descubriendo la plena visión del mar que habíamos percibido brevemente antes. La costa salvaje estaba a nuestro alcance.

Las dunas se extendían por esa parte, aparentemente sin fin, hacia un mar cuyo murmullo podía escucharse lejano.

Nada en mi imaginación, nada, aún incluso después de haber estado preparando este viaje con tanta antelación, me había hecho suponer, y menos aún concebir, que pudiera existir este mundo, este paraíso que mi mujer y yo habíamos ansiado toda nuestra vida. Un mundo que, como apuntaba antes, pudiera ocupar un lugar, unas coordenadas del mundo físico. Un router colocado en un rincón me devolvió a la realidad. Aunque de modo muy privilegiado continuábamos formando parte del siglo XXI.

—Luego te presentaré al dueño —dijo John mientras descendíamos de nuevo a la planta baja—. Es un granjero que vive aquí cerca. Ha estado ofreciendo la casa como turismo rural desde hace unos años a través de Airbnb. Tuve que llevarle a todos los pubs de Cavendish para poder cerrar un precio de alquiler en condiciones. Ten en cuenta que nos encontramos dentro del parque nacional y eso no sale precisamente barato.

—Es la primera vez que veo viviendas dentro de un parque nacional.

—Sí, es una peculiaridad de la isla. La legislación prevé el que bajo determinadas condiciones sea posible hacerlo ¿Veis ese camino que hay allí? —dijo John a la vez que nos indicaba un encantador sendero que se abría a nuestra vista--. Siguiéndolo se llega a la mismísima playa de Cavendish. Es un precioso paseo de diez minutos. Además frente a la puerta de casa tenéis senderos de todo tipo.

Paralelo al sendero que nos había mostrado John y en dirección opuesta había una pasarela de madera que se adentraba en el mar y por la que avanzamos unos pocos metros.

Se aproximaba el momento en que debíamos enfrentarnos a la placentera tarea de desempacar nuestra vida pasada, por lo menos la que nos había cabido en las maletas.

—Se me olvidaba —dijo John, girándose en la puerta—. Una última cosa. Os espero en mi casa sobre las siete, una vez que hayáis descansado y deshecho las maletas. Ya sabéis, cena de bienvenida y todas esas cosas. Algo informal conque podéis guardaros las galas para las firmas de libros y tareas semejantes. Ok? —dijo riendo—. El estilo casual es la norma por aquí. Aunque eso de que os espero es una figura de lenguaje, puesto que como no tenéis coche todavía será Llewellyn quien venga a recogeros sobre esa hora. Quiero que conozcáis a Jessica. Lleva todo el día preparando la casa para este momento.

—Será un placer —dije mecánicamente, mi cabeza llena de caminos y senderos verdes.

—Muchas gracias —dijo Tere—, la verdad es que me viene bien porque las alhajas me llegan por barco. No cabían todas en el avión.

CAPÍTULO 29

RANDY

A la hora indicada pudimos ver desde la ventana del salón la inconfundible silueta del coche de Llewelyn emerger lentamente tras la curva semi oculta por un grupo de olmos situada frente a la casa. Poco después el vehículo se detenía con lentitud dramática— ¿quizá estudiada?—ante la misma.

Al hacer entrada en la población pudimos observar a lo lejos a través de las ventanillas la espira blanca de una iglesia asomando en el paisaje invernal. La nieve cubría todo el suelo a ambos lados de la carretera. La casa de los Warm resultó ser un bello edificio de estilo colonial construido en madera al final de una avenida bordeada de árboles. Las aceras estaban ocupadas a esa hora de la tarde por unos escasos paseantes. Una suave brisa se había levantado minutos antes aunque sin tanta fuerza como el aire frío que nos recibió en el aeropuerto.

Nos abrió la puerta un niño pelirrojo vestido con un peto vaquero que me recordó inevitablemente al famoso Daniel el Travieso de los cómics americanos que había leído en mi infancia. Sostenía en la otra mano una especie de arma ofensiva de dudosa clasificación que parecía un cruce entre un tirachinas y una llave inglesa.

—¡Hola! —dije—, tú debes ser Randy, ¿no?

— Sí, ¿y tú el escritor español amigo de papá? — contestó el niño mientras me apuntaba con su arma.

John se acercó a la puerta en nuestro rescate acompañado de su esposa, una mujer alta y rubia que se movía con elegancia natural.

—Os presento a Jessica —dijo con orgullo al tiempo que recogía una carpeta de manos de Llewellyn que desapareció acto seguido con el coche con la misma lentitud premeditada.

El chico pareció desistir de sus intenciones bélicas y, tras mirar por unos instantes a Tere y, sin mediar palabra, nos abrazó al tiempo que una amplia sonrisa cruzaba su cara.

—¿Tú sabes arreglar una radio? —dijo, mirando a Tere.

—Pues no mucho —contestó la aludida un poco sorprendida por la pregunta.

—¡Ven! —dijo el niño con aire perentorio, cogiéndola de la mano.

Y sin más dilación la arrastró hacia el piso superior, hacia los secretos terrenos escondidos en el mismo y en concreto, aquellos existentes en su cuarto, donde guardaba con celo sus inquietudes infantiles, esas cosas que no se le pueden enseñar a los padres y que una persona como Tere iba a ser capaz de entender.

Desde abajo oíamos su voz nerviosa, hablando en susurros:

—¡Mira!, este es un juego especial al que jugamos mi amigo Bob y yo. Y este es el palo de beisbol de Moonlight International Academy donde voy yo, y esta es mi bici que estaba arreglándola ahora porque se le ha salido la cadena de atrás. Y esto de aquí...

Los ocupantes de la planta inferior nos miramos divertidos.

—No había visto a Randy comportarse nunca con esa confianza ante ningún desconocido —dijo John, admirado de los gritos de júbilo de su hijo provenientes del piso superior.

—Verás, estamos un poco preocupados por el chico—, intervino Jessica con cierto aire de confesión. Debió de ver esta cierta incredulidad en mi rostro, ya que añadió:

—La verdad es que hace unos días estuve hablando con la directora de su colegio. Por lo visto se pasa el tiempo en clase dibujando diagramas y esquemas de esas cosas que construye en su habitación a todas horas. Según me dijo no debía de alarmarme demasiado. Al parecer es muy creativo y necesita su espacio y esas cosas. Pero la verdad, a veces eso es demasiado para mí como madre.

—Te entiendo Jessica —contesté—, pero permíteme compartir el punto de vista de su profesora. Yo no me preocuparía demasiado por el momento. El chico necesita encontrar su propio mundo de fantasía. Está simplemente experimentando con ella, creo yo.

La velada transcurrió en el salón frente a una hermosa librería hecha en estuco, en el centro de la cual ardía una chimenea construida del mismo material. Un aire colonial permeaba toda la estancia.

La cena consistió en un riquísimo estofado local. De segundo plato aparecieron las típicas patatas de Prince Edward Island acompañadas del pastel de carne tradicional y langostas de Nueva Escocia, seguido todo ello de un postre típico de la localidad hecho a base de arándanos silvestres.

—¡Hmmm! ¡Esto está delicioso! ¿Cómo se llama?—dijo Tere señalando al estofado.

—Se llama fricot —dijo Jessica, con cierto tono de orgullo en la voz—. Lo preparo siguiendo una vieja receta de mi madre. La verdad es que me gusta cocinarlo cuando tenemos visitas. ¿Sabes que Prince Edward Island exporta arándanos a todo el mundo?

Durante el transcurso de la cena el pequeño Randy no dejó de mirarnos con ojos abiertos como platos.

—Oye, y en vuestro país, ¿a qué juegan los niños? --interpeló de sopetón en el momento de los postres.

—Bueno, Randy pues de un modo muy parecido a como lo hacéis aquí. Es más, si te cuento un secreto, ¿prometes no decírselo a nadie? —dije en un susurro. Al fin y al cabo esta era una cuestión en la que había que mantener alejados a personas que no podían entender este tipo de cosas.

—Sí, sí, claro —contestó el niño con aire cómplice.

—Pues, cuando yo tenía tu edad me gustaba jugar a las películas con mi hermano, ¿sabes? Ponían por entonces en la tele una vieja serie de submarinos en aquellos años y nosotros jugábamos a ser la tripulación. Nos inventábamos las aventuras y todo eso.

Además yo era un niño un poco raro porque en clase me gustaba ponerme a leer novelas o a dibujar cómics cuando no me veía el profesor.

—Eso no es ser raro —dijo Randy—, yo también lo hago. Quiero decir, no dibujar y eso, pero sí pensar en mis cosas.

Los padres del chico sonrieron ante el evidente cambio de actitud en el niño al revelar éste abiertamente sus secretas actividades.

Al terminar la cena, las copas chocaron con brindis de buena voluntad y esperanza por la nueva vida que nos aguardaba en estas tierras.

—Querida, quiero que veas una cosa —dijo Jessica a Tere tras haber retirado entre todos la mesa—, dejemos a estos dos hombres que hablen de sus negocios al más puro estilo decimonónico. ¡Voy a ponerte al corriente de dónde encontrar las mejores tiendas en Cavendish!

Así, John y yo permanecimos media hora sentados en el salón, frente a la chimenea mientras las dos mujeres conversaban en la salita anexa, examinando los libros de la selecta biblioteca e intercambiando ideas sobre las diversas actividades que se podían realizar en la isla.

Jessica demostró ser una mujer de curiosidad y mente inquieta a la que le gustaba valorar la amistad. Su interés por Europa parecía no tener fin y sus preguntas a Tere acerca de los incontables particulares de las costumbres de allende los mares y en concreto de las españolas, era algo que me divertía escuchar viniendo desde el fondo del pasillo que nos separaba de ellas.

Sobre la pared situada detrás de John colgaba una imponente marina. No había en ella figuras ni silueta de paisaje alguno. Solo las olas encabritadas y salvajes sobre un mar de un intenso azul, rabiando con una espuma que se extendía por toda su superficie. No pude evitar quedarme fascinado ante esa pintura. En ese momento recordé esa otra marina, extraña en su tristeza, que colgaba en la casa de Carlos Lafuente. Siempre me había gustado este tipo de pintura y muy en especial desde que visité el Fitwilliam Museum de Cambridge en compañía de mi profesor de arte en aquel lejano verano de 1988, cuando, con objeto de realizar un trabajo sobre pintura británica nos pidió recorrer las salas del museo al azar, examinar las pinturas y elegir algún pintor en concreto para hacer un trabajo sobre él.

—Te gusta, ¿verdad? —dijo John al reparar en mi estado de fascinación.

—Me encanta. Tiene un algo de mágico, de eterno.

—Lo adquirí en una subasta en Sotheby's. De hecho fue unas semanas antes de conocernos Jessica y yo. Es una obra de Frank Ross, un pintor de Toronto. ¿Has estado alguna vez en Maine? —me preguntó John de improviso.

—No, la verdad es que apenas he estado en Estados Unidos, salvo una corta estancia de tres horas en Newark mientras esperaba una conexión a Las Vegas para asistir a una feria internacional de calzado.

Toda esa aventura duró cinco o seis días creo recordar.

—A veces vamos allí en cuanto me hago con unos pocos días. Me encanta la fotografía. Perderme en esos bosques y poder fotografiar a los animales en su entorno.

—Para Tere y yo, Maine es la tierra salvaje, una parte de Estados Unidos que se resiste a irse, la tierra también de Stephen King ... ¡Y del hotel Overlook, claro! Espero poder conocer ese lugar algún día.

—Escucha, ya sé que es un poco pronto, que acabáis de llegar y tenéis que haceros al ambiente, preparar tus cosas, tu entorno de trabajo y todo eso, pero si queréis, ¿crees que podríais hacer un hueco para el próximo mayo y veniros una semana a Maine conmigo? Para mí sería un placer. Te presentaría allí a un par de amigos.

—Muchas gracias, John, pero no quiero que te sientas obligado porque seamos los recién llegados y todo eso.

—Mis amigos viven en Bangor, ya sabes, el pueblo del rey —apuntó, riéndose con un guiño cómplice.

—Si es así, no puedo negarme —dije, riendo a mi vez —¿Sabes, John? —continué, extendiendo mi copa para formalizar nuestro acuerdo mediante un brindis—, creo que somos hombres con suerte. Tu mujer es muy inteligente a la vez que hermosa y yo por mi parte estoy en el mejor de los mundos posibles con la persona con la que siempre había soñado estar y compartir mis días.

—¡Puedes jurarlo! Desde que mi fijé en vosotros en Londres supe que vuestra relación era muy especial. Ah, y respecto a lo que tú ya sabes creo que estará todo listo en un par de semanas. Llewellyn me acaba de traer los papeles.

Asentí en silencio, no queriendo explayarme sobre el particular en ese momento por miedo a ser interrumpidos.

El fuego de la chimenea crepitó como si hubiera estado escuchando estas confidencias y quisiera hacer notar su presencia. El ruido nos sobresaltó.

—¡Perfecto entonces! —dijo John para decir a continuación en un susurro—, ¡silencio, me parece que se acercan!

En efecto, las dos mujeres se aproximaban riendo por el pasillo. Tere venía enfundada en un precioso mono agrícola que Jessica le había prestado, mostrando en su frontal la imagen de dos flores y una pequeña regadera.

—Creo que me voy a aclimatar rápidamente a Prince Edward— dijo.

—Y yo a las costumbres españolas —dijo Jessica.

Este fue el inicio de nuestra amistad con los Warm. Creo que jamás había encontrado a unas personas tan afables, tan amables y hospitalarias como este matrimonio canadiense.

Era como si hubiera existido un clic natural entre las dos parejas. John me aportaba confianza, me permitía abrirme como jamás me había ocurrido antes. Parecía intuir mi estado de ánimo en todo momento y siempre estaba allí con una palabra amable, mostrando un gesto de comprensión con la cabeza ante cualquier confidencia.

De un modo natural la vida entre las dos casas iba fluyendo entre idas y venidas de unos y otros, cenas, comidas y reuniones planificadas con cualquier excusa. Pero lo que más nos gustaba a los cuatro era coger nuestras bicicletas y perdernos por los miles de senderos que poblaban la isla.

La isla.

¿Cómo describir la vida en Prince Edward Island? ¿Cómo explicar un sueño que no dejaba de serlo al verlo de cerca, que no se desvanecía como nuestras ilusiones infantiles al llegar a la adolescencia? Jamás había oído hablar de este rincón del mundo hasta que leí la primera de las novelas de Lucy Maud Montgomery, *Ana de las Tejas Verdes* y recordé a aquella niña pizpireta que aparecía en las tardes de verano en la pantalla de mi televisor y que, con una imaginación galopante semejante a la mía, me presentó un mundo alternativo lleno de belleza y candor.

Era fácil soñar en Prince Edward, pero para hacerlo había que abrir los ojos.

Esta isla casi desconocida, este paraíso del norte apenas conocido, con sus largas playas y bahías había sido mi sueño desde que la descubrí.

Los prados, salpicados de árboles, llegaban hasta los puertos pesqueros, hasta el reducido grupo de casitas enfrentadas al mar en cualquier parte de la isla en la que nos encontráramos.

Los acantilados del Cabo Cliffs no tenían nada que envidiar a los de Dover. Por otro lado, la magnitud de Canadá unida a la atracción de grandes nombres como Montreal, Toronto o los Grandes Lagos hacen que, para la mayoría de los humanos, esta isla, situada en la costa este del país, cercana a Maine y New Brunswick, así como del norte de Nueva Escocia y Halifax, pase desapercibida y discreta, esperando ser descubierta por unos pocos elegidos.

La isla no anda por otro lado escasa de leyendas e historias de naufragios, forjadas por una larga herencia de inmigrantes escoceses, de barcos destrozados por la tempestad frente a estas costas solitarias.

Era fácil ver este lugar como un refugio al que acudir tras el temporal de la vida, donde poder ver a los campesinos vestidos con su indumentaria típica, como si los años cuarenta no hubieran pasado todavía. Las mujeres, tocadas con sombreros de paja con el que saludaban desde la distancia, llevando largas faldas en medio de la campiña.

Era fácil soñar en Prince Edward, pero para hacerlo había que abrir los ojos.

La belleza de la isla estaba ciertamente en sus recovecos, en sus cientos de caminos de tierra roja, cerrados por una bóveda verde de árboles de todo tipo, por la profusión de flores que bordeaban los senderos, invitando al caminar ocioso, a tardes de paseos melancólicos, o simplemente a dejar vagar la mente. No me resultaba para nada sorprendente el que una imaginación como la de Lucy Maud Montgomery hubiera podido crear aquí una obra como la suya, un canto a la vida.

Escribir en este lugar es un bálsamo para el corazón. Sólo tenía que dejarme llevar por los caminos, por cualquiera de los lagos de «aguas resplandecientes» en palabras de la misma Lucy Maud Montgomery para sentirme dentro de otro

mundo tan real como el físico que me rodeaba. Si la realidad es lo que nos llega a través de los sentidos hasta alcanzar la mente, no era menos verdadera esta percepción de un mundo paralelo, esta sensación que, a través de los olores, a partir de una breve figura en el cielo o una sombra en los árboles me hacía percibir otras presencias del ser.

Si existía en mi mente un lugar ideal, alejado del mundo cotidiano donde encontrarme con Tere a solas, uno de ellos, aparte de mi querida Escocia, era indudablemente esta isla remota y desconocida.

En nuestro agitado mundo actual era gratificante para mí— buscador eterno de un espacio aventurero, por desgracia ya casi desaparecido, a excepción de algunos puntos remotos como Tierra de fuego, Siberia y algún otro—, la idea de poder desaparecer de nuestra realidad y encontrarnos en un espacio paralelo, sin móviles, ordenadores portátiles y demás parafernalia que nos pudiera unir a nuestro mundo, a nuestras vidas anteriores.

Deseaba estar con ella en estado puro, nada más. En una comunión de almas sin referencias exteriores a nosotros mismos, a nuestros pensamientos, a nuestro mero existir.

Buscaba evadirme con ella, escapar de nuestros referentes sociales, de nuestra historia pasada y vivir esa vida alternativa que se nos había escapado a los dos hasta este momento.

Y lo mejor de todo era que conservaba, celosamente escondido en el bolsillo izquierdo de la americana, ese secreto que llevaba guardando desde varios meses atrás, más de un año realmente si tenía en cuenta la primera vez que la semilla de la idea penetró en mi conciencia. Un secreto que, conocido mi carácter, me impulsaba a gritarlo a los cuatro vientos todos los días, pero que lograba refrenar, no si cierto esfuerzo.

No era extraño que, cuando en su momento barajamos posibles destinos donde iniciar nuestra nueva vida, esta remota isla situada frente a la costa canadiense, un poco más al sureste del mítico y lejano Maine, surgiera de las nieblas nórdicas y diera vuelta por nuestras cabezas.

Aunque en años recientes se había construido un puente que unía la isla con tierra firme como nos había explicado John el día que llegamos, aún era posible hacerlo a través del Northumberland Ferry que une Prince Edward con Nova Scotia y Wood Islands, pudiendo si así se desea ir desde allí hasta Maine usando el ferry de la compañía CAT que a su vez sale puntual desde Nova Scotia.

Lucy Maud Montgomery parecía haber creado sus libros con un propósito oculto, como si al hacerlo estuviera jugando con el destino.

Mi contacto con el profesor Lafuente, Elena Serna y Arturo Pinedo me había hecho darme cuenta de que a veces la realidad hace trucos de magia. ¡Qué equivocado estaba Einstein cuando dijo aquello de que Dios no juega a los dados con el universo! ¿Tal vez era éste quien lo hacía con nosotros?

Al igual que las gotas de lluvia no saben por qué caen sobre el terreno seco, sobre el río, la cañada y el tejado cobrizo, y tenemos que remontarnos al mapa metereológico y hablar de isobaras, altas y bajas presiones, etcétera, para entender por qué llueve en determinada zona, así nuestras almas están llamadas a llegar a cierto destino desconociendo el camino recorrido. Hay que tener la perspectiva necesaria para remontar y alejarnos de nuestra cotidianidad para, desde allí arriba, al igual que un águila o un cóndor, poder ver la relación de las partes del paisaje entre sí. Y es así como podemos percibir los setos que cercan una propiedad, el patrón que forman sus masas boscosas, los prados y el lago ocasional para, finalmente, fijarnos en ese detalle meramente ornamental que es la vieja torre derruida o el faro a falta de una nueva capa de pintura.

CAPÍTULO 30

ESCRIBIENDO EN GREEN GABLES

Siempre había tenido determinado interés —extravagante y curioso por otra parte—, de escribir relatos femeninos, no sobre amoríos, sino sobre las cosas sencillas, ingenuas a ojos de muchos, pero que para mí representaban lo más valioso de la vida, eso que las mujeres nos enseñan a diario: la sencillez, el amor por las cosas simples, por el detalle diminuto, la apreciación de la belleza, el cariño y la ternura.

Encontré la excusa perfecta cuando, basándome en los años escolares de Tere, concebí unas historias a modo de un Enid Blyton masculino protagonizadas por un pequeño grupo de alumnas de un colegio. Podría reflejar de este modo a través de las mismas, una época que me marcó especialmente, la de los años sesenta y setenta y ¿qué mejor colegio que el de su niñez, el colegio Saldaña de Burgos? Después de todo lo ocurrido en los últimos años Burgos había pasado para mí a significar la ciudad por antonomasia del misterio y de la aventura. Pensé en un nombre para esta serie de libros y lo encontré, esperándome en la recámara de mi inconsciente: este era por supuesto, *Las niñas de Saldaña*.

Era nochebuena. *Había* trabajado unas pocas horas en el manuscrito y ya iba siendo hora de dejarlo.

Llegué a Charlottetown temprano. Warm me estaba esperando a la hora fijada en el pub Claddagh Oyster House, un local irlandés situado en el número 131 de Sidney St.

—*How are you doing Ernest?* —saludó John extendiendo su ancha mano a juego con sus espaldas abriendo a continuación el maletín que reposaba sobre la mesa—. *Everything is ready, man...* todo... *How is it?* ... Listo, ¿sí? ¿Ves? Español bueno —dijo, orgulloso de su catastrófico éxito lingüístico, mientras me extendía unos documentos.

—La solicitud ha sido aprobada —dijo finalmente en inglés, no sin cierto alivio tras esta momentánea incursión por mi idioma natal.

Me quedé en silencio, intentando comprender lo que me decía. Miré a la camarera que servía té con pastas a una pareja detrás de Warm como si ellos me pudieran dar la clave de lo que estaba pasando.

—John, ¿te estás refiriendo a que...? —. No me atreví a terminar la frase. Quería que fuese él quien cargará con la responsabilidad de materializar ese sueño.

—Sí, *the property is yours.*

Allí estaba todo, sobre la mesa. En negro sobre blanco según la expresión inglesa. Un sueño reflejado en algo tan prosaico como unos cuantos folios con unas firmas al pie.

¿Cómo pueden los sueños acabar reflejados al final en algo tan feo, conformase con un papel de escaso gramaje sobre la mesa de un pub? Nada en la decoración que me rodeaba hacía de este momento algo especial, ninguna nota destacada en el ambiente; a lo sumo, algún cuadro con un paisaje en tonos descoloridos por el humo del tabaco.

—¿Vamos o qué? —gritó Tere al pie de la escalera—! Tengo ganas de dar un paseo!

Lo que Tere solía denominar «paseos» consistían de hecho en elaboradas caminatas que se prolongaban durante horas y de las que volvíamos agotados y cargados de flores silvestres con las que llenar los jarrones de la casa al más puro estilo de Anne Shirley. Entre ellas no podían faltar la flor del Trébol, lavanda y lilas, así como la graciosa y diminuta Pink Lady's flower, todas ellas típicas de Prince Edward.

Siempre hablábamos entre nosotros de Randy como el niño que Enid Blyton nunca encontró... pecoso y pelirrojo, con unos increíbles ojos azules y de un vivaracho tal que me recordaba a veces a ese otro chaval de mi memoria cinematográfica que aparecía en *Shane*.

Al igual que el niño de la película, Randy siempre aparecía presto a ayudar, a hacer mil y una preguntas del tipo:

—¿Y siempre quisiste ser escritor? ¿Cómo sabe Tere tantas cosas acerca de los gatos?—, me interrogaba sin descanso en mi refugio, una tarde que el aire olía especialmente a espliego y a lavanda, no pareciendo cansarse de preguntar ni de recibir información.

Randy se había convertido en un apéndice de nuestra vida, conformando su presencia diaria parte de nuestro hogar.

Estaba sentada frente a la ventana.

Eso creo.

Estaba sentada frente a la ventana, o por lo menos así me gusta imaginarla en mi recuerdo. Quiero recordar que fue así como pasó. Un momento de descubrimiento, un instante en que cayó sobre mí una conciencia de algo distinto.

¿Miraba al mar? ¿Estaba pensando en otros mundos, en otros lugares, en otras vidas, como esas heroínas románticas de mis novelas? ¿Cómo ese ideal femenino que me gustaba creer que existía?

Una mirada de ojos verdes, con el pelo caído a un lado según su costumbre.

Noté como esa sensación tendía a difuminarse. Me hubiera gustado atrapar ese momento por siempre jamás, cuando me miraba con ojos bien abiertos, pareciendo querer capturar el sentido completo de mis palabras, como si quisiera conocer todo. Según había leído en alguna parte a eso se llamaba presencia, estar en el momento.

Hoy, al verla de perfil, concentrada en sus pensamientos, me di cuenta de que por mi parte había logrado tomar cierta distancia, alejarme un poco, alcanzado la adecuada perspectiva que me permitía observarla sin caer en sus redes.

Si me hubiera mirado en ese momento, sonreído, o simplemente alzado sus ojos, en ese gesto tan suyo de curiosidad, no hubiera podido seguir, no hubiera llegado al estado donde ahora me encontraba.

Sentía la presencia de un secreto, una parte de ella a la que jamás tendría acceso, aunque ¿no es esto común en todos nosotros? ¿No vivimos siempre en la eterna búsqueda del otro que se nos escapa? Siempre definiendo, acotando nuestras personalidades, estas siempre cambiantes.

La visión de las olas frente a la ventana, unido a estos pensamientos me trajo memorias de mi última conversación con Carlos Lafuente.

Habían transcurrido cerca de dos años desde entonces.

La imagen que se iba formando era maravillosa, como esas ideas que perduran en la mente colectiva, esperando ser rescatadas una y otra vez por algún artista que volverá a descubrirla y plasmarla en otra obra de arte. Recordaba los versos de Keats sobre la verdad y la belleza, las frases de Evelyn Waugh al principio de *Brideshead Revisited* —«Había estado aquí antes, sabía todo sobre ese lugar».

Tere mirando por la ventana había pasado a ser una nueva persona. Mis sentidos me decían obviamente que seguía siendo ella, pero yo sabía, presentía que era algo más. Algo a lo que no me atrevía a poner nombre. Quizás algún día lo hiciera.

O quizás nunca.

CAPÍTULO 31

VIAJE POR MAINE

—¡Vamos perezosos! —se oyó la voz de John, desde el coche cargado y al ralentí que esperaba frente a nuestra casa.

Aquella mañana en la que partimos para recorrer Maine en coche con los Warm podríamos habernos asemejado a cualquier familia norteamericana típica. Era maravilloso y casi sobrecogedor irse introduciendo en aquellos bosques impenetrables, de belleza triste y oscura.

Tras llegar a nuestro destino aquella tarde y bajar al hall del hotel Country Inn at the Mall donde nos habíamos citado con John y Jessica, encontramos al primero hablando con un extraño personaje. El hombre, de espaldas a nosotros, vestía una prenda que semejaba una especie de cruce entre una gabardina a lo Bogart y un abrigo de caza; una de esas vestimentas que tan solo se encuentran en Estados Unidos. En su mano derecha llevaba un paraguas con el motivo de un tablero de ajedrez y que a todas luces se había negado a dejar en el paragüero goteante que se encontraba junto a la puerta, marcando así su personalidad y diferenciándose del resto de personas presentes.

La punta del paraguas estaba dirigida hacia atrás, señalando en nuestra dirección como diciendo:

—«Sí, sé que estáis ahí, no me habéis pasado desapercibidos amiguitos.»

Cuando el hombre se giró hacia nosotros su rostro marcado de arrugas me pareció extrañamente familiar, como si lo hubiera visto ya antes, ¿pero dónde? No conocía a nadie en esta parte del mundo.

John ya se estaba aproximando a nosotros acompañado del extraño personaje. La indumentaria especial gabardina-abrigo- de-caza lo hizo también, emitiendo un sonido, un extraño crujido resultado del tejido apretado sobre su figura. El paraguas seguía mirándonos con sus estridentes cuadrados blancos y negros destacando su presencia.

—«¿No veis? ¡Ya estamos con vosotros! No hemos tardado tanto, ¿eh? ¿Qué decís a eso ahora?»—parecía susurrar.

John debía haber visto nuestra cara de desconcierto porque se apresuró a decir:

—Teresa, Ernesto, ¡os presento a Stephen King! Ya os dije que tenía muchos conocidos en Maine.

—Me ha dicho John que vienen de España, ¿no es así? —dijo el famoso novelista con voz áspera, en la cual reconocí las frases cortantes y secas de su literatura.

Tras inhalar aire para recuperarme de la sorpresa inicial y de la encerrona que nos había preparado nuestro anfitrión, reaccioné en mi mejor argot americano para no parecer venido del otro lado del charco:

—Así es. Como le habrá dicho John estamos viviendo en PEI.

Me encantaba utilizar las abreviaturas del modo en que hacían mis amigos anglosajones. Dichas así, las palabras sonaban con cierto empaque, incluso para mis propios oídos. ¡Oh, vanidad de vanidades!

—¿Y qué busca un escritor español en Maine? — continuó King con sonrisa socarrona.

—Lo que todo escritor supongo —contesté—, buscarme a mí

mismo. Y como para eso es necesario estar perdido antes, creo que este es el lugar indicado.

—Pues entre los bosques de Maine lo va a tener harto difícil —rió—. Yo hace tiempo que lo intento.

Pasada una media hora de conversaciones y preguntas acerca de lo humano y lo divino, Tere se atrevió a abrir la boca:

—Stephen, quería preguntarte...

—Sí querida, ya sé lo que me vas a preguntar y es todo verdad —dijo el autor cortante, aunque con una amplia sonrisa—. Muchas de mis últimas novelas han sido una mierda. ¡Qué quiere que le diga! No se puede mantener un nivel de productividad elevado sin romper los huevos, aunque sea los del escritor. Excuse my french!

Hablaba como lo esperábamos, como un personaje sacado de sus propias novelas y eso hizo las delicias tanto de Tere como de mí.

CAPÍTULO 32

CAMINO AL FARO

—¡Fíjate lo que me ha puesto Randy! —dijo Tere abriendo el cesto frontal de la bicicleta.

Una brújula, una linterna, y un inflador se habían hecho apretado hueco junto a los bocadillos mixtos que habíamos preparado esa misma mañana. De algún modo, Randy había encontrado el momento de dejar su impronta en el interior de la cesta de la bici de Tere.

Hoy no íbamos a seguir el trillado sendero oficial, el llamado Confederation Trail, un camino de 270 millas que se extendía a lo largo de la vía férrea que recorre la isla de punta a punta. Hoy no íbamos a cruzarnos con turistas u otros residentes.

Habíamos dejado el bosque teñido de otoño a primera hora de la tarde. En estas latitudes los días se hacen cortos en esta época del año, así que se hacía preciso no demorarnos en nuestra excursión. Una maraña de arces frente a la bahía enmarcaba y recortaba —intentando no molestar—, una pequeña casita de madera que se alzaba en el centro.

Sabíamos por experiencia que cuando la isla ofrecía un paisaje como este, un momento de revelación tal, había que guardar silencio ante el riesgo de que se esfumara, producto de la imaginación, de un reflejo, de una falsa percepción y que el objeto en realidad no existiera. Algo similar a la fantasmal tienda que encontramos en París. En estas pequeñas incursiones no solíamos emplear más de tres o cuatro horas bien aprovechadas antes de que la noche cayera.

Detuvimos el coche al lado de un mirador de madera enfrentado al mar y protegido por un pequeño tejadillo y al que se podía acceder por una escalera lateral. Desde allí arriba y apoyados sobre la barandilla se podía contemplar a placer la costa de Cavendish hasta una larga distancia en ese mar salvaje, mientras nuestro coche, un viejo escarabajo Volkswagen de color amarillo ocre que conjugaba a la perfección con el paisaje, aguardaba bajo la pasarela.

Era maravilloso ver ese océano romper en las solitarias playas de Cavendish. Para mí, nacido en el Mediterráneo, no dejaba de sorprenderme esa naturaleza que se aproxima al borde del mar, como deseosa de remojarse en sus aguas.

Detuvimos el coche al lado de un mirador de madera

En otras ocasiones nos gustaba pedalear en silencio al atardecer. No era necesario decir nada ya que el propio viento y el sonido de los pájaros hacía amena la excursión. La voz humana parecía a veces fuera de lugar en esta isla, al igual que en Maine o Nantucket.

El camino hacia el faro no tenía desperdicio. Lo habíamos recorrido primero en nuestro viejo escarabajo y posteriormente en nuestras bicis.

Recorríamos en ese momento un sendero de tierra roja recubierto por un techo de árboles que se extendía hacia lo alto de la colina.

Los caminos de tierra rojiza brotaban a ambos lados del sendero que recorríamos, tentándonos con una y mil posibilidades, con mil y una aventuras por descubrir.

Llegamos hasta el faro. La construcción mostraba sus estropeadas cuatro paredes hechas en madera y pintadas en blanco, las esquinas de un rojo ocre. La parte superior, rematada toda en rojo, mostraba una ventana que daba a una plataforma. A sus pies se podían ver las dunas salpicadas de arbustos y vegetación.

Era este el tipo de construcción que habíamos llegado a asociar en nuestra mente con la costa este norteamericana, con ciudades como Boston o Filadelfia.

—¡Qué lugar más bonito para almorzar! —dijo Tere, apoyando su bici contra una de las paredes del faro y cerca de un ventanuco rematado por un pequeño tejado también en rojo que se abría hacía al exterior.

Fue entonces cuando me dí cuenta de una pequeña catástrofe... una de las ruedas traseras de mi bici se había desinflado en gran parte, entregando el alma como se dice en inglés. Al apretar el neumático, éste se rindió a la presión de mi mano y no parecía seguro el retornar con ella en esa situación.

Recordé haber visto una edificación minutos antes a la derecha del sendero. Era cuestión de caminar una media hora a lo sumo hasta poder a ella en busca de ayuda.

De repente comenzó a arreciar la lluvia acompañada de un fuerte viento. Era un aguacero increíble. Nuestro alrededor se llenó de grandes gotas que salpicaban toda la maleza en derredor.

—¡Dios! —dije— nos ha pillado en pleno monte.

—¡Menos mal que se me ocurrió coger los chubasqueros!— replicó Tere mientras abría rápidamente la bolsa que se encontraba en la cesta, entregándome uno de ellos—. Teníamos que haber cogido la otra bici —me dijo—. No sé que le habrá tocado Polly esta vez, pero algo ha hecho.

Polly, nuestra pequeña vecina de quince primaveras de origen escocés y amiga de Randy, muy dada a jugar a «mejorar» nuestras bicicletas. Una chica despierta y de grandes ojos azules. Algunas tardes era posible verla en compañía de su hermano y de Randy introduciendo las llaves inglesas en lugares de sus bicicletas que desconocían pudieran existir. Los dos chicos, aunque menores que Polly, compartían con ella el gusto por la mecánica y la fascinación por las cosas raras que hacían estos dos forasteros venidos de la lejana España.

Llegamos por fin hasta la construcción que habíamos visto antes. Parecía ser un refugio para ganaderos o un almacén de maquinaria y presentaba todos los indicios de encontrarse deshabitada.

Tras apoyar las bicis contra la pared nos guarecimos en el amplio porche. Los rayos cortaban la tarde, marcando la majestad del cielo.

—Es espectacular, ¿verdad? —dijo Tere, y al decirlo pude ver como le brillaban los ojos.

—Aquí somos nosotros los extraños. La naturaleza tiene su propio curso —sentencié, profético y algo poeta como siempre que algo semejante a una gota de agua caía sobre el paisaje, cada vez que una nube aportaba un tono grisáceo al horizonte, a una roca, a un tejado.

La miré de reojo. Estaba realmente hermosa, en ese lugar, de aquel modo, enfrentada a la tormenta.

Noté que la observaba y se giró divertida.

—¿Por qué me miras así?

No contesté. Me limité a cogerla entre mis brazos y besarla.

—Te quiero. Eres parte de este paisaje, de esta naturaleza que no nos pertenece, que no me pertenece. Perteneces al mundo, al igual que los rayos, que la lluvia que cae.

Al cabo de unos minutos, tan repentinamente como antes había comenzado ese inesperado diluvio, comenzó a clarear.

Los árboles mostraban en sus ramas pequeñas llamaradas de gotas atravesadas por el sol de la tarde.

Descendimos con las bicis hacia el camino terminando así la excursión que nos había llevado hasta el cabo.

Las estrellas brillaban en el cielo, en un firmamento lechoso que permitía vislumbrar nuestra casa a lo lejos.

CAPÍTULO 33

LITTLE PAWS

Había esperado pacientemente hasta que llegara su cumpleaños.

Ese primero de mayo, tras desayunar la llevé hacia el coche, agitando las llaves en el aire.

—¿Te acuerdas de esos viajes que hice en secreto cuando te decía que no te podía explicar de que se trataba? ¿Eso de qué tuvieras paciencia y que algún día lo sabrías todo? —le dije.

—Si te refieres a esos días en París y Londres en los que te esfumabas de repente sin decir palabra, me acuerdo perfectamente—dijo con cierto tono de reproche.

—Bueno, ha llegado el momento de que sepas de qué se trata. ¡Sube al coche! No iremos muy lejos.

La primavera, puntual como siempre en Prince Edward, se hacía notar en todo el paisaje que nos rodeaba. El coche atravesaba los caminos de tierra roja bajo una cúpula verdosa de hojas entrelazadas y de flores a lo largo de los mismos.

Tras emplear unos minutos en atravesar la población, llegamos a un paraje situado a unos doce kilómetros a la salida de ésta. Estábamos en una explanada rodeada al este por un grupo de edificaciones en madera y al oeste por la bahía, dentro todavía del parque nacional de la isla.

—¿Qué es este lugar? —dijo señalando el edificio delante nuestro.

—Tú déjame hacer —dije con aire misterioso mientras me adelantaba unos pasos, mirando a mi alrededor como un lebrel olfateando la situación.

Subimos una colina y allí estaba...un edificio blanco con unas verjas del mismo color al más puro estilo de la isla se nos presentó ante la vista.

—¿Para qué hemos venido aquí? —continuaba Tere, mirándome con cara de desconcierto. —¿Por qué vamos por la parte de atrás?

—¿Por qué no te acercas más y lo averiguas por ti misma? —contesté sonriendo.

Efectivamente, habíamos llegado a la pequeña edificación por la parte trasera. Frente a nosotros, una puerta con mosquitera se encontraba abierta siguiendo mis instrucciones.

Al penetrar en su interior nos rodeó una fresca penumbra. A nuestro alrededor se oían unos leves ruidos.

—¿Qué es eso que se oye? —dijo Tere con cierta inquietud.

—Tranquila que doy el enchufe.

Una luz blanca inundó el lugar. Estábamos en una especie de laboratorio a juzgar por tres armarios conteniendo instrumental médico y quirúrgico que vestían las paredes. La que se encontraba frente a nosotros estaba ocupada enteramente por una biblioteca y fotos, varias fotos de animales.

Los ruidos que habíamos oído momentos antes parecían provenir de unas amplias jaulas. Al acercarse a ellas Tere descubrió que las mismas contenían en diverso orden pequeños conejos, algún gatito, un par de cachorros de perritos y otros ojos imprecisos de formas no definidas que parecían seguir nuestros movimientos desde el interior.

—Esto parece una especie de clínica. ¡Mira estos animalejos de ahí! —dijo Tere mientras introducía un dedo en una de ellas, acariciando un precioso gato siamés que se apresuró a rozarse contra su mano.

Seguía mirándome inquisitiva, pero mantuve el tipo lo mejor que pude, indicando con la mano que avanzara.

Cruzamos varios despachos hasta llegar al recibidor que daba a la puerta principal.

—¿Por qué hemos venido por detrás si está aquí la entrada? —dijo.

Al abrir la puerta y salir a la claridad de la tarde y a la explanada que habíamos visto al llegar, nos recibió una salva de aplausos y vítores. Estos provenían de un grupo de personas formadas al pie de las escaleras que habían hecho su aparición en la misma explanada que antes se nos había mostrado desierta. Detrás del grupo y apartados discretamente, John y Jessica observaban sonrientes. Llewellyn también estaba entre los presentes, medio oculto detrás de su jefe como si no quisiera perturbar con su lacónica presencia un evento así.

—¡Enhorabuena! —gritó la multitud congregada.

—¿Me quieres decir qué significa esto por favor? —dijo Tere mirándome con ojos suplicantes, aunque sin abandonar su sonrisa.

—Claro, ¡cómo no! Para empezar te voy a presentar a algunas de las personas con las que vas a tener un trato muy especial en el futuro. Esta es la doctora Kristina Mills y esta es Jennifer Tennies, que por cierto es miembro de la sociedad literaria de Cavendish.

—¿Y...?

—Bueno, la doctora Mills es veterinaria y en cuanto a la señorita Tennies es asistente sanitario con años de experiencia en el sector de tratamiento y acogida a animales y mascotas varias.

Las dos mencionadas se habían acercado portando pequeños ramos de flores que procedieron a entregar a Tere.

—¡Bienvenida! —dijeron ambas casi al unísono.

Entendí que ya era el momento. Mi mujer estaba a punto de una crisis nerviosa.

—Gírate, Tere y mira arriba —dije, colocando mi mano sobre su cintura.

Detrás de ella y sobre la puerta principal que habíamos cruzado momentos antes y colocado a la derecha de la misma, un amplio cartel de madera al más puro estilo colonial de Cavendish mostraba el nombre del establecimiento en letras azules con un paisaje pintado en un lateral que mostraba las figuras de un perro y un gato en primer término.

Sí, allí estaba el nombre, en caracteres Arial bien grandes:

SULTÁN

LITTLE PAWS INN

ANIMAL CARE CENTER & BOARDING

THE NORTH CHAPEL

Tere permaneció quieta sin decir una sola palabra. Tras unos breves segundos se atrevió a acercarse hacia la puerta mientras se mordía las uñas de la mano derecha en un gesto automático. Al llegar a la misma extendió el brazo izquierdo hasta tocar el cartel, recorriéndolo despacio, sintiendo la hendidura de las letras en la madera ornamentada, entre el silencio de todos los que allí estábamos. Este era su momento.

Tere se giró y me miró. Fue entonces cuando vi que las lágrimas caían por su rostro. Como no estaba sonriendo mientras las mismas humedecían sus mejillas.

—¿Y esto? —dijo, mirando una y otra vez el edificio— ¿Qué es esto?

—¿Esto? Ya lo ves. Es muy sencillo. Es tu clínica. Tu propio centro de acogida de animales.

Hubo silencio. Las personas presentes, cómplices en su mayoría de mis arduas labores, aguardaban la reacción de Tere que miraba una y otra vez el edificio, las letras que resaltaban sobre el cartel la pintura todavía fresca sobre ellas. Colocó una mano sobre la barandilla, deslizándola a todo lo largo de la misma, sintiendo la madera, bajando los escalones de ese edificio, respirando su realidad, las hojas del otoño, la fragancia de la tarde.

Al llegar al último peldaño miró a su alrededor, al bello paisaje circundante, a todas las personas que allí aguardaban y me abrazó.

No necesitaba que dijera nada, solo sentirla feliz era respuesta suficiente.

—¿Desde cuándo llevas planeando esto? —pudo decir al fin.

—Puff, años, si te soy sincero. ¿Te acuerdas cuando te pregunté un día que cosa te gustaría haber realizado en tu vida de haber podido y que tenías pendiente? Me dijiste entonces que te hubiera gustado tener tiempo libre para dedicarte a tus animales y poder vivir en un clima similar a este.

—Sí, pero no pensaba que te acordaras de eso.

CAPÍTULO 34
CARTAS LEÍDAS AL ATARDECER

Prince Edward Island
21 de diciembre

A los pocos días de los hechos relatados en las anteriores páginas recibí una carta con membrete de la Universidad de Montanilla. Era un sobre abultado, de esos que se esperan con cierta aprensión, la promesa de contener información sustanciosa y no la parca carta de cortesía, invitación o consideración profesional.

La abrí con curiosidad. Estaba firmada como me esperaba por Elena Serna, nuestra vieja amiga.

Burgos, 15 de diciembre de 20..

Estimado Ernesto,

Te escribo como te adelanté para informarte de las últimas gestiones realizadas en tu nombre al margen de la investigación oficial en relación con la genealogía del apellido Serna desde la familia originaria que estuvimos investigando.

No hace falta que te diga que ni Carlos ni yo nos hemos dado por vencidos y consultamos ocasionalmente viejas crónicas, libros de historiadores varios y teorías mil, aparte de los que aportó en su día mi colega de la Universidad de Deusto, Carlos Ensiñar aunque claro esta, ya no con el empeño inicial. He estado en contacto también con un par de empresas especializadas en reconstrucción de árboles genealógicos. Si bien parece probado que la línea Serna se mantuvo de algún modo en Montorio y cercanías con anterioridad al establecimiento de la población en el lugar que ahora ocupa, el tramo final de la misma, el que conecta desde el siglo XIX hasta nuestros días, aparece roto y desdibujado documentalmente.

Adjunto fotocopias de toda la documentación relacionada donde podrás ver diferenciadas las ramas que se acaban por falta de descendencia, así como aquellas otras que de un modo u otro, se cruzan y entrecruzan en un arabesco singular, pareciendo señalarnos un camino.

Es especialmente frustrante para mí el hecho de que una de las líneas genealógicas, en concreto la recogida en 1895 en la *Crónica de Burgos* escrita por Isais Mendoza Carmona no haya dado sus frutos. Por otro lado, el historiador Francisco Quesada Villegas que escribió una historia de los apellidos locales, fija exactamente el foco especialmente en Montorio y cercanías. Solo cabe especular y como sabes, esa tarea es peligrosa.

Lamento no poder serte de más utilidad ni para ti ni para mí misma. La falta de crónicas, de documentos escritos fehacientes nos abocan a un callejón sin salida. Si bien al igual que tú opino que lo que me planteaste en aquella conversación que tuvimos en mi despacho es viable en teoría, como línea documental o de hipotética investigación, siento no poder facilitarte la certeza histórica que corrobore la misma. En lo que a nosotros respecta, la línea genealógica sufre de una perdida documental considerable a consecuencia del incendio de muchos de los registros civiles durante la guerra. De hecho tanto a Carlos, a Arturo cómo a mí ya nos parece milagroso que el Códex musical haya sobrevivido hasta nuestros días.

Aún mantenemos el contacto con nuestros viejos amigos don Clemente Násera y don Rufio Colmenar quienes se interesan por nuestros avances o, como por desgracia es el caso, la falta de ellos, así como por tu trayectoria profesional, con esa curiosidad persistente que les caracteriza a ambos.

De cualquier modo ha sido una aventura maravillosa e inquietante y siento como tú, que la dura realidad nos fuerce a enfrentarnos con un callejón sin salida. Estamos como historiadores acostumbrados a este despertar del sueño una y otra vez. Me gustaría poder ceder a la sed de saber y rellenar como tú, con ansia creativa, esos huecos desconocidos, pero lamentablemente mi formación me lo impide.

Un abrazo,

Elena Serna Serna

Departamento de Historia

Universidad de Montanilla

Junto a la primera había otra carta firmada por Carlos Lafuente que, aunque fechada con anterioridad a la de Elena, había compartido el mismo sobre. La dulce Sofía, la secretaria de la universidad había actuado en aras de la economía, no cabía duda. Mis dos amigos se habían confabulado en acercar de este modo el viejo Burgos a mi nuevo hogar.

En Burgos a 18 de diciembre de 20...

Amigo Ernesto,

Hay que saber cuando la evidencia, unida a la realidad de los cinco sentidos —al que se añade ese poco útil sentido común—, insiste con aspereza, pero continuamente en que le hagamos caso. Me he empeñado durante meses en un esfuerzo sobrehumano y he convencido a muchas personas para que me sigan. Mis días, mis pensamientos, mis inquietudes, mis proyectos de futuro han sido puestos todos al pie de esta ilusión. Durante cerca de dos años hemos bebido del sueño de la princesa, de su recuerdo. No siento pesar por este tiempo sin embargo. Tanto Elena como Arturo comparten conmigo la creencia de que hemos hecho todo lo que nuestro esfuerzo y la ciencia puedan dar de si, y sí, incluso también las ciencias paranormales del joven Arturo puedan haber jugado su parte en algún momento del camino. Quizás en algún momento futuro una nueva generación pueda coger el relevo, seguir la carrera. Cada uno de nosotros tiene una misión que cumplir en la vida. Elena me está mirando mientras escribo esta carta. Se merece un poco de paz. La veo inclinada ante su caballete, intentando mezclar los colores una vez más, formar un contorno sobre el lienzo, trazar una idea y crear poesía una vez más. Y voy a estar allí.

El eslabón perdido, si es que existe, si es que es humanamente posible encontrarlo, lo será. Pero ya he asumido que no por mí y es sensato reconocer la propia, humana posibilidad de falibilidad. Aun así tenemos muchos motivos para felicitarnos tú y yo. Ambos hemos perseguido un sueño y el hecho de rastrearlo ya es en si la propia victoria. Es lo que nos hace grandes en cierto modo.

Elvira aún sigue dando vueltas a la idea que la puso en marcha cuando empezó a colaborar con nosotros. La detective permanece aparentemente tranquila durante meses. De repente, una palabra, el nombre de una población, una mención ocasional en el *Diario de Burgos* acerca de alguna aldea olvidada, una vieja tradición o la mera referencia a una vieja familia del lugar, la pone en marcha, y la sitúa al volante de su Opel Kadett que, tras emitir unos curiosos ruidos, arranca por fin para enfilarla nuevamente por las rutas de lo desconocido y de la aventura que arde en su interior. Elvira es ya una esclava de ese sueño, de esa pesadilla si quieres que es la búsqueda del saber y que para todos aquellos que la padecemos es, a la vez, tortura y bendición. Una fiebre que, creo yo, arderá siempre dentro de ella tras haberse acercado demasiado a la llama de la curiosidad que ha permanecido demasiado tiempo en este despacho como para no ser a su vez una parte indisoluble de él.

He desistido ya de desanimarla en esas indagaciones. Sé demasiado lo que significa esa búsqueda como para intentarlo siquiera.

¿Y qué decir de Arturo, nuestro nuevo fichaje en la universidad de Montanilla? El nuevo profesor ha logrado hacerse con un buen número de tutorías en razón no solo de su apostura y maneras, sino de su buen hacer, al que acompaña ese magnetismo tan personal que imprime a sus clases y seminarios, transmitiendo a sus alumnos su pasión por el conocimiento. Elena por su parte ocupa ahora la dirección del departamento de Paleografía.

Ella y yo por nuestra parte hemos aprendido a vivir con nuestras limitaciones y de vez en cuando escuchamos alguna información reciente con las que tanto él como Elvira nos amenizan. Nuestros hijos, Teresa y Kristina, de cuatro y tres años respectivamente, nos agradecen con su ternura y preguntas el tiempo que hemos abandonado en pos de los enigmas del mundo y de la Historia.

Pero nunca, nunca olvidaremos que entre tantos otros misterios de la Historia, fue éste, precisamente éste el que nos unió y el que más me ha acercado a comprender que la genuina sabiduría al igual que el verdadero secreto de esta crónica es algo que únicamente puede ser entendido como un don de Dios.

Dejé las cartas sobre la mesa.

Miré largamente a la pared que tenía frente a mí, luego a la ventana abierta, y finalmente al bosque que se abría a mi mirada.

En la pared de la derecha colgaba aquel dibujo realizado por Tere en su niñez. Aquel dibujo que Merche me entregó cuando nos conocimos. Un dibujo en el cual, al igual que en el lugar en que me encontraba la visión se escapaba por la ventana en pos de las torres de la catedral de Burgos.

La pantalla de mi ordenador mostraba la novela sobre la que había estaba sudando las últimas horas.

Ha comenzado a llover. Oigo como el agua rebota sobre el tejado cubierto donde estoy escribiendo. Golpea repetidamente sobre él. Es un martilleo variable pero constante. Me he acostumbrado ya a que se produzca este ruido antes de ponerme a escribir por las tardes.

—Es algo habitual por aquí. No le llevará mucho acostumbrarse —me habían dicho en el pub Duke of Cornwallis, a la vuelta de la esquina la primera vez que acudí a él.

Y sí, es verdad, no me tomó mucho tiempo hacerlo. En esperar la hora, ese espacio entre las cinco y las seis de la tarde en que oiría otra vez el trueno, vería el relámpago a través de las ventanas del estudio como algo necesario para empezar mi tarea diaria.

Este era pues un día perfecto. Esperaríamos a que la lluvia apretase, a que arreciase, a que el sonido sobre los cristales fuera mayor, que la oscuridad del mundo más allá de las ventanas nos recordara tantas lluvias pasadas juntos, tantas tardes viendo los relámpagos, el verde intenso de la maleza, de los árboles, agradeciendo todas y cada una de esas gotas venidas desde arriba.

Una tarde de tormenta mientras se contempla el repetir del relámpago, sintiendo como tiemblan las paredes tiempo, es el mejor modo de encontrarse cerca del espíritu de la Creación.

Y de repente, tan súbitamente como empieza, se detiene.

¿Volverá a continuar luego? La naturaleza escribe por su parte su propia novela de suspense, manteniéndonos alerta a ese fenómeno. La nuestra, más interior, más primaria, no puede hacer otra cosa. Y como en todo fenómeno natural, hay una parte de alarma dentro de nosotros que está presta a correr, a huir si la situación traspasa determinada línea.

La isla, en esta tarde adormilada semejaba extrañamente ausente de inquietudes históricas, de pasadas quimeras, de secretos ocultos. ¿Pero era realmente así?

¿Cuales habían sido las palabras de Carlos Lafuente?

Qué haría falta un milagro, un don divino para averiguar la verdad, para encontrar la conexión perdida?

Sí, un don de Dios.

Me di cuenta de que ya no necesitaba saber nada más.

Ya tenía las respuestas. De algún modo siempre las había tenido.

Que la tierra separada que mencionaba John Donne en su poema se unía un poco más.

Quizá no podía explicármelo ni articularlo bajo la forma de ningún razonamiento.

Teodoro.

El padre de Tere.

«Don de Dios»

¡Qué razón había tenido Arturo!

Arturo, con esa intuición, esa clarividencia que atravesaba las almas y los objetos se había acercado sin saberlo a la verdad.

Pero sabía yo que el secreto no me pertenecía. Quizás fuera mejor así. Ella no habría querido las cosas de otro modo.

Los árboles que rodean la casa se han convertido en mis amigos, parientes remotos de aquel otro al que me abracé en aquella ermita lejana entre dos pequeños pueblos en Burgos. Aquel día que tan lejano me parece ahora en que pude entender su peculiar lenguaje, su ritmo más acompasado al nuestro, pero no menos preciso e inteligente. Simplemente se trataba de un idioma diferente, de compases lentos, sin prisas, con todos los siglos por delante para tomar una decisión. Para hablar con ellos solo teníamos que bajar nuestro ritmo y nuestra respiración, hacer más pausados nuestros movimientos a modo de practicantes de Tai-Chi, dejar de lado nuestro pensamiento galopante que, consciente de nuestro corto tiempo vital, busca soluciones y decisiones para el mismo momento, puesto que en ello hemos basado nuestra supervivencia.

Volví a recordar aquella tarde de nuevo. De hecho siempre estaba en mi mente de un modo más o menos consciente. En especial aquel momento cuando, tras inspirar lentamente, abrí los ojos a esa certeza que me había estado aguardando.

No, no había prueba alguna salvo mi intuición personal.

El nombre que había encontrado en un árbol por casualidad.

¿Por casualidad?

Solo mi instinto, ese martilleo incesante en la cabeza, esas pistas desperdigadas por la historia me habían invitado a continuar. Ese instinto al que aprendí a seguir gracias a Arturo al igual que esta afición desmedida por escribir en mi diario...

De algún modo di con la historia de ls princesa nórdica. ¿Había sido por casualidad? ¿Todo esto había ocurrido por azar? ¿Por mera coincidencia, significativa o no?

Toda esa información caída en mis manos, inopinadamente, sin buscarla.

Los paralelismos se encontraban ahí, los símbolos estaban ahí, esperando ser descubiertos.

El secreto del Monasterio, celosamente guardado por las abadesas y revelado a su sucesora en su lecho de muerte.

La carta de amor encontrada en el féretro, destinada quizá a un amante desconocido y a aquella criatura que había tenido que dejar atrás.

No me podía quitar de la cabeza la imagen de esa criatura abandonada en el Monasterio de las Huelgas al norte de España, mientras su madre invocaba su presencia a través de los siglos.

Jamás sabría la verdad. Solo una bella crónica romántica perdida en la historia, en las alianzas y guerras de una España que todavía no estaba formada.

Cuando se recorren esos viejos edificios abandonados, cargados de la historia que se ha filtrado por los poros de la piedra en cada uno de sus rincones, uno puede descubrir cosas extrañas. Uno recuerda esas teorías parapsicológicas que explican las videncias de algunos médiums como resultado de que los hechos históricos hubieran impregnado el ambiente, como si hubieran sido grabados sobre un viejo disco microsurco que permitiera su reproducción ante una mente sensible capaz de entenderlo y vivenciarlo.

¿Qué contarían entonces estas piedras, estos claustros, acerca de aquella criatura que tuvo que correr solitaria entre ellos, jugando al escondite quizás con su sombra?

Este es mi sentido y personal homenaje no sólo a la mujer con la que comparto mi vida y junto a la cual espero acabar mis días, sino también a la princesa Kristina.

No tenía sentido, ahora lo entendí claramente, contarle nada a Tere sobre esta investigación privada que había llevado a cabo por mi propia cuenta, siguiendo un instinto loco, una intuición paranormal o como quisiera llamarlo. No tenía sentido ni para mí mismo. Había sido un viaje de exploración interior. Sabía eso sí, que era mía ahora la responsabilidad moral de cuidar de ella, de esa herencia mitológica si se quiere llamar así.

Abrí el cajón superior de mi escritorio, el viejo buró de mi padrino que había transportado hasta estas latitudes. No había tenido valor para deshacerme de él.

Saqué de su interior el estuche alargado que me había regalado Ana Mari aquel día de romería extemporánea que me había sacado de la manga.

Lo abrí.

En su interior se encontraba el pequeño objeto envuelto en una tela protectora. La aparté con cuidado y admiré una vez más la navaja que brilló agradecida bajo la luz que entraba por la ventana a esa hora del sol poniente, incidiendo sobre el objeto.

Una preciosa navaja con mango de nácar.

La navaja que Teodoro había usado ese día.

CAPÍTULO 35

MEMORIAS DESDE CANADÁ

Llevamos ya algún tiempo en Prince Edward Island.

El tiempo ha pasado desde que llegamos a este nuevo hogar y hoy mi mente ha volado hacia el pasado.

Teresa sigue ocupada con el cuidado de sus animales y participa también en la coordinación de excursiones en la naturaleza con científicos y organizaciones naturalistas que vienen a la isla.

Irene viene a vernos todos los años y le encanta juguetear con todos los gatitos que rodean nuestra casa, haciendo que esta se parezca cada vez más a Tejas Verdes. Sus dos hijos, Rosa e Isabel —en honor de sus dos abuelitas—, campan a sus anchas por los prados y han manifestado a su madre en reiteradas ocasiones su deseo de querer vivir en esta fantástica isla, idea esta que Irene, más pronto o más tarde, no me cabe duda, acabará por aceptar.

Me agrada contemplar el cariño y amor que mis dos «chicas» se profesan entre sí, de lo cual son testigo las innumerables caminatas que acometen por toda la isla y en especial por los impenetrables y bellos caminos que rodean nuestra casa. Me gusta en ocasiones emprender paseos solitarios por las dunas de la playa de Cavendish, sentarme y abrazar mis piernas mientras cierro los ojos y recuerdo nuestro camino hasta aquí. ¡Se ve todo tan lejano ahora! Pero si me concentro puedo recordar aquellas veces en que empezamos a tomar café juntos por las mañanas, las bromas en el ministerio, aquellos compañeros que se quedaron en España y que fueron testigo de aquello que empezó a surgir entre nosotros sin darnos cuenta, entre juegos y risas, en aquel mundo mediterráneo que parece ahora tan lejano. Es efectivamente otra vida la que he iniciado junto a Tere, una vida plena.

Me agrada saber de Gloria de vez en cuando. Vive feliz en España en la que fue nuestra casa de tantos años y me agrada pensar que parte de nuestra felicidad común se quedó allí, que nuestra experiencia en común sigue de algún modo viviendo. A ella le he de agradecer siempre la comprensión y el cariño, que, aún desde el dolor de la separación ha tenido en esta historia.

Tere sigue escribiéndose también con Manuel y mantiene un recuerdo cariñoso que perdurará, no me cabe duda durante toda su vida.

Me acordaba de vez en cuando de aquellos amigos hechos a lo largo del camino. De Carlos Lafuente, de Alvaro Pinedo y por supuesto de Elena. Juntos habíamos hecho algo extraordinario, juntos habíamos tensado las cuerdas del destino, los hilos invisibles que entrelazan los destinos, tan invisibles como una telaraña hasta que no esta uno atrapado dentro de ella. Más de una noche, cuando estaba sólo levantaba una copa y brindaba en silencio por nuestra amistad, por nuestro encuentro y por la particular parte que cada uno de nosotros hemos jugado en esa maraña de coincidencias, de encuentros y sí, también de milagros.

Nada podía hacernos suponer entonces que este fuera a ser nuestro hogar si exceptuamos alguna que otra escapada a mis queridas Hébridas y en concreto a Skye.

Ese amor por las tierras del Norte, por ese mundo septentrional y frío, tan querido, perdurará siempre, al igual que este amor tardío que llegó a mi vida de sopetón.

CAPÍTULO 36
UNA MIRADA AL MAR

Tras trabajar unas horas más en la novela, busqué a Tere. Se había marchado a dar un paseo, después de haber dejado la comida puesta a los gatitos.

Caminé unos pasos por detrás de la casa en su búsqueda.

Allí estaba su bicicleta con la cesta metálica que Randy le había arreglado esa misma mañana.

No debía de estar lejos.

La encontré un poco más allá en la pequeña cala próxima al faro, sentada sobre una roca. Mirando hacia el mar. Estaba absorta contemplando el vuelo de las gaviotas, siguiendo con los ojos los variados movimientos del paisaje del que nunca se cansaba. De vez en cuando sacaba la cámara de fotos que le había regalado recientemente por su cumpleaños. Desde donde me encontraba podía oír el clic del obturador inmortalizando alguna de esas criaturas.

El mar sonaba bravío a esa hora de la tarde. La luz violeta la envolvía, recortando su silueta contra el horizonte, contra ese océano plomizo.

Sonreí.

La contemplé en silencio durante unos instantes. Era esta una experiencia de la que nunca me cansaba.

Semejaba la viva encarnación de un misterio que hubiera decidido salir a pasear por las tardes.

Me alejé por el sendero que llevaba hasta nuestra casa. No quise molestarla. No hoy, no ahora. Tenía que hacer algo antes. Quería grabar ese momento, ese recuerdo.

Así es como me gusta recordarla en las escasas ocasiones en que por razones de trabajo he de ausentarme para ir a Nantucket, New York o Chicago a la presentación de algún libro.

Quizás a veces agrego a esa imagen uno de los gatos de *Little Paws* colocado sobre su espalda, tal como hacía Patitas. A veces puedo llegar a imaginarme dos. Como ella me dijo muchas veces, mi imaginación se desborda en ocasiones.

Su imagen sobre la roca me recordaba siempre a esa lejana mujer.

No había prueba alguna, ciertamente que no. Nada más que mi intuición personal, eso es algo incuestionable. Pero por lo menos contaba con la callada comprensión de Elena.

Sentí como si la hubiera amado antes de nacer. Al igual que era obvio que debía respirar y estar sujeto a las leyes de gravedad de este planeta, a los miles de circunstancias que implica estar vivo, también lo era mi amor por Teresa.

Sí, es así como quiero recordarla, fijada en mi retina para siempre. Que en mis últimos momentos sea ese recuerdo el que me visite llenando de paz mi alma. Con toda la fuerza de su ADN mirando al norte.

Tere observando el horizonte había pasado a ser una nueva persona. Obviamente, mis sentidos me decían que seguía siendo ella, pero yo sabía, percibía que era algo más. Algo a lo que no me atrevía a poner nombre. Quizás lo hiciera algún día.

O quizá nunca.

Ya no tenía inquietud alguna en mi corazón. Ese sentimiento de meses atrás había desaparecido como por encanto.

Sí, como una vez le había dicho a Pinedo esto era la vida y una novela que puede ser arreglada para que termine del modo que deseamos. Pero aun así, este era el final que había perseguido en mi vida, incluso con las imperfecciones propias de nuestra humanidad.

Y sentí así, tarde tras tarde ver caer las hojas, nuevas o viejas, con los mismos colores de la estación previa, como continuarían haciéndolo año tras año, siglo tras siglo, con idénticas formas, desprendiendo el mismo olor, como si el mundo no hubiera cambiado.

Una parte de mí habla en silenciosa conversación con aquella antepasada a través de los siglos. Esa mujer de mirada triste y melancólica, frente a la posibilidad y pasión vital que rodean a Teresa.

Si Tere había encontrado su destino yo acababa de descubrir el mío ciertamente ahora mismo.

Y a veces, cuándo veo su retrato, cuando cierro los ojos algunas noches, creo escuchar una especie de susurro en mi oido:

—¡Gracias!

Las dos princesas del Arlanzón.

Teresa lo había conseguido. Ya era en toda lid una auténtica princesa del Norte alzándose como mascarón de proa en ese promontorio enfrentado al mar.

EPÍLOGO

UNA ESTATUA EN MONTORIO

Montorio ha sufrido una ligera variación en su paisaje urbano. El motorista que se acerque ahora a la población con la esperanza de atravesarla con rapidez camino del Norte se encontrará con un obstáculo al hacerlo. Un pequeño obstáculo, eso es cierto aunque suficiente para que le obligue a disminuir su marcha por el centro de la población.

Se trata de una pequeña rotonda construida entre la calle Burgos y su prolongación, Félix Rodríguez de la Fuente. En el centro de la misma se alza una estatua en bronce.

Es una escultura modesta y pequeña, pero como en muchos de estos monumentos, cargada de sentido.

Su instalación ha sido posible gracias a la iniciativa de la asociación de vecinos y del nuevo alcalde pedáneo, Roberto Costa, gran amigo del anterior, así como de la colaboración de la legación noruega a través de la fundación princesa Kristina y la no menos valiosa recogida de firmas realizada por los alumnos de la universidad de Montanilla.

La estatua representa a una niña.

Una niña que la imaginación del escultor, quizás recordando esos otros infantes que aparecen en la obra de pintores flamencos y holandeses, en esas pinturas bañadas en el sol de la tarde que se filtra por ventanas situadas al fondo de largos pasillos, la presenta contemplando el sol poniente. Muestra en su alzada mano derecha un pajarillo que se interpone entre su mirada y el horizonte.

A sus pies hay colocada una pequeña placa dorada donde puede leerse:

Al Serna desconocido.
En homenaje a la descendencia perdida de la princesa Kristina de Noruega que residió entre Quintanilla y Montorio desde el siglo XIII hasta principios del XX.

Y a continuación sigue una breve semblanza del triste final de aquella princesa noruega con una extraña misión en España.

Al pie de la estatua hay siempre un pequeño grupo de florecillas que los vecinos se ocupan de cambiar con frecuencia cuando como, a resultas del viento, de la lluvia o de cualquier gamberro se hace preciso tal menester.

Honorio, el presidente de la asociación, se enorgullece de mostrar la misma a los visitantes que llegan hasta Montorio para las fiestas de la Virgen de las Mercedes o cualquier otro evento local.

Los pasacalles incluyen ahora una pequeña vuelta a la estatua antes de proseguir su camino calle arriba mientras la niña de bronce parece sonreír agradecida.

Muestra en su alzada mano derecha un pajarillo que se interpone entre su mirada y el horizonte.

Respecto de la misteriosa elaboración de las vidrieras del Monasterio de Huelgas, así como de la composición de la tinta utilizada para escribir las misteriosas palabras sobre el códice nos consta que son en la actualidad objeto de extensa investigación por varios estudiosos, entre los cuales, aparte de nuestros amigos de la Universidad

de Montanilla del Arlanzón, destaca el nombre de la profesora de la
UBU, Pilar Abad que, en numerosos congresos y trabajos publicados
en revistas especializadas, va dando cuenta del avance de sus estudios sobre el particular. Son muchas las zonas grises que la investigación del profesor Lafuente no hizo sino apuntar, tirar de la esquina
de la cubierta que protegía el cuadro, la imagen total. Tal fue el caso
de esos secretos alquímicos transmitidos en los códices de un modo
similar a como lo habían sido en la propia arquitectura de las catedrales, conventos y monasterios desde la antigüedad.

CAPÍTULO 2

LA ABADESA RECUERDA

La madre abadesa encontraba solaz en su paseo diario y cotidiano por el jardín y las viñas situadas en la parte trasera del mismo.

Un bálsamo que no podía ser reconocido como tal. Era una calurosa mañana de agosto tras la primera misa del día. Tan solo una leve presencia de nubes en ese día despejado. Agradecía esa diáfana claridad . Le gustaba deambular por el jardín y salir en alguna ocasión al Compás de Afuera con cualquier excusa antes de la llegada de los visitantes y del personal de Patrimonio Nacional, dejándose llevar por el privilegio que significaba vivir aquí todos sus días.

En otras ocasiones, si no había ninguna hermana cerca, osaba acercarse a orar por las Claustrillas o bien, tras atravesar el Paso de las Conversas, dirigirse al jardín del Infante con similar objetivo.

Algunas hermanas habían hablado de su encuentro con una solitaria joven rubia caminando sola por la noche, su silueta apenas esbozada tras algún grupo de columnas. Solo por un momento. Apenas un segundo. Ella también había creído compartir esa visión, pero cuando había mirado con mayor atención comprobó que todo había sido una ilusión.

Una ilusión que no obstante se había repetido en varias ocasiones.

Ciertamente en una mañana como la de hoy en que solo se oía el piar de alguna avecilla perdida buscando su árbol, de algún gorrión o mirlo tardío explorando en busca de comida entre los rincones de los cerrados claustros, era fácil creerse en otra época.

Mirando al muro enfrentado a aquellas ventanas se sintió muy lejos de ese interior que sabía habitado por la presencia de los técnicos y administrativos de Patrimonio Nacional, ocupado por ordenadores, cables y moderna tecnología.

Se sintió lejos sí, de los paseos recurrentes, de las repetidas explicaciones de las guías turísticas, no siempre exactas, resumiendo necesariamente una complicada historia en unas breves frases.

En días así los coches parecían haberse olvidado por unos minutos de transitar por la calle empedrada del exterior.

Estaba sumida en un estado de profunda concentración. Las últimas semanas había vivido experiencias muy diversas y a la vez muy intensas. La antigua fórmula epistolar que desde la Edad Media encabezaba las cartas de sus antecesoras le vino a la cabeza: «*En el Monasterio Santa Maria la Real cerca de Burgos...*». Sí. El monasterio había pagado un alto precio por estar tan próximo a la ciudad. Sabido era que la orden cisterciense estipuló que por lo general los cenobios se instalaran lejos de los núcleos urbanos para permitir la oración y el recogimiento de las hermanas. El de Burgos había sido una excepción y esa excepción estaba siendo pagada ahora, siglos después.

Alzó la cabeza. Acababa de dejar el Contador Bajo donde se ubicaban las oficinas del despacho abacial. Se encontraba ahora bajo los cinco arcos con rejas de la Portería. Un enrejado que separaba el mundo de la clausura del exterior. Antaño se había colocado aquí, de columna a columna, una cadena de hierro con cinco alcachofas del mismo material esmaltado en oro, formando un borlón en arco, el símbolo de la jurisdicción civil de la abadesa.

Por un momento pensó que si cerraba los ojos y extendía la mano podría sentir el frío del hierro. Frente a ella, en el patio, la fuente continuaba arrojando por su caño ese ruido líquido, constante, repetido, incansable, distinto y a la vez siempre el mismo.

Un coche acababa de entrar en el recinto.

Alguien debería de prohibir de una vez por todas el que estas máquinas horrendas, brillantes y metálicas penetraran en el Compás interior, rompiendo el encanto y el silencio. ¿No podían ver todos estos restauradores y eruditos contratados por Patrimonio Nacional que la presencia de estos vehículos contravenía cualquier sentido básico de la estética, si no ya del recogimiento y respeto debido al propio monasterio? ¿Qué tenía que ver el rojo metalizado de uno de estos coches con los tonos de la vieja piedra? ¿El sonido de un claxon en el Compás de Adentro por involuntario que fuera con el tañir de las campanas? Adivinaba tras los muros la presencia de los técnicos y demás funcionarios con sus ordenadores, sus teléfonos móviles, fotocopiadoras, y faxes, la prisa escrita en sus gestos, cuando no el aburrimiento, el tedio diario producido por un trabajo idéntico al del día anterior teniendo como única distracción un patio casi vacío.

Esperaba no tener que ver mucho más del futuro del cenobio. Sabía que otros centros no habían sobrevivido, que era un privilegio que Huelgas aún se sostuviera en pie a pesar de todas las tribulaciones pasadas, de todas las invasiones.

Sintió algo extraño en la luz que la rodeaba. Una sensación de *déjà vu* la envolvió. Recordó una sensación similar a la que experimentó aquel amanecer en la sala capitular cuando los rayos del sol atravesaron la vidriera de San Juan incidiendo sobre el Codex. Sintió un temor incierto, desconocido. No podía precisar de dónde venía o que lo causaba. Miró en torno suyo. No había ninguna hermana cerca de la reja en ese momento.

Lo recordó entonces. Aquella impresión. Aquella extraña sensación que había olvidado se hacía sentir de nuevo.

Había ocurrido delante de ella, al otro lado de la cancela. Un pequeño grupo acababa de entrar en el Compás. Un hombre y una mujer permanecían un poco apartados de él, como buscando intimidad. La mujer llevaba un bonete verde inclinado a un lado dejando al descubierto su media melena. Pero había algo que no era habitual.

Sí, había algo peculiar en ella.

Recordó haberse fijado con detalle en las figuras. Turistas, como tantos otros que veía a diario, que miraban a su alrededor, a este espacio por primera vez y comentaban aquello de lo que tantas veces había sido testigo: los muros, la entrada, la fuente y lo hermoso de todo el conjunto. La mujer se separó del grupo y se acercó a la placa fundacional que conmemoraba la construcción del patio, situada en un lateral sobre la fuente y en la que figuraban inscritas las palabras de la abadesa que mandó instalar la misma. Bajo la desgastada placa de piedra el pequeño chorrillo de agua seguía cantando.

Al llegar frente a ella la mujer introdujo una mano en el agua que caía y se la pasó por la cara, girándose a continuación con mirada ausente en dirección al lugar donde se encontraba la abadesa. El hombre que la acompañaba hizo lo mismo. De modo reflejo la religiosa dio un paso atrás, sintiéndose pillada en falta.

Había algo en el modo de andar de esa mujer. Parecía deslizarse por el suelo más que caminar. En silencio, con rapidez y precisión. Como un felino en un instante había regresado junto a su pareja.

Unos minutos más tarde este penetró por la puerta de admisión y venta de tickets desapareciendo de su vista.

¿Por qué había sentido ese estremecimiento al ver a esa desconocida?

Muchas veces durante los años siguientes, ya convertida en una anciana encorvada, sintiendo aproximarse el momento de encontrarse con el Salvador, se sintió en el fondo gratificada por ese secreto que había compartido con aquel grupo de investigadores de la universidad de Montanilla.

Ocasionalmente la imagen de esa desconocida en el patio volvía a ocupar sus pensamientos.

«¡Qué extraño!» —se dijo entonces y tornaba a apartar de su

mente esa idea. «¡Aunque la tuve sentada frente a mí en mi despacho, no la reconocí ni siquiera en aquel momento en la sala capitular».

Comprendió ahora como debieron sentirse aquellas hermanas engañadas al atardecer por la aparente visión de aquella joven rubia en las Claustrillas.

Había aprendido a domar la curiosidad durante toda su vida. Esa disciplina se había mantenido casi intacta salvo por la expectación que en su alma había despertado la visita de los profesores de Montanilla.

Esa curiosidad se mantendría hasta el final de sus días. Solo esperaba que quizás nuestro Señor levantara algún día el velo de esta y otras inquietudes que había arrastrado durante su vida.

—Ave Maria, abadesa —dijo una hermana que se había acercado proveniente del jardín del monasterio—, no la había visto. ¿Qué hace aquí sola?

—Buenos días, hermana Mariana, simplemente estaba disfrutando de esta mañana divina. ¿No le parece hermosa?

—Sí, es un día digno de una princesa —contestó la hermana Mariana mientras se alejaba en dirección a la posada.

～

CAPÍTULO 3

EL ESLABÓN PERDIDO

En una colina de un lugar que apenas ya nadie transita, se alza una vieja torre mozárabe casi derruida. Ya solo alberga nidos de pájaros que la olvidaron una mañana cuando emigraron a climas más cálidos con intención de volver el siguiente invierno.

Unos pocos árboles rodean los muros caídos, vencidos por la maleza que los penetra. El camino que llega hasta la entrada ya no es ni siquiera recuerdo lo que motiva que, de vez en cuando, un paseante amante de la naturaleza, uno de los pocos que suelen llegar hasta acá, tropiece con algún resto de baldosa o alguna viga oculta por la alta vegetación.

La diputación de Burgos todavía no ha tendido sus manos en esta dirección con planes de desarrollo o de nuevas infraestructuras.

Una cruz recortada en hierro, retorcida sobre una parte de su techumbre delata que el edificio fue en tiempos pasados un lugar de culto.

Hay pocos lugares tan singulares como esta parroquia, como esta vieja iglesia con un endeble porche de madera que cruje con cada soplo de viento, amenazando con desmoronarse por completo sobre el resto de la población uno de estos días cada vez que una tormenta se acerca, ante el temor del alcalde pedáneo y del párroco que no logran reunir el dinero para su restauración y que solo han conseguido de sus esfuerzos y gestiones una construcción provisional donde celebrar el oficio religioso, provocando que este mismo hombre de Dios aumente la frecuencia de sus rezos en un vano intento de evitar que lo peor ocurra.

Sí, no hay muchos lugares como esta iglesia, lugares donde árboles sin hojas la rodeen, tendiendo sus ramas sobre sus tejados cual manos que intentan evitar que el cielo se desplome sobre la misma, procurando que aguante un día más, un mes más, un año más, como esa madre que intenta proteger el sueño del niño que duerme ante la noche oscura, manteniendo una luz en la ventana, una luz que sirva de símbolo de protección, de calor de hogar, tanto para el niño como para ella misma.

No existen muchas parroquias como esta cuyos caminos hayan sido borrados por la maleza que ha crecido durante los años, caminos cruzados por raíces de helechos, de plantas trepadoras que se extienden sobre antiguas losetas que en otra época, niños hace tiempo desaparecidos bajo otras losetas de mayor tamaño en el cementerio local, cruzaban jugando al pillapilla o al «tulallevas.»

No está completamente sola la iglesia sin embargo. La rodean una o dos edificaciones que sobrellevan la peor parte de las tormentas, pero incluso ellas

han sufrido daños y muestran sus paredes derruidas, sus ventanas sin cristales, abiertas para que el aire pueda recorrer aún mejor las dependencias sin techo. Cercano a ellas llega el sonido del cercano arroyo, con un canto saltarín, como un grillo que se alegrara al recibir la visita de un grupo de su especie.

A veces un pequeño pajarillo u otro animal similar viene buscando refugio y se atreve a penetrar en el interior de la torre. Allí, bajo una parte de cornisa medio derruida, se encuentra una placa de mármol borrada por el tiempo, el musgo y el olvido. Sobre ella hay un nombre, único superviviente de todo lo que antes lucía marcado en su superficie.

Una sola palabra.

Serna.

Y bajo él, unas fechas borradas de las cuales solo unos pocos números son apreciables a la vista, dando cuenta de los años: *15...—16...*

Allí, en esa vieja iglesia, bajo el viejo altar olvidado, en caso de que el futuro arqueólogo no descubriera la placa anterior, se encuentra una doble baldosa sellada en el suelo ocultando una pequeña cavidad: apenas unos pocos palmos de longitud por uno de profundidad.

En esa diminuta oquedad se encuentra una caja carcomida con unos pocos folios destrozados en su interior.

Sobre la superficie de esos pergaminos que han aguantado el frío de cientos de inviernos, luchando y resistiendo a la humedad exterior, se aprecian unas manchas. Unas manchas pardas, unos signos que, cual hormigas, parecen recorren de un extremo a otro las páginas. Unos signos que apenas recuerdan lo que un día fueron.

Un camino. Un camino al conocimiento.

Letras. Frases.

En alguna esquina, si alguien pudiera ver esta reliquia con la luz adecuada, podría adivinar con cierto esfuerzo el nombre de «Kristina» y unos renglones más abajo las palabras «Noruega» e «infante».

En esas páginas se cuela el apellido «De la Serna» dos o tres veces acompañado de otros patronímicos, de otros lugares.

Y al pie, solo al pie del mismo una firma legible, vigorosa, trazada con energía y propósito.

La firma y sello de la abadesa de las Huelgas doña Maria Teresa Zabarce De Aramburu seguido de un nombre ilegible y la fecha «1905».

Unas pocas páginas, solo un breve resto esperando al escriba, al paleógrafo o arqueólogo que nunca llegaron a posar sus ojos sobre ellas.

Pero sí llegaron hasta aquí las tropas de soldados, como también lo hicieron los gritos de odio años más tarde, odio entre hermanos. Ante todos ellos, frente a todos ellos, los pergaminos resistieron. Lo hicieron durante siglos, esperando el conocimiento.

Pero, al igual que ocurre con todos los esfuerzos humanos no conocidos, el último enemigo les superó insidiosa y lentamente.

Les derrotó el olvido de las gentes.

Porque ya nadie leerá esas páginas.

Y allí lejos, la ciudad de la bruma veía, una vez más como los rayos del sol poniente se filtraban por las callejuelas, pasajes y escaleras que habían permanecido en sombras durante todo el día, iluminándolas por fin y llenándolas de luz.

EL DÍA DEL ADIÓS

Siento como si me muriese por dentro, cada día un poco más. Poco a poco digo adiós a las esperanzas, a las ilusiones, a los sueños de adolescente tardío, sexagenario, vergonzante.

«Decir adiós es morir un poco», dijo el poeta y así es.

Pero se muere más cuando es uno quien coge la cuchilla, cuando no es el extraño quien desde fuera te apuñala, quien cercena tu vida.

Siento con cada día que pasa que estás más lejos de mí y aunque lo entiendo y lo asumo, la pena no me deja a veces respirar.

Solo el mirar las paginas donde apareces me da algún consuelo. Solo recordar los momentos vividos sirve de algo para esta situación que no tiene remedio ni solución.

Si algo puede paliarlo aparte de la ficción es dejar todo contacto y que solo la memoria esporádica de tu ser me visite de vez en cuando. Así viviré, si no más feliz, por lo menos más sereno, pudiendo enfrentarme a la vida.

No puedo releer el texto que acabo de escribir; me produce congoja el hacerlo.

Sé que queda poco para la gran despedida, la gran despedida que llegará cuando te presenté la última narración, la narración de una vida que no es mía ni tuya, pero que, paradójicamente, lo es más que nunca.

Porque aunque saber de ti me produce una tremenda alegría, también me produce desazón recordar una vez más que no te tengo, que no eres mía. Y no puedo pensar en eso sin que me duela, no puedo aceptarlo con la razón ni con El corazón. Si hay algo de rebeldía en mí es la de no aceptar esta situación.

Puedo alejarme, puedo callarme, puedo apartarme, pero no me pidas ni que te olvide ni que deje de amarte.

Y es así, desde la distancia, donde te deseo toda la felicidad del mundo aunque no pueda compartirla contigo.

Llegó pués el momento. Tengo que decir adiós al sueño y seguir con la vida, al menos con una parte de ella porque esa otra, ese periodo de tiempo ha quedado congelado, impregnado de Teresa, de la dulce sensación que fue compartir unos pocos momentos con ella. No podía seguir así; había por fin comprendido que hacerlo era traspasar una tenue barrera, era convertirme en algo que yo no era ni quería ser, algo indeseable y que mancillaría el recuerdo de mí en su mente. Preferí ser recordado como ese compañero amable, atento y cariñoso que un día tuvo la mala fortuna de enamorarse del mismo modo que un mozalbete.

¡Adiós mi querida Teresa! Me detengo en el quicio de la puerta para contemplarte por última vez antes de alejarme hacia el atardecer como en esos *westerns* que tanto me gustan y que me hubiera encantado disfrutar contigo.

Aunque en cierto modo y gracias a la complicidad de estas páginas, hemos vivido y compartido un gran tiempo juntos, unidas nuestras mentes, ya que no nuestros cuerpos.

Mientras escribía esta novela has estado en mí, te he sentido cerca. Quizás tú al leerla hayas tenido la impresión en algún momento de ver mi alma salir de sus páginas, cruzar la frontera y hablar con la tuya durante un breve lapso de tiempo. Creo que muchos se habrían dado más que satisfechos con menos que eso.

Por otro lado, la vida que he llevado desde que este amor nació en mí ha sido envidiable.

Todos esos instantes de juego entre nosotros, de complicidad amistosa, casi adolescente han sido impagables.

Momentos tales como cuando me atrevía a acariciarte la mano y la retirabas mientras decías sin perder la sonrisa:

«—¡Eh, que te veo venir!»

Que Dios me perdone, pero no encuentro el valor ni las fuerzas para terminar esta historia en otro sentido que no sea el que transpira de estas pobres páginas.

Este relato es mi legado. Este relato que he llenado durante casi dos años a escondidas, intentando reflejar en él un sueño, un sueño en la piel, vivido con los ojos abiertos, avivado cada vez que miraba los tuyos. Es mi sueño imposible y, como en la mayoría de ensoñaciones imposibles, son estas los que nos alientan a vivir, a seguir adelante.

Me detengo para atrapar gracias al arte tu recuerdo, para fijarlo en mi memoria. Como te dije en el prólogo, gracias a la literatura una parte de ti siempre será mía.

Tú y yo estamos juntos, estaremos siempre unidos en estas páginas. Mi amor, nuestro amor paralelo, imposible, vivirá cada vez que alguien abra este libro y se atreva a seguir el sendero de baldosas amarillas que lleva hasta la ciudad Esmeralda.

Adiós, y si alguna vez te acuerdas de mí, por favor, sé amable.

Con amor Teriña, siempre.

2 de mayo de 2021.

EL CUADRO ESCONDIDO

Estaban sacando los muebles del bungalow. El camión de mudanzas esperaba fuera, las puertas abiertas como la boca de un perro jadeante, comiéndose uno tras otro los muebles que los transportistas iban sacando de la vivienda.

En un rincón se encontraba oculto un pequeño objeto, detrás de varios cuadros para los cuales no había existido sitio o momento para su colocación en aquel sótano que había sido simultáneamente estudio y sala de cine durante años.

Estaba cubierto con un papel opaco de estraza, queriendo ocultarse así de las miradas inquisitivas, del observador ocasional. Y así había transcurrido efectivamente oculto, durante más de esos treinta años junto al manuscrito inédito de aquel relato escrito por su progenitor.

La joven se acercó titubeando. Comprendió que este era el secreto escondido de su padre en su madurez, del cual había tenido algunos atisbos, pero del que, por pudor, no quiso saber más. Sabía que era el secreto de un amor imposible que por otro lado dio nueva vida a su progenitor así como la inspiración y la capacidad creadora para poner todo su corazón en la escritura, para derramar su alma, día tras día ante el testigo mudo que suponía su procesador de textos, desgranando sus sentimientos diarios.

El cuadro mostraba a una mujer hermosa, de mirada limpia y serena sonrisa.

Estaba ataviada con ropajes de corte, luciendo en su cuello un colgante que mostraba un gato columpiándose sobre la luna. Los pendientes reflejaban también este mismo motivo.

Una sonrisa triste se dibujó en el rostro de la joven al darse cuenta de la broma romántica de su padre.

Al contemplar ese cuadro, una realidad que se había escondido pareció cobrar vida. Los fantasmas del pasado se alzaron y sobrevolaron por la habitación durante unos minutos.

—Señorita, ¿cargamos ese cuadro también?

—No, no, este lo llevaré en mi coche— contestó la joven antes de echar una última mirada a aquel estudio donde había permanecido en secreta reclusión el retrato.

Se acordó también de aquella historia que su padre le contó, acerca de cómo, durante un verano de estudios en Cambridge llegó a conocer a la futura princesa Masako de Japón, la actual emperatriz. Se acordaba de como se lamentaba este de no haberse podido despedir de ella adecuadamente al terminar sus estudios en el Selwyn College.

Su padre había sido afortunado al fin y al cabo. No todo el mundo podía alardear de haber conocido a dos princesas a lo largo de su vida.

AGRADECIMIENTOS

Todo libro nace de una sencilla premisa, de una idea.

Antes de mí, otros autores habían escrito sobre la figura de Kristina de Noruega. En mi caso todo partió de una pregunta.

Una sencilla pregunta. Una pregunta del tipo:

«¿Y si.. ?».

A partir de ahí solo tuve que seguir la pista, el rastro claro dejado por la idea; buscar en los rincones oscuros de la Historia, las partes no explicadas, los argumentos irrebatibles.

El punto de partida era ciertamente alocado, un poco disparatado, pero al igual que esos sueños incoherentes que a veces tenemos en mitad de la noche, seguí el mismo hasta llegar a una conclusión que devino inevitable y que me sorprendió a mi mismo tanto como al potencial lector de estos humildes desvaríos.

La lista de agradecimientos es —y así debe ser—, necesariamente larga.

Por orden de aparición en la escena de su gestación mi más sincero agradecimiento a las siguientes personas:

A Teodoro y Ana María por hacer este milagro posible. He llegado a conocer al primero a lo largo de este relato como si fuera un viejo amigo al que no pude conocer. Indagar en el pasado me ha acercado a ellos y me ha permitido revivir por unos breves momentos esos años cuarenta y cincuenta que compartieron con mis padres en esa España que no viví.

Gracias especiales a Merche y nuevamente a Ana María, —hermana y madre respectivamente de la mujer que ha inspirado esta obra—, por haberme facilitado pequeños detalles que han hecho más verosímil el relato. Gracias por estar allí y haberme servido de excusa para crear un mundo ficticio sobre su realidad. Gracias por su comprensión en unos momentos en que esta era extremadamente necesaria y hacerme sentir por unos momentos parte de la familia.

A la profesora Sonia Serna Serna, reputada paleógrafa de la UBU así como a las también profesoras Elena Rodriguez Diaz y Margarita Gómez de la universidad de Sevilla que fueron pieza clave en este inicio y en especial a la primera por ser «cómplice» del secreto de la princesa Kristina y coprotagonista involuntaria de esta locura paleográfica. Ellas me aportaron su valioso asesoramiento sobre el «modus operandi» del procedimiento paleográfico, un mundo nuevo para mí guiándome en la dirección correcta para entender mejor la labor desarrollada por el personaje principal.

A Aitor Jiménez y a Iñaki del *Diario de Burgos* por permitir la reproducción de partes del artículo publicado en febrero de 2012 bajo el título "La catedral secreta", mencionando los pasajes y misterioso secretos de la catedral no accesibles por el gran público.

Durante un viaje entre mezcla de placer y de investigación que emprendí a Burgos, Covarrubias y Silos, tuve la suerte de conocer a Begoña, nuestra guía turística que durante una apretada visita al monasterio de Silos y a Covarrubias me ayudó con su complicidad a penetrar en la escondida biblioteca de este último cuyo acceso solo está permitido a los investigadores. Previamente había remitido un correo electrónico al padre Norberto, bibliotecario del monasterio, avisándole de la fecha prevista de mi visita a la población, el cual, a diferencia del fray Anselmo de la ficción, me abrió las puertas de la biblioteca con amabilidad y auténtica paciencia benedictina mostrándome los archivos en detalle y con las sabias palabras que otro personaje usaría en la novela «espero que hagas un buen uso de lo que aquí has visto». Solo espero poder devolverle esa amabilidad con esta obra.

Por su parte el Archivo General de Palacio y Patrimonio en la persona de su director don Juan José Alonso Martín, me asesoró respecto al procedimiento de consulta de los archivos existentes en el monasterio de las Huelgas, dependientes de Patrimonio Nacional.

Las pequeñas poblaciones de Montorio y Quintanilla cobraron realidad en estas páginas gracias a la labor y dedicación de Honorio Serna —en la primera de ellas—, al abrirme este virtualmente las puertas de la asociación «Monte de Oro», la cual preside.

A Julián Gómez Serna, vecino de esta última población por su amabilidad anónima facilitándome datos valiosos sobre las viejas tradiciones y romerías de la zona así como a Elena, la alcaldesa pedánea de Quintanilla Sobresierra por su romanticismo cómplice.

Mi agradecimiento también al departamento de botánica de la Universidad de Alicante por su desinteresada ayuda y asesoramiento sobre los detalles del legendario roble de la ermita de Montorio.

A Burgos la ciudad amada y descubierta.

Gracias especiales a la universidad de Montanilla del Arlanzón por permitirme consultar sus archivos.

Por su parte la agencia de Turismo local de Covarrubias me remitió fotos para poder documentarme acerca del interior del desaparecido pub «La Serna», el cual hace su última aparición en estas páginas.

En Soria tuve la suerte de dar con un guía cuyo nombre lamentablemente no recuerdo y al cual agradezco profundamente su improvisado recitado de Machado sobre el pretil de un puente, permitiéndome descubrir al poeta de un modo real junto al Duero.

Conforme la trama se fue espesando, me tropecé con el libro de la profesora de la UBU, Pilar Alonso Abad sobre la historia del monasterio de las Huelgas. Este y sus trabajos y charlas en relación al llamado «rojo burgalés» aportaron mucha luz —esa luz que es la protagonista de la novela—, a la vez que la necesaria oscuridad novelesca para mis fines. En concreto, una de las fotografías de su libro mostrando la sala capitular me inspiró en la creación de uno de los momentos culminantes de la trama.

Importantísima fue también la ayuda de Belinda Peña, una guía de turismo excepcional que en medio de la reciente pandemia, encontró tiempo para contestar mis impertinentes mensajes y darme el asesoramiento necesario para hacer posible el paseo de Elvira y Arturo por la catedral de Burgos en una noche mágica.

Mi agradecimiento al Circulo de la Unión de Burgos y, concretamente a su presidente, el señor Arévalo que con sus amables palabras de acogida para esta modesta obra permitió que Carlos Lafuente viviera en el edificio donde tiene la sede el mismo.

Gracias especiales al personal del colegio Saldaña y en concreto a la señorita Itziar que me remitió fotografías del interior del mismo, fotografías que, junto con las escasas obras publicadas sobre la institución me permitieron familiarizarme con su interior.

Gracias también a los funcionarios del Archivo municipal de Burgos por su amabilidad, profesionalidad y simpatía.

A la cooperativa patatera de Montorio por mantener vivo el llamado «gen Serna».

Y en especial mi amor y agradecimiento eterno a ti Tere, mi querida Tere por permitirme vivir una vida paralela contigo a la que no tengo derecho, por lanzarme a escribir a esta aventura loca sin fin, a una manera nueva y alternativa de estar contigo, de hacerlo posible, con mi mayor deseo de que quede tu recuerdo inmortalizado en estas paginas y por convertirte en la princesa que siempre has sido para mí.

Y fuera de este orden cronológico y por encima de él, a mi hija Irene por su paciencia con las correcciones, y cuya revisión editorial me fue de gran ayuda.

www.ingramcontent.com/pod-product-compliance
Lightning Source LLC
Chambersburg PA
CBHW051127300726
48981CB00024B/582/J